Une famille en herbe

L'étau du désir

SARAH M. ANDERSON

Une famille en herbe

Traduction française de
PEGGY SASTRE

PASSIONS

HARLEQUIN

Collection : PASSIONS

Titre original :
HIS FOR ONE NIGHT

HARPERCOLLINS FRANCE
83-85, boulevard Vincent-Auriol, 75646 PARIS CEDEX 13
Service Lectrices — Tél. : 01 45 82 47 47

www.harlequin.fr

ISBN 978-2-2804-3654-0 — ISSN 1950-2761

- 1 -

— On a une bonne salle, ce soir, dit Kyle Morgan en se glissant dans l'étroit couloir faisant office de coulisses du Bluebird Café de Nashville.

Il lança un clin d'œil à Brooke Bonner, et ajouta :

— Mais ça m'étonnerait que le moindre d'entre eux soit venu pour me voir.

Brooke adressa un sourire timide au vieil homme, sans s'arrêter de chantonner, bouche fermée. Le Bluebird était toujours plein. C'était une toute petite salle où compositeurs et chanteurs venaient tester leurs nouvelles œuvres en public. Cela faisait maintenant dix ans qu'elle venait ici, d'abord comme cliente, puis comme artiste. Aujourd'hui, elle revenait après presque un an et demi d'interruption.

Elle n'était plus sortie depuis la naissance de Bean. Ce soir marquait le début de son retour officiel. Après presque sept mois de ce qui lui avait semblé une véritable assignation à résidence, elle était de retour sous les projecteurs.

C'était terminé, elle ne se cacherait plus.

Enfin, c'était *presque* terminé. Seules quelques personnes triées sur le volet étaient au courant de l'existence de James Frasier Bonner – qu'elle appelait encore Bean alors qu'il avait déjà bien grandi. À trois mois, il lui faisait déjà des sourires et des gazouillis.

Il avait le sourire de son père.

Kyle n'était pas au courant, pour Bean. Ce qui mettait Brooke assez mal à l'aise, car Kyle était comme un père pour elle. Il était venu au Bluebird lors de sa toute première représentation, et il lui avait presque tout appris sur l'art d'écrire des chansons. À toutes les étapes du cheminement de Brooke, de « fille à la guitare » à « star de la country », Kyle avait été là pour l'encourager et la soutenir, lui donner des conseils et la pousser gentiment.

— Tu nous as manqué, lui dit Kyle. C'était drôlement calme, ici, sans toi.

Si elle avait pu choisir un père, Kyle lui aurait semblé parfait. Malheureusement, sa mère, Crissy Bonner, avait toujours refusé de révéler à Brooke qui était son géniteur. Et le fait qu'elle soit en train de marcher sur ses traces en gardant le secret sur l'identité du père de Bean lui posait un véritable problème.

Mais avait-elle vraiment le choix ? Ce n'était pas qu'elle voulait répéter les erreurs commises par sa mère. Elle aurait voulu faire mieux que ça.

Mais d'abord, il fallait qu'elle réintègre le monde de la musique.

Le sourire de Kyle formait de petites ridules autour de sa bouche. C'était vraiment dommage qu'il refuse de parler à sa mère. Ils auraient fait un joli couple, et Kyle était un homme vieillissant mais au charme fou. En outre, si Crissy Bonner avait eu un petit ami, ou un mari, elle aurait peut-être un peu lâché les basques à Brooke… Mais les rares fois où celle-ci avait réussi à les réunir dans la même pièce, la haine à peine dissimulée entre eux avait suffi à réduire à néant le moindre rêve de composition familiale tardive.

Bien sûr, si Kyle et Crissy s'étaient plu, Brooke n'aurait sans doute jamais eu de Grammy, ni ces deux immenses succès dans les hit-parades qui lui avaient valu ses moments de gloire. Et elle n'aurait sans doute jamais chanté dans ce rodéo All-Stars où Flash Lawrence se produisait, ce qui aurait voulu dire que Bean n'aurait jamais existé. Et elle aimait son fils de tout son cœur.

— Est-ce que tu reviens pour de bon ? lui demanda Kyle en rangeant sa guitare.

— Yep. Presque quatre ans de tournée sans m'arrêter avant le succès de l'année dernière, ça m'avait rincée, j'avais bien besoin d'une pause.

Ça, c'était la version officielle concoctée par sa maison de disques et sa famille. Brooke avait eu besoin de se retirer un peu pour travailler sur de nouvelles chansons. Il était peut-être aussi question qu'elle se repose les cordes vocales, elle n'était plus trop sûre.

Des foutaises, tout ça. Personne ne se repose pendant les trois derniers mois d'une grossesse. Et les jeunes mères ne se reposaient pas non plus.

Encore une fois, Brooke se dit qu'elle aurait préféré qu'ils annoncent sa grossesse et gèrent frontalement le problème. Mais elle n'avait pas eu le dessus, et ce à cause d'une chose, et une seule : elle refusait de révéler qui était le père de Bean. Cela ne regardait personne. Sa mère ne lui avait pas encore pardonné de garder ce secret, comme si elle n'avait pas fait exactement la même chose en ayant toujours refusé de lui dire qui était son père. Conséquence, Brooke avait été obligée de mentir, et elle détestait ça.

Kyle se leva et lui passa maladroitement un bras sur les épaules.

— Bon retour parmi nous, lui dit-il en exerçant une petite pression amicale du bras avant de s'apprêter à s'installer en bonne place pour le concert. Si tu as besoin de quoi que ce soit, tu m'appelles, hein. Mais vraiment, Brooke, je suis sincère, tu n'hésites pas.

Brooke sentit ses yeux se remplir de larmes, prise par une émotion inattendue devant la gentillesse de Kyle. Elle respira un grand coup et recommença à chantonner pour échauffer ses cordes vocales.

La carrure immense d'Alex Andrews, son amie et garde du corps, apparut dans le couloir. Elle lui tendit un mug rempli de thé chaud :

— Ils ont trouvé du miel, dit-elle avec une voix d'ours enroué.

Brooke accepta le thé avec gratitude et en avala une gorgée. Ah, la température était parfaite.

— Merci, ma chérie.

Alex était imposante et bourrue mais sous sa façade impressionnante, c'était une fille adorable avec un cœur immense. Elles étaient amies depuis le collège, à l'époque où Brooke n'était qu'une débutante qui commençait juste à gratter sa guitare en public et Alex la première fille joueuse de ligne offensive dans l'équipe de football américain du collège. Longtemps avant que *White Trash Wonder* ne rencontre le succès, Alex avait été aux côtés de Brooke, dans chaque bar louche et chaque festival rural, pour éloigner les tocards soûls trop entreprenants.

Treize mois auparavant, Alex était restée chez elle pour soigner sa petite amie atteinte d'une sale grippe et n'avait donc pas pu accompagner Brooke à Fort Worth pour le rodéo All-Around All-Stars. Si Alex était venue, Brooke et Flash auraient-ils passé cette nuit torride ? Ou Alex aurait-elle été la voix de la raison et aurait-elle tenu Brooke à bonne distance de ce cow-boy prétentieux un peu trop bon au lit ? Et contre le mur ? Et par terre, aussi, d'ailleurs ?

Brooke avait dû froncer les sourcils sans s'en rendre compte car Alex lui demanda :

— Des soucis ?

Mince. Cacher quelque chose à cette femme était quasiment impossible. Notamment compte tenu du fait qu'Alex était l'une des très rares personnes à être au courant de l'existence de Bean.

— Tout va bien. Il est à la maison, avec ma mère, dit-elle en faisant des grimaces pour se détendre les muscles du visage.

— Ça va très bien se passer. Criss n'a que ses intérêts à cœur, répondit Alex pour la rassurer, tout en se rendant compte quasiment immédiatement qu'elle venait de faire une boulette.

Ses yeux s'écarquillèrent lorsqu'elle se rendit compte de ce qu'elle venait de dire.

— Oh ! pardon, je ne voulais pas dire…

— Tout va bien, répéta Brooke, qui profita de l'occasion pour essayer son faux sourire.

Le dicton préféré de Crissy Bonner était : « c'est dans ton intérêt ». Les cours de chant de Brooke dès cinq ans, c'était dans son intérêt. Les cours de guitare à six ans, dans son intérêt aussi. Les heures de répétition chaque jour, dans son intérêt, évidemment. Les soirées pyjama, les fêtes d'anniversaire, les animaux de compagnie, les petits copains… Ça, ce n'était pas dans son intérêt par contre.

Savoir qui était son père : définitivement pas dans son intérêt.

Brooke continua de chantonner. Elle passait en dernier ce soir, et fut surprise de constater qu'elle avait le trac. Sa dernière apparition en public remontait presque à sept mois. Sept mois depuis que les robes habilement taillées et les longs gilets amples n'avaient plus suffi à cacher son ventre de maman. Sept mois qu'elle n'était pas remontée sur scène.

Au cours de nombreuses années de tournée ininterrompue – d'abord les bars du Music Row de Nashville, puis des foires de comté, ensuite des festivals, avant de finir par faire la première partie des plus grands noms de la country – Brooke avait mangé de la vache enragée plus souvent qu'à son tour. Et tout s'était avéré payant l'année précédente, lorsque *White Trash Wonder* était devenu un hit. Soudain, les rodéos aux salles combles comme le All-Stars avaient cédé la place à des stades qui affichaient complet. Toutes ces années de cours, de représentation et de négociation de l'univers de la chanson pendant son adolescence avaient soudain payé, et Brooke était officiellement devenue une star du jour au lendemain, la vedette montante de la musique country.

Et elle avait tout gâché en se faisant mettre en cloque par Flash Lawrence… Elle avait même été obligée de rater la cérémonie des Grammy ! Lorsqu'elle avait remporté le prix de Meilleure artiste de l'année, elle était en salle de travail.

Elle se rendit compte qu'elle avait envie d'être à la maison, avec son fils. Elle n'était pas prête à recommencer tout ça – les longues nuits solitaires, les négociations, les voyages incessants et, surtout, les médias toujours à ses trousses. Hélas, elle n'avait guère le choix. Son oncle et ancien manager, Brantley Gibbons, avait détourné non seulement la plupart de son argent à elle, mais une bonne partie des fonds de ses autres clients qu'il avait investis dans une pyramide de Ponzi… qui s'était naturellement effondrée juste au moment où Brooke perçait.

Brooke et sa mère n'étaient pas sur la paille – elle continuait de toucher des droits d'auteur grâce à ses deux albums et avait réussi à garder la plus grande part de ses recettes des derniers mois de tournée après qu'oncle Brantley avait « déménagé » au Mexique pour échapper à la justice. Mais elle n'avait pas les moyens de ne pas retourner sous le feu des projecteurs. Il fallait battre le fer pendant qu'il était encore chaud.

Remonter sur scène était dans son intérêt, lui avait dit sa mère. Qui n'avait pas pu s'en empêcher, naturellement.

— Mesdames et messieurs, annonça le présentateur. Notre dernière artiste ce soir n'est rien moins que la gagnante d'un Grammy et du prix de la Country Music Association, Brooke Bonner !

Brooke avala une dernière gorgée de son thé tiède et afficha un sourire automatique. La première fois qu'elle avait chanté au Bluebird elle avait quatorze ans, gamine terrorisée agrippée à sa guitare acoustique. Il semblait logique de reprendre là où tout avait commencé.

Elle sortit des coulisses et fut accueillie par un tonnerre d'applaudissements. Brooke sourit, hocha la tête et se tourna de façon à être sûre que personne n'allait lui toucher les fesses tandis qu'elle se dirigeait vers le centre du Bluebird, où des chaises et des micros avaient été mis en place.

En s'installant sur sa chaise, elle sentit les petits cheveux de sa nuque se dresser. Elle avait l'étrange sensation qu'il était là – Flash Lawrence. Ce qui était parfaitement ridicule. Au cours des treize mois qui s'étaient écoulés depuis leur folle nuit, elle n'avait pas reçu le moindre signe de vie. Et elle ne s'était pas manifestée non plus. Elle avait failli, lorsqu'elle s'était rendu compte qu'elle était enceinte. Mais elle avait tapé son nom sur Google et était tombée sur une foule de gros titres : rixes dans des bars, procès…

Alors elle avait laissé tomber l'affaire.

Sa vie était assez folle comme ça, avec sa carrière. Un bébé allait encore complexifier les choses. Mais un cow-boy violent et immature ? Pas question. Certes, elle aurait voulu que son fils ait un père, mais pas au prix de son bien-être à lui. Ou du sien, d'ailleurs.

Un frisson lui parcourut l'échine. Elle se faisait des idées, voilà tout. Il n'y avait aucune chance pour que son coup d'une nuit soit dans le public. Ce n'était tout simplement pas possible. Juste pour être sûre, elle se retourna pour adresser un signe de la main aux personnes derrière elle, encore en train de l'applaudir.

Mais non. Là, au bar, un cow-boy grand et mince, le visage caché par l'ombre projetée par le rebord de son chapeau, était perché sur le dernier tabouret. Il portait un jean orné d'une énorme boucle de ceinture, une veste de biker en cuir et une chemise façon western. Elle ne voyait pas ses yeux mais elle sentait qu'il la regardait.

Oh non. Oh…

Peut-être se trompait-elle. Ce n'était pas comme s'il n'y avait pas à Nashville un tas de cow-boys de cette envergure, avec chapeau noirs et gros ceinturon. Mais elle sentit son sang accélérer dans ses veines, ses mains se mirent à trembler, et elle comprit que son corps avait parlé. C'était bien lui.

Le cow-boy pivota sur son tabouret et leva la tête. Son regard croisa celui de Brooke, et malgré les treize mois sans le revoir, malgré le fait qu'elle n'ait passé qu'une seule et unique incroyable nuit avec lui, elle sentit une vague de chaleur dans son ventre et se mit à trembler de désir.

La grosse erreur, c'était d'être assise à moins de dix mètres de lui. La seule fois où elle s'était laissée aller à ne pas suivre la voie toute tracée et à faire quelque chose juste pour elle – pas pour sa carrière, pas pour sa mère – elle avait dû en payer le prix. Elle aimait son fils, mais… Elle n'était pas prête.

Pas pour Flash Lawrence. Pour rien de tout ça.

Les lumières s'éteignirent et un silence tendu s'établit dans la salle. Brooke fit la seule chose qu'il y avait à faire.

— C'est tellement bon de vous retrouver ! Je viens de passer plusieurs mois à travailler sur mon prochain album, plus que quelques mois à attendre ! Mais je pense qu'on va l'appeler « On voit tes racines » !

Le public se mit à rire et elle rejeta les cheveux en arrière d'un geste de la tête exagéré.

— Ah, vous êtes géniaux ! leur lança-t-elle.

Elle mourait d'envie de se retourner. Si c'était Flash, qu'allait-il penser en entendant le titre de la chanson qu'elle s'apprêtait à interpréter ? Mais elle se retint. Elle n'allait pas lui donner le moindre indice susceptible de lui mettre la puce à l'oreille, et en outre le public l'attendait, les yeux fixés sur elle. Il suffirait d'un regard trop appuyé, d'un effleurement, d'un geste malheureux pour que la rumeur se répande et que son retour soit irrémédiablement gâché.

Elle ne se retourna pas. Ne fit aucun signe qu'elle avait conscience que quelqu'un, derrière elle, la fixait.

— La première chanson de mon nouvel album que je vais vous chanter ce soir s'appelle *Une nuit sans lendemain.*

- 2 -

Brooke Bonner ne portait pas le tout petit top et la minijupe en cuir qu'elle avait la dernière fois que Flash l'avait vue. Pour cette toute petite salle, elle avait mis une jupe noire style hippie qui lui arrivait sous le genou et révélait ses santiags turquoise. Son long gilet sans manches par-dessus une chemise blanche échancrée était resserré à la taille par le genre de ceinture à clous que Chloé, la sœur de Flash, vendait dans sa gamme de vêtements Princess of the Rodeo.

Des pierres turquoise ornaient ses oreilles et son cou mais, constata-t-il en se penchant sur le côté pour mieux voir, pas ses doigts, qui n'arboraient pas la moindre bague.

Dieu merci.

Quand elle s'était retirée de la vie publique quelques mois auparavant, Flash avait été terrifié à l'idée qu'elle ait pu rencontrer quelqu'un et s'être mariée. Si cela avait été le cas, il aurait dû quitter le Bluebird sans le moindre regard en arrière. Il n'allait certainement pas semer la zizanie dans un couple. En l'absence de bague, il pouvait s'installer et commander un autre Canada Dry. Il était là pour un petit moment.

Avait-il déjà vu une femme plus belle ? Il avait rencontré un bon paquet de jolies filles, et avait couché avec pas mal d'entre elles, mais il y avait chez Brooke quelque chose dont il n'arrivait pas à se détacher. Pas moyen de détourner les yeux, et ce depuis la première seconde où il l'avait vue à Fort Worth. Il avait embrassé sa main, et c'en était fait de lui.

Brooke ne portait pas de chapeau aujourd'hui, ses longs cheveux auburn étaient lâchés en boucles sauvages sur ses épaules. Il mourait d'envie de glisser les doigts dans cette crinière, de les enrouler autour de son poignet comme il l'avait fait la dernière fois, et de lui tenir la tête pour pouvoir l'embrasser, encore et encore.

Apparemment, l'adage « loin des yeux, loin du cœur » ne valait pas pour lui. Il venait de passer un an à tenter d'oublier que cette femme lui manquait. Un an à essayer de mettre l'expérience sexuelle la plus intense de sa vie loin derrière lui et de ne plus y penser. Il avait bien tenté de lever des minettes de rodéo depuis cette nuit-là, mais n'y était pas parvenu. Pas une seule fois en treize mois.

Il craignait que Brooke Bonner ait ruiné tout espoir de vie sexuelle. Et ce serait vraiment sacrément dommage, car il ne voulait surtout pas s'engager dans une relation. Cette année encore moins que les autres, parce qu'il visait le prix Cow-boy de l'année du championnat national All-Stars.

Après une année atroce, il était de retour et prêt à prouver qu'il n'était pas seulement un gars soupe au lait avec une bonne droite.

Pendant trop longtemps, les gens avaient pensé que Flash n'avait gagné le championnat All-Stars que parce que la famille Lawrence était propriétaire des arènes, et il comprenait maintenant que la plupart du temps, il participait à des compétitions pour prouver à lui-même et au monde qu'il n'était pas seulement un Lawrence, mais qu'en termes de rodéos, il était un des meilleures sur la place.

Sa suspension suite à cette dernière bagarre – et l'annulation de ses victoires précédentes – avait été une bénédiction, même si sur le moment il en avait pensé tout autrement, surtout avec la mâchoire en bouillie récoltée à cette occasion. Mais cela l'avait obligé à affronter la réalité de son sale caractère et à gagner un peu en maturité. En outre, cela avait montré à tout le monde que l'All-Stars n'était pas juste une affaire familiale qui privilégiait le petit dernier, quelles que soient ses frasques. La famille du rodéo comprenait maintenant que Flash avait gagné sa place au classement.

Tout allait changer à présent, et pour une fois il n'allait pas se tirer une balle dans le pied. Et c'était valable aussi pour ce qui pouvait se passer entre lui et Brooke.

Il voulait seulement… Eh bien, il voulait passer une autre nuit avec elle, pour voir si ce courant électrique qu'il avait senti entre eux existait toujours.

C'est à ce moment-là qu'elle annonça le titre de sa nouvelle chanson. *Une nuit sans lendemain.*

Flash sentit une bouffée de chaleur l'envahir. Ce n'était pas une chanson sur lui, quand même ?

Non, pas possible. Ce serait le comble de l'égotisme de penser qu'une nuit avec lui aurait pu inspirer à Brooke autre chose qu'un joli souvenir.

— Tout le monde devrait passer un bon moment, même pour une nuit sans rien après, pas vrai ? demanda Brooke tandis que le public gloussait d'approbation.

Quelqu'un à la gauche de Flash lança un sifflement bruyant. Il ne vit pas qui c'était, mais il aurait bien aimé lui décrocher la mâchoire pour lui apprendre à vivre.

Au moment où cette pensée lui traversa l'esprit, Flash se reprit. Il n'allait pas perdre son sang-froid ici. Les gens avaient parfaitement le droit de se conduire comme des crétins. Ce n'était pas à lui de leur enseigner les bonnes manières. Balancer un coup de poing pour défendre l'honneur de Brooke, c'était le genre de choses que l'ancien Flash aurait fait. Le nouveau Flash, qui, avec un peu de chance, valait un peu mieux, se contenta de jeter un regard furieux vers le siffleur.

En outre, provoquer un esclandre n'était pas dans son intérêt. Il voulait renouer avec Brooke Bonner. Il fallait qu'il sache s'il valait la peine de chercher à créer quelque chose avec elle ou s'il lui fallait simplement se ressaisir et passer à autre chose.

S'il arrivait dans son lit, eh bien, ce serait chouette. Sinon, il lui restait tout un tas de victoire à décrocher ailleurs.

Le championnat national de rodéo All-Stars était à Nashville ce week-end, et il avait espéré trouver un moyen de croiser le chemin de Brooke. Lorsqu'elle avait posté sur les réseaux sociaux qu'elle serait au Bluebird le soir même, il avait conduit comme un fou pour arriver dans le Tennessee avec cinq jours d'avance sur son planning, juste pour la voir.

Au minimum, il fallait qu'il tire les choses au clair avec elle. Or, déclencher une bagarre moins de deux minutes avant le début de son concert était une garantie qu'il n'aurait jamais de seconde chance. Il se retint donc et avala une nouvelle gorgée de soda.

Quand le public se calma, Brooke se pencha vers le micro et dit en faisant un clin d'œil :

— Je suis très contente de voir que vous êtes si nombreux à être d'accord avec moi… Rien de mieux qu'une bonne nuit de sommeil, pas vrai !

Flash poussa une expiration contrôlée et sourit malgré sa nervosité. L'année dernière déjà, il avait été séduit par son sens de l'humour narquois. Et une femme avec le sens de l'humour, c'était étonnamment érotique.

La bonne nouvelle, c'était qu'une année à être considérée comme une star n'y avait rien changé.

Brooke se mit à chanter en s'accompagnant à la guitare, et Flash sentit quelque chose s'ouvrir dans sa poitrine au moment où le son de sa voix arriva jusqu'à lui. Jusqu'à ce qu'il se rende compte de ce qu'elle chantait.

« C'est juste pour une nuit,
Un peu de plaisir, et c'est fini »

OK, d'accord. Donc elle se souvenait de lui. Mais ce n'était pas particulièrement positif. Surtout lorsqu'elle en venait au refrain.

« Tu ne valais pas le coup.
Même pour une nuit sans lendemain »

Et le pire, c'était que la chanson était franchement bonne. Le public lui mangeait dans la main.

« Je me fous de tes excuses,
Je me fous de tes projets. Je ne suis pas là pour jouer.
Tu ne m'auras pas par la ruse.
Juste pour une nuit, et c'est plié »

Il sentit des frissons lui parcourir la nuque au moment où elle joua la dernière note, forte et puissante. Il n'avait même pas encore eu l'occasion de lui dire bonjour que déjà, elle l'envoyait sur les roses.

Elle arrêta de chanter. Elle ne le regarda pas. Pas le moindre coup d'œil en coin, elle ne se tourna pas sur sa chaise, rien. Si elle l'avait reconnu, il était clair qu'elle l'ignorait délibérément.

— Ça vous a plu ? Ce n'est que le début, j'en ai tout un album comme ça, rien que pour vous !

Flash sentit la colère, vieille sensation familière, commencer à s'emparer de lui, mais il refusa de la laisser prendre le dessus. Il était tout à fait possible que Brooke Bonner ait tout oublié de lui après son année de tourbillon médiatique. Et il était tout aussi possible, si elle s'en souvenait, qu'elle ne le tienne pas particulièrement en haute estime.

Il aurait dû anticiper la chanson, cela dit. Il aurait dû se douter qu'elle serait en colère. Après tout, la colère était comme une seconde langue pour lui, elle lui était aussi naturelle que l'air qu'il respirait. Mais il n'avait pas vu venir cette agression.

Bon, d'accord, ils avaient passé une nuit absolument torride. Ils avaient fait l'amour dans sa loge avant le spectacle, ce qui l'avait mise en retard parce que les minijupes en cuir, ce n'est pas hyper simple à gérer.

Mince, il avait une érection juste en pensant comment il l'avait plaquée contre le mur dans cette toute petite loge, les yeux plongés dans les siens tandis qu'ils luttaient tous les deux pour ne pas faire le moindre bruit. C'était tellement bon. Et elle était forcément du même avis, pas vrai ? Parce qu'il s'était attardé après le concert et quand elle avait vu qu'il l'attendait, son visage s'était illuminé et elle lui avait fait signer d'approcher. Ils avaient passé le restant de la nuit enlacés dans sa suite à l'hôtel, à faire l'amour comme des dingues et à commander à manger au service d'étage, tout en se faisant rire à gorge déployée à chaque pause.

Ils s'étaient quittés en bons termes au matin. Il était certain qu'elle avait le sourire aux lèvres lorsqu'il était parti. Lui en tout cas n'avait pas réussi à arrêter de sourire pendant des jours. Des semaines, même.

Comment en étaient-ils arrivés à ça ?

— Ma prochaine chanson, vous allez voir ce que vous allez voir, s'appelle *Combien j'en enlève*, parce que c'est ça, la vraie question, pas vrai ? reprit Brooke d'une voix rauque.

Le public hurla. Elle reprit :

— Combien il faut en enlever pour alléger la vie ?

— Enlève le haut ! cria un imbécile.

— À poil ! hurla un crétin dans le fond de la salle.

Brooke le pointa du doigt comme pour le réprimander. Flash dut fermer les yeux et se concentrer sur sa respiration. Derrière ses paupières fermées, le monde était rouge. Ils n'étaient pas du tout en train de lui manquer de respect. Elle avait choisi ce titre exactement pour susciter une réaction de ce genre. Elle savait très bien ce qu'elle faisait et ce n'était pas à lui de la défendre à tout bout de champ. Il avait déjà fait ça une fois, et son casier judiciaire – ainsi que son ennemi juré – étaient là pour le lui rappeler. Il avait désintégré Tex McGraw parce qu'il avait osé prononcer le nom de Brooke.

Évidemment, Flash comprenait parfaitement pourquoi

Tex le détestait à ce point : il l'avait éjecté du All-Stars d'un solide crochet du droit. Mais Tex n'avait rien lâché depuis et n'avait eu de cesse de l'attaquer en ligne. Il avait absolument refusé les excuses que Flash lui avait adressées – celles ordonnées par le tribunal tout comme celles, plus sincères, que Flash lui avait faites après quelques mois de sobriété. Mais cela n'avait pas d'importance. Flash était arrivé à un point où il était capable d'encaisser les coups de Tex sur Internet sans devenir fou de rage. Il avait progressé, en un an.

Brooke commença à chanter, ce qui mit un terme aux commentaires. Flash sentit le calme revenir en lui, et réussit à respirer normalement sans avoir envie de frapper quelqu'un.

Sans surprise, cette chanson-là avait quelque chose de personnel, elle aussi. Les doubles sens fusaient à chaque strophe, mais en gros il s'agissait d'oublier un gars qui n'arrivait pas à gérer les critiques qu'on lui adressait, et qui prenait la fuite.

Beaucoup de gens n'aimaient pas Flash. Il ne faisait pas particulièrement d'efforts pour être facile à aimer, mais au moins il le savait. Cela dit, il n'avait jamais inspiré de sentiments forts au point que quelqu'un écrive tout un album pour expliquer à quel point elle le détestait.

D'accord. Plutôt que de sentir insulté et blessé, il allait faire la démarche inverse et se sentir… flatté. Oui, c'était bien ça, flatté. Après tout, les cow-boys de rodéo qui avaient tout un album entièrement dédié, officiellement ou non, ça ne devait pas courir les rues. Et si elle reconnaissait publiquement qu'il l'avait inspirée, eh bien, Flash était certain que sa sœur, Chloé, trouverait le moyen de présenter le nouvel album sous un jour favorable pour Flash et le championnat national de rodéo All-Stars. Sûrement.

En outre, Brooke avait dit elle-même que l'album ne sortirait pas avant quelques mois. Elle devait être en train de le finaliser, de finir de l'enregistrer. Un homme averti en valant deux, il avait bien fait de venir ce soir. Il allait pouvoir bosser avec Chloé et envisager les possibilités qui s'offraient à lui. Sa sœur avait déjà compris toute seule que Flash avait méchamment craqué pour Brooke.

Au moins ne l'avait-elle pas oublié…

Cela faisait un an qu'il essayait de comprendre pourquoi Brooke Bonner ne lui sortait pas de la tête. Avant elle, il avait écumé les bars et les rodéos pendant quatre, peut-être cinq ans, et couché avec des fans en délire et de belles femmes dans toutes les villes où il passait, de Phoenix à Peoria, pendant la tournée All-Stars. Brooke Bonner n'aurait dû être qu'une femme parmi d'autres.

Juste une nuit. Pas de prise de tête. Un moment de plaisir.

Sauf que depuis cette nuit-là il ne pensait qu'à elle, et que depuis presque treize mois c'était la frustration qui avait pris le dessus.

Il n'aurait jamais dû venir ici ce soir, c'était une mauvaise idée. Mais bon Dieu, il avait besoin de savoir si leur nuit ensemble avait eu un peu d'importance pour elle.

Si ça avait été plus que de la matière pour écrire des chansons.

Le tour de chant s'acheva enfin et le public lui fit un triomphe. Comme elle avait été la dernière à passer, elle resta au milieu de la salle pour signer des autographes et poser pour des photos. Flash resta au bar, à se demander quoi faire. Devait-il attendre que les gens commencent à s'en aller avant de l'approcher ? Ou est-ce qu'il serait préférable d'être totalement seuls ? Dans ce cas, il ferait mieux d'aller dans le parking et d'attendre à côté de sa voiture. Est-ce que c'était trop glauque ?

Brooke lui jeta un coup d'œil, les sourcils froncés, et détourna vivement la tête. Ce n'était clairement pas une invitation.

Il voulait la regarder droit dans les yeux, lui dire ce qu'il avait à dire, et entendre en personne ce qu'elle avait sur le cœur, et sans perdre son sang-froid. Il voulait comprendre comment ils étaient passés de cette nuit d'ivresse totale à ce froid absolu.

Et si ça ne marchait pas… il s'en irait. Mais il en avait ras le bol des conjectures.

Il régla son addition et tourna les talons. Le Bluebird était dans un centre commercial ordinaire, et il lui fallut un moment pour retrouver la sortie, à l'arrière du complexe. Là – cette berline couleur sable, ce devait être sa voiture. Elle lui avait dit qu'elle conduisait un véhicule sans aucune originalité pour ne pas se faire remarquer.

Il prit appui contre un mur, à une trentaine de mètres de la porte du Bluebird, assez loin de sa voiture. L'attendre planqué dehors était une idée pourrie, surtout après avoir resurgi dans sa vie, et surtout après le froncement de sourcils qu'elle lui avait adressé. Franchement, il ne serait pas surpris qu'elle sorte un flingue en le voyant.

Mais c'était un risque qu'il était prêt à prendre.

- 3 -

— Super concert, dit Kyle, une nuance de fierté dans la voix. Ça va faire un tabac. J'aurais aimé en avoir écrit ne serait-ce que la moitié.

— Je compte sur toi pour le dire à ma maison de disques, d'accord ? répondit Brooke qui commençait à avoir mal aux joues à force de sourire.

Elle accordait une grande valeur à l'opinion de Kyle, et le public avait eu l'air d'apprécier les chansons lui aussi, donc tout allait bien.

Sauf que Flash Lawrence était là. Qu'était-elle censée faire maintenant ?

— Je suis si fier de toi, ajouta Kyle en la prenant maladroitement dans ses bras.

Elle lui rendit son étreinte, mais son esprit était ailleurs. Elle pensait à Flash. Elle avait failli aller le voir. Il y avait des tonnes de gens, alors cela n'aurait pas été très grave si elle était allée au bar pour commander autre chose à boire, pas vrai ? Personne n'aurait rien trouvé à redire qu'elle adresse la parole à un cow-boy qui se trouvait là, assis sur un tabouret ? Elle aurait pu au moins savoir ce qu'il faisait ici. Il ne pouvait y avoir que deux raisons. Soit une coïncidence de dingue. Soit…

Soit il était venu la voir.

Et comme elle n'avait mentionné son passage au Bluebird sur Tweeter que deux jours auparavant… elle était prête à parier que Flash l'attendait dehors. Ce qui signifiait qu'elle devait lui parler. Et lui dire, pour Bean. Son fils.

Leur fils.

Comme cela allait mal se passer.

— Hey, lui dit Kyle en posant la main sur son bras. Tout va bien ?

— Oui, ça va.

Elle se força à sourire. Elle avait caché l'existence de Bean pour tout un tas de bonnes raisons, mais elle n'arrivait plus à s'en rappeler une seule maintenant qu'elle savait qu'elle allait devoir en parler à Flash. Parce que l'alternative serait de faire exactement comme sa mère – continuer à le cacher, et mentir pendant le restant de sa vie – et Brooke était incapable de faire ça. La clandestinité, c'était terminé.

Enfin, ce serait terminé quand Flash serait au courant. Elle se retourna vers Kyle :

— Je suis juste soulagée que mes nouvelles chansons tiennent la route.

Kyle la regarda d'un air inquiet.

— Tu es sûre ? Je te connais, Brooke. Je connais ton écriture. Ces textes… Ça avait l'air assez personnel, tout ça.

— Allez, faut qu'on y aille, dit soudain Alex en envoyant un grand coup de hanche dans Kyle qui valsa dans le mur. Bénie soit elle.

— Oh ! pardon, Morgan, s'excusa-t-elle.

— Franchement, dit Kyle en se frottant l'épaule, tu aurais dû continuer le foot.

Brooke le serra une dernière fois dans ses bras et fit un passage prolongé aux toilettes. Bon, elle essayait de gagner du temps, là.

Plus de clandestinité, se répéta-t-elle en allant chercher son étui de guitare. Alex lui ouvrit la porte de derrière et, au moment où elle sortit dans l'air humide du Tennessee, Brooke le sentit de nouveau… ce chatouillis dans la nuque.

— Brooke.

Ce fut tout ce qu'elle eut à entendre pour que ses pires cauchemars et ses plus doux rêves se réalisent simultanément. Parce que c'était vraiment en train d'arriver.

Flash était venu la voir. Elle n'allait jamais trouver la

force : juste le son de son nom sur ses lèvres faisait déjà vaciller sa détermination.

Alex, en revanche, n'était pas troublée pour un sou.

— Hey, on recule ! grogna-t-elle en se plaçant devant Brooke. Le concert est fini, mon pote.

— Brooke ? répéta Flash. Je veux juste te parler. En privé.

Brooke posa la main sur l'épaule d'Alex.

— Tout va bien, dit-elle doucement en contournant son amie. Je le connais.

Alex se pencha pour chuchoter :

— Je le sens pas.

Bien entendu, elle n'avait pas parlé si bas que ça et vu la grimace que Flash esquissa, il avait parfaitement entendu.

— Ça ira. Tu peux m'attendre dans la voiture ?

Alex jeta un regard noir à Flash et émit un grognement. Puis elle finit par dire :

— Très bien. Mais quelques minutes, pas plus.

Elle s'empara de l'étui à guitare de Brooke. À ce moment-là, Flash choisit la voie du courage et s'approcha d'Alex :

— Bonjour. Je suis Flash Lawrence. À qui ai-je l'honneur ?

Alex lui lança le genre de regard qui ferait fuir n'importe quel homme doué de jugeote, mais Flash ne céda pas. Au moins, ce n'était pas un lâche.

Après avoir jeté un rapide regard à Brook, Alex répondit :

— Alex Andrews. Fais pas ton bâtard avec elle.

Elle tendit un doigt menaçant vers Flash et ne lui serra pas la main.

— Aucun risque. Comme Brooke peut en témoigner, je n'ai aucun sens de l'humour.

Flash ne bougea pas d'un pouce lorsque Alex le frôla pour se rendre à la voiture. Celle avec le siège auto à l'arrière. D'accord, il y avait une couverture par-dessus pour que personne ne remarque que Brooke Bonner avait ce genre d'objet dans sa voiture, mais quand même. Les preuves de l'existence de Bean étaient juste sous son nez.

Comment était-elle censée faire ça, nom d'un chien ?

Flash était tellement plus beau en vrai que dans ses souvenirs. Mais c'était peut-être juste la veste. Ou alors c'était lui. Il dégageait quelque chose de presque… apaisé.

— Tu es superbe, commença Flash.

— Qu'est-ce que tu veux, Flash ?

Par pitié ne dis rien de romantique chanta une petite voix dans sa tête, au même moment qu'une autre petite voix entonnait *allez, dis-moi quelque chose de romantique.* Il faudrait qu'elle mette tout ça sur papier plus tard, c'était pas mal comme accroche.

— J'avais envie de te revoir, mais j'ai l'impression que tu ne me portes pas dans ton cœur en ce moment.

— Tu as compris ça ?

— C'était subtilement dit, répondit-il sans cesser de sourire, mais il m'a semblé déceler une vague nuance de colère dans ces chansons.

— Eh bien, ta capacité de déduction est au top.

Elle esquissa un geste pour le contourner, mais il fit le même.

— Qu'y a-t-il, Flash ? Je suis fatiguée.

— Je voudrais m'excuser, répondit-il en se rapprochant.

Elle inspira bruyamment. Ça sentait le piège.

— Ah oui ? Et t'excuser pour quoi, au juste ?

— Je sais pas, mais…

Brooke se mit à rire, et il poursuivit :

— Apparemment, je t'ai blessée, et à en juger par les chansons que j'ai entendues ce soir, et qui étaient superbes, soit dit en passant, pas qu'un peu. Alors permets-moi de te présenter mes excuses, Brooke.

Est-ce qu'il était obligé d'avoir l'air si sincère en disant ça ? Elle aurait presque souhaité qu'il soit prétentieux et trop sûr de lui. Ça aurait été bien plus simple s'il avait essayé de la séduire de nouveau. Cette fois, elle était prête. Elle ne referait pas la même erreur.

— Très bien. J'accepte tes excuses. Bonne nuit, Flash.

— Brooke, chuchota-t-il. Tu m'as tellement manqué, et le pire c'est que je ne sais pas pourquoi.

— Vraiment ? aboya-t-elle.

Voilà. La colère, ça, c'était bien. La colère, ça permettait de ne pas se laisser séduire par ses gentils mots ou son regard intense. La colère, ça lui remettait à l'esprit qui il était, vraiment – un séducteur aux instincts violents – et, plus important encore, qui elle était, elle. Il l'avait mise enceinte et elle avait dû en gérer les conséquences sans lui parce que ce n'était pas quelqu'un de fiable. Sa vie entière avait été bouleversée à cause de cet homme, parce qu'elle s'était laissé avoir par ses mots doux et ça n'allait pas recommencer. D'ailleurs, il était à côté de la plaque.

— Ce ne sont pas des excuses, Flash. C'est une insulte.

— Tu veux bien m'écouter ? demanda-t-il, avec comme un avertissement dans la voix.

C'est alors qu'une chose étrange se produisit – il fit un pas en arrière et inspira profondément avant de dire, en détachant bien ses mots :

— Ce que je veux dire, c'est que tu étais splendide – belle, drôle, et intelligente, et tellement agréable à côtoyer, et je serais vraiment stupide de ne pas vouloir revivre tout ça. Avec toi, ajouta-t-il très vite.

Elle ricana de nouveau et croisa les bras tandis que *Ne dis rien de romantique* se jouait sur plusieurs tonalités dans sa tête.

— On a eu une aventure. D'une nuit. Une nuit sans lendemain, comme tu le dis avec tant d'éloquence, reprit-il.

Il se passa la main dans les cheveux et leva de nouveau les yeux vers elle. Cette fois, le désir dans ses yeux lui coupa réellement le souffle.

— C'est tout ce que c'était censé être, mince, et… Ça n'a pas du tout été le cas. Pas pour moi. J'ai eu envie de vivre autre chose avec toi alors, et c'est toujours le cas aujourd'hui.

— C'est très bien tout ça, Flash, mais ce n'est pas suffisant. Pas pour moi.

Il fallait qu'elle lui dise, pour Bean. Ce n'était pas juste de lui cacher l'existence de son fils, et ce n'était pas juste pour Bean de le priver d'un père alors qu'il était juste là. Mais elle ne le pouvait pas.

Pas avant de savoir ce qu'il voulait, et si tout ce qu'il voulait était juste une autre nuit. Pas question de commettre une nouvelle fois une bourde comme Flash Lawrence. Elle avait besoin qu'il soit le père de son enfant. Ou au moins, un co-parent.

Les yeux fermés, il inspira bizarrement de nouveau et s'approcha d'elle. La nuit avait beau être chaude et humide, elle sentait la chaleur que dégageait son corps comme s'il rayonnait comme un soleil. Et cela ne fit qu'empirer lorsqu'il posa sa main sur le côté de son visage et qu'il se mit à lui caresser la joue avec le pouce. Elle savait qu'elle aurait dû le repousser, mais lorsqu'il posa son front contre le sien, elle ne put s'empêcher de se laisser faire et de respirer sa bonne odeur de cuir et d'homme.

— J'ai suivi ta carrière, je t'ai regardée grimper dans les hit-parades. J'ai fêté ton arrivée en numéro un, et les récompenses que tu as reçues. Tous les soirs quand je ferme les yeux, je vois ton visage, murmura-t-il, et son souffle passait sur sa peau comme le doux baiser d'un amant.

Elle sentit son corps frémir, réaction involontaire à son contact, à ses mots. À tout de lui.

— J'ai essayé si fort de t'oublier, mais je n'ai pas réussi, ajouta-t-il. Je suis vraiment désolé.

Ce qu'il disait n'avait aucun sens. Aucun. Mais il lui rappelait exactement la raison pour laquelle il l'avait mise dans son lit, parce que même lorsqu'il parlait en énigmes, c'était encore un bonheur de l'entendre.

— Parce que tu n'arrives pas à m'oublier ?

— Non.

Il émit un petit rire. Elle plongea son regard dans ses yeux et y vit une honnêteté sans faille lorsqu'il déclara :

— Je ne serai jamais désolé pour ça. Mais je t'ai cherchée sur Internet, et je me suis dit que peut-être, tu en avais fait autant. Et que tu avais vu tous les articles sur mon arrestation, le procès et l'accord qui a suivi. Alors je suis désolé de ce que tu as dû ressentir quand tu as lu tout ça. Je suis désolé que tu aies vu le pire de ce qu'il y a en moi, étalé sur Internet. Je suis désolé d'avoir détruit le souvenir parfait d'une nuit parfaite, parce que c'est ça que tu représentes, pour moi. Un souvenir parfait.

Elle inspira profondément, et ferma les yeux très fort pour les empêcher de la piquer comme ça. C'était une très bonne réplique, qui était déjà en train de faire son chemin dans les méandres du refrain que son cerveau était en train d'écrire.

— Si je suis venu ici ce soir, ce n'est pas pour te dire que j'avais envie de toi – bien que ce soit tout à fait le cas, continua Flash. Son autre main se posa sur la courbe de sa hanche et l'attira doucement vers lui.

— Alors pourquoi ? chuchota-t-elle, effrayée d'avance par la réponse qu'elle espérait pourtant intensément.

— Je suis venu te dire ce qui s'est passé après. Quand j'ai été condamné et suspendu du championnat, j'ai réalisé mes travaux d'intérêt général et suivi mes cours de gestion de la colère. J'ai promis, à moi et à ma famille, que j'allais refréner mon agressivité et cesser de la laisser décider à ma place.

— C'est vrai ?

Comment sa main s'était-elle retrouvée sous la veste de Flash, sur son torse ? Elle n'en avait aucune idée – pas pour le repousser, mais posée directement sur son cœur. Elle le sentait battre, fort et contant.

Il tourna légèrement la tête et ses lèvres effleurèrent sa tempe avant de descendre sur sa joue.

— J'ai arrêté de boire, aussi. Je ne dirais pas que je suis alcoolique, mais quand je buvais je n'arrivais pas à maîtriser ma colère, et c'est ça qui me mettait dans le pétrin. Ça fait huit mois que je n'ai pas bu une goutte.

— Et ce soir ?

La voix de Brooke était tendue et l'espace entre ses cuisses chaudes liquide de désir, parce qu'elle n'avait pas eu d'homme dans son lit depuis lui, et qu'il lui manquait.

— Bien sûr.

— Du Canada Dry. Dans une chope.

Il posa brièvement ses lèvres sur les siennes, et elle ne put s'empêcher de les entrouvrir pour lui. Lorsqu'il glissa sa langue dans sa bouche, ce fut le goût du sucre et du gingembre qu'elle sentit. Pas celui de la bière.

Depuis quand le soda avait-il des qualités aphrodisiaques ? C'était dingue, un truc pareil. Comment savait-il exactement ce qu'elle avait envie d'entendre ? Comment pouvait-il avoir un si bon goût ? Comment pouvait-elle encore le désirer à ce point ?

— Je veux te revoir, murmura-t-il contre ses lèvres.

Puis sa bouche remonta le long de sa joue, vers son oreille.

— J'ai besoin de plus qu'une nuit, Brooke. Mais je ne te demanderai rien de plus.

— D'accord.

Les mots étaient sortis de sa bouche avant qu'elle n'ait eu le temps de réfléchir, avant de réfléchir à la complexité de la logistique qu'impliquait une nouvelle nuit dans les bras de Flash. Elle aussi, elle avait besoin de davantage.

— Où ? Dis-moi juste où, et j'y serai, ma chérie. Je serai partout où tu auras besoin de moi.

Tout en parlant, il poussa son genou entre ses jambes et appuya exactement là où il le fallait. Elle ne parvint pas à réprimer un gémissement. Cela faisait tellement longtemps que quelqu'un ne l'avait pas touchée pour le plaisir. Pour son plaisir à elle.

— Dis-moi juste que tu as envie de moi.

— Chez moi. J'ai envie…

C'est à ce moment-là que la réalité la frappa comme un coup de fouet.

Chez elle, il y avait sa mère qui gardait son fils.

— J'ai besoin d'une demi-heure avant que tu viennes.

Cela lui laisserait le temps de faire sortir sa mère de la maison, voire de changer d'avis. Ou en tout cas, de s'assurer qu'elle avait des préservatifs ; hors de question de commettre la même erreur deux fois de suite.

C'était égoïste, et c'était mal, mais elle avait juste envie d'un dernier moment avec lui avant de lui dire qu'elle était la mère de son enfant. Une dernière fois, redevenir celle qu'elle était un an auparavant. Un siècle auparavant.

- 4 -

À exactement 23 h 45, Flash remonta l'allée de la maison de Brooke, un ranch tout en longueur qui semblait avoir besoin d'un petit coup de neuf. La propriété était à huit cents mètres en retrait de la route, ce qui créait une apparence de tranquillité et d'intimité. Flash ne vit aucune autre lumière et le silence était complet. Il fit de son mieux pour marcher doucement et ne pas perturber le calme ambiant.

Il était clair que Brooke voulait que personne ne le voie arriver ou repartir, et il respectait sa volonté – après leur nuit ensemble, elle avait fait l'objet d'une grande attention médiatique.

La tentation de siffloter était grande, mais il se retint. C'était une nuit agréable, et Brooke l'avait embrassé. Dans l'ensemble, l'avenir était plutôt riant.

Mais le doute tentait tout de même de s'insinuer dans son bel optimisme. Pourquoi avait-elle besoin de tant de temps pour se préparer ? Sûrement pour faire un peu de rangement – comme si cela le dérangeait qu'il y ait de la vaisselle sale dans l'évier ou des fringues par terre.

Il y avait sans doute autre chose. Peut-être avait-elle besoin de temps pour se débarrasser de quelqu'un ?

L'idée qu'elle soit mariée ou en train de virer un autre type de chez elle lui fit un nœud à l'estomac, mais il se mit à respirer profondément pour évacuer la pression. Ce n'était pas lui qui décidait pour elle. Il n'avait aucun droit sur elle, et cela faisait plus d'un an qu'ils ne s'étaient pas vus.

Il avait envie d'elle, mais pas au point de lui demander d'être infidèle. Les liens du mariage étaient sacrés. Son propre père était encore en deuil de sa mère, morte depuis quatorze ans. Trixie Lawrence était encore la femme de Milt. Et même la mort n'y changerait rien.

Flash aurait fait n'importe quoi pour une nouvelle nuit avec Brooke. Mais il ne mettrait pas un couple en péril. Par contre, tout le reste…

Embrasser de nouveau Brooke Bonner lui avait tout remis en mémoire. La sensation de son corps contre le sien, le goût de sa musique sur sa langue. Elle était si douce, il voulait la boire jusqu'au bout. Rien que de penser à sa main sur sa poitrine, à la façon dont ses doigts s'étaient accrochés à sa chemise pour le tenir tout contre elle pendant qu'il faisait son possible pour la convaincre qu'il était l'homme qu'il lui fallait – il était à la limite du tournis.

Le besoin de s'enfouir dans son corps battait comme un rythme régulier dans ses veines, tout cela parce qu'elle l'avait embrassé. Flash dut s'arrêter devant le cercle de lumière projeté par la lampe du perron et attendre un peu pour se calmer. Il ne devait rien attendre de cette… visite. Pas moyen d'imaginer que six chansons pleines de rancœur aient pu être annulées par un micro-contact et un baiser. Mais… Dans le meilleur des cas, ils seraient nus avant le lever du jour et le resteraient jusqu'à demain midi. Il avait une boîte de préservatifs dans sa poche arrière, achetée en plein élan d'optimisme lorsqu'il avait découvert qu'elle passait au Bluebird. Il n'était pas attendu au Bridgestone Arena avant vendredi après-midi. Il pouvait sans problème passer quelques jours dans les bras de Brooke. Mais ça, c'était dans le meilleur des cas. « Espère le meilleur, prévois le pire », et le pire serait que Brooke tire parti du fait qu'ils seraient totalement seuls pour lui remonter méchamment les bretelles. Ce n'était pas parce qu'elle avait moulé son corps contre le sien et chuchoté « j'ai envie de toi » à son oreille qu'elle allait forcément coucher avec lui. Ne rien prévoir c'est prévoir un échec. Il l'avait appris à ses dépens au cours de l'année écoulée.

Donc, c'était ça, le plan. Si elle se mettait en colère, il garderait son calme et il partirait. Et s'il devait partir, il n'irait pas dans un bar pour chercher la bagarre. Il irait courir quelques kilomètres sur un tapis de course dans la salle de gym de son hôtel jusqu'à ce qu'il ne puisse plus bouger. Voilà, ça, c'était un plan.

Ses émotions totalement sous contrôle, Flash gravit les marches du perron.

Avant qu'il ait eu le temps de frapper, la porte s'ouvrit et elle fut là.

— Brooke, dit-il, et son corps se raidit.

Elle s'était débarrassée de son gilet et de sa ceinture, ainsi que des lourds colliers qu'elle avait portés autour du cou. Ce qui lui donnait une vue parfaitement dégagée sur son décolleté.

L'espace entre eux bourdonnait d'électricité, tout comme la première fois qu'il avait posé les yeux sur cette femme. Il y avait quelque chose chez elle qui l'incendiait, et il était fatigué d'essayer d'ignorer cette réaction primale.

Elle avait envie de lui. Elle lui avait demandé de venir. Il avait envie d'elle. C'était simple.

Il se rendit compte qu'il était encore en train de fixer ses orteils. Il leva les yeux. Brooke le regardait, la bouche en forme de O. Puis elle baissa les yeux et rougit d'un coup.

— Flash. Quelle ponctualité.

— Je n'ai pas l'habitude de décevoir les dames.

Elle se mordit la lèvre et il s'empêcha de pousser un grognement. Est-ce qu'elle essayait de le torturer ?

Il voulait désespérément croire qu'elle hésitait parce qu'elle ne savait pas comment demander ce dont elle avait envie. Elle n'avait eu aucun problème pour lui dire où et comment elle voulait qu'il la touche, la dernière fois, et il avait fait de son mieux pour la satisfaire. Parce qu'il voulait lui donner tout ce qu'elle voulait. Tout.

Et il ne pouvait pas faire ça sur le seuil de la maison,

alors il entra. Elle était là, le visage levé, les yeux grands ouverts et pleins de désir – du moins l'espérait-il de toutes ses forces.

— Tu m'as manqué, dit-il, en posant les mains de chaque côté de son visage.

Il ne l'embrassa pas, mais ils se retrouvèrent exactement là où ils s'étaient arrêtés avant d'avoir été interrompus. Brooke était dans ses bras, et il ne savait pas comment il allait faire pour se sortir cette fille de la tête.

— C'est ce que tu m'as dit, oui.

— Eh bien c'est vrai. Personne ne m'a jamais manqué comme toi.

Elle passa sa main sur la nuque de Flash et le maintint contre elle. C'était la plus agréable sensation du monde, ce geste de possession.

— Tant que ça ?

Sa voix était un murmure et elle recula, l'entraînant avec elle. Il fit glisser une de ses mains le long de son cou, suivit la vallée creusée entre ses seins puis la posa sur sa hanche et la colla contre lui. La dernière fois qu'il l'avait tenue comme ça, elle avait passé ses bras autour de son cou et enroulé ses jambes autour de sa taille et l'avait supplié de la faire jouir. Et il avait fait exactement ce qu'elle avait voulu. Deux fois.

— Tellement, bébé. Je ferai tout ce que tu veux. Tu le sais, pas vrai ?

Elle battit des cils et le rouge de ses joues descendit jusqu'à son cou et sa superbe poitrine. Il se pencha et posa les lèvres sur sa peau rosée, et sentit la chaleur de son corps enflammer le sang dans ses veines. La dernière fois qu'il avait vu ses seins, il en avait tété les extrémités roses jusqu'à ce qu'elle se mette à gémir et à se débattre sous lui.

La poitrine de Brooke tressaillit à son contact et elle attira sa nuque davantage vers elle :

— Tout ce que je veux, vraiment ?

Oui. C'était là, dans sa voix, à attendre qu'il vienne la prendre. Il posa un baiser léger sur sa joue et glissa ses mains autour de sa taille, puis sur ses fesses. Les mains pleines d'elle, il la souleva et l'attira contre lui.

— Tout ce que tu veux. Si tu veux que j'arrête, j'arrête, murmura-t-il, en jalonnant sa peau de baisers qui remontèrent jusqu'à son oreille où il chuchota :

— Si tu veux que je parte, je partirai. Tu n'as qu'un mot à dire.

Puis il attendit, les lèvres posées sur le lobe de son oreille, les mains fermement collées sur ses fesses, la chaleur de ses seins tout contre lui. Ce serait sans doute le dernier moment où il pourrait partir, et il était certain que son départ n'aurait rien de digne. Chaque centimètre carré de son corps – et certains centimètres plus que d'autres – battait à tout rompre d'envie d'être plus proche d'elle encore, de la serrer dans ses bras et de la tenir aussi longtemps que possible.

Il la sentit prendre une grande inspiration puis expirer doucement, son haleine douce comme une brise caressante sur sa joue. Chaque seconde qui passait était une éternité de torture, mais il se força à être patient et à ne rien brusquer.

— Ne pars pas, Flash, murmura-t-elle, les lèvres contre sa joue.

Il frissonna tandis qu'elle se penchait en avant, se collant totalement à lui, et qu'elle embrassait son cou.

— Reste.

C'est alors qu'elle le mordit. Pas très fort, mais suffisamment pour faire monter la pression de plusieurs crans et le mettre sur des charbons ardents.

Elle n'eut pas besoin de lui dire deux fois. D'un coup de pied, il ferma la porte derrière lui et lui fit faire volte-face. Le dos de Brooke heurta la porte avec un bruit sourd et Flash se mit à l'embrasser, les sens submergés par sa douceur, son corps absent à tout ce qui n'était pas l'instant présent.

Il lui saisit les fesses à pleines mains et appuya sa douloureuse érection contre elle, et, bon sang, ce n'était pas encore assez. Il posa une de ses mains sur son sein et sentit avec bonheur son poids lourd remplir sa paume.

Elle lui passa une main dans les cheveux et fit tomber son chapeau. De l'autre, elle attrapa sa main qu'elle éloigna de son sein d'un geste brusque, en même temps qu'elle tirait sa tête en arrière.

— Chut ! siffla-t-elle, une véritable frayeur dans les yeux. Pas de bruit !

— Qu'est-ce qu'il y a bébé ? Qu'est-ce qui ne va pas ?

Il avala sa salive et, concentré sur le contrôle, fit ce qu'il fallait faire :

— On peut s'arrêter. On n'est pas obligé…

En faisant non de la tête, Brooke lâcha sa main et lui caressa la joue.

— Ce n'est pas que j'aie envie d'arrêter mais… C'est compliqué, c'est tout.

— Juste pour que les choses soient claires : tu n'es pas mariée ?

Elle fit de nouveau non de la tête, et il faillit crier de soulagement.

— Fiancée ?

Elle lui adressa un sourire si triste qu'il en eut le cœur chaviré.

— Non. Juste… J'ai envie de toi, Flash. Comme avant.

Sa voix était à peine un murmure, qu'il sentait plutôt qu'il ne l'entendait. Elle reprit :

— Mais il ne faut pas faire de bruit, et tu ne peux pas toucher mes seins.

Il la regarda d'un air étonné. Si ses souvenirs étaient exacts, elle avait adoré qu'il joue avec ses seins.

— S'il te plaît, dit-elle doucement, en l'attirant de nouveau vers elle. Encore une fois, comme avant. Et après… Je comprendrai, quoi que tu décides.

Il la regarda fixement. Qu'est-ce que c'était que cette histoire ? Quelque chose lui échappait clairement, et il n'arrivait pas à décider si c'était une mauvaise nouvelle ou une très mauvaise nouvelle.

— Bébé, lui dit-il en espérant la rassurer, et il fit en sorte de parler tout bas, si c'est juste une nouvelle nuit ou un nouveau week-end, que tu veux, alors moi aussi.

Il posa son front contre le sien.

— Tu n'as qu'à me le dire.

À bout de souffle, elle ne répondit pas tout de suite. Puis elle ouvrit ses beaux yeux verts et avant même qu'elle ait ouvert la bouche, Flash comprit quelle serait sa réponse.

— Oui.

Il lui couvrit la bouche d'un baiser passionné, pris dans une parenthèse entre ce moment et le même, quasiment identique, l'année passée. C'était ça qu'il voulait – Brooke appuyée tout contre lui, la bouche ouverte pour le recevoir, ses dents éraflant ses lèvres. Elle enfonça ses ongles dans son cuir chevelu, suscitant un éclair de douleur qui se transforma en plaisir.

Puis elle éloigna la tête.

— Un préservatif, intima-t-elle, d'une voix douce mais sérieuse. Maintenant.

— Le lit ? demanda-t-il en prenant le paquet dans sa poche arrière.

— Non. Je ne peux plus attendre.

Pendant qu'il luttait avec l'emballage, elle s'attacha à détacher son ceinturon.

En effet, elle ne pouvait vraiment plus attendre.

Il grogna en sentant ses doigts se refermer autour de lui, et il faillit lâcher le préservatif lorsqu'elle se mit à faire des va-et-vient avec sa main.

— Tu m'as manqué aussi, Flash, dit-elle, la bouche enfouie dans son cou. Personne ne me donne les mêmes sensations que toi.

Puis, ses dents éraflèrent sa peau et elle le serra plus fort, et s'il avait été en capacité de réfléchir, peut-être aurait-il pris le temps de penser à ce qu'elle venait de dire. Mais réfléchir était hors de portée à cet instant ; il ne pouvait que sentir ses mains sur lui, la chaleur de ses seins pressés contre son torse.

Elle avait envie de lui. Ça, c'était quelque chose.

Il réussit Dieu sait comment à enfiler le préservatif et souleva sa jupe. Heureusement, elle ne portait qu'une culotte légère. Il ne se donna même pas la peine de l'enlever et se contenta de l'écarter pour se placer juste à l'entrée…

— Maintenant, souffla Brooke dans son oreille, en levant une jambe qu'elle posa sur sa hanche. Maintenant, Flash. Vas-y, vas-y, vas-y…

Il glissa les mains sous ses fesses pour la soulever puis, d'un coup de hanche, pénétra dans sa chaleur humide.

— Oh ! geignit-elle, et il avala son cri dans un nouveau baiser.

L'espace d'un instant, il ne put que se tenir là, à laisser des milliers de sensations le submerger. Pendant un an, il avait tenté d'oublier à quel point il s'était senti bien en sa présence, à quel point ils allaient bien ensemble.

— Brooke, dit-il dans un chuchotement étranglé.

Il posa son front contre le sien et la regarda dans le fond des yeux. Il avait désespérément besoin de croire qu'il y voyait son propre désir se refléter en retour.

— Oh ! Brooke.

— Chut…

Soudain, elle l'embrassa avec la même passion dont il se souvenait depuis l'année dernière, avec tout le désir refoulé qui l'avait doucement rendu fou.

Il se mit à bouger en elle, chaque poussée menaçant de le détruire à nouveau – surtout lorsqu'elle chuchota « encore » dans son oreille avant de lui mordiller le lobe.

— Oui, madame, murmura-t-il en retour.

Cela avait été comme ça, dans sa loge, rapide, rude et furtif, contre la porte, parce qu'il y avait des gens dans le couloir. Cela avait été très excitant. Ça l'était toujours.

À son contact, il sentit tout son corps tressaillir. Sa tête cogna contre la porte et elle sentit les spasmes de son orgasme commencer à tourner autour de lui et à l'envelopper, l'enserrant très, très fort. Un grondement emplit l'air autour d'eux alors qu'ils jouissaient tous les deux en même temps. Ce ne fut qu'après qu'elle comprit que c'était lui qui avait grogné, de pur plaisir.

Il s'effondra contre son corps. Haletant, il n'arrivait plus à penser ni à parler.

Certitude.

C'était le seul mot qui lui venait, qui se répétait en boucle tandis que Brooke lui embrassait le cou, puis la bouche.

Il avait la certitude qu'elle était faite pour lui.

Ce qui n'était pas bien. Il ne pouvait être sûr de rien, et sûrement pas de l'avenir. Elle suivait le rodéo. C'était juste… comme ça. Une super nuit. Peut-être une super semaine.

Il se libéra de son corps, mais pas de ses bras.

— Bébé, murmura-t-il une nouvelle fois dans ses cheveux, avant de s'arrêter, car il n'était pas certain de ce qui sortirait de sa bouche, après ça.

— Je suis tellement désolée, chuchota Brooke, et il entendit, dans sa voix, que quelque chose clochait.

Il recula et la regarda. Non, il n'était pas en train de se faire des idées – elle était au bord des larmes.

— Tu n'as pas d'excuses à me faire, Brooke. Toi et moi…

C'est à ce moment-là qu'un son nouveau atteignit ses oreilles… Un son aigu. Un bruit qui lui envoya une décharge de peur le long de la colonne. Un pleur de bébé.

Une larme coula sur la joue de Brooke.

— Pardon, dit-elle tout bas, en se glissant hors de son étreinte et en le laissant pantelant. Je ne voulais pas que ça se passe comme ça.

— Brooke ?

Il se retourna, mais elle était déjà montée à la moitié de l'escalier. Sa jupe était retombée et elle n'avait pas l'air de comprendre qu'elle venait de le bouleverser. Elle ne s'arrêta pas.

— Brooke ! répéta-t-il alors que le bruit s'amplifiait et lui irritait les nerfs comme du papier de verre. Qu'est-ce que…

— On a réveillé le bébé, dit-elle d'une voix étranglée.

— Le bébé ? Quel bébé ?

Flash la fixa, les poils des bras dressés, comme si la foudre était sur le point de s'abattre sur lui.

Elle était arrivée en haut des marches et ne lui avait toujours pas répondu.

— Brooke ! cria-t-il. À qui est ce bébé ?

— À moi.

Elle se retourna et le regarda, les joues couvertes de larmes.

— Et à toi. C'est notre bébé, Flash. Notre fils.

- 5 -

— Oh ! Bean, murmura Brooke en prenant le bébé dans ses bras. Maman avait juste besoin de quelques minutes de plus.

Cinq minutes pour dire à Flash que son fils était à l'étage. Cinq petites minutes, pour défaire son corps du sien.

Mais le destin en avait décidé autrement.

Tout allait de travers. Ce n'était pas comme ça qu'elle avait voulu le dire à Flash. Ce n'était pas juste de lui lâcher une telle bombe. Pas quelques secondes à peine après qu'il avait été à l'intérieur d'elle. Pas alors qu'elle avait encore les jambes qui tremblaient de l'orgasme qu'il avait déchaîné en elle.

Elle n'avait pas prévu de refaire l'amour avec lui. Non, c'était un mensonge, elle l'avait prévu, mais elle avait décidé de faire ce qu'il fallait et de lui parler de Bean, d'abord. Détermination qui avait eu une durée de vie de trente-sept secondes environ. Jusqu'à ce qu'il la touche.

Elle lui mit dans la main son hochet en forme de grenouille, qui coassait quand on l'agitait. Elle ne le lui donnait que quand elle le changeait et il exerçait sur Bean une fascination sans bornes. Heureusement, cela fonctionna une fois de plus et le bébé se calma.

C'est alors qu'elle se rendit compte que la maison était plongée dans le silence. Est-ce que Flash était encore là ? Avait-il ouvert doucement la porte pour quitter la maison et sa vie ?

Non qu'elle soit en position de lui en vouloir, si c'était

le cas. Elle lui avait caché l'existence de Bean. Une grossesse entière, un accouchement, un bébé. Vraiment, c'était impardonnable.

Si Flash partait, cela ne changerait rien. Elle n'en était pas moins responsable de Bean, tout comme elle l'avait toujours été. Mais maintenant que Flash était au courant, elle n'allait plus cacher son fils. Il était temps de montrer au monde qu'elle avait un incroyable petit garçon. Elle allait dire à sa mère et à sa maison de disques qu'elle ne se cacherait plus, un point c'est tout. Son prochain album bénéficierait d'encore plus de couverture médiatique, et tout le monde serait gagnant.

Brooke se concentra sur ce qui l'attendait. Un jour à la fois, et quand ça ne marchait pas, une heure après l'autre.

Le son d'un pas lourd dans l'escalier traversa son corps en ricochet comme un écho, et elle poussa une exclamation. Le bébé recommença à s'agiter.

Flash n'était pas parti. Il était en train de monter. Quelque part, c'était pire.

Il était là, sur le seuil, les yeux écarquillés et la bouche ouverte, blanc comme un linge. Il ne dit rien. Elle n'aurait pas juré qu'il respirait.

On aurait dit un cauchemar familier, celui qu'elle ne cessait de faire depuis qu'elle avait découvert qu'elle était enceinte, qu'elle avait fait des recherches sur Flash et qu'elle avait vu toutes ces histoires dans les journaux. Un frisson de panique parcourut son dos tandis que tout ce qu'elle avait lu lui remontait à l'esprit… Les rixes alcoolisées dans les bars, les inculpations pour agression. Mais en regardant Flash qui la fixait toujours, elle sut qu'elle voulait davantage qu'une réaction épidermique de sa part, plus qu'une partie de jambes en l'air contre une porte.

Elle prit Bean et se tourna vers Flash.

— Tu peux le tenir ?

Il ferma la bouche, puis la rouvrit.

— Quoi ?

On aurait dit qu'elle le forçait à parler sous la torture.

— Tiens.

Elle lui tendit le bébé.

— Je te présente Bean, reprit-elle. Elle avala sa salive, et poursuivit : James Frasier Bonner, mais je l'appelle Bean.

Elle n'aurait jamais cru que cela puisse être possible, mais Flash devint encore plus pâle, les yeux rivés sur le bébé qu'elle tenait dans ses bras.

— Il est à toi, dit-elle. S'il te plaît, Flash. Je dois changer ses draps et me laver les mains. Tu peux le prendre ? Juste une minute ?

Bean sembla remarquer Flash pour la première fois. Son petit corps se raidit et il fit un bruit apeuré. D'instinct, Brooke le rapprocha d'elle.

— Tout va bien, murmura-t-elle, en regardant Flash par-dessus la tête du bébé. C'est…

— C'est papa, mon poussin. C'est ton père, compléta-t-elle.

— Tu… Je…, bégaya Flash.

Puis, sans rien dire de plus, il tourna les talons et disparut.

Brooke eut l'impression de recevoir un coup de poing dans le ventre, mais avant qu'elle n'ait pu faire autre chose que se raidir sous le choc, Flash réapparut, les yeux flamboyants.

— Je reviens, dit-il d'une voix calme.

Puis il disparut de nouveau. Cette fois, elle l'entendit dévaler l'escalier.

Elle se rua vers la porte.

— Flash ? cria-t-elle.

Il s'arrêta en bas des marches, le dos tourné. Il serrait et desserrait les poings. On aurait dit qu'il venait juste de se faire désarçonner par un cheval sauvage une demi-seconde avant la victoire.

— Il me faut une minute, répondit-il.

Le regard qu'il lui lança par-dessus son épaule lui fit faire un pas en arrière, tant il était intense.

— Donne-moi juste une satanée minute, Brooke, ajouta-t-il.

Il se redressa et sortit de la maison.

Brooke avait un bébé.

Brooke avait son bébé.

Il avait un bébé.

Flash se mit à marcher sans s'arrêter autour de sa voiture, luttant pour retrouver sa respiration. L'ancien Flash aurait sans doute déjà envoyé plusieurs coups de poing dans la carrosserie à ce stade, et se serait cassé la main en enfonçant le métal. C'était une manière aussi destructrice qu'inutile de gérer les problèmes.

Il avait cru qu'elle lui offrait le pardon en lui donnant son baiser, son contact, son corps. Et pendant tout ce temps, le bébé avait été à l'étage. Bon Dieu, lui et Brooke avaient un bébé.

Ensemble. Quel âge avait-il ? Flash fit le calcul et, curieusement, compter les mois l'aida à calmer sa respiration. Treize mois. Il en fallait neuf pour faire un bébé, non ? *Non, une minute* – Renée, sa belle-sœur, était restée enceinte dix mois. Donc treize moins un et demi, juste pour être sûr, ça voulait dire que ce bébé avait…

Trois ou quatre mois.

Il vit rouge à la pensée de tout ce qu'il avait manqué – les premiers battements de cœur, l'accouchement, le premier souffle de son fils, son premier sourire, son premier tout. Tous ces moments avaient disparu. Il ne les récupérerait jamais. Tout ça parce que Brooke ne lui avait rien dit, bon sang.

C'était impardonnable.

Mais au moment même où cette pensée lui traversa l'esprit, Flash la repoussa. Il allait falloir remettre tout ça en contexte et tout de suite, parce qu'il avait beau être un tas de trucs, il ne pensait pas que stupide faisait partie de l'inventaire.

Il était furieux, ça oui. Flash laissa la rage déferler sur lui mais il ne tenta pas de s'y accrocher. Il la laissa le traverser et s'obligea à regarder plus loin. Avant de commencer les sessions de gestion de la colère ordonnées par le tribunal, il n'aurait jamais pensé qu'il y avait autre chose, au-delà de ce sentiment, que de la simple rage, mais aujourd'hui, il savait.

Pour commencer, il était surpris. Non que surpris soit un mot assez fort, mais il allait falloir faire avec. Ensuite, qu'est-ce qu'il y connaissait en paternité ?

Chez son frère Oliver, il avait joué avec sa nièce, Trixie, mais cela ne voulait pas dire qu'il était capable d'être père. Il chevauchait des taureaux et des chevaux sauvages pour gagner sa vie et faisait des trucs débiles, comme coucher une seule nuit avec une fille de passage. Pas précisément le genre de choses que faisait un père responsable.

Il ne sut jamais combien de temps il avait tourné en rond, mais il finit par reprendre ses esprits. Il fit une pause et regarda la maison de Brooke. Une lumière était allumée dans ce qui devait être la chambre du bébé. Non, Flash ne pouvait continuer à faire référence à cet enfant comme à « le bébé ». Ce garçon avait un nom. James Frasier Bonner, un bon nom, bien solide.

Mais ça ne changeait rien au fait qu'elle ne lui avait pas dit. Elle avait gardé son fils loin de lui. Ne lui avait jamais donné l'occasion de montrer qu'il était capable d'être un bon père.

Il n'allait pas laisser sa colère l'emporter, mais, bon sang, il n'avait pas la moindre idée de la manière dont il allait s'y prendre pour lui pardonner ce qu'elle avait fait.

Le pardon pourrait venir plus tard. Pour l'instant, il devait s'assurer que Brooke ne réussirait plus jamais à lui cacher cet enfant, qui était autant à lui qu'à elle.

Il savait ce qu'il avait à faire.

Il sortit son téléphone. Brooke n'allait probablement pas apprécier, mais c'était trop dommage, n'est-ce pas ? Il n'allait pas essayer de gérer une situation de cette ampleur tout seul. C'était le meilleur moyen de courir à la catastrophe. Une affaire de ce genre nécessitait de la finesse et des talents de communicant, sans parler d'une touche de sensibilité. Rien de tout cela ne correspondait à Flash, ni dans cette vie, ni dans aucune autre.

En revanche, c'était tout à fait dans les cordes de sa sœur, Chloé.

Il tomba sur son répondeur et, avec un geste d'humeur, recomposa le numéro. Il savait que Chloé et son mari, Pete, étaient déjà à Nashville. Ils arrivaient toujours quelques jours en avance pour être sûrs que tout serait prêt pour le championnat national All-Stars. Enfin, au troisième essai, Chloé décrocha et dit dans un souffle :

— J'espère que c'est important, Flash.

Il eut un moment de recul, en essayant de ne pas penser à ce qu'il venait d'interrompre.

— Frangine, commença-t-il, mais les mots « J'ai un fils avec Brooke » restèrent coincés dans sa gorge.

De toute façon, Chloé n'avait pas l'air bien partie pour l'écouter :

— Je te préviens, si tu es encore en prison, je te laisse y croupir cette fois.

À l'arrière-plan, Flash entendit le mari de sa sœur, Pete Wellington, grogner :

— Qu'est-ce qu'il a encore fait ?

D'accord, elle n'avait pas la sensibilité à fleur de peau tous les jours, apparemment.

— Allez au diable, grommela Flash. J'ai un vrai problème, et je pensais pouvoir compter sur vous, mais si c'est pour que vous me traitiez tous les deux comme un môme, je me débrouillerai tout seul.

Il raccrocha et refit quelques cercles autour de la voiture.

C'était vrai, il avait largement fait n'importe quoi dans le passé. Il le savait bien. Tout le monde le savait, bon Dieu. Mais depuis qu'il avait commencé à se soigner, il pensait avoir montré qu'il voulait vraiment faire des efforts et s'améliorer. Mais peut-être Chloé verrait-elle toujours un raté en lui et, franchement, Flash n'avait ni le temps, ni l'énergie pour gérer ça. Surtout pas maintenant.

Il en était là de ses réflexions quand son téléphone

sonna. C'était Chloé. Il l'aurait ignorée s'il n'avait pas été aussi désespéré, mais…

— Désolé, grinça-t-il entre ses dents.

Chloé avait toujours été celle qui l'avait sorti de garde à vue, et il savait à quel point elle détestait ça.

— Je ne suis pas en taule, ni bourré. Ni même dans un bar.

— Qu'est-ce qui ne va pas ?

Au moins semblait-elle inquiète à présent. Et curieusement, c'était ce dont Flash avait besoin.

— Si je t'envoie une adresse – d'une maison – est-ce que toi et Pete pourriez être là dans…

Il calcula mentalement le temps qu'il faudrait pour se rendre de l'hôtel près de la Bridgestone Arena, dans le centre de Nashville, jusqu'à la maison de Brooke.

— Dans vingt minutes ? reprit-il. Discrètement, sans attirer l'attention ?

Après tout, si Flash n'avait jamais eu connaissance de l'existence de son fils, c'était parce que personne n'était au courant. James Frasier Bonner n'était apparu sur aucun réseau social ni aucun site de paparazzi. Brooke avait disparu des radars depuis des mois. Sans doute lorsqu'elle n'avait plus pu cacher sa grossesse.

— Flash, dit Chloé, avec un ton plus approprié à la situation, comme si elle était inquiète et légèrement effrayée. Que se passe-t-il ?

Il leva les yeux vers la fenêtre éclairée, où la seule femme qu'il n'arrivait pas à oublier s'occupait de l'enfant dont il avait ignoré l'existence jusqu'à ce soir. Voilà, c'était comme ça.

— J'ai un bébé.

Chloé poussa une exclamation de douleur pure. Flash entendit Pete dans l'arrière-plan qui demandait :

— Chérie ? Ça va ?

Flash se souvint que cela faisait des mois que Chloé essayait vainement de tomber enceinte.

— Désolé, frangine. Je viens juste de l'apprendre. Et j'ai besoin d'aide.

— Oui.

Il l'entendit reprendre ses esprits.

— Oui, bien sûr qu'on va t'aider. Qui…

Elle avala nerveusement sa salive :

— Qui est la mère ?

Il regarda de nouveau la fenêtre. Brooke était là, James Frasier Bonner dans les bras. Elle avait toujours été la plus belle femme qu'il avait jamais vue, mais il y avait quelque chose dans l'image qu'elle offrait, son fils posé contre sa poitrine, les bras autour de son bébé…

— C'est Brooke. Brooke Bonner est la mère de mon fils.

- 6 -

Mais qu'est-ce qu'il fabriquait dehors ? Apparemment, Flash faisait les cent pas autour de sa voiture, ce qui semblait être un progrès par rapport à la manière dont il était sorti de la maison en furie comme s'il avait le diable aux trousses.

C'était bon signe, décida-t-elle en faisant une rapide toilette. Il n'avait pas pris le volant aveuglé par la rage, et même s'il était évident qu'il était contrarié – mot piteusement faible pour décrire son état – il n'avait rien fait… d'effrayant.

Dans quel pétrin s'était-elle mise… Elle en était malade d'angoisse. Franchement, elle était capable d'affronter un stade rempli de cinquante mille fans hurlants avec juste un léger trac, mais cet homme-là, à lui seul, lui faisait perdre les pédales.

Comme s'il pouvait sentir sa panique, Bean la regarda depuis son tapis de sol et lui fit un sourire baveux et rassurant. Il avait le charme de son père mais il n'était que douceur et innocence, tandis que le sourire de Flash promettait monts et merveilles mais toujours mâtinés de dangers. Des choses comme de longues nuits dans des hôtels et du sexe torride debout contre la porte.

Brooke s'accrocha à ce sourire de bébé innocent.

— Oh ! tu t'amuses bien, pas vrai ? roucoula-t-elle en le prenant dans ses bras. Il s'en passe des choses intéressantes ici ce soir, et rien qui ait le moindre rapport avec le dodo, hein.

Bean gloussa de joie et Brooke embrassa sa petite tête. Au moins, quelqu'un s'amusait ici.

Bean dans les bras, elle jeta un œil à la fenêtre. Flash était toujours là, appuyé contre son véhicule. Est-ce qu'il était en train de téléphoner ? Mince.

À ce moment-là, Flash leva les yeux et malgré l'obscurité et la distance, elle sentit que leurs regards se croisaient.

À qui parlait-il ? Ce pourrait être une catastrophe. Bien sûr, il y avait un plan pour l'hypothèse où elle déciderait d'annoncer l'existence de Bean et, connaissant son agent, elle savait qu'il devait y en avoir un au cas où l'information fuiterait. Elle ne voulait pas que Bean soit l'objet de ragots. Elle voulait être celle qui contrôlerait l'information. Elle voulait présenter son fils au monde.

Elle pouvait encore avoir la main sur tout ça. Elle était censée voir son agent pour parler du concert de ce soir et approuver une série d'autres petits concerts sur Music Row, dans le centre de Nashville, avant la sortie officielle de l'album. Et puis il y avait une tournée déjà organisée, bien qu'elle n'ait pas encore été annoncée. Il fallait qu'elle revoie une dernière fois l'album avec les producteurs. Et puis il y avait les interviews – par téléphone, pour l'instant.

Ils allaient peut-être devoir passer tout ce temps à parler de sa grosse bêtise plutôt que de son album, mais elle ne perdrait pas le contrôle de cette histoire, nom de Zeus.

Avec ou sans Flash.

Est-ce qu'il reconnaîtrait le bébé publiquement ? Est-ce qu'il allait accepter l'inévitable publicité qui irait autour de l'entrée officielle de Bean dans le monde ?

Ou allait-il falloir se battre ?

Elle n'avait pas envie de se battre. Elle n'avait aucune envie de s'opposer à Flash, de se jeter dans une guerre dont le bébé serait l'enjeu. Elle voulait avoir Flash dans son camp.

D'autant que Brooke allait devoir parler de lui à sa mère. Au rythme où allaient les choses, il allait falloir le faire assez rapidement. Dans un jour ou deux, en fait. Elle n'en avait pas tellement envie.

Flash Lawrence était la somme exacte de tout ce que Crissy Bonner détestait sur cette terre, et Brooke le savait pertinemment. Crissy commencerait par faire exactement comme Brooke – des recherches sur Internet, et au moment où elle tomberait sur tous les articles qui le concernaient ce serait terminé.

Peu importerait que Flash proteste avoir changé. Crissy Bonner ne verrait que le crétin irresponsable et immature qui avait mis sa fille en cloque et l'avait abandonnée pour aller chevaucher des taureaux et faire le couillon dans des bars – toutes ces choses qui mettraient la carrière que Crissy avait si minutieusement arrangée pour Brooke depuis ses cinq ans en danger de s'écrouler sous le poids du scandale. Brooke ne savait rien de son père, qui selon sa mère était parti lorsqu'elle était bébé. Mais, cela allait sans dire, Crissy Bonner n'était pas fan des hommes qui abandonnaient femmes et enfants.

Rien de tout ça ne serait dans son intérêt.

Bean collé contre la poitrine, Brooke s'installa dans le rocking-chair. Quoi qu'il advienne, son fils viendrait toujours en premier. Elle et Flash… trouveraient bien une solution. Une garde partagée, peut-être. Brooke ne laisserait personne, ni sa mère, ni sa maison de disques, ni même Flash lui-même, faire du mal à son fils.

Mais… pourrait-il y avoir autre chose ? Pour la première fois depuis que Bean avait manifesté son existence à Flash, Brooke pensa non pas à ce qui s'était produit des mois auparavant ou à ce qui allait se produire demain, mais à ces derniers moments avant que tout ne parte en vrille.

Flash qui la collait contre la porte. Flash qui l'embrassait encore mieux que dans ses souvenirs. Flash qui lui offrait un orgasme comme si rien ne s'était passé entre cette nuit et celle qui s'était passée, treize mois plus tôt. Flash, qui lui rappelait qui elle avait été avant de devenir mère.

Elle frissonna, et son corps se raidit presque douloureusement de désir. Elle n'avait aucune idée de la suite des événements – est-ce qu'ils allaient sortir ensemble ? Être co-parents ? Il semblait plutôt évident qu'ils étaient incapables de se côtoyer sans que cela ne débouche sur une fantastique expérience sexuelle. Elle avait bien trop envie de lui. Alors ils pourraient peut-être être des coparents qui couchent ? Voilà qui lui conviendrait assez. Bean pourrait passer du temps avec son père, et elle pourrait garder Flash dans son lit.

Il paraissait peu réaliste d'espérer davantage – lui serait sur les routes d'un rodéo à l'autre, et elle était censée partir en tournée. Ils seraient rarement dans la même ville en même temps, encore moins dans le même État.

Bien entendu, cela dépendrait aussi de qui il avait appelé : son avocat, la presse, sa petite amie ? Elle regarda Bean qui tétait avec ferveur, les yeux déjà à moitié fermés, ses tout petits doigts agrippés à son pouce. Elle n'avait jamais été séparée de fils plus de quelques heures et avait enregistré son album entre deux tétées. Elle voulait que son enfant connaisse son père, vraiment. Cela lui faisait de la peine de penser que cette partie de sa vie, de son histoire, lui manquerait. Elle, elle n'avait aucune idée de qui pouvait bien être sa famille paternelle. Sa mère avait effacé toute trace de l'homme qui lui avait donné la vie.

Elle ne ferait pas la même chose avec Bean. Elle ne se transformerait pas en sa mère. Mais elle ne pouvait supporter l'idée d'une bataille pour la garde de leur enfant avec Flash. Elle ne pouvait même pas envisager l'idée qu'elle puisse perdre son fils.

Brooke prit sa décision.

Elle ne demanderait pas à Flash plus que ce qu'il serait prêt à donner, et elle ne le laisserait pas rejeter son fils. Et il était hors de question qu'elle le laisse lui prendre son enfant.

Elle avait dû somnoler. Lorsqu'elle ouvrit les yeux, Flash était assis sur le tabouret devant elle, les yeux sur ce que Bean venait à peine de lâcher.

Il n'avait pas l'air en colère. Il avait l'air… concentré. Il avait repris des couleurs et perdu ce regard sauvage de tout à l'heure. Lorsqu'il la regarda, une ombre de sourire joua sur ses lèvres et elle se sentit sourire en retour.

— Je vais le coucher, comme ça, nous pourrons parler, chuchota-t-elle.

Flash hocha la tête. Elle posa Bean contre son épaule et lui tapota doucement le dos. Flash regardait chacun de ses mouvements avec une intensité qui la fit légèrement frissonner. Lorsqu'elle se releva, il l'imita.

Elle recoucha Bean sur le dos dans son berceau et contempla son petit garçon si parfait, accrochée à ce qui risquait d'être son dernier moment de paix avant un certain temps. Dès qu'elle aurait quitté la pièce, les choses allaient changer – très vite.

Flash s'approcha d'elle. Elle sentit leurs épaules, leurs hanches se toucher, leurs doigts se frôler sur le rebord du berceau. Elle lutta contre l'envie de passer ses bras autour de sa taille et de s'appuyer sur lui.

C'était ça qu'elle voulait, cette proximité. Cette sensation de faire partie de la même équipe. Certes elle avait Alex et sa mère, mais ce n'était pas la même chose. Seul Flash pouvait la séduire avec ce sourire, lui procurer ce bien-être-là.

Mais cette illusion vola en éclats lorsqu'il se pencha sur son oreille et murmura :

— Il faut qu'on parle. Tout de suite.

Elle hocha la tête et, après s'être penchée pour effleurer le front du bébé du bout des doigts, se dirigea vers la bibliothèque. C'était le nom qu'elle donnait à la pièce où elle avait mis tous ses livres et le piano, et c'était là qu'elle allait quand elle avait besoin d'un peu de tranquillité pour écrire, car la pièce était à l'exact opposé de la chambre de Bean. S'il devait y avoir des cris, au moins ne réveilleraient-ils pas le bébé.

Flash ne la suivit pas tout de suite. Elle se retourna et le vit penché sur le berceau, un regard qu'elle espérait d'adoration dans les yeux tandis qu'il touchait le front de Bean presque exactement comme Brooke venait de le faire.

— Fais dodo pour maman, petit homme, murmura-t-il, et s'il avait été possible de tomber amoureuse en un moment, cela aurait pu arriver parce que Flash allait aimer Bean, et le bébé connaîtrait son père, et tout allait pouvoir se régler.

La vision d'une famille heureuse lui traversa l'esprit, où Flash se lèverait la nuit quand Bean pleurerait et l'embrasserait pour la réveiller le matin. Toute une vie où ils apprendraient à Bean à marcher et à nager, à monter à cheval, à chanter lorsqu'ils entendraient les chansons de Brooke à la radio, et à regarder Flash depuis les gradins lors de ses rodéos. Elle voulait tout vivre avec lui, tout ce qui avait un rapport avec la vie de famille – les premiers mots, les premiers pas, les premiers touts.

Et une fois Bean au lit, elle voulait que Flash l'attende après un concert, ou qu'il revienne vers elle après un rodéo, et qu'ils célèbrent sa victoire et ses chansons avec des baisers torrides et du sexe plus torride encore. Tout une vie à se perdre l'un dans l'autre, où le sexe ne ferait que devenir toujours meilleur et où Flash serait un homme sur qui elle pourrait compter, dans les bons comme dans les mauvais moments. Où elle serait la seule femme qu'il voudrait.

À ce moment-là, Flash se tourna vers elle et elle sentit un nouveau frisson glacé parcourir son échine. L'intensité était toujours là mais toute nuance de douceur ou d'adoration avait disparu.

OK. Autant en finir tout de suite.

Elle descendit les escaliers, déterminée à crever l'abcès. Elle avait beau l'apprécier et avoir envie de lui, elle n'allait pas torpiller sa carrière ou mettre en péril le bonheur de son fils pour apaiser son ego. Il pouvait être autant en colère qu'il le voulait. Elle avait une famille à protéger.

Flash la rattrapa en bas des escaliers. Il l'attrapa par la main, comme s'il avait peur qu'elle se cabre.

— Quel âge a-t-il ? demanda-t-il doucement, alors que ses doigts emprisonnaient sa main comme des menottes en acier.

Il était à la fois dur et tendre, intense et doux. Elle eut envie de s'appuyer sur lui mais elle n'était pas tout à fait sûre qu'il ne la repousserait pas.

— Il aura quatre mois mercredi prochain. Là, dit-elle, en indiquant la bibliothèque. J'ai commencé à accoucher le soir de la remise des Grammy. Il est né à 3 heures du matin.

— Ah. Je me suis demandé pourquoi tu n'y étais pas.

Flash la conduisit jusqu'au long canapé bleu disposé devant la cheminée, mais au lieu de s'asseoir à côté d'elle, il se plaça à côté de l'âtre.

— Ça s'est bien passé ? Est-ce qu'il y a eu…

Il avala bruyamment sa salive, l'air un peu malade.

— Je veux dire, il n'y a pas eu de complication pour toi ou pour lui ?

— Non. Le travail a été long et vraiment pas marrant, mais tout s'est bien passé. Trois kilos cinq, cinquante centimètres, le bon nombre de doigts et d'orteils. Les médecins disent qu'il se porte comme un charme.

Flash se laissa aller contre la cheminée, visiblement soulagé.

— Bien. C'est bien. J'aurais voulu être là pour toi.

— Moi aussi.

Flash fixa le sol.

— Est-ce que j'ai vu juste ? Tu as fait des recherches sur moi sur Internet, et tu as vu les articles ?

Elle sentit ses joues s'embraser, mais bon sang, elle n'avait aucune raison d'être gênée !

— Oui. Je suis désolée, Flash. Je…

— Ne t'excuse pas. Sa voix s'était durcie. Je suis responsable, comme ma sœur aime à me le rappeler.

Il ferma les yeux et quelques minutes passèrent. Est-ce que c'était normal pour lui ? Elle aurait dû le savoir – mais elle l'ignorait, parce que chaque fois qu'elle le côtoyait, ils finissaient par faire l'amour au lieu de discuter sérieusement.

— Pour ton information, dit-il brusquement d'une voix grave, si je sors de la pièce ce sera parce que je ne veux pas perdre mon sang-froid, pas parce que je ne veux plus te voir. Et je reviendrai quand je me serai calmé parce qu'on est loin d'en avoir terminé, Brooke.

Honnêtement, elle n'aurait su dire s'il s'agissait d'une menace ou d'une promesse.

— D'accord.

Elle bougea nerveusement et essaya de trouver quelque chose pour s'occuper les mains. Elle aurait aimé s'asseoir devant son quart-de-queue et laisser ses doigts trouver une mélodie. Elle réfléchissait toujours mieux lorsqu'elle laissait la musique emporter ses angoisses.

— Tu m'en veux ? demanda-t-elle. Comme si la réponse n'était pas évidente.

— Je suis extrêmement contrarié, dit-il, la voix étrangement calme. Il ferma de nouveau les yeux et respira profondément et longuement avant de reprendre :

— Je t'en veux parce que tu ne m'as pas dit que j'avais un fils. Je m'en veux parce que je sais que nous nous sommes protégés, mais que de toute évidence ça n'a pas marché et que je n'ai pas été à la hauteur. À plusieurs titres. Il est clair que je n'ai pas été aussi prudent que je l'aurais dû, et que je n'ai pas été digne de ta confiance.

Quoi ? – il ne lui collait pas tout sur le dos ? Est-ce qu'il était en train d'assumer ses actes ? En partie, en tout cas ?

— Je ne te reproche pas ça, Flash. On a utilisé des préservatifs, et on a fait ça à deux.

Il hocha la tête, unique signe qu'il l'avait entendue.

— J'ai appris que la colère était un fourre-tout pour mes émotions, et que je suis obligé de travailler pour comprendre les autres sentiments que je ressens. J'ai sacrément mal, là. Et je suis surpris, et un peu effrayé, et furieux. Comment as-tu pu me cacher ça, Brooke ? Comment as-tu pu ne pas me donner la moindre chance ?

Sa voix avait commencé à monter en volume mais il se contrôla et se mit à marcher en rond devant la cheminée.

On aurait dit un cheval indompté dans un corral courant dans tous les sens sans savoir s'il allait charger la clôture ou pas.

Allait-il se cabrer ? Ou se calmer ?

— J'allais t'en parler, expliqua-t-elle.

— Quand ? aboya-t-il. Parce que ce n'est plus un nouveau-né, là, Brooke.

Elle grimaça. Elle détestait ce sentiment de culpabilité, mais il avait raison.

— J'ai toujours eu l'intention de t'en parler, mais c'était facile de le remettre à demain, et plus j'attendais, plus j'avais peur que tu…

— Que je défonce un mur ou que j'envoie ma bagnole dans un réverbère ?

Elle se crispa devant le réalisme de la suggestion.

— Personne n'est au courant, à part Alex, ma mère et quelques médecins, qui ont tous signé des contrats de confidentialité et sont tenus au secret médical, en plus. Oh ! et quelques responsables de ma maison de disques, qui ont tous intérêt à ne pas ébruiter l'affaire.

La perplexité se lisait sur son visage.

— Mais pourquoi ? Tu as honte de lui ?

— Bien sûr que non.

Brooke s'affaissa sur le canapé. Elle avait un coup de fatigue. Elle avait fait un concert ce soir, avait fait des galipettes avec Flash et maintenant elle devait défendre les choix qu'elle avait faits pendant les moments les plus stressants de l'année écoulée. De sa vie, même.

— C'est parce que je ne voulais dire à personne qui tu étais. Personne ne sait que tu es le père de Bean – enfin jusqu'à ce soir, puisqu'Alex vient de le deviner. Je ne voulais pas forcément garder le secret, mais je me suis laissé influencer par tout le monde, et tout ça parce que je ne voulais pas te mêler à tout ça.

Il écarquilla les yeux.

— Tu n'as parlé de moi à personne ?

— Tu étais mon secret. Ces articles…

Elle frissonna.

— Comme je ne voulais pas lâcher ton nom, reprit-elle, ma mère et ma maison de disques ont décidé de cacher ma grossesse.

— Bordel, grogna-t-il, mais sans lever la voix. Moi je suivais ta carrière, et soudain tu as disparu des radars, et je n'ai rien compris. Si j'avais su, je…

Il s'interrompit et fit mine de sortir, mais il s'arrêta à la porte et fit volte-face. Il avait l'air torturé, constata-t-elle. Cela lui fit mal de le voir.

Elle avait fait de son mieux pour gérer une situation difficile, mais elle n'avait jamais cessé de se remettre en question. Et le fait qu'il ne soit pas en train de lui hurler dessus et de lui reprocher d'être tombée enceinte… C'est ce à quoi elle s'était attendue, pour être honnête, après avoir lu tous ces articles sur Internet.

Sa réaction lui donnait de l'espoir. Peut-être cela pourrait-il fonctionner ? D'une façon ou d'une autre ?

Elle le rejoignit et posa la main sur son bras. Le regard de Flash s'adoucit ; il posa la sienne contre le visage de Brooke et lui caressa la joue avec le pouce.

— J'aurais voulu que les choses se passent autrement, chuchota-t-elle, en se laissant aller à son contact. Je suis vraiment désolée, Flash. Si je pouvais changer le passé…

— Aucun de nous deux ne le peut.

Subrepticement, ils étaient en train de se rapprocher. Il glissa son bras autour de sa taille et elle posa la tête sur son épaule. C'était lui qu'elle voulait : Flash sous son meilleur jour.

— C'est un bébé tellement adorable, Flash. Je veux qu'il rencontre toute sa famille – ta famille.

— J'ai appelé ma sœur, dit-il. Chloé. Tu te rappelles, elle était là au rodéo de Fort Worth ?

Brooke hocha la tête et Flash poursuivit, en resserrant son étreinte autour de sa taille.

— Elle et son mari Pete gèrent le championnat All-Stars, et ils sont à Nashville en ce moment. Ils arrivent.

— D'accord. Chloé a l'air sympa.

En réalité, Chloé avait été un peu agacée par Brooke parce que ses galipettes avec Flash l'avaient mise en retard pour le spectacle. Mais Brooke ne pouvait pas lui en vouloir pour ça. C'était normal, après tout. Si quelqu'un devait apprendre la vérité pour Bean, c'était sans doute pour le mieux que ce soit des membres de sa famille.

Flash ricana.

— C'est une madame je-sais-tout qui veut tout diriger, mais elle m'a sorti du pétrin plus souvent qu'à mon tour. Et elle adore les bébés.

— C'est chouette. Je…

Brooke avala nerveusement sa salive, pencha la tête en arrière et regarda Flash. C'était merveilleux que cette conversation sur le passé ne soit pas conflictuelle, mais cela ne voulait pas dire qu'il serait simple de parler de l'avenir. Surtout alors qu'il recommençait à lui caresser la joue, dans un geste tendre et encourageant. Brooke réussit à parler avant de trop se laisser distraire par ce contact.

— Je veux faire les choses correctement. Je ne sais pas si tu te rends compte, mais aujourd'hui encore ma propre mère refuse de me dire qui est mon père, et moi je refuse que mon fils vive ce que j'ai vécu. Je veux qu'il ait ses deux parents.

Flash prit plusieurs profondes inspirations mais il ne ferma pas les yeux, ne sortit pas de la pièce et ne se mit pas à crier – c'était un progrès, pas vrai ? À la place, il l'attira vers lui et leurs poitrines se collèrent l'une à l'autre. Elle sentit une chaleur languide envahir son corps parce que même si elle était épuisée, et soulagée, et tellement, tellement reconnaissante que Flash soit finalement ici et que tout aille bien, elle n'avait eu qu'un seul orgasme en plusieurs mois et que, égoïstement, elle en voulait encore. Avec cet homme-là – et personne d'autre.

Dis quelque chose de romantique, l'implora-t-elle en silence tandis qu'elle moulait son corps contre le sien. Quelque chose de gentil, de sexy, qui lui ferait comprendre que tout allait bien se passer. Quelque chose qui prendrait cette mélodie parfaite en train de se tisser entre eux et la transformerait en chanson.

Mais non. Il ne l'embrassa pas, ne lui proposa pas de la tenir dans ses bras pendant les courtes heures qu'il restait avant que Bean ne se réveille pour manger. Au lieu de cela, quelque chose se durcit dans ses yeux et il la serra fort contre lui, à l'écraser. Lorsqu'il parla, sa voix parfaitement calme déclencha un frisson le long de la colonne de Brooke.

— On est dans le même bateau à partir de maintenant. Et c'est pour ça qu'on va se marier le plus tôt possible.

- 7 -

— Quoi ?

Le corps de Brooke s'était raidi entre ses bras.

— On se marie, répéta-t-il, en sentant les battements de son cœur s'accélérer. Le plus tôt possible. Ce garçon est un Lawrence, par le sang et par le nom.

Au lieu de se blottir contre lui, Brooke se dégagea brusquement.

— Flash, mais qu'est-ce que tu racontes ?

Certes il ne s'était pas attendu à ce qu'elle bondisse de joie, mais est-ce qu'elle ne venait pas de dire qu'elle voulait que Bean ait ses deux parents ?

— On doit le faire, reprit-il. Au plus vite. Demain, même.

Brooke le regarda d'un air horrifié.

— Non. Il n'en est absolument pas question.

— Non ? Non ?

De toute évidence il fallait qu'ils régularisent cette situation, surtout si elle avait l'intention d'annoncer l'existence de leur bébé au monde entier.

— C'est non négociable, Brooke. Tu ne peux pas continuer à faire comme si je n'existais pas juste parce que c'est pratique pour toi. C'est mon fils, bon sang, et je ne te laisserai pas m'empêcher de le voir. Tu vas m'épouser ! hurla-t-il.

— Je n'ai aucunement l'intention de t'empêcher de le voir, cria-t-elle en retour.

— Tu veux dire que tu vas arrêter de m'en priver, c'est bien ça ?

Choquée et furieuse à la fois, elle répondit, les yeux luisants d'indignation :

— On ne va pas se marier, Flash. Sous aucun prétexte.

Elle n'aurait pas frappé plus fort si elle lui avait collé un crochet du droit. Il dut se raccrocher à l'encadrement de la porte pour ne pas tomber.

— N'importe quoi, aboya-t-il. C'est mon fils, et on s'entend bien au lit ou contre le mur d'ailleurs. Donne-moi une seule bonne raison de ne pas le faire ?

Il était vaguement conscient que ce n'était pas forcément la meilleure manière de présenter les choses, mais bon sang il était furieux. Ça n'avait rien de compliqué. Brooke était la mère de son enfant, et il l'aimait bien. Point barre.

Les joues en feu, elle ouvrit la bouche pour lancer une réponse assassine, mais au même moment la lumière des phares d'une voiture traversa le salon et lui fit refermer la bouche. Ils se tournèrent tous les deux vers la fenêtre, à l'instant où un bruit de portière claquait dans la nuit.

Brooke voulut passer devant lui mais il lui saisit le bras :

— Cette conversation n'est pas terminée, dit-il en essayant de prendre la voix la plus douce et calme possible.

Mais vu le regard assassin qu'elle lui lança et la brusquerie de son geste lorsqu'elle se dégagea, il était clair qu'il avait raté son but.

— Personne ne me forcera à faire quelque chose contre ma volonté, dit-elle d'une voix glaciale.

La sonnerie de l'entrée retentit.

— Oh ! non, le bébé ! siffla-t-elle en se précipitant vers la porte. Entrez, mais ne faites pas de bruit, dit-elle à Chloé et Pete.

Mais il était trop tard : James Frasier Bonner avait décidé qu'il voulait participer à la fête.

— Oh ! je suis désolée, dit Chloé Lawrence à voix basse, on ne voulait pas le réveiller !

— C'est ma faute, s'excusa Pete Wellington en ôtant son chapeau. C'est moi qui ai sonné. Je n'ai pas réfléchi.

Brooke poussa un grand soupir tout en adressant un

sourire à Chloé et à Pete pour leur montrer qu'elle ne leur en voulait pas.

— Ce n'est pas grave. De toute façon, la soirée n'a pas été franchement tranquille jusqu'à maintenant, ajouta-t-elle en jetant à Flash un regard de défi et de colère.

Est-ce que ça allait être sa faute ? Il n'avait pas été le seul à crier !

— Et pour cause, rétorqua-t-il en croisant les bras sur sa poitrine tout en essayant de ne pas avoir l'air trop furieux.

Devant le regard noir que lui lança Pete, il sut que c'était raté.

— Excusez-moi, dit Brooke d'une voix tendue. Je dois aller voir mon fils.

— Notre fils, jappa Flash.

La tension n'échappa pas à Chloé et à Pete qui échangèrent un regard entendu.

— Je peux venir avec toi, ça ne te dérange pas ? J'ai hâte de rencontrer ce petit bonhomme, même s'il est grognon, dit gentiment Chloé en passant un bras autour des épaules de Brooke et en l'accompagnant vers l'escalier. J'ai l'impression que la soirée a été longue, reprit-elle. Pour tous les deux.

— Tu n'as pas idée, répondit Brooke, à deux doigts de s'effondrer dans ses bras.

À travers le brouillard d'émotions qu'il avait le plus grand mal à contrôler, Flash perçut l'épuisement qui perçait dans sa voix.

Et cela le fit se sentir vraiment pitoyable.

Mais avant qu'il ne puisse ouvrir la bouche, Pete se dirigea vers lui et le repoussa dans la pièce d'où Chloé et Brooke venaient de sortir.

— Comment ça va ? demanda-t-il, les mains levées comme s'il était prêt à repousser Flash, au cas où.

— Génial. Absolument génial, grogna Flash. Merci de demander.

Il se détourna et se mit à faire les cent pas autour du canapé. Celui où Brooke s'était assise et où elle avait parlé de compréhension et de coparentalité, et pourquoi, nom de Dieu, était-elle tellement braquée à l'idée de se marier ? Est-ce que c'était le mariage en général qu'elle rejetait ? Ou juste lui ?

Ce n'était pas qu'il ait particulièrement envie de lui passer la bague au doigt. Le rodéo, c'était sa vie. Il était en vadrouille dix mois sur douze et ne rentrait que rarement chez lui. Pas franchement le genre de vie qui se prêtait à l'éducation d'un enfant. Et cette année allait être la bonne. Il pouvait réintégrer le circuit après sa suspension, il était sobre, concentré, il n'avait pas le temps de s'installer. Il en trouverait, du temps, bon sang, parce que c'est ce dont on avait besoin quand on avait une famille. Mais s'il ne faisait pas très, très attention, il pouvait dire adieu à son année de championnat.

Si Brooke lui avait dit des mois auparavant, pour le bébé, il aurait pu passer la période creuse à faire connaissance avec son fils et à s'organiser. Maintenant, il fallait qu'il se débrouille, et qu'il s'appuie sur Pete Wellington pour l'aider. Seigneur.

Flash n'avait plus mis de coup de poing à personne depuis des mois… Depuis qu'il s'était battu avec son père, son frère Oliver et Pete à cause des stratégies sournoises de celui-ci pour accaparer le championnat All-Stars et éloigner Chloé de la famille Lawrence. Et même alors, Flash n'avait pas été aussi en colère qu'aujourd'hui. La dernière fois qu'il s'était senti aussi dangereux, c'était…

C'était lorsque Tex McGraw avait dit des trucs sur Brooke et que Flash avait été viré du All-Stars à cause de la bagarre qui s'était ensuivie.

— Qu'est-ce qui s'est passé ? demanda Pete d'une voix calme et égale, loin des émotions de Flash à cet instant.

— Elle a eu un enfant de moi et elle ne m'a rien dit ! Fais un effort pour suivre, Wellington !

Flash se rendit compte qu'il avait serré les poings, et qu'il était prêt à frapper. Ce serait si bon de se laisser aller…

Mais Pete avait suffisamment pratiqué Flash pour ne pas se laisser impressionner.

— Tu as besoin de frapper quelque chose ?

— Tu es volontaire ?

— Crétin, répondit Pete en s'éloignant de quelques pas. Tiens, dit-il, en se penchant et en saisissant les coussins sur le canapé.

Il en plaça deux devant son ventre et se mit en face de Flash.

— Vas-y.

— Tu es sérieux ?

Est-ce qu'il était vraiment en train de lui donner l'autorisation de le frapper ?

Pete sourit faiblement.

— Tu as peur qu'un coussin fasse bobo à ton tout-petit… Waouh ! La vache, t'as une sacrée droite, mon gars ! siffla-t-il en vacillant.

Une minute passa, pendant laquelle on n'entendit que le son sourd des poings de Flash qui se fracassaient contre des coussins bleu ciel tandis que Pete grognait en encaissant les coups.

— Je lui ai dit qu'il fallait qu'on se marie le plus tôt possible, et elle a dit non, et c'est à ce moment-là que vous êtes arrivés.

Il finit avec trois coups en rafale.

Maintenant qu'il avait frappé quelque chose, il sentit sa colère retomber. Il donna un dernier coup de poing dans les coussins et laissa retomber ses bras, la tête basse.

Il avait un fils. L'énormité de la chose lui faisait encore voir des étoiles. Un petit garçon en pleine santé que Brooke adorait, de toute évidence, et…

Et elle ne lui avait pas dit.

— Ça va mieux ? demanda Pete, apparemment à bout de souffle.

Flash hocha la tête. Il haletait un peu et avait mal aux mains, mais cette douleur lancinante était bonne, elle le réancrait à son propre corps.

Pete posa un bras sur les épaules de Flash. Non que Flash ait besoin d'un câlin, bien sûr, ce n'en était pas un, mais c'était un geste de réconfort qui n'était pas perdu.

— Apparemment je ne suis pas aussi calme que je le pensais, grommela-t-il.

— Tu as frappé quelqu'un ? demanda Pete en tapotant Flash dans le dos.

— À part toi ?

— À part moi.

Flash secoua la tête.

— Je suis parti quand j'en ai eu besoin. Et je vous ai appelés en renfort quand j'ai compris que je n'arriverais pas à gérer ça tout seul.

— Bon, tu ne m'as pas mis ton poing dans la figure, non plus. Dans l'ensemble, tu t'en tires plutôt bien.

Flash ricana. Il n'avait pas l'impression de faire autre chose que perdre les pédales.

— Donc tu lui as dit que vous alliez vous marier ?

— Ouais.

Y penser le mit mal à l'aise. Le mariage c'était… pour toujours. Les Lawrence – et donc Pete, par extension – n'étaient pas du genre à changer d'avis. Si Flash épousait Brooke, ce serait pour de bon. Définitif.

Il allait le faire. Il le ferait sans hésiter, parce que c'était ce qu'un père devait faire pour son fils, et que, honnêtement, au lit c'était fantastique. Dans toute l'histoire de l'humanité, un tas de gens s'étaient mariés pour moins que ça.

Mais bon. Un mariage. À une femme qui n'hésitait pas à garder des secrets. C'était courir à la catastrophe. Et encore, si elle acceptait. Ce qui était loin d'être gagné.

Pete garda le silence assez longtemps pour que Flash lève la tête. Lorsqu'il avait été un gamin impétueux, il avait admiré Pete Wellington. Ce dernier était un sacré cow-boy de rodéo, à qui Flash rêvait de ressembler. Mais pendant dix ans, ils avaient été opposés quant à la propriété du rodéo All-Stars. Ils avaient réussi à se réconcilier, à peu près, mais c'était encore difficile de penser à cet homme en des termes amicaux.

Même si Flash se doutait que Pete était un allié, au fond. Qui d'autre aurait accepté de lui servir de punching-ball ?

Et voilà que Pete le regardait, un air d'amusement incrédule dans les yeux.

— Où est passé ton charme, Lawrence ? Je pensais que tu étais un séducteur de légende… Que tu étais capable de baratiner n'importe quelle donzelle pour la mettre dans ton lit et lui donner l'impression qu'elle était la seule femme au monde à compter pour toi…

— C'est vrai, répondit Flash en balançant un nouveau coup de poing – il allait sans doute devoir acheter un nouveau canapé à Brooke, à ce rythme – enfin, c'était vrai, corrigea-t-il.

Il n'était plus cet homme depuis… Eh bien, depuis Brooke.

— Tu lui as dit, reprit Pete. Tu as dit à cette femme de t'épouser, espèce de crétin.

— Tu as un truc à dire ? demanda Flash en lâchant un nouveau coup de poing dans le coussin. Ou tu comptes juste te répéter jusqu'à la fin des temps ?

— Mais qu'est-ce que tu croyais qu'il allait arriver, en donnant des ordres à une femme et à Brooke Donner, en plus ?

Flash s'interrompit à mi-mouvement pour fixer Pete, qui leva les yeux au ciel.

— La prochaine fois, essaie de lui demander, pour voir.

Puis il jeta les coussins sur Flash.

Flash vacilla en arrière et regarda Pete, bouche bée, qui secouait la tête, l'air accablé.

— Lui demander ?

— Lui demander de t'épouser. Genre, un genou à terre, avec une bague et une promesse. Pas comme un ordre, comme une vraie demande en mariage.

La prise de conscience lui fit l'effet d'un uppercut du droit. Pete avait raison. Qu'est-ce qui avait bien pu lui passer par la tête ? Qu'avait-il fait ?

- 8 -

— Je suis tellement désolée, dit Brooke en conduisant Chloé à l'étage dans la chambre du bébé, où Bean s'était mis à hurler.

Elle aussi, elle avait envie de crier. L'audace de ce type, qui lui ordonnait de réorganiser toute sa vie encore une fois ! Pour se marier…

Se marier ! Elle avait un come-back à orchestrer, un album à lancer, une tournée à gérer et un bébé à annoncer au monde entier. Sans oublier qu'elle avait un job de maman à plein temps, aussi. À quel moment était-elle censée avoir le temps de se marier ? Peut-être dans quelques années…

En outre, Flash n'avait pas été très convaincant.

D'accord, le sexe était génialissime, mais il était hors de question qu'elle se lie pour toujours, et encore moins à un homme avec casier judiciaire et un penchant à donner des ordres. Elle avait subi suffisamment de gens dans sa vie qui lui avaient dicté ses moindres faits et gestes, en la traitant comme si elle était incapable de prendre ses propres décisions concernant sa vie et sa carrière. Et maintenant il fallait qu'elle gère la sœur de Flash parce que, bien entendu, il avait appelé des renforts pour essayer de l'avoir à l'usure.

Elle fut tentée d'appeler Alex pour l'aider, mais c'était le meilleur moyen pour que ça finisse en pugilat. Et appeler Crissy Bonner était hors de question… Là, il y aurait pugilat et intervention de la police. Pendant une brève seconde, Brooke pensa à appeler Kyle Morgan, mais ça ne marcherait pas non plus : Kyle serait tout aussi ébahi de découvrir l'existence de Beau que Flash l'avait été.

Non, Brooke était seule sur ce coup.

À ce moment-là, Chloé dit :

— Ne t'excuse pour rien de ce qui concerne mon frère.

Vu le ton de sa voix, il était clair qu'elle considérait Flash comme une sorte d'abruti. Brooke lui jeta un regard surpris et Chloé haussa les épaules :

— Écoute, je sais qu'il t'a dans la peau et je sais aussi qu'il doit me manquer des informations, mais ce n'est pas parce qu'il te veut qu'il te mérite.

Brooke poussa une exclamation de surprise : c'était exactement ce qu'elle avait besoin d'entendre. Enfin, la deuxième partie de la phrase, surtout.

Comment ça, Flash l'avait dans la peau ?

Mais Chloé n'écoutait plus. Elle était devant le berceau et regardait Bean avec une admiration absolue dans les yeux.

— Oh mon Dieu. Oh la la, chuchota-t-elle en serrant ses poings sur sa poitrine. Regardez-moi ça, comme tu es mignon. Coucou poussin, je suis tatie Chloé.

Brooke contourna Chloé et prit Bean dans ses bras. Chloé s'exclama :

— Oh ! il est tellement adorable.

Ses yeux se remplirent de larmes.

— Comment s'appelle-t-il ?

— James Frasier Bonner, mais je l'appelle Bean.

— Je peux le prendre ?

Chloé avait déjà les bras tendus, mais elle s'arrêta avant d'enlever le bébé des bras de Brooke.

— Je suis désolée, reprit-elle. Je suis juste… C'est une telle surprise, et j'aime tellement les bébés, et c'est celui de Flash… Tu lui as même donné son prénom !

Elle adressa à Brooke un sourire un peu tremblant.

— Bien sûr. Tiens, installe-toi dans le rocking-chair, on va voir si Bean a envie de compagnie.

— Tu veux me raconter ce qui s'est passé ? demanda

Chloé. Si j'ai bien compris, Flash a appris l'existence de ce petit ange il y a quelques heures ?

— Tout à fait. Personne n'est au courant, en fait.

Elle plaça Bean dans les bras de Chloé, qui chuchota « oh mon Dieu », tandis que Bean la fixait. Puis, il adressa à sa tante un sourire de séducteur digne de son papa et Chloé se mit à pleurer. Ce qui effraya Bean, qui l'imita aussitôt. Franchement, Brooke n'avait aucun espoir de tenir le coup longtemps elle-même. Cette soirée était tellement longue.

— Je suis vraiment désolée, répéta Chloé alors que Brooke reprenait son fils. On essaie d'avoir un bébé, et…

— Tout va bien.

Brooke prit des mouchoirs et elles attendirent un moment, le temps que tout le monde se calme. Elle avait de la peine pour Chloé. Elle n'arrivait pas à imaginer ce que cela pouvait faire de lutter contre l'infertilité et de découvrir que son frère avait eu un enfant par accident, alors même qu'il avait pris des précautions… Elle se sentit envahie par une vague de culpabilité.

— Ça va mieux, reprit Chloé. Alors, qu'est-ce qu'il a encore fait, mon frère ?

Brooke raconta toute l'histoire. Elle essaya de s'en tenir aux faits, mais Chloé intervenait en lui disant des choses du genre « Tu as dû être horrifiée en voyant ces gros titres » ou « Il a fait quoi ? » Ce n'était probablement pas très malin d'ouvrir son cœur à cette femme qu'elle ne connaissait quasiment pas, car elle n'avait pas la moindre idée de ce qui pourrait finir sur Internet dès le lendemain, mais bon Dieu, ça faisait tellement de bien de parler à quelqu'un d'autre qu'à sa mère et à Alex. L'isolement subi ces derniers mois la rattrapa d'un coup, et avant qu'elle n'ait eu le temps d'y penser, elle se mit à pleurer. Chloé se chargea de bercer le bébé. Curieusement, Brooke se sentit mieux après.

Lorsque Brooke s'arrêta de parler, Chloé baissa les yeux vers Bean qui jouait avec un collier apparemment précieux, les yeux dans le vague. Avec un peu de chance, elle allait rendormir le bébé et avec beaucoup de chance, personne n'allait claquer de porte ni faire de bruit intempestif.

Mais Brooke n'avait pas l'impression que c'était son jour de chance, dans l'ensemble.

— Alors dis-moi si j'ai bien compris, dit Chloé doucement. Il t'a dit qu'il fallait que tu l'épouses ? Il ne t'a même pas demandé ton avis ?

— Non, répondit Brooke aussi doucement que possible – Dieu merci, Chloé comprenait. Et c'est à ce moment-là que vous êtes arrivés, reprit-elle.

— C'est un tel tocard. Oups, pardon trésor, roucoula-t-elle à l'intention de Bean qui cligna des yeux et lui lança un nouveau sourire ravageur. Mais il n'a pas perdu son sang-froid ? ajouta-t-elle.

— Non, je suppose que non. Je veux dire, il n'était pas content, mais il a le droit d'être contrarié. Cela n'avait rien à voir avec ce que j'ai pu lire dans les journaux.

Chloé fit la grimace.

— Il t'a dit pourquoi il s'était battu ?

— Non, pourquoi ?

Ça n'augurait rien de bon.

Mais Chloé ne jugea pas nécessaire de s'expliquer davantage. Elle regarda Brooke. Celle-ci sentit un frisson lui parcourir l'échine, en voyant dans ses yeux une lueur de calcul qui n'y était pas quelques secondes auparavant.

— Je vais te dire : il n'a pas tort.

Brooke inspira profondément, et Chloé poursuivit :

— D'un point de vue de l'image, je veux dire. Si vous vous mariez tous les deux, on pourrait présenter ça comme une relation longue distance tenue secrète, plutôt que comme une aventure qui aurait dégénéré. On pourrait en faire quelque chose d'extrêmement romantique, révéler de petites anecdotes sur cette relation mais sans trop en dire, et accorder des interviews exclusives et faire la une des magazines. On accrocherait à la fois ton public et le nôtre. La couverture médiatique serait fantastique.

Un gouffre de malaise s'ouvrit au creux de l'estomac de Brooke. Ce serait sans doute exactement ce qu'allait lui dire sa maison de disques, mais… Oui, elle voulait révéler l'existence de son fils. Oui, ça semblait logique d'avoir un plan. Et pour son image ce serait sûrement parfait. Mais était-ce trop demander que ce soit selon ses conditions à elle ? D'essayer de garder pour elle au moins une partie de sa vie privée ?

— Je ne suis pas sûre que cette idée me plaise vraiment, répondit-elle à Chloé en essayant d'être diplomate.

— C'est dommage qu'on ne puisse pas antidater le certificat de mariage, dit Chloé, toute son attention tournée vers le bébé.

Brooke n'était même pas sûre que Chloé l'ait entendue.

Mais un mensonge qu'on peut débusquer d'une simple recherche sur Internet est un mauvais mensonge. Il faut toujours rester aussi près de la vérité que possible, quand on ment.

Brooke n'aimait définitivement pas cette idée.

— Je ne veux plus mentir.

— Il ne s'agit pas de mentir, reprit Chloé. Juste arranger un peu la vérité. Vous vous êtes rencontrés, ça a été le coup de foudre, mais vous ne pouviez pas faire concorder vos emplois du temps… Hum… Non, ça ne va pas marcher. Flash s'est battu, il a été arrêté et là tu lui as lancé un ultimatum pour qu'il se reprenne, ce qu'il a fait.

— On peut ralentir une minute, là ? demanda Brooke, parce que c'était exactement ce dont elle avait peur – que Chloé la pousse à faire la volonté de Flash.

La seule différence était que Chloé le ferait tout en douceur et en empathie au lieu de hurler, comme son frère.

— Aucune chance que ma mère approuve quelqu'un comme Flash.

Mais rien n'arrêtait Chloé.

— Alors il s'est corrigé, et vous deux, vous sortez ensemble depuis… cinq mois, ça me paraît pas mal. Et maintenant qu'il a rempli sa part du contrat, vous allez vous marier ! Oui, c'est bien, ça. Comme ça, Flash a son histoire de rédemption, toi tu as une pub maximale pour ton nouvel album et…

— Je ne me marie pas, l'interrompit Brooke.

— Je comprends ta réticence, répondit Chloé qui n'était plus aussi empathique que tout à l'heure. Flash a cet effet sur les gens. Mais voilà le problème. Au-delà d'une histoire de rédemption ou de publicité, que va-t-il se passer s'il t'arrive quelque chose ?

Avant que Brooke n'ait le temps de paniquer… Est-ce que c'était une menace ?

Chloé poursuivit :

— Sans la protection légale du mariage, est-ce que Flash pourrait avoir la garde de son propre fils ? Ou est-ce que ta mère l'empêcherait de voir ce petit ange ? Évidemment, il irait devant les tribunaux, continua Chloé en souriant à Bean. Après tout, à quoi ça sert d'être milliardaire si ce n'est pas pour engager les meilleurs avocats ?

— Milliardaire ?

Brooke prit une profonde inspiration ; ça, c'était une menace.

— Mais ce serait une longue bataille judiciaire pendant laquelle Flash risquerait d'être privé de son fils très longtemps. Je ne sais pas quel genre de personne est ta mère, mais si tu n'es déjà pas très sûre du genre de choix qu'elle fait…

Elle laissa les mots s'éteindre sans finir sa phrase, mais il n'y avait aucune ambiguïté.

Une panique dévastatrice s'empara de Brooke et lui retourna l'estomac ; parce qu'elle ne voulait certainement pas se marier pour assurer la rédemption de Flash, ni pour se faire de la publicité, mais, mais… pour que Flash puisse s'occuper de son propre fils ?

Car Chloé n'avait pas tort.

Crissy Bonner était peut-être déçue que Brooke soit tombée enceinte et il était clair qu'elle allait détester Flash, mais elle adorait Bean. Elle adorait être grand-mère, et avoir Bean pour elle toute seule la comblait de joie.

Brooke se rendit compte qu'elle ne savait pas jusqu'où Crissy serait prête à aller pour préserver cet état de fait – tout en proclamant que ce serait dans son intérêt, bien sûr.

— Est-ce que c'est un risque que tu es prête à prendre ? demanda Chloé d'une voix douce. Moi je ne le ferais pas.

— Je ne suis pas à l'article de la mort, répondit Brooke, surprise d'entendre sa propre voix trembler.

Elle bondit et prit Bean des bras de Chloé.

— Je ne suis pas obligée d'épouser ton frère pour être sûre qu'il verra son enfant, et si tu n'es venue que pour faire le gentil flic et Flash le méchant flic, tu peux t'en aller. Maintenant.

Elle n'attendit pas la réponse, sortit comme une furie de la chambre et dévala l'escalier. Elle en avait marre de discuter, marre de la famille Lawrence. Qu'elle était sotte. Rien n'avait changé. Elle et Flash faisaient des étincelles lorsqu'ils étaient ensemble, mais l'alchimie sexuelle avait ses limites. Elle n'allait pas laisser sa libido l'empêcher de faire preuve de bon sens.

Elle descendit les escaliers et jeta un œil à la porte d'entrée. Il y avait une heure que Flash l'avait prise contre la porte et lui avait donné l'impression d'être restée celle qu'elle était avant ?

Moins d'une heure. Moins d'une soirée pour que Flash Lawrence ne débarque dans sa vie, mette tout sens dessus dessous et laisse un total chaos derrière lui.

Et qui allait devoir recoller les morceaux une fois l'orage passé ? Elle. Une fois de plus.

À partir de maintenant, elle et Flash ne se toucheraient plus. Elle ne pouvait plus se permettre d'être égoïste. Elle était maman, et si cela signifiait que ce devrait être elle contre Flash, la famille Lawrence, sa propre famille, sa maison de disques, le monde entier, eh bien soit, elle livrerait bataille.

Elle en avait fini de se cacher et de s'excuser. Certes, la

fille qu'elle avait été lui manquait, mais elle était devenue quelqu'un d'autre. Il n'y aurait pas de retour en arrière.

Elle entra dans la bibliothèque, la bouche ouverte, prête à leur dire à tous de déguerpir de chez elle… mais ce qu'elle vit la coupa net dans son élan. Flash avait coincé Pete Wellington contre le mur et il le frappait sans relâche en plein ventre, tandis que Pete grognait de douleur. Un vrai cauchemar.

— Qu'est-ce que vous faites ? hurla-t-elle, horrifiée.

- 9 -

Flash se retourna brusquement, en plein élan, et faillit en perdre l'équilibre.

— Brooke ?

Bean se mit à pleurer.

Oh non. Il ne pouvait absolument pas se permettre d'aggraver les choses.

— Ce n'est pas ce que tu crois, se hâta-t-il de dire en espérant parler d'une voix calme.

— Il ne me fait pas mal, s'écria Pete, même si sa voix à bout de souffle pouvait laisser entendre que ce n'était pas totalement vrai.

— Ce n'est pas ce que je crois ?

Brooke recula vers la porte en serrant le bébé contre elle pour que Flash ne puisse même pas le voir.

Si elle partait maintenant, il n'avait aucune idée de quand il pourrait revoir son fils, et c'était un risque qu'il n'était pas prêt à prendre.

— Non, je t'assure, se justifia-t-il. Je tapais sur des coussins.

— Des coussins ?

Brooke écarquilla les yeux.

— Tout va bien. Personne n'est en danger, reprit-il.

Le regard de Brooke lui faisait mal. Elle était furieuse, effrayée, épuisée, et Flash n'arrangeait pas les choses. Bon sang, il n'aurait jamais dû lui ordonner de l'épouser. Pete avait eu tout à fait raison. De toute évidence, Brooke se sentait piégée.

— Qu'est-ce qui se passe ? dit Chloé en entrant en trombe dans la pièce. Qui est blessé ?

— Personne, répondit Flash aussi calmement que possible, ce dont il ne se sortit pas mal du tout, vu le contexte.

Il était reconnaissant à Pete de l'avoir aidé à en arriver là parce que s'il n'avait pas eu l'idée de lui faire boxer un coussin, Flash savait très bien qu'il n'aurait pas été capable ni de penser, ni d'agir de façon rationnelle.

— Mais quel bazar.

— Brooke ? Je tapais sur des coussins.

— Je confirme, ajouta Pete, qui contourna Flash en tenant les coussins devant lui. Du canapé, précisa-t-il. Tu vois ?

— Tout va bien, souffla doucement Chloé, en tendant le bras pour caresser la tête de Bean qui ne passait pas non plus une super bonne nuit.

Aucun d'entre eux n'était à la fête.

— Mais pourquoi faire ? dit Brooke, l'air complètement perdue.

Et mince ! Il n'avait jamais autant voulu avoir une deuxième chance de toute sa vie. Il s'était cassé la figure dès le début mais contrairement au rodéo, il n'aurait pas le droit de remonter en selle pour retenter sa chance. La soirée avait si bien commencé avant qu'elle ne lâche sa bombe au sujet du bébé, mais depuis, il ne s'en sortait pas particulièrement bien. Il voulait revenir au moment où elle était dans ses bras et où il se souvenait comment être le gars charmant qu'elle voulait ; lorsqu'ils n'étaient pas dans deux camps différents.

— Comme une thérapie par le cri primal, tu sais ? Juste relâcher la pression pour pouvoir réfléchir. C'était un relâchement contrôlé. Tout va bien, répéta-t-il.

— Ne t'aventure pas à essayer ce… charme, Flash Lawrence, dit Brooke, et sa voix se brisa tandis qu'elle reculait, hors du contact de Chloé. Rien de tout ça ne va bien !

— Je sais, répondit Flash les dents serrées, en levant les mains en signe de capitulation.

Il maintenait une bonne distance entre lui et Brooke, et il jeta un regard à Chloé qui voulait dire « recule ». Ce qu'elle fit. Trop entourer Brooke ne ferait que renforcer son impression d'être traquée.

— Ça va aller, dit-il.

Il mentait parce qu'il ne lui faisait pas confiance, elle ne lui faisait clairement pas confiance non plus, et aucun de ces faits ne changeait la réalité… incarnée par ce bébé qui était en train de faire de petits bruits tristes.

Brooke les regarda tour à tour ; tous avaient l'air soucieux. Chloé aida Pete à remettre les coussins sur le canapé, laissant la sortie dégagée. Brooke les regardait avec méfiance mais elle ne se rua pas dehors. Flash lui en fut reconnaissant.

— Tu n'étais pas en train de l'attaquer ? dit-elle en baissant les yeux, les joues cramoisies.

Flash ressentit le besoin impérieux de la prendre dans ses bras, de l'emporter à l'étage et de la mettre au lit. Puis, au matin, ils riraient de tout cela.

— Non.

— Tu peux le croire, ajouta Pete, qui n'avait plus du tout l'air à bout de souffle.

Flash avisa Chloé et Pete debout l'un à côté de l'autre. Il avait passé son bras sur ses épaules et elle était appuyée contre lui, les yeux rivés sur Brooke et le bébé. Flash eut l'impression que Pete la retenait. Pete croisa le regard de Flash et lui adressa un hochement de tête d'encouragement.

— Miss Bonner, je sais que vous ne me connaissez pas, mais moi ça fait presque onze ans que je connais Flash et je suis prêt à jurer sur la Bible qu'il n'est plus le crétin immature et irresponsable qu'il a été.

— Merci Pete, je vais me charger de la suite, grommela Flash.

— C'était mon idée, qu'il tape les coussins, poursuivit Pete. Moi je les tenais, c'est tout.

— Mais quelle idiote je suis, s'écria Brooke en changeant Bean de position pour pouvoir s'essuyer les yeux du dos de la main.

Plus que son non sec à sa proposition malheureuse, plus que la surprise du bébé, ce fut la vue de Brooke qui essayait de ne pas pleurer qui le fit craquer. Il lui en voulait tellement… Ça, c'était toujours valable. Mais il voulait aussi prendre soin d'elle, et ces deux choses n'arrivaient pas à se concilier dans sa tête.

— Ce n'est pas vrai, dit-il rapidement. Rien n'est normal, ce soir.

Il devait bien y avoir un moyen de rattraper tout ça, bon sang, mais comment ? Il pourrait commencer par des excuses, par exemple.

— Je suis désolé, bébé.

Elle émit un son à mi-chemin entre le rire et le sanglot.

— Est-ce que tu sais au moins pourquoi tu t'excuses cette fois, ou est-ce que tu dis ça au pif à nouveau ?

— La liste est longue, concéda-t-il, en réussissant à sourire. Mais avant tout, parce que je n'aurais jamais dû te dire qu'il fallait qu'on se marie. Même si c'est une bonne idée.

— Non, répondit Brooke, la voix tremblante et les yeux écarquillés, tu n'aurais pas dû en effet. Personne n'aurait dû.

Elle jeta un regard en biais à Chloé. Flash ne suivit pas le regard de Brooke mais il entendit Chloé soupirer.

— Je ne veux pas qu'on me force à faire quoi que ce soit.

Ça, Flash pouvait parfaitement le comprendre. Il avait toujours été le genre de type qui faisait exactement le contraire de ce qu'on lui ordonnait, juste pour prouver qu'il en était capable. Bon Dieu, pourquoi n'avait-il pas prévu sa réaction ? Il avait été tellement convaincu que se mettre ensemble était la bonne chose à faire qu'il l'avait complètement écrasée.

Brooke renifla de nouveau et essuya de nouvelles larmes sur ses joues. Il mourait d'envie de la prendre dans ses bras, de l'envelopper et que tout aille bien à nouveau. Mais il était évident que faire une telle chose allait la braquer encore plus. Parfois, il fallait savoir battre en retraite pour avoir une chance de se relancer dans la bataille un autre jour.

C'était une métaphore, bien sûr.

— La soirée a été longue et le concert a dû t'épuiser, dit-il en tentant de lui adresser un sourire agréable. Je suis vraiment désolé de la tournure qu'ont prise les événements. Je crois qu'il est temps que nous te laissions tranquille pour que toi et James puissiez dormir un peu.

Et pour qu'il puisse découvrir ce que Chloé avait dit pour que Brooke fasse une telle crise de panique.

Il avait envie d'elle. Il ne lui faisait pas confiance. Il fallait qu'il l'épouse…

Brooke baissa les yeux vers le bébé. Même Flash était capable de voir qu'il était mal à l'aise, tout gigotant dans les bras de sa mère.

— On va essayer.

Il fut à deux doigts de lui proposer de rester pour la nuit, pour qu'elle puisse dormir et lui bercer son fils et avoir la chance de faire sa connaissance. Comme ça, il serait là demain matin quand elle se réveillerait, et ils pourraient…

Bon, les chances qu'ils refassent des galipettes étaient tellement minces qu'il ferait tout aussi bien de faire une croix dessus. Ils pourraient toujours parler, sans panique et sans amertume, de préférence. Mais la discrétion était une des grandes qualités du courage. Et il avait besoin de se recentrer. Alors il se contenta de dire :

— J'aimerais te revoir, pour qu'on puisse essayer de parler. Je suis en ville jusqu'à…

Il fit un rapide calcul. Il n'avait pas besoin d'être à Lexington, dans le Kentucky, avant dix jours, ce qui ne semblait pas suffisant pour démêler cette situation avec sérénité.

Zut. Sa bonne position dans le classement était fragile. Rater un rodéo le ferait dégringoler de plusieurs places et pourrait lui coûter le championnat de Cow-boy de l'année.

Mais il regarda Brooke de nouveau et soupira. Rater

un rodéo, ce ne serait pas la fin du monde. Tant que ça ne devenait pas une habitude. Sûrement, dans une semaine ou deux, ils auraient réussi à organiser un plan de garde ou de visite et il pourrait revenir directement à Nashville après le rodéo.

— Tant que tu auras besoin que j'y sois, se corrigea-t-il. On peut se voir ici ou dans un lieu public, où tu veux. Emmène Alex.

Il n'avait aucune envie qu'Alex soit là parce qu'elle lui casserait sans aucun doute la figure, et que Flash n'aurait pas d'autre choix que de le supporter.

— Tu es encore en train de faire le coup du charme, grommela-t-elle, mais il ne manqua pas sa façon de se mordre la lèvre inférieure, ni le regard en coin qu'elle lança dans sa direction.

— Je fais de mon mieux, acquiesça-t-il avec un sourire.

Ce petit éclair de normalité était encourageant. Si tout pouvait juste se calmer, il était certain qu'il était capable de raisonner Brooke. Il voulait sincèrement ce qu'il y avait de mieux pour elle et pour leur fils. Ce qu'il désirait, c'était avoir Brooke dans sa vie. Et si cela incluait qu'elle atterrisse dans son lit, ce serait la cerise sur le gâteau.

— Flash, il nous faut un plan, commença Chloé.

Flash leva la main et lui coupa la parole :

— On n'a rien besoin de décider ce soir. La seule chose essentielle pour le moment, c'est que Brooke prenne soin d'elle et du bébé. Et c'est tout.

Et lui avait besoin de reconsidérer ses priorités.

Le regard que Brooke lui lança était à la fois plein d'inquiétude et d'espoir, et peut-être un tout petit peu d'approbation. Du moins l'espéra-t-il.

— J'ai un rendez-vous demain à 13 heures pour discuter du concert au Bluebird. J'imagine qu'on pourrait se retrouver après ? Prendre un café peut-être ? Juste nous deux, si ça ne vous dérange pas, ajouta-t-elle à l'intention de Chloé et Pete.

Ce fut Pete qui répondit :

— Aucun problème.

Flash lutta pour ne pas montrer sa déception. Non, il n'était pas déçu qu'elle ne lui demande pas de rester. Il était content qu'elle n'insiste pas pour qu'il y ait des témoins à leur rendez-vous. Franchement, c'était déjà génial que Brooke accepte encore de lui parler.

— Dis-moi où c'est, j'y serai. Envoie-moi juste un SMS.

Elle hocha la tête et regarda la porte.

D'accord. Ils partaient. Tout de suite.

Chloé et Pete comprirent eux aussi. Ils s'avancèrent, les yeux de Chloé toujours rivés sur le bébé.

— Je suis vraiment désolée d'avoir insisté lourdement, dit Chloé, la voix pleine de regrets.

Elle tendit la main et, voyant que Brooke ne reculait pas, elle caressa le dos de James.

— J'espère qu'on reverra bientôt ce petit trésor ?

— Je verrai ça avec Flash.

Brooke n'avait pas l'air particulièrement convaincue.

— Merci, dit Chloé, la voix brisée. Il est tellement adorable, ce bébé.

Pete la serra fort contre lui et dit :

— Miss Bonner, nous adorons votre musique. J'ai hâte d'entendre les prochaines chansons. Et, quoi qu'il arrive, bienvenue dans la famille.

Puis il prit la main de sa femme et la conduisit dehors.

La porte d'entrée s'ouvrit et Flash entendit Chloé dire, presque en pleurant :

— Oh Pete… Ce bébé !

— Je sais, je sais, répondit Pete, la voix étouffée par l'émotion.

Lorsqu'ils furent partis, et que Flash resta seul avec Brooke, il lui dit doucement :

— Je suis désolé. Je pensais qu'ils pourraient nous aider.

— Nous aider ?

Elle ne recula pas, ne fit pas un rempart de son corps pour protéger le bébé.

— Pete, oui. C'était… C'est beaucoup à gérer.

Il se rapprocha d'elle et lui prit James des bras. Dieu merci, elle ne résista pas. Il blottit le bébé sous son menton ; au moins, ça, il savait le faire. Il avait beaucoup de pratique, pour l'avoir beaucoup fait avec Trixie, après tout. Il devrait probablement remercier Oliver pour ça... Quand celui-ci aurait fini de lui tailler un costard pour avoir mis Brooke enceinte.

On pouvait dire qu'il n'avait jamais été autant dans la panade de toute sa vie.

— Je ne crois pas m'être jamais excusé pour ma sœur, poursuivit-il. En général, c'est plutôt dans l'autre sens.

Brooke le regarda avec de grands yeux fatigués. Malgré la dure soirée qu'elle venait de passer – qu'ils venaient tous de passer – Flash était assez sûr qu'il n'avait jamais vu une femme aussi belle.

— Ça va, Flash, dit-elle.

Il n'arrivait pas à déterminer si elle était sincère ou pas.

— J'ai l'impression que vous avez la tête dure, chez les Lawrence, reprit-elle.

— Je plaide coupable, répondit-il avec un bon sourire.

Il tapota le dos de James :

— Merci pour ça... Pour lui. Je ne sais pas si je te l'ai déjà dit.

— Non, tu ne l'as pas dit.

Son visage s'adoucit en les regardant tous les deux. Flash eut l'espoir brusque qu'elle aimait ce qu'elle voyait. Parce qu'il n'allait pas abandonner l'enfant. Ça non. Qu'elle l'épouse ou pas, qu'elle lui pardonne ou pas, ils étaient dans cette galère ensemble.

Ce serait tellement plus simple s'ils étaient réellement ensemble, cela dit. Il devait bien y avoir un moyen.

Flash posa un baiser tendre au sommet de la tête de James.

— Fais dodo pour maman, d'accord trésor ?

Puis il se tourna vers Brooke :

— Est-ce que je peux faire autre chose pour toi, ce soir ?

Il savait qu'elle n'allait pas lui demander de rester, pas

après qu'il s'était conduit comme un tocard. Mais ça ne changeait rien.

— On… On se voit demain ? dit-elle doucement, en reprenant James somnolant des bras de Flash.

Puis le regard de Brooke tomba sur ses lèvres.

— Demain, acquiesça-t-il, sa voix à peine un chuchotement.

Puis il se pencha en avant et posa, très vite, ses lèvres sur celles de Brooke.

Il ne s'attarda pas.

— Appelle-moi en cas de besoin, n'hésite pas. Je peux être ici en moins de vingt minutes.

Il allait devoir se trouver une chambre d'hôtel plus près de chez elle. Elle hocha la tête, apparemment à bout de souffle. Flash fut terriblement tenté de se pencher pour déposer un nouveau baiser, plus long, plus… Oui, mais non. Il recula avant que la partie la moins noble de son corps ne prenne le contrôle. C'était ça qui l'avait collé dans cette mouise, au départ.

— Bonne nuit, Brooke.

Il était presque dehors lorsqu'elle ouvrit la bouche :

— Flash ?

Yes. Il se retint de crier de joie. Il se retourna calmement et répondit :

— Oui, bébé ?

— Il ne faut pas que ça se sache encore. Il ne faut pas que ma mère apprenne, pour toi. Pas…

Même depuis l'autre côté de la pièce, dans le noir, il la vit déglutir nerveusement.

— Pas encore, précisa-t-elle.

Est-ce qu'elle n'avait pas déjà parlé de sa mère tout à l'heure ? Dit que sa maison de disques et sa mère avaient décidé qu'il fallait qu'elle garde le secret sur sa grossesse et son bébé parce qu'elle refusait de dire qui était le père ? Et à présent, Brooke n'avait pas nécessairement peur que la presse apprenne l'existence de son bébé, mais elle était clairement inquiète pour sa mère.

Voilà qui ennuyait Flash. Il aurait voulu que sa mère à lui soit encore là. Elle aurait pu lui dire si c'était quelque chose de normal entre une mère et sa fille. Mais peut-être que sa belle-sœur, Renée, pourrait lui expliquer comment fonctionnaient les relations mère-fille tendues. Il allait devoir lui demander, une fois qu'Oliver aurait fini de lui passer un savon.

— Je ne dirai rien. Personne d'autre que Chloé et Pete ne sera au courant tant que tu ne seras pas prête à le dire. Enfin, se corrigea-t-il, Chloé et P ete, et mon grand frère, Oliver, et sa femme, qui est la meilleure amie de Chloé. Ça n'ira pas plus loin que ça.

Ils attendraient tous un peu avant de le dire à Milt Lawrence. Si son père apprenait qu'il avait un nouveau petit-fils, la vie deviendrait très compliquée, très vite.

— Ton frère et sa femme ? Ils sauront garder le secret ?

— Absolument. Mais à part eux, personne ne le saura. Tu peux me faire confiance là-dessus, Brooke.

Elle s'affaissa un peu, de soulagement, espéra-t-il.

— OK. Bon. Euh, bonne nuit alors.

— Bonne nuit, bébé.

Il sortit de cette maison aussi vite qu'il le put et commença à cogiter sur ce qui allait se passer le lendemain.

Comment faisait-on pour proposer un mariage de convenance pour la seconde fois après avoir complètement foiré la première ?

- 10 -

— Tu vas y réfléchir, alors ? demanda Kari Stockard en suivant Brooke qui sortait de la salle de conférences. Rien que le buzz autour des photos du bébé pourrait propulser ton album au top, Brooke. Tu le sais.

— Oui, tu l'as déjà dit pendant la réunion.

Plusieurs fois, d'ailleurs. Kari était une bonne attachée de presse, mais Brooke avait été suffisamment brusquée comme ça et ce qui était censé être un débriefing du concert au Bluebird s'était transformé en réunion avec Brooke d'un côté de la table, et sept – sept ! – producteurs, managers et autres types en costume de l'autre côté, tous en train d'essayer de lui dire quoi faire de sa vie. Et aucun d'entre eux n'était encore au courant pour Flash.

Brooke avait fait une longue recherche sur Internet avant de se rendre à cette réunion, et elle n'avait rien trouvé qui fasse le lien entre elle et Flash. Kyle Morgan avait été adorable et n'avait rien dit.

Elle aurait bien voulu qu'Alex soit là pour la soutenir ce matin – mais c'était supposé être une réunion de courte durée, pas la totale, elle avait donc dit à sa meilleure amie de prendre sa journée étant donné qu'elle n'avait pas du tout envie d'aborder la conversation qu'Alex ne manquerait pas de susciter à propos de Flash. Brooke n'avait même pas amené sa mère, qui, techniquement, était censée être son manager. À la place, elle gardait Bean à la maison. Non qu'elle ait été très utile, de toute façon. Elle aurait dit oui à tout ce qu'aurait demandé sa maison de disques, comme l'avait prouvé sa réflexion ce matin lorsque Brooke était partie : « ma chérie, tu ne crois pas qu'avec la sortie de l'album tu vas avoir envie d'annoncer la naissance de Jimmy ? » Personne d'autre que Crissy Bonner n'appelait Bean comme ça.

— Le timing est parfait, continua Kari qui suivait toujours Brooke. Pense au buzz que ça va faire !

Donc Brooke était vraiment seule sur ce coup-là, et c'était épuisant. Avait-elle tort d'avoir envie que quelqu'un soit dans son camp, de temps en temps ? Elle accéléra le pas. Si elle pouvait arriver à sa voiture… Eh bien, elle pourrait aller à son rendez-vous avec Flash et livrer une tout autre bataille.

Mais elle n'avait pas envie de se battre. Elle avait envie… de sentir qu'il y avait quelque chose qu'elle contrôlait. N'importe quoi.

Kari n'avait pas la moindre intention d'abandonner. Elle aussi accéléra le pas.

— On n'est même pas obligé de donner le nom du père ! On pourrait dire que tu as fait une FIV ! Avec un donneur anonyme ?

— Non.

Elle était quasiment en train de courir, à ce stade.

— Quand je serai prête à en parler, je te le dirai.

Voiture en vue.

— Avant le lancement de l'album ? cria Kari.

— Toi aussi ! cria Brooke en faisant exprès de répondre comme si elle avait mal entendu la question de Kari.

Elle avait mal à la tête. Kari ne savait pas qui était Flash, donc il n'y avait pas eu de discussion sur une possible rédemption ou un mariage, mais à part ça, le plan de Kari était quasiment identique à ce que Chloé avait proposé la veille au soir.

Brooke arriva à sa voiture et fit quelques secondes de pause pour s'assurer que Kari n'était plus à ses trousses avant de s'écrouler sur le siège. Le jour de la révélation publique n'était plus très loin, c'était certain, mais est-ce que cela impliquerait un mariage, ou seulement un bébé ?

Elle avait envie de se contenter d'écrire ses chansons et de chanter et oui, bien sûr, elle voulait gagner beaucoup d'argent… De l'argent qu'elle contrôlerait, elle, et pas sa mère ou son oncle, cet escroc. Avoir été élevée par une mère célibataire signifiait que Brooke n'avait jamais nagé dans l'opulence. Mais tout le reste, tout ce qui accompagnait la célébrité ? C'était franchement pénible.

Elle resta assise un instant à essayer de remettre de l'ordre dans ses idées. Ce qui, bien sûr, prit la forme d'une mélodie. Quelque part au milieu de la nuit, tandis qu'elle somnolait dans le rocking-chair avec Bean, la chanson qui tournait dans sa tête avait pris la forme de quelque chose de plus sombre, de plus cru. *Ne dis rien de romantique* était toujours là, mais une autre chanson était en train de faire son chemin au bord de son subconscient.

L'accompagnement de la nouvelle mélodie, pleine d'angoisse, lui traversa l'esprit. Une chanson où il était question d'être coincée dans une situation impossible, sans aucun moyen de trouver la bonne solution.

Elle ouvrit l'appli de composition de son téléphone et dicta les paroles. Au moins sa situation était-elle une bonne source d'inspiration.

Mon Dieu mais quel bazar.

Parce qu'en réalité, tout ce que Chloé Lawrence avait dit la veille n'était pas faux. Légalement, Flash n'avait pas d'existence vis-à-vis de Bean. Il ne figurait pas sur le certificat de naissance, et, faute de test de paternité, il ne pouvait pas prouver qu'il était son père, même s'il suffisait de les voir sourire côte à côte pour le savoir.

Peu importait que Chloé ou Kari aient promis de tourner la situation à son avantage – la vérité était que pendant quelques semaines, les médias ne lui feraient pas de cadeau. D'autant plus qu'elle aurait osé leur cacher sa grossesse et son enfant pendant si longtemps. Peut-être était-ce égoïste ou lâche, mais elle n'avait pas envie d'affronter ça toute seule.

Elle devait une grande partie de son succès de l'année dernière au fait qu'elle avait une image publique irréprochable : Brooke Bonner ne couchait pas à droite et à gauche, elle ne se droguait pas et ne buvait pas. Peut-être écrivait-elle quelques chansons crues, mais elle était un modèle pour les jeunes filles qui l'écoutaient : « Restez sur le droit chemin, et vous irez loin ! » Briser cette image quasiment authentique avec un bébé hors mariage allait lui coûter une bonne partie de ses fans.

Si elle épousait Flash – au plus vite –, elle ne serait pas obligée d'affronter les médias toute seule. Ni de cacher le fait qu'elle couchait avec lui. En imaginant qu'elle continuerait à coucher avec lui.

Est-ce qu'elle était en train de l'imaginer ?

Rien que de penser à l'orgasme de la veille accéléra son pouls. Mais ce moment parfait, tout comme celui de Fort Worth plus d'un an auparavant, était totalement assombri par ce qui était advenu après.

En quoi épouser Flash était-il la chose la plus intelligente à faire ?

Les mots « mais comment dire non ? » surgirent dans son esprit. Franchement, après cette réunion, Brooke aurait bien eu besoin d'un petit verre. J'ai besoin de quelque chose de plus fort encore, dicta-t-elle, laissant les mots couler, approchant à tâtons de l'idée suivante.

Est-ce que j'ai les moyens de me payer les bêtises que l'on fait avec un verre dans le nez ?

Oui, il faudrait retravailler tout ça. Et là, elle calait. Elle avait dit à sa mère qu'elle prendrait un café avec Kyle Morgan pour parler d'une chanson. Et, techniquement, elle réfléchissait à des paroles, donc ce n'était pas totalement un mensonge. Elle avait un après-midi pour décider quelle direction prendrait sa vie à court terme avant que tout ne recommence à partir en vrille et à lui échapper.

Elle savait ce qui lui restait à faire. Il fallait qu'elle

dise à Flash de la retrouver dans un café. Elle lui envoya un texto :

Où es-tu ?

Il répondit en quelques secondes.

À l'hôtel. Où veux-tu qu'on se retrouve ?

Clairement, il attendait son signal. Y penser l'aida à se détendre un tout petit peu.

La chose la plus responsable à faire était de lui indiquer un nom de bar, de restaurant ou de café. Il fallait qu'ils restent en public, qu'il y ait du monde autour, pour avoir une discussion mature et rationnelle sur la parentalité et leur non-mariage, comme des adultes. C'était sans aucun doute la chose la plus intelligente à faire.

Mais toute la logique du monde semblait voler en éclats dès qu'il s'agissait d'elle et de Flash. Elle voulait avoir l'impression qu'elle avait le choix. Et bon sang, elle avait envie de lui. Dans un lit, cette fois. Oui, apparemment, elle allait continuer à coucher avec lui.

C'est quoi ton numéro de chambre ?

La réponse lui parvint immédiatement :

623. Tu veux qu'on se retrouve ici ?

Elle voulait rejouer ce qu'il s'était passé la veille au soir avant que tout ne lui explose à la figure. Juste lui et elle, et pas de grosse surprise en coulisses attendant de tout gâcher, cette fois. Brooke voulait davantage que quinze minutes de satisfaction dans les bras de Flash. D'accord, c'était égoïste. Et après ce qu'il s'était passé la veille, c'était clairement une erreur dans les grandes largeurs.

Mais apparemment, lorsqu'il s'agissait de Flash, elle était condamnée à refaire délibérément la même erreur.

Je ne veux toujours pas t'épouser. Sache-le.

Noté.

C'était tellement difficile de savoir s'il avait envie de la voir ou s'il se préparait au pire. Bon, il pouvait toujours s'y préparer. Elle avait besoin qu'il lui donne un peu plus. Juste pour elle. Ensuite, ils pourraient recommencer à envisager la co-parentalité, ou autre chose. Elle écrivit un dernier texto avant de démarrer :

J'arrive.

Au moment où elle sortait du parking, il répondit :

Merci, je désespérais.

Brooke frappa, quasiment certaine qu'elle commettait une grave erreur. Mais avant qu'elle n'ait le temps de changer d'avis, la porte s'ouvrit et Flash fut devant elle. Bon sang, il était si sexy.

Il portait un T-shirt noir All-Stars qui mettait en valeur ses biceps musclés. Mais ce qui était drôle, c'était de le voir pieds nus. Pas de bottes, pas de chaussettes. Il lui jeta ce regard auquel elle ne savait pas résister.

— Hey, entre. Merci d'être venue jusqu'ici.

— Pas de problème.

Un souvenir s'imposa à elle, de la dernière fois où elle avait été seule dans une chambre d'hôtel avec cet homme. De Flash qui la collait contre la porte et lui chuchotait à l'oreille « dis-moi ce que tu veux » tout en appuyant son érection contre elle, et elle sentant tout son corps bourdonner de désir. « Je te le ferai, Brooke », avait-il presque rugi dans son oreille, « mais sois honnête ».

Elle chassa ce souvenir d'un haussement d'épaules. Ce n'était pas le moment de se livrer à des flash-back érotiques. Le rencontrer dans sa chambre était une très mauvaise idée, non ? Ça ne faisait même pas trente secondes qu'ils étaient seuls tous les deux et elle pensait déjà à faire l'amour.

Flash ferma la porte derrière elle et elle sursauta. Il affichait un petit sourire entendu.

— Tu es sûre que tu veux qu'on se voie ici ?

— Plus trop.

Elle n'aimait pas ce malaise entre eux et encore moins être la seule des deux à le ressentir.

Un jour, elle lui avait promis d'être honnête. Et elle n'avait pas franchement respecté le contrat, quand il s'était agi de Bean. Faire preuve d'honnêteté envers lui était la moindre des choses aujourd'hui. Elle prit donc une profonde inspiration et dit :

— Je ne crois pas que ce soit une bonne idée que je sois seule avec toi.

Il gloussa, apparemment pas vexé pour un sou. Brooke eut très envie de se blottir contre lui, mais non, ce n'était pas possible. Il fallait qu'elle se rappelle pourquoi elle était ici et surtout, comment elle en était arrivée là. Aucun des deux n'aurait été dans cette position si elle et Flash avaient été capables de se tenir correctement.

— Si tu n'es pas censée être seule avec moi, demanda-t-il lentement, qu'est-ce que tu fais là ?

— Si on s'était rencontrés dans un lieu public, on aurait pu être repérés.

Pas terrible, comme excuse. Et Flash n'était pas dupe. Son regard se durcit.

— Est-ce que tu es en train de dire que tu as décidé de garder le secret sur nous ?

— Non. Ce que je veux dire, c'est que je ne veux pas que le qu'en-dira-t-on me force la main.

Elle se détourna de lui parce que ce n'était pas facile de réfléchir en l'ayant comme ça sous les yeux, dans cette chambre d'hôtel. Il était tellement beau.

Waouh, elle ne s'était pas rendu compte qu'il avait une suite, pas simplement une chambre d'hôtel ordinaire. Cet endroit était plus grand et plus agréable que l'appartement où elle avait vécu avec sa mère pendant toute son adolescence. Elle n'avait pas du tout eu les moyens de s'offrir des chambres comme ça pendant sa tournée… Surtout pas après que son oncle avait raflé tous ses gains.

C'était une très belle suite. D'immenses fenêtres derrière une table pouvant accueillir huit convives donnaient sur

Music Row et la rivière Cumberland. Elle se trouvait dans un salon qui était non seulement pourvu d'un ensemble de canapé et de fauteuils assortis, mais aussi de jolis luminaires, avec de vrais abat-jour élégants, pas ces éclairages sans âme vaguement industriels, le tout posé sur un tapis persan qui avait l'air de coûter une fortune. Un espace bureau était aménagé près d'un bar bien fourni. À côté de la table, à gauche, une cuisine entièrement équipée et à droite, des portes qui donnaient sur ce qui devait être la salle de bains et la chambre. Et donc le lit. Probablement très confortable.

Non. Ne pas penser au lit de Flash.

Elle se dirigea vers la fenêtre qui donnait sur Music Row. C'était l'une des plus belles chambres d'hôtel qu'elle ait jamais vues, et il était évident que Flash s'y sentait comme chez lui. Derrière un des fauteuils, une veste de protection et des cordes – pour le rodéo, sans doute, sortaient d'un sac en toile. Des jambières étaient posées sur une des chaises de la salle à manger et son chapeau noir sur le comptoir en granit de la cuisine. Des tasses à café étaient éparpillées autour de la cafetière sur le bar, à côté de quelques sacs de courses.

D'accord, Flash n'était pas le mec le plus ordonné de la terre. Quelque part, cela le rendait plus… réel. Plus normal, en tout cas. Il n'était pas que ce fantasme parfait qu'elle avait créé, ou la brute épaisse décrite par les journaux. C'était un homme de chair et de sang.

Qui avait les moyens de se payer la plus belle chambre de l'hôtel, manifestement. Les gars des rodéos n'étaient pas connus pour leurs goûts raffinés. La moitié d'entre eux vivaient dans leurs voitures l'été ou squattaient par terre ici et là parce qu'on ne pouvait vivre du rodéo qu'en gagnant tout le temps. Est-ce que Chloé n'avait pas parlé de millionnaires en mentionnant la famille Lawrence ? Elle avait été vaguement menaçante alors, en parlant d'engager les meilleurs avocats, mais…

Est-ce que Flash était vraiment riche ?

— Je t'ai acheté du thé, dit-il en interrompant brutalement sa réflexion. Je ne connais pas tes goûts, alors j'en ai pris plusieurs sortes. Le concierge a trouvé une bouilloire électrique.

Oh non – des attentions. Il ne manquait plus que ça – si Flash se mettait à être à la fois charmant et attentionné, elle était foutue.

— Tu as du thé vert ?

— Pêche ou jasmin ?

Elle l'entendit fouiller dans les sacs.

— Oh ! j'ai aussi du thé vert nature si tu préfères.

— Jasmin, s'il te plaît.

Elle ne pouvait pas se permettre de se laisser embobiner. Il fallait qu'elle se rappelle pourquoi elle était venue ici, et ce n'était pas parce que Flash lui avait manqué, ou l'inverse, ni qu'ils étaient fantastiques au lit et que ça allait probablement devenir encore meilleur.

Elle était là parce que Bean avait presque quatre mois et qu'il avait passé en tout et pour tout vingt minutes avec son père. Elle était là pour s'assurer que Flash tiendrait parole et qu'il avait vraiment changé de comportement. Que tout le monde, hier soir, avait dit la vérité à propos de cette histoire de coussins, et que toute sa famille et leurs potentiels millions de dollars n'allaient pas servir à la forcer à se soumettre. Elle était là pour s'assurer que son fils serait en sécurité avec Flash.

Qu'elle était en sécurité avec Flash. Elle voulait être sûre qu'il n'allait pas la faire tomber amoureuse avant de lui arracher le cœur de la poitrine. Qu'il ne l'obligerait pas à l'épouser puis à choisir entre son enfant et sa carrière. Elle avait besoin de croire qu'il ne l'abandonnerait pas aux dures réalités de la parentalité pendant qu'il irait sur les routes faire du rodéo une fois que la passion charnelle se serait calmée entre eux.

Parce que ça allait se calmer, pas vrai ?

Flash n'était pas le genre de gars à se ranger des voitures. Il était aux abois, gardait toujours toutes les options ouvertes, et n'avait jamais rencontré une femme dont il ait été amoureux.

Sauf que… Était-il vraiment comme ça ? Il y a un an, oui, sans le moindre doute.

Mais il l'avait attendue devant le Bluebird. Il était venu chez elle. Il avait répété maintes fois qu'il n'avait pas regardé une seule autre femme depuis la nuit qu'ils avaient passée ensemble, et sa sœur avait dit qu'il l'avait dans la peau. Lui serait-il fidèle, même s'ils ne se mariaient pas ? Est-ce que c'était juste de sa part de lui demander de l'être si elle ne cessait de le refuser ?

Le fait était qu'elle voulait le beurre et l'argent du beurre – du sexe génial avec un homme parfait qui la faisait se sentir merveilleusement bien, et sa carrière, et un partenaire pour élever Bean.

Mais elle savait que si elle lui demandait ça, il la conduirait à l'autel avant qu'elle ait le temps de dire ouf sans garantie d'obtenir la première des choses qu'elle voulait. Peu importait le charme dont il faisait preuve à cet instant, il ne serait jamais pressé d'abandonner le rodéo et de devenir un papa au foyer. Il avait le rodéo dans le sang, tout comme elle, la musique.

Elle ne pouvait pas tout avoir. Dans la vie, il fallait faire des choix. Ce qui signifiait qu'elle devait renoncer à Flash. Elle devait faire passer son fils avant tout. Ses volontés égoïstes et ses besoins physiques venaient en dernier.

Non, pas en dernier. Les plans marketing, les communiqués de presse et, beurk, les couvertures de magazine avec les interviews et les histoires de rédemption et les ventes de disque… Toutes ces choses arrivaient en bon dernier sur sa liste. Ce qui ne voulait pas dire qu'elle pouvait les ignorer.

Elle se frotta les yeux.

— As-tu dormi un peu ? demanda-t-il derrière elle.

Elle voyait son reflet dans la fenêtre. Il était appuyé contre le bar et il la regardait.

— Tu as l'air plus en forme.

Au temps pour son légendaire discours de séducteur. Elle savait exactement de quoi elle avait l'air – short en jean, T-shirt noir large et casquette Nashville Predators sur une queue-de-cheval particulièrement ébouriffée. Elle ressemblait exactement à une femme qui avait passé une sale nuit.

— C'est tout ce que tu as en stock ?

Flash se plaça à côté d'elle, un grand sourire aux lèvres. Il fit courir sa main le long de son épaule et sur son bras jusqu'à ce que leurs doigts s'entremêlent. Elle frissonna à son contact et lutta contre l'envie de poser sa tête sur son épaule.

— Je pourrais dire que je ne t'ai jamais vue aussi belle que ce soir, mais on a dépassé le stade de la flatterie, tu ne crois pas ?

Il se pencha plus près, et sa voix baissa jusqu'à devenir un murmure.

— Je vais te dire, bébé. Je ne vais pas te mentir. Je ne l'ai jamais fait, et je ne vais pas commencer maintenant.

Elle rougit en se rendant compte qu'il avait raison. Il ne lui avait pas caché qu'il avait un casier. C'était elle qui avait gardé des secrets.

— D'accord. Oui. Je, euh, je m'excuse à nouveau de ne pas t'avoir parlé du bébé.

Comme il ne répondait pas, elle demanda :

— Tu m'en veux encore ?

Il lui serra la main et prit tout son temps pour répondre. Plus le silence se prolongeait, plus son estomac se nouait. Comment allaient-ils faire fonctionner cette relation ?

Il finit enfin par dire :

— Je travaille encore dessus. Je veux te faire confiance, mais… Je sais que tu as fait de ton mieux avec les informations que tu avais.

Il se racla la gorge :

— Et je suis désolé de ne pas avoir bien géré hier soir. Je n'essaierai plus de prendre des décisions à ta place à l'avenir.

Ça, c'était le Flash qui l'avait attendue derrière le Bluebird Cafe, celui qui avait dit toutes les bonnes choses au bon moment. Ce n'était pas le Flash qui était obligé de sortir d'une pièce pour ne pas perdre son sang-froid ou de taper sur des coussins pour garder le contrôle de ses nerfs. Ce n'était pas le Flash qui donnait des ordres susceptibles de changer la vie à tout jamais et attendait qu'on lui obéisse sans discuter.

Lequel était le vrai Flash Lawrence ?

— Sérieusement – tu as dormi ?

Sa façon de demander montrait clairement que c'était une question sincère. Pas seulementde la politesse.

Enfin, elle l'espérait en tout cas.

— Quelques heures. Personne ne dort bien avec un bébé agité posé sur la poitrine. Maman pense qu'il est en train de faire ses dents. Ce qui est super tôt, mais pas impossible apparemment.

Il grimaça.

— Ça va être compliqué. Ma nièce est en train de faire ses dents et c'est dur pour tout le monde. Je ne veux pas que tu traverses ça toute seule.

Comment était-elle supposée interpréter ça ? Elle avait établi clairement qu'elle ne l'épouserait pas – mais est-ce qu'il impliquait qu'il serait là pour prendre sa part du fardeau ? Ou qu'il ramènerait Bean chez lui ? Ce qui devait être… Le Texas ? Ou est-ce qu'il voulait dire qu'il allait engager une nounou ou quelque chose comme ça ?

Avant qu'elle n'ait le temps de demander, la bouilloire bipa et il la quitta pour aller chercher l'eau. Mais non, sa chaleur n'allait pas lui manquer. Il était à trois mètres. Ce n'était pas comme si elle ne pouvait pas rester cinq minutes sans le toucher. Elle venait de passer une année entière sans lui ! Mais à ce moment-là, il lui demanda :

— Combien de cuillères de miel dans ton thé ?

Et elle sut qu'elle était dans la mouise, parce que ce niveau d'attention frisait le danger.

— Tu te souviens que j'aime le miel ?

Flash s'arrêta en plein geste et se retourna, un éclair presque prédateur dans le regard.

— Sais-tu, dit-il, la voix soudain beaucoup plus profonde, et elle sentit son corps vibrer comme un diapason exactement à la bonne tonalité, sais-tu que chaque fois que je t'embrasse, je sens le goût du miel sur tes lèvres douces ?

— Non, dit-elle, le souffle coupé, tandis qu'il la faisait reculer contre la fenêtre, la rendant toute molle de désir.

— C'est pourtant vrai.

Le souffle de Flash frôla ses lèvres et ses joues et elle sentit ses mains l'attirer vers lui. Son érection était pressée contre elle et elle ne put se retenir de pousser un petit gémissement.

— Je pourrais boire tes baisers et ne jamais en avoir assez.

— Bonne réplique, chuchota-t-elle, en levant la tête vers lui. Tu peux m'en prendre un.

Mais il ne prit pas le baiser qu'elle offrait. Il se retint, ce qui était probablement un signe de maturité ou un autre truc ridicule dans le genre.

— Je ne vais pas te mentir, Brooke – j'ai très envie de toi.

Il donna un coup de reins et elle gémit. Lui poussa un grognement de désir, et elle ne put plus penser, plus rien faire d'autre que le sentir contre elle et le vouloir en elle.

Puis, cruel, il se recula. Pas très loin, mais suffisamment pour qu'il ne soit plus appuyé contre elle.

— Pour l'instant, on n'est pas obligé de faire autre chose que parler.

Sa main caressa ses côtes, frôla la courbure de son sein avant que ses doigts ne se posent en éventail sur sa gorge. Puis il prit sa joue dans sa main et, du pouce, lui caressa la joue. Elle ferma les yeux et se laissa aller.

Personne d'autre que Flash ne lui procurait ce genre de sensations.

— C'est pour ça que tu es venue, n'est-ce pas ?

Est-ce que c'était pour ça ? C'était ce qu'elle s'était dit hier soir, avant qu'il ne lui donne ce fabuleux orgasme, debout contre la porte. Elle n'avait pas été capable de réfléchir avant qu'ils ne résolvent la tension sexuelle.

Elle aurait pu le rencontrer dans un lieu public aujourd'hui, elle aurait pu insister pour qu'il y ait un témoin. Elle aurait pu le faire revenir chez elle et lui infliger sa mère, lui faire changer les couches de Bean.

Au lieu de ça, elle était venue tout droit dans sa chambre d'hôtel. Il n'avait pas eu besoin de la convaincre de quoi que ce soit. Elle était là de son plein gré.

Elle était à lui de son plein gré.

— Non, susurra-t-elle, en passant ses doigts dans ses cheveux et en l'attirant à elle. Ce n'est pas pour ça.

- 11 -

À elle.

Ce furent les mots qui lui traversèrent l'esprit lorsqu'elle pressa ses lèvres contre sa bouche. Cet homme était à elle.

Il l'avait toujours été, depuis le premier instant où il avait pris sa main et avait fait une courbette comme s'il saluait une marquise. Ils avaient au moins eu ça.

— Le lit ? demanda Flash tout contre sa bouche, en laissant descendre ses mains le long de son dos et jusqu'à ses fesses.

— Le lit, acquiesça-t-elle.

Elle adorait faire l'amour contre la porte, mais une fenêtre n'était pas aussi rassurante. En outre, elle avait envie de s'offrir le luxe de leurs membres entrelacés, de leurs peaux nues l'une contre l'autre.

Soudain, Flash se pencha et la souleva entre ses bras.

— Je te tiens, bébé.

Oh ! elle avait tellement eu besoin d'entendre ces mots.

— Est-ce que tu as la moindre idée de ce que j'ai envie de te faire ?

Elle pencha la tête et l'embrassa dans le cou. Elle sentait son pouls battre follement sous ses lèvres :

— Dis-moi.

— Je veux me délecter de ton corps et te faire crier mon nom, et je veux te serrer dans mes bras juste après, jusqu'à ce que tu sois revenue sur terre, et ensuite je veux m'enfouir dans ton corps jusqu'à ce que tu craques à nouveau, jusqu'à ce que je ne puisse plus me retenir. Je veux passer les deux prochains jours à te faire l'amour, ronronna-t-il dans son oreille.

Puis il saisit son lobe entre ses dents et se mit à le mordiller tout en traversant la suite en la tenant dans ses bras.

— Et ensuite, je veux recommencer, conclut-il.

Elle sentit chaque muscle de son corps se tendre et, au vu du sourire de loup qu'il lui adressa, elle comprit qu'il ressentait la même chose. Elle avait déjà vécu ça avec lui, cette merveilleuse nuit à Fort Worth où il l'avait fait exploser de plaisir.

Une fois par an, ce n'était vraiment pas assez.

Hélas, la réalité n'était pas dans leur camp.

— Oh ! Flash, gémit-elle alors qu'il l'embrassait dans le cou, nous n'avons pas tout ce temps devant nous.

Mais cette perspective n'en avait pas l'air moins merveilleuse. S'accorder quelques jours pour explorer la direction que pouvait prendre cette profonde connexion entre eux. Pour profiter égoïstement de cet homme et de ses immenses talents.

Parce qu'il était vraiment doué.

— Alors je me contenterai du temps que tu pourras me donner.

Il ouvrit la porte de la chambre d'un coup de pied et la referma, sans ralentir un seul instant.

— Un bon point, murmura-t-elle tandis qu'il la déposait sur le lit et lui retirait son chapeau.

— J'en ai plein d'autres en stock.

Ses cheveux se répandirent sur ses épaules, et sa queue-de-cheval ne fut plus qu'un lointain souvenir. Il fit une pause, prit une inspiration.

— Bon sang, Brooke, est-ce que tu as la moindre idée de l'effet que tu me fais ?

Elle se pencha en avant et caressa l'érection évidente qui apparaissait sous son jean.

— Je commence à m'en douter.

— Tu…

Il avala sa salive tandis qu'elle posait sa tête sur son ventre et se mettait à défaire ses boutons.

Elle descendit son jean puis passa les doigts sous l'élastique de son caleçon bleu, qui moulait ses hanches étroites, ses fesses, tout. Elle tira, et le libéra.

— Si tu ne veux pas que je te goûte, dis-le moi, surtout.

Flash grogna et passa les doigts dans les cheveux de Brooke pendant qu'elle posait ses mains tout le long de son membre.

— Je t'en prie, dit-il à travers ses dents pendant qu'elle le caressait. Fais ce que tu as envie de faire, Brooke.

Elle exerça une petite pression qui lui fit pousser un petit gémissement.

— Je ne vais pas te donner d'ordre.

— C'est pourtant ce que tu as fait hier soir.

Ce moment lui procurait une certaine puissance. Elle l'avait littéralement dans le creux de sa main et pouvait faire ce qu'elle voulait de lui. Elle le regarda, les yeux à demi fermés et, doucement, posa ses lèvres à l'extrémité de son sexe. Il frissonna mais avant qu'il ait pu esquisser le moindre mouvement de hanche, elle avait reculé la tête et passait la pulpe de son pouce sur la surface qu'elle avait embrassée.

— C'était une erreur. Une grosse erreur, grogna-t-il, sa tête retombant en arrière. Tu me tues, bébé.

— Ne recommence pas, dit-elle, parfaitement consciente que cela sonnait comme un ordre.

Mais ce n'en était pas un. Pas vraiment.

Elle lui avait donné une seconde chance hier soir, lorsqu'il lui avait dit qu'il s'était calmé et qu'il était devenu raisonnable, mais elle l'avait vu se débattre avec lui-même lorsqu'elle lui avait révélé l'existence de Bean. Certes c'était en partie sa faute, parce qu'elle lui avait appris la nouvelle de la pire façon qui soit. Mais elle n'avait pas oublié la dureté dans sa voix lorsqu'il l'avait informée qu'ils allaient se marier dès que possible. Et c'était sans parler de cet horrible moment où elle avait cru qu'il agressait son beau-frère.

Elle n'avait pas besoin d'un tocard dominateur et immature dans sa vie. Elle avait besoin d'un homme, qui se conduirait bien avec elle et avec son fils et qui la défendrait, pas d'un homme qui la mettrait sur le banc des accusés.

Et elle avait besoin que Flash soit cet homme-là.

— Je te donne une nouvelle chance, dit-elle, très sérieusement.

— Je serai à la hauteur, cette fois. Tu peux compter sur moi, Brooke, maintenant et toujours. Quoi qu'on décide, on est dans le même bateau.

Même à travers le brouillard lubrique qui s'était installé entre eux, elle sut qu'il parlait sérieusement.

— Je sais, chuchota-t-elle, la gorge étreinte par l'émotion.

Il se pencha pour l'embrasser, et c'était le genre de baiser qui en disait autant que ses paroles. Pas un baiser déchaîné de passion, mais chaud, plus riche, plus profond.

Quelque chose qui ressemblait même à de l'amour.

Non, non, non… Elle n'allait pas laisser l'amour se mélanger avec le désir sexuel. Surtout pas maintenant. Ce moment qu'elle partageait avec lui… Il s'agissait d'abord de satisfaction, ensuite de planification de leur avenir. Aucune de ces deux choses n'avait rien à voir avec l'amour.

Ils avaient passé si peu de temps ensemble qu'elle savait à peine à quoi cet homme ressemblait sans ses vêtements. Une nuit et quelques moments volés, plus une poignée de conversations dures et pleines de gêne.

— Enlève-moi tout ça, ordonna-t-elle en le lâchant. Je te veux nu.

— Avec plaisir.

Il fit un pas en arrière, se débarrassa de son jean et fit voler son T-shirt.

— Je te donnerai toujours ce que tu veux. Tu le sais, ça, pas vrai ?

Elle hocha la tête et défit ce qu'il restait de sa queue-de-cheval, tout en commençant à enlever sa jupe. Flash l'arrêta.

— Sois honnête avec moi, Brooke. Pas seulement pour le sexe, pour tout. Sois honnête avec toi-même.

Puis il prit l'ourlet de son T-shirt et le fit passer par-dessus sa tête. Elle avait opté pour son joli soutien-gorge bleu canard aujourd'hui, un des rares qui ne soit pas d'allaitement et qui lui allait encore. Ses seins avaient l'air énormes là-dedans.

— Je peux toucher ? demanda-t-il, en faisant descendre un doigt entre ses seins.

Elle allait acquiescer puis se reprit. Hier soir, il s'agissait de retrouver une partie de celle qu'elle avait été avant de devenir mère. Mais là ?

C'était la première fois que Brooke avait envie de faire l'amour en assumant la femme qu'elle était devenue. Et il avait dit qu'il attendait d'elle une totale honnêteté, alors…

— Pas tout de suite. Je garde mon soutien-gorge pour l'instant.

Flash arbora un grand sourire et remonta les mains vers ses épaules, dont il se mit à masser les muscles tendus. Clairement, il ne s'en formalisait pas le moins du monde.

— Aucun problème.

Elle se saisit à nouveau de son sexe, passa la langue tout au bout et le prit dans sa bouche.

Il grogna, un son de désir pur qui trouva un écho dans tout son corps. Elle le caressa avec ses mains, le lécha. Soudain, il se recula.

— Non, grogna-t-il en la repoussant.

— Non ?

Elle leva la tête. Il avait les mains posées entre ses omoplates, et sa poigne était ferme sans être brutale.

— J'ai fait quelque chose de travers ?

Il rit, d'un rire presque dérangé, tout en la faisant doucement rouler sur le ventre.

— De travers ? Tu plaisantes. Je n'ai jamais senti

quelque chose d'aussi juste de ma vie. Mais tu vas me faire exploser, là, et je refuse de m'arrêter ici. Pas avant…

Il lui ôta son short et sa culotte, et Brooke, allongée sur le ventre, le laissa faire. Elle s'agrippa aux draps pendant qu'il lui écartait les jambes et y glissait la main, l'ouvrant pour lui.

— Beauté, grogna-t-il, en lui pétrissant les fesses.

Elle se souleva sur un coude et le regarda :

— Pas avant quoi ?

— Pas avant que tu aies joui en premier.

Il passa la main sur ses reins mais au lieu de la remettre à cet endroit déjà chaud et humide entre ses jambes, il s'agenouilla sur le lit et posa les mains sur ses épaules. Il se mit à les masser et elle laissa retomber sa tête à mesure que ses muscles se détendaient.

— On a combien de temps ?

Une heure, à peu près.

Bean allait se réveiller de sa sieste, il aurait faim et elle allait devoir l'allaiter. Et il allait falloir gérer maman…

— Alors on va en profiter un maximum. Ne réfléchis pas, bébé, dit-il, en massant un nœud particulièrement douloureux. Laisse-moi m'occuper de toi.

Il fit descendre ses mains et frôla ses côtes, tout en passant par-dessus les attaches de son soutien-gorge. Les cals de ses mains accrochaient sa peau et rehaussaient les sensations, ce qui la rendit encore plus consciente de chacun de ses mouvements et de ses contacts. Elle se raidit lorsqu'il passa ses mains sur ses hanches. Mais à ce moment-là, il dit :

— Tu es tellement belle.

Sa voix n'avait pas la moindre trace de moquerie.

— Je n'ai pas récupéré mon corps d'avant, dit-elle en se raidissant alors qu'il parcourait du doigt les traces de vergetures qu'elle devait à Bean.

— Et alors ?

Elle tourna la tête vers lui et le regarda :

— Sérieusement ? Est-ce que tu sais combien de gens

me disent qu'il faut que je retrouve mon poids d'avant le bébé ? Ma mère, la maison de disques, ils disent tous la même chose.

Sa voix s'était presque brisée. Les yeux de Flash lancèrent un éclair.

— Que les choses soient claires, dit-il en la faisant rouler sur le dos et en la collant au lit. J'ai adoré ton corps l'année dernière. J'adore ton corps aujourd'hui. Mais si tu crois qu'il n'y a que ton corps qui m'intéresse et que toute variation de ton apparence va me faire fuir au grand galop, alors tu n'as pas compris à quel point et comment j'avais envie de toi. De toi tout entière.

Il allait la faire pleurer… Elle se tortilla pour se dégager, mais il la tenait fermement sur le lit.

— Alors comme ça, tu n'es plus la même ? Ça tombe bien, moi non plus. On a tous les deux grandi, Brooke. Et je pense qu'on a tous les deux fait des progrès.

Il lui lâcha les poignets et descendit jusqu'à ce qu'elle sente ses lèvres posées sur ses vergetures, embrassant avec dévotion chacune de ses petites lignes.

— Tu es belle, répéta-t-il.

Brooke fut soulagée qu'il ne soit plus en train de la regarder dans les yeux, parce qu'il y avait là plus que des compliments. Ce n'était pas simplement Flash en train d'être doux ou charmant. C'était Flash féroce et fier… fier d'elle. C'était l'homme qu'elle voulait avec elle, à ses côtés, lorsque les responsables de sa maison de disques essayaient de lui forcer la main. C'était un homme prêt à se battre pour elle, pour leur fils, pour leur famille.

Comment avait-elle pu ne pas comprendre qu'une histoire d'amour, ce n'était pas simplement de jolies paroles ou une chanson douce ? Parce que c'était ça, en réalité. C'était solide, déterminé et intense. Juste comme Flash.

Flash, enfoui entre ses jambes, leva la tête et dit :

— J'avais envie de toi il y a un an, alors que nous étions des gosses qui cherchaient juste à s'amuser, lui dit-il. Et j'ai envie de toi maintenant que tu as porté mon fils et que tu as fait de moi un père. Dans un an, dans cinq ans, tu ne seras plus exactement celle que tu es à présent, et j'aurai encore envie de toi.

Ça, c'était une sacrément bonne réplique, qui irait merveilleusement dans la chanson *Ne dis rien de romantique*. Il la fit de nouveau rouler sur le ventre et cette fois, elle se laissa aller à se détendre à son contact. Une main se glissa entre ses jambes et vint caresser sa chair si sensible, et les paroles disparurent, ne laissant que la mélodie bourdonnant dans son esprit.

— Oui, comme ça, dit-il, la voix rauque, tandis qu'il la touchait, la caressait, l'embrassait. Ne réfléchis pas. Concentre-toi juste sur ce que je suis en train de te faire.

De son autre main, il repoussa doucement ses cheveux et attrapa son cou, la maintenant contre le lit pendant qu'il lui mordillait l'épaule, son menton mal rasé frottant contre sa peau.

Elle sentit un doigt la pénétrer et elle tressaillit.

— C'est ça, bébé, souffla-t-il dans son oreille tout en continuant de la caresser avec une patience qu'elle n'aurait jamais cru possible.

Jusqu'à présent, chaque fois qu'elle avait été avec Flash, l'ambiance avait été frénétique et chargée et aucun des deux n'avait été capable de se retenir. Mais là ? Là, il se retenait, il envahissait tous ses sens et demandait toute son attention. Et elle la lui accordait volontiers. Il n'y avait aucune place pour des histoires de publicité, de rédemption et d'albums, ou de ce qu'il faudrait faire ou pas. Il n'y avait que lui et elle, et la musique qui tissait leurs vies ensemble.

Parce qu'elle jurait que Flash aussi pouvait entendre cette chanson. Avec deux doigts, il la caressait de l'intérieur au rythme de cette mélodie tout en mordant dans la peau entre son épaule et son cou. Elle sentit son orgasme monter et commença à se tortiller, mais il ne la lâcha pas.

— Tu en veux encore ? grogna-t-il dans son oreille,

et elle entendit le désir pur dans sa voix, le sentit dans la manière dont leurs corps s'unissaient.

Gémissante, elle hocha la tête. Il relâcha sa nuque et enleva ses doigts.

— Une seconde, bébé. Est-ce que tu as la moindre idée de l'effet que tu me fais ?

Elle le regarda enfiler le préservatif. Puis il la souleva par les hanches pour qu'elle se retrouve à quatre pattes sur le lit, et elle se recula vers lui.

— C'est bon ? demanda-t-il, en s'agenouillant derrière elle et en lui caressant les fesses. Parce qu'il faut que je te dise que d'ici, la vue est fantastique.

Elle rit et écarta un peu plus les jambes, appuyée sur les coudes.

— Je crois me rappeler que c'était plus que bon, il y a un an.

En réalité, elle se souvenait de l'orgasme dévastateur qui l'avait frappée si fort qu'elle en avait perdu tous ses moyens et qu'elle était restée pantelante pendant les longues et délicieuses minutes où il l'avait serrée dans ses bras.

Personne ne lui avait jamais procuré des sensations comme ça. Elle avait de bonnes raisons de se méfier de lui – de très bonnes raisons, même – mais pour l'instant, alors qu'il adaptait son corps au sien, plus moyen de s'en souvenir. Tout ce qu'elle savait, c'était qu'il allait la faire se sentir merveilleusement bien.

— Mon Dieu, ma beauté, dit-il en lui donnant une petite tape sur la fesse avant d'entrer en elle.

— Oh ! gémit-elle, prise d'un pur plaisir, tandis qu'elle le sentait la pénétrer.

Son orgasme gagnait peu à peu en intensité.

— Tu m'as manqué, murmura-t-il, en donnant un nouveau coup de reins.

— Oui !

Elle laissa tomber sa tête sur ses avant-bras, ce qui donna à Flash un accès encore plus dégagé. Il lui caressa les fesses et frôla délicatement son délicat bouton pendant qu'il se perdait en elle et qu'elle s'envolait au rythme de leurs deux corps. Il avait toujours été si bon pour ça, pour faire réagir son corps à son simple contact. C'était pour cela qu'elle n'arrivait pas à ne pas le toucher, qu'elle ne parvenait pas à passer outre cette histoire. Elle avait tout simplement trop besoin de lui.

Elle sentit la pression monter et monter encore. Il enroula ses cheveux autour de son poignet et la tira vers lui jusqu'à ce qu'il soit assez près pour lui mordre l'épaule.

Subitement tout explosa, et le corps de Brooke se tendit autour du sien tandis qu'un cri de plaisir sortait de sa poitrine.

— Voilà, murmura-t-il tout contre sa peau. Jouis pour moi, bébé. Comme… Oh ! bon sang.

Il prit son élan, saisit ses hanches et donna un tel coup de reins qu'elle retomba à plat sur le lit, totalement noyée sous les sensations. La jouissance se poursuivit en elle jusqu'à ce qu'elle se remette à crier.

Quelques secondes plus tard, Flash émit un son de pure luxure et s'effondra sur elle. Il parvint à rouler sur un côté, une jambe et un bras toujours posés sur elle. Elle ne sut pas combien de temps ils restèrent ainsi, haletants, mais la chaleur de leurs corps finit par se dissiper et elle frissonna.

— Oh ! bébé, soupira Flash, en la prenant dans ses bras et en serrant très fort. Je…

Elle n'avait aucune idée de la manière dont il allait finir cette phrase.

Non, non, non… *ne dis rien de romantique*, surtout pas. Elle ne voulait pas qu'il la fasse tomber amoureuse de nouveau, ne voulait pas qu'il lui propose de l'épouser au moment où elle était le plus vulnérable parce qu'après une séance de sexe comme celle-là, elle était capable de dire oui.

Elle voulait seulement profiter du fait qu'il soit là pendant qu'elle le pouvait, et c'est ce qu'elle venait de faire. Maintenant, elle devait se concentrer sur la réalité.

Elle roula loin de lui et se leva.

— Je ne veux toujours pas t'épouser, dit-elle en partant, très vite, vers la salle de bains.

Dont elle ferma la porte avant qu'il n'ait eu le temps de répondre.

- 12 -

Elle n'allait pas lui faciliter les choses, c'était clair.

Pendant que Brooke faisait sa toilette, Flash s'étala dans le lit et essaya de remettre de l'ordre dans ses pensées. Il mourait d'envie de la ramener dans son lit, de s'enrouler autour de son corps et de faire la sieste pour le reste de l'après-midi, mais ils n'avaient pas tout ce temps devant eux. Pas encore, en tout cas.

OK, il allait y arriver. Il était calme, posé, et, grâce au moment extraordinaire qu'ils venaient de partager, il était capable de réfléchir sans se laisser distraire par son corps ou par sa queue. Enfin, probablement.

Mais chaque chose en son temps. D'abord, le thé.

Ce n'était pas parce que son désir d'elle n'était jamais assouvi qu'elle lui appartenait. Et cela ne voulait surtout pas dire qu'il lui avait pardonné de lui avoir caché l'existence de James. Tout ce que cela signifiait, c'était qu'ils… exploraient des zones de consensus ou un truc dans le genre.

Il se leva, jeta le préservatif et alla se laver rapidement les mains dans la cuisine. Puis il lui fit du thé. L'eau avait un peu refroidi mais il espérait qu'elle serait encore assez chaude. Il y ajouta un peu de miel.

Voilà. Certaines choses pouvaient être simples.

Elle ne voulait toujours pas se marier. Elle avait été très claire là-dessus avant de venir. Ce qu'il fallait qu'il détermine maintenant, c'était si elle restait inébranlable parce qu'il était allé trop loin, ou si ce qu'elle voulait vraiment dire c'était « pas tout de suite ». Et plus tôt il le découvrirait, mieux tous se porteraient.

La porte de la salle de bains s'ouvrit au moment où il revenait dans la chambre. Brooke entra quasiment nue, et il fut tellement époustouflé par ce qu'il voyait qu'il faillit lâcher le mug.

— Oh ! Bébé, grogna-t-il, et son corps se tendit.

Elle croisa les bras devant sa poitrine toujours couverte par ce joli soutien-gorge.

— On se concentre, Flash. Il faut qu'on parle.

— Oui oui d'accord.

Il laissa ses yeux descendre le long de son corps, sans rien manquer de chaque courbure et de chaque creux.

— On discute avec ou sans vêtements ? Je vote sans, personnellement.

— Sans blague.

Elle soupira, mais elle avait souri.

— C'est du thé ?

— Du thé vert au jasmin avec du miel.

Il lui tendit la tasse en faisant bien attention à ne pas la toucher.

Ce qui était plus compliqué que prévu. Elle s'en empara, un sourire aux lèvres. C'était lui qui la faisait sourire comme ça, et il était prêt à tout pour que ça dure. Si elle voulait bien le laisser faire, il s'assurerait qu'elle sourirait comme ça pour le restant de leurs jours.

Puis elle fronça les sourcils et il se rendit compte qu'elle regardait ses mains rouges et gonflées.

— C'est d'avoir boxé les coussins du canapé qui les a rendues comme ça ?

Il fléchit les doigts en faisant la grimace. Cette nuance de doute dans sa voix lui déplaisait.

— Non. Ce matin, j'ai trouvé un club de boxe qui m'a laissé taper dans un sac de frappe pendant une heure.

Il avait été obligé d'adhérer au club pour un an, mais ce n'était pas un problème. Brooke habitait à Nashville, c'était là qu'elle avait sa famille, sa carrière, sa vie. Il reviendrait. Souvent.

Heureusement, le club de boxe était à trois pâtés de maisons d'une bijouterie, il avait donc pu faire d'une pierre deux coups. La bague qu'il y avait achetée n'arborait rien de moins que sept pierres. Pourvu qu'elle lui plaise.

Brooke avait l'air inquiète.

— Et ça t'aide ?

— Absolument. J'ai un sac de frappe chez moi aussi, ajouta-t-il. Comme je l'ai dit hier, c'est une libération contrôlée. Ça fait des mois que je ne me suis pas battu.

— Tu te rappelles pourquoi tu l'as fait la dernière fois ?

Clairement, elle s'attendait à ce qu'il réponde non. Mais il le savait.

— Je me suis battu avec Pete juste avant son mariage avec Chloé et j'étais complètement sobre à ce moment-là. Je pensais protéger ma sœur mais Chloé m'a dit très clairement qu'elle n'avait absolument pas besoin de ma protection et que j'étais un vrai tocard de penser qu'elle puisse avoir besoin de mon aide pour quoi que ce soit.

Il rit et passa la main sur sa mâchoire.

— Pete ne me laissera jamais oublier qu'il m'a cassé la mâchoire. Bon, j'ai le visage bien dur, et je lui ai cassé la main, alors on est quittes.

Elle le regarda, bouche bée.

— Sérieusement ?

— Sérieusement. Je me suis arrêté d'un coup après ça, j'ai été obligé. Mes mains étaient détruites et j'ai eu la mâchoire bloquée pendant un moment. Mais ça a été l'avertissement dont j'avais besoin. J'ai failli coûter à ma sœur tout ce qu'elle aime, j'ai presque détruit ma carrière et je ne suis pas passé loin de détruire le championnat All-Stars, sans parler du risque de finir en prison, tout ça parce que je n'arrivais pas à contrôler ma colère.

Ce qui lui posait toujours un souci, c'était de penser à quel point il avait cru avoir raison à l'époque. Lorsqu'il avait entendu Tex McGraw faire des réflexions abominablement crues sur Brooke, Flash avait su qu'il lui fallait défendre son honneur. C'est ce qui lui avait valu d'être arrêté et d'avoir failli échouer en prison. Et quand il s'en était pris à Pete, il avait été convaincu que ce dernier profitait de Chloé. Les deux fois, il s'était senti absolument sûr d'être dans son bon droit.

Et maintenant ? Maintenant, il comprenait qu'aucune de ces deux femmes n'avait eu besoin de sa protection. Brooke ne savait probablement même pas que Tex existait, encore moins que c'était un connard sexiste. Chloé avait été parfaitement capable de gérer Pete et les All-Stars toute seule. La seule chose que Flash avait réussi à faire, c'était foutre la merde.

La leçon avait été dure à avaler, mais il avait compris. Oui, la veille il était persuadé à cent pour cent que Brooke devait l'épouser immédiatement, et à cause de ça il était passé à deux doigts de détruire toute possibilité de relation avec elle.

— Et tu me dis que maintenant, tu arrives à contrôler cette colère ? Que toi et Pete, vous êtes… amis ?

Elle n'avait pas l'air d'y croire une seconde.

Flash prit une profonde inspiration. Elle avait des raisons d'être sceptique. Elle avait passé des mois avec ces gros titres dans la tête. Ce ne serait pas raisonnable de sa part de lui sourire, de hocher la tête et de faire comme si son passé ne la dérangeait pas le moins du monde, surtout après ce qui s'était passé la veille au soir.

— On s'en sort. Et il traite bien ma sœur.

Il se racla la gorge, et reprit :

— Juste pour ton information, j'ai appelé mon frère, Oliver. Je lui ai dit, pour James, mais je ne lui ai pas révélé qui tu étais.

Oliver avait sûrement trouvé tout seul. Ce n'était pas un hasard si c'était lui qui était à la tête de l'entreprise familiale.

— Je l'ai déjà rencontré, non ?

— Je crois oui, au rodéo de Fort Worth. Oliver est l'aîné.

Il dirige Lawrence Energies, l'entreprise familiale. Il est marié avec Renée et ils ont une petite de huit mois qui s'appelle Trixie. Mon père lui a cédé les rênes de la société.

— Tu es vraiment milliardaire ?

— Moi personnellement ? Probablement pas. Pourquoi ?

Brooke écarquilla les yeux.

— Probablement pas ? Tu n'es pas sûr ?

— J'ai vendu mes parts de Lawrence Energies quand j'ai commencé à participer au championnat All-Stars pour éviter les conflits d'intérêts. J'en ai investi la plus grande partie, j'en ai claqué un peu en voitures et en chevaux. J'ai acheté un terrain à quelques heures de route au sud de Dallas, avec une vieille maison assez grande dessus et plein de place pour qu'un petit garçon puisse s'amuser. Je reçois des comptes rendus des courtiers, mais je ne les lis pas vraiment.

Brooke, agrippée à son mug de thé comme si sa vie en dépendait, tentait de ne pas perdre pied.

— Tu ne sais même pas…, dit-elle doucement.

Flash en profita pour monter sur le lit derrière elle. Il s'assit au milieu et tira le drap jusqu'à sa taille.

Il n'allait pas réussir à ne pas la toucher. Il lui caressa le dos, aussi doucement que possible. Elle ne recula pas à son contact, ce qui était sûrement bon signe.

— C'est un problème ?

— Non, pas du tout. C'est juste que… On n'avait pas beaucoup d'argent quand j'étais petite, et ensuite mon oncle a volé ou perdu presque tout ce que j'avais, et…

Sa voix s'éteignit, mais elle s'obligea à reprendre des forces :

— Et pour être honnête, une grande partie de ce qui m'a souverainement énervée hier soir, c'est le fait que ta sœur ait sous-entendu que ta famille avait assez d'argent pour me traîner devant les tribunaux et me mettre sur la paille si je refusais de coopérer.

— Oui, je peux comprendre que ce soit contrariant,

grogna Flash en fermant les yeux et en refoulant la frustration qu'il sentait monter en lui.

Il avait appelé sa sœur pour qu'elle l'aide, pas pour qu'elle fasse flipper Brooke !

— Je suis désolé pour ça, reprit-il. Elle aurait dû te dire que si tu avais des factures à régler pour les soins de James ou s'il avait besoin de quoi que ce soit, des couches, des poussettes… ?

Honnêtement, il n'avait pas la moindre idée de ce dont un bébé avait besoin.

— Bref, un poney pour plus tard, en tout cas ça c'est sûr.

Derrière son mug, Brooke sourit devant tant d'ignorance.

— Enfin bon, quoi que ce soit, je paie, continua Flash. Si toi tu as besoin de quelque chose, tu n'as qu'à me le dire.

Il essaya de réfléchir… Que pourrait-elle vouloir ? Puis il eut une idée.

— À part tout le thé que tu peux vouloir boire, si tu veux un studio d'enregistrement chez moi, je t'en ferai construire un. Si tu décides que tu veux une autre maison, que nous pourrions partager, je l'achèterai, à ton nom. Et je vais ouvrir un compte au nom de James aussi, pour ses études ou autre chose.

Elle le regarda d'un air abasourdi.

— Tu veux me construire un studio d'enregistrement ?

— Mais oui.

D'ailleurs, plus il y pensait, plus cela lui paraissait une bonne idée. Brooke pouvait rester des semaines ou des mois, même. Elle pourrait travailler à sa musique pendant que Flash apprendrait à James comment monter à poney et en prendre soin, ou qu'il l'emmènerait voir un rodéo. Comme ça, elle ne serait pas enchaînée à Nashville. Même si évidemment, ils garderaient une résidence ici puisque Brooke devrait y revenir régulièrement.

— Je peux demander à des entrepreneurs de commencer dès la semaine prochaine.

Il ne savait pas exactement ce qu'il fallait pour faire un studio d'enregistrement, mais bon, l'argent n'avait pas d'importance. Il engagerait quelqu'un qui saurait et ils lui fourniraient un équipement de la meilleure qualité. Problème résolu.

— Ça… Ça serait adorable.

Elle en avait rougi.

Oui, c'était exactement comme ça qu'il allait lui montrer qu'il pouvait faire les choses bien.

— Tu as fait le plus dur. Je veux te faciliter les choses à partir de maintenant et je ne veux pas que la différence de revenus soit un problème entre nous.

— J'apprécie.

Elle prit une longue gorgée de thé :

— Il y a autre chose que je devrais savoir au sujet de ta famille ?

Il haussa les épaules.

— Tu as déjà fait la connaissance de Chloé, qui gère les All-Stars, championnat qui appartenait autrefois à Lawrence Energies, mais maintenant c'est à elle. Et moi, dit-il en ricanant, moi je ne gère rien du tout.

— Mais tu es un des meilleurs cow-boys de rodéo du monde, répondit-elle, ce qui lui fit manifestement du bien à entendre.

— Je fais de mon mieux. Je n'ai pas encore parlé à mon père parce qu'il n'est pas très subtil, surtout quand il s'agit de petits-enfants.

Milt avait totalement perdu la tête à la naissance de Trixie, d'autant plus qu'Oliver et Renée lui avaient donné le prénom de sa femme tant aimée. Non que ce petit eût besoin de quoi que ce soit… Oliver était bien meilleur pour gérer son argent que Flash ne le serait jamais, mais chaque fois que Milt Lawrence la voyait, il avait un nouveau jouet, une nouvelle robe, un autre objet à lui donner. Il était complètement gaga.

— Et ta mère ? Tu l'as toujours ?

Flash avala sa salive avec difficulté, tout en continuant de lui caresser le dos.

— Elle est morte quand j'avais onze ans.

— Je suis désolée. Je n'avais pas compris.

— Ça va, ce n'est pas grave, répondit-il avec le haussement d'épaules qui était devenu un réflexe chaque fois qu'il parlait de sa mère.

Il avait l'habitude de vivre sans elle. Ça revenait quasiment au même que d'aller bien. Il reprit :

— Je sais maintenant que tout le monde a fait de son mieux pour me protéger du chaos, mais évidemment, tout a changé lorsqu'elle a perdu son combat contre le cancer.

Sa mère aurait adoré Brooke. Et James l'aurait fait tellement craquer. Elle aurait su dire si Flash faisait ce qu'il fallait. Elle aurait adoré son petit-fils, elle aurait protégé Brooke comme sa propre fille. Trixie Lawrence aurait tout arrangé. Elle ne lui manquait pas si souvent, car il avait passé plus de la moitié de sa vie sans elle, mais aujourd'hui, elle lui manquait vraiment.

— Je suis vraiment désolée pour toi, dit-elle gentiment en passant ses bras autour de son torse pour lui faire un câlin.

— C'est bon. C'était il y a longtemps. Juste après ça, papa a gagné le All-Stars au poker et il a emmené toute la famille à Dallas. Il ne pouvait pas rester à New York où on avait vécu avec maman, alors on est tous partis. Il a commencé à fréquenter les rodéos, à traîner avec des cow-boys et à m'emmener. Et j'ai très vite appris qu'il y avait deux types de gars dans ces endroits : ceux qui étaient prompts à dégainer des vannes, et ceux qui étaient prompts à dégainer les poings.

Son père disparaissait pour jouer aux cartes avec ses potes, papoter et boire, laissant Flash faire ce qu'il voulait. Chloé était généralement aux rodéos avec eux et elle était chargée de garder un œil sur lui, mais Flash protestait qu'il n'avait pas besoin de baby-sitter et il l'avait larguée chaque fois qu'il l'avait pu.

Brooke renifla.

— Je ne m'étais pas rendu compte que tu n'avais pas grandi dans un ranch. Tu as l'air d'un cow-boy tellement authentique.

— Je vais prendre ça comme un compliment. Mais je suis un vrai petit citadin à la base, un gosse de New York.

Elle se blottit contre lui et il ne put s'empêcher de la prendre dans ses bras et de la serrer fort contre lui. C'était… agréable.

— Pratiquement toute ma vie je n'ai réussi qu'à être soit un séducteur qui essayait de conquérir toutes les filles qu'il croisait, soit un combattant refusant de reculer. Mais quand je suis avec toi, je ne suis plus obligé de rester coincé dans ces deux extrêmes. Je peux être quelqu'un d'autre.

— Oh ! Flash, chuchota-t-elle, en levant les yeux vers lui.

Il essuya une larme qui avait coulé sur sa joue.

— J'ai besoin de jouer un rôle dans la vie de mon fils, de façon régulière, dit-il. Et je crois qu'il est assez clair qu'entre nous deux, sexuellement, il y a du potentiel.

— Un très bon potentiel, murmura-t-elle sans enthousiasme. Ce serait plus simple si ce n'était pas le cas.

Certainement, s'il arrivait à ne pas la toucher, cela simplifierait grandement les négociations. Mais ce n'était absolument pas possible, comme le prouvait sa simple façon de lui caresser le dos.

— Et ta famille ?

Elle haussa les épaules, mais il sentit que tout son corps se tendait.

— C'est juste moi et ma mère. Je n'ai jamais su qui était mon père, maman refuse d'en parler.

— C'est vrai ?

— Oh oui, répondit-elle en s'affalant davantage sur le lit. Elle refuse de me donner la moindre info sur mon père, mais en revanche elle me travaille pour que je fasse de grandes révélations sur mon bébé. Et elle refuse de voir à quel point c'est hypocrite, de faire ça. Tout ce qu'elle est capable de dire, c'est que ce n'est pas du tout pareil. Et pourquoi ? Parce que j'ai une carrière artistique ? N'importe quoi. Maman est très… têtue. Elle m'a lancée dans la musique quand j'étais en maternelle. Ce qui n'était pas une mauvaise idée en soi, ajouta-t-elle, peut-être un peu trop vite.

L'image que Flash était en train de se faire de sa mère était tout sauf flatteuse. Cette femme paraissait dominatrice, avide de contrôle et pas franchement bienveillante.

— Tu es sûre de ça ?

Elle hocha la tête.

— J'aime ce que je fais, et je me suis fait des amis géniaux.

— Comme Kyle Morgan ?

Flash n'avait pas oublié la manière dont le vieil homme l'avait regardé.

— Oui, Kyle a été un mentor extraordinaire. Mais ça ne remplace pas un père. Je ne sais même pas si mon père sait que j'existe, et je déteste ça. J'ai toujours détesté ça. Je ne peux pas m'empêcher de me demander s'il ne voulait pas de moi.

Elle s'était appuyée contre lui en disant ces mots. Flash eut le cœur serré et l'étreignit plus fort.

— Il ne sait pas ce qu'il perd, dit Flash qui ressentait de la rage contre ce donneur de sperme anonyme. Tu n'y es pour rien, bébé. Et je ne ferais jamais un truc pareil à mon enfant. Même si ça ne marche pas entre nous, je ne l'abandonnerai pas. C'est un Lawrence, quoi qu'il arrive.

Elle poussa un gros soupir de soulagement.

— Bien. C'est bien. Tu sais, je suis en paix avec ça, avec elle et avec lui, continua Brooke d'une toute petite voix. Enfin c'est ce que je croyais. Et puis tu es arrivé, et je suis tombée enceinte et tout m'est revenu dans la figure… Tout ce que maman m'a toujours caché. Je l'aime, mais je ne sais pas si j'arriverai à lui pardonner. Tu trouves ça logique ?

Flash eut l'impression qu'elle venait de lui asséner un coup de poing.

— Ouais, dit-il d'une voix étranglée. Je comprends tout à fait.

Parce que c'était exactement ce qu'il ressentait. Il se

souciait de Brooke probablement beaucoup plus qu'il ne l'aurait dû. Et il ressentait un amour si puissant, si instinctif pour James qu'il n'arrivait même pas à mettre des mots dessus.

Mais comment allait-il réussir à passer outre le fait que Brooke lui avait caché l'existence de leur fils ? Le pardon était-il possible ?

— Et c'était tellement dur de ne pas t'appeler pour te le dire, alors, poursuivit-elle, sans avoir l'air de se rendre compte à quel point elle venait de troubler Flash. Il faut que tu me croies. J'ai toujours voulu t'en parler. Ce n'était pas mon intention de te priver de Bean, ou de le priver de toi. Parce que je sais que ce n'est pas bien. C'est juste que je…

— Tu attendais le bon moment, dit-il doucement.

— Oui.

Elle déglutit difficilement.

— J'aurais bien aimé m'être rendu compte que le bon moment était il y a quelques mois, en fait.

Lui aussi.

— Je ne serai pas comme elle, reprit-elle, la voix plus forte, en se redressant. Je veux que Bean te connaisse, et connaisse ta famille. Je veux que nous arrivions à faire fonctionner tout ça, d'une manière ou d'une autre.

Flash dut faire passer plusieurs secondes avant de parvenir à répondre :

— Oui, moi aussi.

Elle tapota un motif sur son mug.

— La question c'est : comment fait-on pour y arriver ?

Il se gratta la tête.

— Alors il semblerait que tout le monde soit d'accord sur le fait que mon injonction de nous marier était la chose la plus crétine que j'aie faite depuis longtemps.

— Alors pourquoi tu l'as fait ?

Il ne la quittait pas des yeux.

— Parce que. Ce qui, ajouta-t-il en gloussant lorsqu'il vit sa bouche se tordre dans une mimique de désapprobation, est une mauvaise réponse. J'ai bien compris. Mais la vérité, c'est que tu comptes pour moi, Brooke.

Il sentit, plus qu'il ne vit, qu'elle levait les yeux au ciel. Il essaya de nouveau :

— Depuis le moment où j'ai posé les yeux sur toi, je n'ai plus regardé d'autre femme… Et ce n'est pas juste une façon de parler. Il y a quelque chose entre nous, un potentiel qui pourrait devenir quelque chose de vraiment bien. Quelque chose de génial, même.

Il poursuivit avant qu'elle n'ait eu le temps de lui dire où il pouvait se mettre son potentiel :

— Ça ne veut pas dire que ça marcherait forcément comme sur des roulettes une fois mariés. Nous avons tous les deux une carrière qui nécessite d'être quasiment tout le temps sur la route, et nous subissons tous les deux une grosse pression pour bien faire notre job.

— C'est vrai, admit-elle presque à regret. Je n'abandonnerai pas ma musique.

— Ce qui est tout à fait normal. Tu as été en première ligne pendant un an. Plus d'un an, dit-il. Tu as fait tout ça toute seule ?

Elle ne croisa pas son regard. Elle continua à la place de tapoter en rythme sur son mug.

— J'ai Alex. Et ma mère. Elle garde Bean en ce moment. Je ne suis peut-être pas d'accord avec tous ses choix, comme tu dis, mais elle l'aime follement.

Elle fit une grimace et ses doigts s'immobilisèrent tandis qu'elle lui jetait un regard désolé.

— Elle t'aime encore moins qu'Alex.

Chaque fois que Brooke avait parlé de sa mère, ses mots avaient été teintés d'inquiétude et peut-être même d'un peu de crainte. Si Mme Bonner était la principale baby-sitter de James, cela voulait probablement dire qu'elle avait eu besoin du temps entre le moment où elle avait quitté le Bluebird et celui où Flash était arrivé chez elle pour faire partir sa mère.

— Je ne suis pas inquiet à cause de ta mère, je suis inquiet pour toi.

Il lui caressa la joue avec son pouce. Sans qu'elle s'y attende, les larmes lui montèrent aux yeux.

— Tu m'impressionnes vraiment, tu sais ? Tu as fait une tournée pendant ta grossesse, tu as eu un bébé et tu as écrit un paquet de chansons fantastiques. Tu t'en es si bien sortie, je ne pourrais pas vouloir de meilleure mère pour mon fils.

— Bon sang, dit-elle en reniflant.

Elle eut un geste de recul et s'essuya les yeux.

— Ne fais pas le charmeur comme ça, Flash. Je suis trop fatiguée pour gérer ta perfection.

— Je ne suis pas parfait, répondit-il en posant le mug de Brooke presque vide sur la table de nuit et en la prenant sur ses genoux. Je suis honnête. Je serai toujours honnête avec toi. Sois honnête avec moi aussi. C'est tout ce que je demande.

Elle se mit à pleurer et se blottit sur ses genoux, les bras autour de son cou. Il n'y avait là rien de sexuel, même si elle était consciente que seul un drap fin séparait leurs deux corps nus. Non, là, c'était lui en train de prendre soin d'elle. Il l'entoura de ses bras et il sentit le soulagement l'envahir lorsqu'elle posa sa tête sur son épaule. Il se laissa aller contre la tête de lit et prit tout le poids de son corps contre lui tandis qu'il lui caressait le dos, qu'il lui embrassait le front pour la laisser relâcher complètement la pression.

De longues minutes passèrent pendant lesquelles il ne pensa plus ni à sa mère, ni à sa famille, ni à des chansons ou à des rodéos, mais à cette femme.

Il la voulait.

Ça n'avait aucun sens, mais en fait, si. Il avait eu envie d'elle un an auparavant, il avait envie d'elle maintenant. Voudrait-il encore d'elle dans un an ?

Et elle de lui ?

Le risque était immense. Mais bon Dieu, il était Flash Lawrence. Il passait son temps à prendre des risques.

— Tout entre nous doit être basé sur la confiance, et je…

Il déglutit avec difficulté.

— Je comprends pourquoi tu as agi comme tu l'as fait. Mais je n'ai pas autant confiance en toi que ce dont j'ai besoin pour le moment, et toi non plus, j'imagine.

Elle poussa une exclamation, mais il ne s'arrêta pas de parler. Il ne le pouvait pas :

— Je ne vais pas toujours faire ce qu'il faut. Comme hier soir par exemple. Mais ça ne veut pas dire que je vais arrêter d'essayer.

Une autre larme coula sur la joue de Brooke, qu'il essuya aussi.

— Voilà, tu es en train d'être de nouveau parfait, dit-elle sur un ton qui aurait pu être un reproche si sa voix n'avait pas été aussi étranglée par l'émotion.

— J'essaie en tout cas.

Elle rit et elle était si belle, le visage illuminé par son sourire malgré les larmes accrochées à ses cils, qu'il ne put s'empêcher de l'embrasser. Et son corps se réveilla tout entier à son contact lorsqu'il la serra fort.

Il aurait pu se perdre dans la douceur de miel de cette femme, et cette pensée lui fit comprendre quelque chose… Il voulait vraiment l'épouser. Cela pourrait finir en catastrophe et de toute évidence ce ne serait pas de tout repos, mais…

Son père racontait encore comment un regard à Trixie Cunningham avait suffi. Depuis qu'elle était morte, il n'était plus jamais sorti avec une femme, n'avait pas eu de maîtresse. Il était encore amoureux de sa femme. Elle avait été la seule qui avait compté.

En quoi cela était-il différent de la manière dont Flash avait réagi vis-à-vis de Brooke ? Il avait posé les yeux sur elle pendant le rodéo All-Stars de Fort Worth, et depuis, il n'avait plus cessé de penser à elle et n'avait pas touché d'autre femme.

Et si c'était la même chose ? Si c'était pour toujours ?

- 13 -

Elle reposa sa tête sur son épaule.

— Nous n'avons pas beaucoup de temps.

— C'est vrai.

Mince. Il essaya de remettre de l'ordre dans ses pensées :

— OK, il nous faut un plan.

— Oui, tu as raison.

Mais elle lui adressa un sourire rêveur et l'embrassa de nouveau.

Elle le tuait, littéralement, mais c'était si bon.

— Commençons par le commencement. Qu'est-ce que tu veux faire ?

Son air rêveur disparut, remplacé par un froncement de sourcils :

— Tu sais quoi, je crois qu'on ne me l'a jamais demandé.

Flash grimaça. C'était vrai, il avait sauté cette étape, la veille.

— Il faut qu'on trouve une solution qui fonctionne. Qui implique, ou pas, un mariage. Alors sois honnête.

Elle resta silencieuse pendant un long moment, mais Flash ne bougeait pas. Elle finit par reprendre la parole :

— Je ne veux pas utiliser mon enfant. C'est une personne, pas un outil marketing. Je veux pouvoir l'emmener au parc et au zoo, et le présenter à mes amis… qui vont tous m'en vouloir à mort que je leur aie menti depuis un an. Mais j'en ai assez, je ne veux plus mentir. Je veux sentir que je contrôle au moins une partie de ma propre vie.

— Ça me semble très raisonnable, dit-il doucement.

Il ne voulait pas l'interrompre.

— Je ne veux pas qu'on me force à faire quoi que ce soit, comme lorsque ma mère et ma maison de disques ont pris la décision de cacher ma grossesse, poursuivit-elle. Je ne veux pas qu'on m'oblige à avoir honte de qui je suis ou de Bean. Je veux que mon nouvel album marche bien, et je veux faire une tournée plus réduite, moins épuisante que la dernière fois. Je veux garder mon fils avec moi, et j'ai envie…

Elle le regarda droit dans les yeux et il espéra de toutes ses forces que c'était du désir qu'il y lisait.

Il se pencha en avant, espérant que ces derniers mots seraient « de toi ».

Elle roula sur le côté et le fixa :

— J'ai envie qu'on soit amis, parce que moi aussi, je t'aime bien.

Son ton avait soudain pris un tour très diplomatique. Est-ce qu'elle était honnête ? Elle reprit :

— Je veux apprendre à mieux te connaître, et tu as raison, je veux te faire davantage confiance. Je veux que Bean connaisse toute sa famille. Je veux que tout soit parfait.

Elle ne précisa pas comme en ce moment, mais Flash l'entendit quand même.

— C'est un sacré programme.

Elle s'essuya de nouveau les yeux.

— Oui. Et pas question que je m'excuse pour tout ça.

Il sentait clairement la frustration sous chacune de ses demandes… Les longues nuits sans sommeil, la solitude, l'inquiétude de chaque instant, et il se sentit dévasté de ne pas avoir été là pour elle.

La vérité, c'était qu'il avait déjà presque gâché toute sa vie à cause de cette idée débile qu'agresser un type qui parlait mal d'elle était une manière de la protéger, mais ce n'était pas vrai du tout. La protéger vraiment, cela aurait été être à ses côtés pendant l'année écoulée, la soutenir lorsqu'elle avait eu besoin de s'opposer à sa mère ou à sa maison de disques, tenir sa main pendant l'accouchement, être là pendant les longues nuits blanches.

Il ne pouvait pas changer le passé. Le plus important, c'était qu'elle ne les considérait pas, lui ou sa famille, comme des ennemis. Il pouvait s'accommoder de tout le reste. Il voulait qu'elle continue à écrire, à chanter, et si elle voulait partir en tournée, il ferait en sorte que ce soit possible.

Mme Bonner allait définitivement être un problème, cependant. Parce que s'il y avait une chose que Flash connaissait bien, c'était être un adulte que tout le monde continuait à traiter comme un gamin.

Il se pencha et sortit l'écrin du tiroir où il l'avait caché.

— Brooke.

Les yeux de la jeune femme s'écarquillèrent et elle se redressa d'un bond… Dans une position où elle ne le touchait plus du tout.

— Flash, ne fais pas ça.

— Je ne suis pas en train de te demander en mariage, promis, précisa-t-il très vite.

Il posa l'écrin entre eux deux :

— Appelons ça un… partenariat d'affaires.

Elle le regarda, de la méfiance plein les yeux. Il détestait ce regard, détestait qu'elle ait encore l'impression qu'elle devait se défier de lui.

— Quel genre de partenariat ?

— Il va falloir plusieurs étapes.

Des étapes dont il avait discuté avec Chloé et Pete hier soir, puis de nouveau avec Oliver ce matin. Au moins Oliver n'avait-il hurlé que quelques minutes…

— Il faut qu'on fasse un test de paternité, pour commencer. Pas parce que je doute de toi, dit-il en voyant qu'elle levait les yeux au ciel. Il suffit de regarder cet enfant pour savoir qu'il est de moi.

C'est ce qu'avait dit Chloé.

— C'est vrai que vous avez le même sourire, dit-elle doucement.

— On a besoin de ce test parce que je ne suis pas sur le certificat de naissance et je veux que personne ne puisse mettre en doute le fait que c'est mon fils.

La mère de Brooke, plus spécifiquement.

Brooke poussa une longue expiration.

— Oui, bien sûr. Aucun problème là-dessus.

— Parfait.

— Tu as réfléchi à ce que Chloé a mentionné hier soir ? Avant l'incident des coussins ?

Brooke se laissa retomber sur le lit et se mit à tapoter des doigts selon un rythme qu'elle était la seule à entendre. Flash était sûr qu'elle le faisait totalement inconsciemment.

— Oui, répondit-elle tout bas, sans le regarder. Ce n'est pas un mauvais plan. C'est sans aucun doute le genre de chose qui plaira à ma maison de disques, surtout quand ton nom sera connu. Mais je ne veux pas me marier, tu sais ?

— Oui. J'ai bien compris.

— Alors qu'est-ce que c'est que ça ? demanda-t-elle en posant les doigts sur l'écrin. Explique-moi comment une bague… C'est une bague, pas vrai ?

Flash hocha la tête.

— Comment une bague peut s'intégrer à une proposition de partenariat d'affaires ?

Il repensa à la liste des choses qu'elle attendait de leur relation. La bonne nouvelle, c'était qu'elle voulait qu'ils soient amis. Des amis passaient du temps ensemble. Ils se baladaient, sortaient, s'appelaient et s'envoyaient des photos. Parfois, des amis pouvaient même se déshabiller et avoir des relations sexuelles extrêmement satisfaisantes.

— Chloé a dit qu'elle pouvait présenter notre relation tout en te laissant aux commandes. On sortait ensemble et tu es tombée enceinte, ensuite j'ai foiré, tu m'as posé un ultimatum pour que je me ressaisisse, ce que j'ai fait. C'est bien ça ?

— En gros…

Elle croisa les bras et fixa l'écrin comme s'il contenait l'anneau de Sauron.

— Donc on pourrait se fiancer.

Il ouvrit la petite boîte et l'énorme diamant entouré de saphirs étincela. Brooke poussa une exclamation qu'il espéra être d'approbation.

— Oh ! elle est énorme, cette pierre ! chuchota-t-elle, les yeux écarquillés. Se fiancer ? Tu es en train de me redemander en mariage ?

Flash le prit pour un signe qu'il avait bien choisi.

— Non.

Elle se racla la gorge et regarda de nouveau la bague. Flash poursuivit :

— On n'est pas obligés de décider d'une date, encore moins de réserver un orchestre ou d'envoyer les faire-part. Chloé suggère qu'on dise à tout le monde qu'on veut rester discrets. Et puis dans un an par exemple, on pourrait rompre officiellement, demander qu'on respecte notre vie privée pendant ce cap difficile et promettre que nous mettrons toujours notre fils avant tout le reste. Et rien de tout cela ne serait forcément un mensonge.

Mais la pensée qu'elle puisse continuer sans lui, tomber amoureuse de quelqu'un d'autre qui passerait du temps à élever son fils, ça faisait sacrément mal.

— Tu es sérieux, souffla-t-elle, apparemment à court de souffle.

Elle tendit un doigt vers la bague avant de replier violemment le bras, comme si le bijou l'avait brûlée.

— Oui.

Des mois de fausses fiançailles amicales donneraient à Flash l'occasion de faire son chemin. Il pourrait sortir avec elle… et avec James, bien sûr. Il pourrait montrer qu'il était capable d'être un bon père, et, le plus important, qu'il était digne de confiance. Tout ça sans mettre en péril son année de championnat.

En espérant que pendant ce temps, il arriverait à un point où lui aussi, lui ferait confiance. Il savait qu'il restait du boulot sur ce point, mais il ne voulait pas passer le restant de ses jours à mettre en question le moindre de ses mots ou de ses actes.

— Tu peux partir en tournée pour ton nouvel album, je peux faire mes rodéos le week-end et, quand on pourra, on prendra le temps pour mettre au point cette histoire de parentalité.

Il rit nerveusement :

— Bon, j'admets que j'aurai plus besoin de travailler que toi, sur ce plan.

— Et je pourrai tout arrêter quand je le voudrai ? demanda-t-elle doucement.

Cette fois, elle prit la bague et examina l'énorme diamant arrondi. Oui, il avait fait le bon choix.

— Bien sûr. Tu le pourrais même si c'étaient des vraies fiançailles.

— Tu ne me redemanderas pas en mariage ?

Il gloussa.

— Non. Mais l'offre tient toujours, hein.

Il lui prit la bague.

— J'ai dû deviner, pour la taille.

Il tendit la main pour qu'elle lui donne la sienne. Elle le fit attendre, ce qu'il méritait sûrement.

— C'est le dernier instant avant que tout ne change. À nouveau, murmura-t-elle. Après ça, on ne contrôlera plus rien.

— Si, je t'assure, promit-il, en la serrant dans ses bras. Je ne laisserai personne t'écraser. On est ensemble, dans le même bateau.

— Et le sexe ? murmura-t-elle, la bouche tout près de son épaule nue.

Il sentit son pouls s'emballer rien qu'à y penser.

— Je ne te laisserai pas tomber. Je te demande juste d'en faire autant. Et…

Il eut du mal à poursuivre :

— Et si on se sépare, je veux rencontrer l'homme avec qui tu sortiras avant que tu ne le présentes à notre fils.

Elle hocha la tête et répondit :

— Comme si j'avais le temps de sortir avec quiconque, de toute façon.

— C'est vrai, acquiesça-t-il, en laissant ses mains courir le long de son dos. On va être très occupés…

Il avait un championnat à gagner, un enfant à gérer, Brooke…

— Si tu veux que le sexe fasse partie de notre accord, quelle que soit la forme qu'il prendra, moi ça me va.

Ça, c'était l'euphémisme du siècle. Rien que d'avoir cette conversation lui donnait de nouveau envie d'elle. :

— Mais si tu ne veux pas, ça m'ira aussi. Je ne coucherai avec personne d'autre.

Elle soupira.

— Je pense… Non, je sais que si on se fréquente, on va de toute façon se retrouver au lit, qu'on le veuille ou non.

Elle s'écarta et Flash parvint à ne pas pousser de grognement de frustration. Un bon point. Satanée maturité.

— Je ne veux pas parler de fausses fiançailles, parce que j'ai de l'affection pour toi, et ça, dit-elle, en montrant leurs deux corps, c'est très, très bon.

— Ravi de l'entendre, répondit-il en levant les sourcils d'un air suggestif.

Elle prit une profonde inspiration, carra les épaules et tendit la main.

— Ça marche, dit-elle, et à entendre sa voix on aurait cru qu'elle se préparait à entrer dans l'arène et pas à accepter une bague. On le fait. Pour Bean.

— Pour nous.

Flash ne se rendit compte que ses mains tremblaient que lorsqu'il lui passa le diamant au doigt.

— Quoi qu'il arrive, lui dit-il à voix basse d'un ton grave, on est ensemble. Fais-moi confiance.

La bague lui allait parfaitement.

Une petite voix dans le cerveau de Flash lui dit que c'était le destin, qu'elle était faite pour être à lui et qu'il serait toujours à elle. Elle gardait les yeux rivés sur son doigt.

— Confiance…

Elle poussa un gros soupir. Un peu trop gros.

— Parce que rien n'inspire plus confiance que des fiançailles presque vraies, n'est-ce pas ?

— C'est un défi, répondit-il.

Un défi qui impliquait qu'ils travaillent tous deux en équipe, qu'ils développent une connexion physique et, dans un avenir lointain, qu'ils aient une chance de gagner le jackpot. Être presque fiancé à Brooke Bonner n'était pas tellement différent de participer à un rodéo, finalement. C'était son année, et Brooke Bonner était le plus grand défi de sa vie.

- 14 -

Tout se passa très vite une fois que Brooke eut réussi à s'arracher des bras de Flash et à sortir de son lit.

Elle commença par appeler Alex pour la mettre au courant de son nouveau plan. Sans surprise, son amie ne fut pas particulièrement enthousiasmée par ce projet. Ou par Flash.

— Fiancés ? Sérieusement ? Je ne suis pas sûre que c'est l'idée du siècle.

— Tu en as une meilleure ? rétorqua Brooke. Je ne peux pas me cacher éternellement, Alex. Tu le sais bien. Ce n'est pas juste. Et oui, ça va être pénible pendant un moment, mais de toute façon ça aurait fini par arriver. On a juste repoussé le pénible.

— S'il te fait du mal, je le désintègre, grogna-t-elle dans le téléphone.

Brooke préféra en rire car quelle autre réaction était-elle supposée avoir face à ce qui était probablement une menace absolument sérieuse ?

— Je te raconterai tout en détail plus tard.

Alex émit un son improbable.

— Mais le plus important, pour l'instant, c'est que nous allons amener Bean au rodéo All-Stars vendredi soir, et que j'espère que tu pourras venir. Ça compterait beaucoup pour moi.

Flash lui fit un signe, les pouces en l'air.

— Pour nous, reprit-elle.

Alex, cependant, n'était pas d'humeur à se laisser charmer.

— Je ne vais pas l'aimer, alors arrête d'essayer, aboya-t-elle, mais fidèle à elle-même, elle s'adoucit immédiatement : Bon, d'accord. On va tous au rodéo. Tu en as parlé à ta mère ou pas encore ?

— Non, c'est la prochaine étape. On y va, là.

— Eh bien bonne chance, dit-elle en raccrochant.

Flash perdit un peu de sa bonne humeur.

— Ça n'avait pas l'air de très bon augure.

— En effet.

Il n'y avait pas de mots pour décrire à quel point Brooke n'avait aucune envie de les présenter l'un à l'autre. Flash lui embrassa le front avant de dire :

— On va gérer ça comme tu le voudras. Moi je suis là pour te soutenir.

Elle ne put s'empêcher de pousser un soupir de soulagement. Ça, c'était le Flash qu'elle voulait. Parfait et charmant, attentionné et à ses côtés. Pas à prendre toute la place, ni à chercher à la remplacer, mais désireux de la soutenir.

— Peut-être… Concentre-toi sur l'image de bon père que tu as envie de lui donner ? Parce que quels que soient nos différends, elle adore Bean.

S'il essayait de faire son numéro de charme sur sa mère, ce serait une catastrophe. Mais s'il pouvait convaincre Crissy Bonner qu'il s'occuperait bien de son petit-fils, alors peut-être que ça n'irait pas si mal.

— C'est dans mes cordes, promit-il, en l'aidant à se relever et en posant un baiser sur ses lèvres, puis sa joue. Et après ?

Le baiser d'après ne fut pas doux du tout, et ce n'était peut-être pas la chose la plus intelligente à faire, mais Brooke se laissa aller à profiter de cette chaleur, de ce goût de passion.

— Tu restes dormir chez moi ce soir ? chuchota-t-elle tout contre sa bouche.

Elle pourrait dormir entre ses bras, et peut-être pourrait-il enfin se lever pour Bean, même s'il fallait qu'elle l'allaite. Et s'ils partageaient déjà le même lit…

— Tu resteras avec moi ? demanda-t-elle.

Il lui toucha le front et lui caressa la joue.

— Aussi longtemps que tu en auras envie, bébé.

Elle préféra ne pas réfléchir à ce qu'il était vraiment en train de dire.

Quarante minutes plus tard, Brooke fut tout à fait sûre qu'amener Flash à la maison avec elle sans prévenir avait été une erreur tactique.

— C'est qui ? demanda sa mère, en serrant Bean contre sa poitrine tout en regardant Flash d'un air soupçonneux.

Son regard laissait deviner que l'orage n'était pas loin.

Mais Brooke ne se laisserait pas intimider. Pas cette fois. Plus jamais. Sa mère avait peut-être plus d'expérience, mais Brooke aussi était maman, maintenant. Et elle savait ce qui était le mieux pour sa famille. Elle jeta un regard à Flash. Il faisait partie de la famille, surtout maintenant, alors qu'il lui serrait la main très fort pour l'encourager et lui lançait un petit clin d'œil. Puis il passa la seconde, arbora son sourire le plus charmeur et dit à la mère de Brooke :

— Madame Bonner, je m'appelle Frasier Lawrence. Ma famille possède l'entreprise Lawrence Energies à Dallas.

Puis, parce que c'était Flash, il fit une petite courbette.

— Je suis le père de Bean et, poursuivit-il sans paraître remarquer l'exclamation d'horreur de la mère de Brooke, j'ai demandé à votre fille de m'épouser.

Il leva la main de Brooke et lui embrassa les jointures, juste au-dessus de l'énorme diamant de la bague de fiançailles.

Elle nota qu'il avait soigneusement évité de dire que Brooke avait accepté d'être sa femme. Il avait laissé le bijou et son nom faire le travail à sa place.

Le son que proféra sa mère était à peine humain.

— Vous avez quoi ? Mais qui c'est ce type ?

Elle fit sursauter le pauvre Bean qui n'avait pas fini de

se remettre de toute l'excitation de la nuit précédente. Il commença à pleurer.

— Regardez ce que vous avez fait ! cria sa mère à Flash en couvrant les cris du bébé.

Bean se mit à hurler de plus belle.

Brooke se tendit, car si Flash perdait son sang-froid, ce serait maintenant.

Mais cela ne se produisit pas. Flash se contenta de serrer la main de Brooke et de se concentrer sur sa mère.

— Madame, je crois que mon fils a faim. Laissez-moi vérifier que sa couche est propre avant que je ne le donne à Brooke.

Il prit le bébé des bras de Crissy, abasourdie.

— Alors, bébé. Il paraît que tu n'as pas laissé maman beaucoup dormir la nuit dernière ? roucoula-t-il en se dirigeant vers l'escalier.

Il positionna Beau contre son épaule :

— On va peut-être la laisser dormir ce soir ? Ce serait bien, non ? Oui c'est ça, mon bébé.

Bean fit un tout petit sourire, les yeux fixés sur Brooke. Mais il laissa Flash l'emmener à l'étage.

Brooke sentit son cœur se pincer. D'accord, elle jouait la comédie pour sa mère, mais le voir en train de câliner son fils, voir Bean réagir… C'était exactement ce dont elle avait besoin. Elle avait besoin de savoir qu'il serait un bon père.

— Tu vas te marier ? demanda sa mère sans prendre le temps d'attendre que Flash et Bean ne puissent plus les entendre.

— Pas aujourd'hui, répondit Brooke. Mais Flash, c'est le surnom de Frasier, et moi allons…

— Attends une minute… C'est Flash Lawrence ? l'interrompit sa mère, qui devint pâle comme un linge. Le délinquant ?

— C'est un cow-boy de rodéo.

Brooke pensa à ce que faisait Flash et elle compta ses

respirations un petit moment jusqu'à être sûre qu'elle allait se contrôler.

— Je ne m'attends pas à ce que tu comprennes, ni que tu approuves, maman.

— Et tu as bien raison ! rétorqua-t-elle. Est-ce que tu as la moindre idée de ce dont il est capable ? Il va détruire ta carrière.

Au prix d'un gros effort, Crissy tenta d'avoir l'air de se faire du souci. Échec total.

— Ma chérie, réfléchis. Je ne suis pas sûre que ce mariage, dit-elle en prononçant le mot comme si c'était un mot très sale, que c'est dans ton intérêt, tu comprends ? Nous avons gardé le secret sur sa… contribution jusqu'à présent. Il n'y a aucune raison d'arrêter maintenant.

Elle jeta à Brooke le regard qui la faisait habituellement baisser les yeux pour ne pas risquer sa colère. Mais c'est alors que sa mère ajouta :

— Tu sais que je dis tout ça uniquement dans l'intérêt de ta carrière, et ce ton qui se voulait gentil faisait en réalité l'effet d'un ordre.

D'accord. Si sa mère avait vraiment été inquiète du passé de « délinquant » de Flash, elle se serait fait du souci pour Brooke ou Bean. Mais avec Crissy Bonner, la carrière revenait toujours sur le tapis.

Brooke ignora la nuance de rejet contenu dans la voix de sa mère et rétorqua :

— Il ne pourra pas être pire pour ma carrière que ton frère quand il a volé tout mon argent et disparu au Mexique. Mais tu m'avais persuadée qu'engager oncle Brantley était « dans mon intérêt » parce que comme ça, ma carrière restait gérée en famille, pas vrai ?

— C'est mon frère, aboya sa mère. Moi aussi je lui ai fait confiance. Je ne suis pas responsable de ses mauvais choix. Tout comme ce n'est pas ma faute si tu as fait une erreur !

— Ne dis pas que mon fils est une erreur ! siffla Brooke.

— J'essaie juste de limiter les dégâts, poursuivit sa mère.

Et tant qu'on ne saura pas quelles sont les motivations de cet homme, c'est dans notre intérêt de le tenir à l'écart. Ça ne fait pas de moi la personne à abattre !

— Ah oui ? Comme tu as tenu mon père à l'écart ?

Sa mère avait déjà ouvert la bouche pour lancer une nouvelle excuse, mais en entendant les mots de Brooke, elle la referma.

— Tu ne sais pas de quoi tu parles, dit-elle dans un murmure dangereux.

— Bien sûr que non, puisque tu ne veux rien me dire !

Brooke criait, mais elle ne s'en souciait pas. Des années de ressentiment remontaient à la surface et ressortaient à gros bouillons :

— Mais franchement, maman, je ne suis plus une petite fille ! Je suis une femme, et je suis parfaitement capable de décider de qui je veux me protéger. Mais c'est peut-être toi que tu protèges ?

Les mots sortaient de sa bouche sans qu'elle ne puisse rien faire pour les retenir :

— Peut-être que ce qui te fait peur, si je sais qui est mon père, c'est que je le préfère à toi !

Un véritable éclair de douleur traversa les yeux de sa mère, avant de disparaître en un instant.

— Après tout ce que j'ai fait pour toi, c'est comme ça que tu me récompenses ?

Cette réflexion aurait pu fonctionner quand Brooke était adolescente, mais cette fois, elle ne se laisserait pas culpabiliser.

— Qui est-ce, maman ?

Tout chez Crissy Bonner hurlait : je ne dirai rien, de ses lèvres serrées jusqu'à la manière dont elle avait croisé les bras.

— Tu ne crois pas que je mérite de savoir ? Au moins pour Bean ? Et s'il y avait un héritage médical problématique ?

— La discussion est terminée, jappa sa mère qui se dirigea vers la porte.

Brooke l'empêcha de sortir. Si Crissy sortait de la pièce maintenant, elle n'aurait jamais de réponse.

— Je t'ai laissée garder tes secrets pendant des années, mais ça, tu me le dois. Tu t'es assurée que je grandirais en ne sachant rien de mon père. Si tu crois que je vais te laisser faire exactement la même chose à Bean, tu as sous-estimé ce à quoi j'étais prête pour le protéger !

— Petite sotte ! Ça ne t'a jamais traversé l'esprit que peut-être, c'était lui qui ne voulait pas que tu saches qui il était ?

— Bien sûr que si.

Ce n'était pas particulièrement compliqué de comprendre que son père ne voulait simplement pas d'elle, sinon, il aurait trouvé un moyen de la contacter.

— Mais est-ce que ça justifie de me mentir toute ma vie ?

Sa mère essaya de passer devant elle, mais Brooke ne la laissa pas faire. Elle l'attrapa par les épaules et cria :

— Qui est-ce ?

— Tu fais une bêtise, siffla sa mère.

Elle se dégagea de la prise de Brooke et se retourna, sans doute pour sortir par la porte de derrière. Brooke saisit sa main au vol et la serra très fort.

— Maman, s'il te plaît. Je ne t'aimerai pas moins. Promis.

Peut-être qu'elle comprendrait même mieux le genre d'amour unique que sa mère éprouvait pour elle.

— Tu crois vraiment que je ne t'ai rien dit parce que j'ai honte, ou quelque chose comme ça ? Très bien. Mais tu gères ça avec lui. Moi je me lave les mains de toute cette histoire.

Très bien ? Est-ce que Crissy Bonner allait vraiment lui dire la vérité ? Et Brooke n'était pas certaine de bien comprendre ce qu'elle voulait dire quand elle évoquait toute cette histoire.

— C'est Kyle Morgan, lança-t-elle. Voilà, tu es contente ?

— Kyle ?

Kyle ? Son vieil ami ? L'homme qui lui avait appris

comment écrire une chanson, qui lui avait offert une guitare pour ses onze ans ? Qui avait été là le soir de son premier concert au Bluebird, et l'avait aidée à trouver une maison de disques ? L'homme qui avait menacé Flash ?

Kyle Morgan était son père. Et il ne lui avait jamais dit.

— Est-ce que… Est-ce qu'il sait ? Qui je suis ?

— Évidemment qu'il sait, mais il s'en fiche. Mais ce n'est pas parce que Kyle s'est carapaté que tu dois épouser ce type, poursuivit-elle en arrachant sa main de la poigne de Brooke et en montrant le plafond du doigt. Tu as déjà commis une erreur. La deuxième ne rattrapera pas la première. Tu peux en croire mon expérience, Brooke.

Hagarde, Brooke leva les yeux et vit Flash debout en haut des marches, Bean dans les bras.

— Brooke ? dit-il doucement dans le silence plein de gêne qui s'était installé entre elles. On est prêts si tu l'es aussi.

Elle ne pleurerait pas devant sa mère. Elle n'allait pas faire de scène et exiger de savoir ce qui avait bien pu passer par la tête de sa mère et de Kyle. Elle n'allait pas perdre totalement son sang-froid. Pas question.

Soudain, elle comprit pourquoi Flash avait eu besoin de taper sur des coussins.

— Tu ne reverras jamais Bean si tu le qualifies encore une fois d'erreur, dit Brooke, la voix d'un calme surnaturel. Flash et moi sommes fiancés. C'est le père de Bean, et on est ensemble à présent. Et je crois qu'il vaudrait mieux que je trouve un manager qui comprenne la différence entre gérer ma carrière et diriger ma vie. Je t'aime, maman, mais je ne sais pas comment je vais réussir à te pardonner ça. Et à Kyle non plus.

Sa mère fronça les sourcils.

— Très bien. Débrouille-toi toute seule.

— D'accord.

En réalité, c'était un soulagement. C'était une mauvaise idée de mélanger famille et business.

— Il s’appelle Jimmy, reprit sa mère. Je déteste ce surnom que tu lui donnes.

— Il s’appelle James, rétorqua Brooke en faisant un pas de côté. James Frasier Lawrence.

Sa mère passa devant elle comme une furie, sortit et claqua la porte de toutes ses forces. Brooke resta sans bouger un long moment, à essayer de digérer tout ce qui venait de se passer. Elle s’était attendue à une dispute à cause de Flash. Elle avait envisagé que sa mère cesse d’être son manager, éventuellement. Mais… Kyle Morgan était son père ?

— Bébé ? souffla doucement Flash.

— Est-ce que tu…

La voix de Brooke se brisa.

— Est-ce que tu as entendu ?

Flash descendit les escaliers en courant pour la rejoindre. Le silence s’installa, mais un silence qui n’avait rien de douloureux. Elle se rendit compte que Flash avait pris sa main et que leurs doigts étaient entremêlés.

— J’ai…

Elle se racla la gorge et réessaya :

— J’ai besoin que tu restes. Avec moi. Ce soir. Je…

Les larmes se mirent à couler et à dégouliner de son menton.

— Je ne veux pas être seule.

— Je reste.

- 15 -

— Voici Brooke Bonner, ma fiancée, et notre fils James Frasier, annonça Flash.

Intérieurement Brooke se crispa, tout en essayant de ne pas le montrer. Après tant de mois à garder son secret, cela faisait vraiment bizarre d'annoncer l'existence de Bean à quatre personnes à la fois. Elle ne se sentait pas prête pour ça. Elle ne le serait peut-être jamais.

Mais si elle ne le faisait pas, elle ne vaudrait pas mieux que sa mère et c'était hors de question. Alors, elle se redressa et leva le menton. Franchement, c'était comme monter sur scène. Sauf que ça n'en était pas une… C'était une loge privée grand luxe de la Bridgestone Arena, où le rodéo All-Stars allait commencer dans quelques heures. Elle était là pour se donner en spectacle, sauf que cette fois, au lieu de chanter tout ce qu'elle avait sur le cœur, elle se présentait en tant que future épouse de Flash.

— Et voici Alex Andrews, une grande amie de Brooke, poursuivit Flash en distribuant son sourire le plus charmeur à la ronde.

Dieu merci, Alex était là. Entre le soutien sans faille de sa plus vieille amie et l'instinct de protection de Flash, Brooke était sûre qu'elle allait y arriver.

À l'autre bout de la pièce, Chloé Lawrence leva les yeux et lui adressa un sourire de bienvenue. Malheureusement, Chloé était au téléphone, la première personne à qui Brooke fut présentée fut donc…

— Oliver, voici Brooke, dit Flash en la conduisant vers un homme d'aspect imposant.

Son frère, donc, un tout petit moins grand mais plus large que lui, et dont les mèches commençaient grisonner. À part ça, ils avaient pratiquement les mêmes yeux et le même menton. Mais pas le même sourire… Ce qui fut évident quand Oliver grimaça. Un ton plus bas, Flash ajouta :

— Sois gentil sinon…

Si Oliver avait entendu la menace, il ne réagit pas. À la place, d'une voix profondément professionnelle il annonça :

— Madame Bonner, c'est un plaisir de vous revoir.

Brooke leva un sourcil. Flash l'avait prévenue que son frère pouvait être un peu guindé. Elle avait à peine aperçu l'aîné des frères Lawrence au rodéo de Fort Worth avant de s'éclipser avec Flash. Mais elle se souvenait de quelqu'un de très… imposant, surtout comparé à la nature décontractée de Flash. Ça, en tout cas, ça n'avait pas changé.

— Ne t'inquiète pas, dit la femme blonde près de lui, en tendant à Oliver la toute petite fille qu'elle tenait dans les bras. Il va se détendre. Bienvenue dans la famille Lawrence !

— C'est Renée, la femme d'Oliver, dit Flash en se penchant pour lui coller un baiser sur la joue.

Puis il fit semblant de chuchoter à Brooke :

— Ne crois pas un mot de ce qu'elle te dira sur ce qu'on a fait quand on était gamins. Elle ne raconte que des mensonges !

Renée rit et tendit la main :

— Je n'aurais jamais cru que je rencontrerais la femme capable de calmer Flash, mais je suis ravie que ce jour arrive !

Renée avait un grand sourire qui lui sembla vaguement familier. Elle tapota le dos de la fillette :

— C'est notre fille, Trixie. Elle a presque neuf mois.

Trixie regarda à peine Brooke avant d'enfouir son visage dans le cou de son père.

— Je suis tellement contente qu'elle ait un cousin ! reprit-elle.

Renée se pencha en avant et regarda Bean sans cacher son admiration :

— Mais regardez-moi ça. Je sais qu'il va y avoir des tests, mais franchement, Oliver, tu ne vois pas une ressemblance ?

Bean choisit ce moment pour lancer un sourire digne de son papa à la ronde, et Renée poussa une exclamation tandis qu'Oliver admettait :

— Ah oui, en effet, il y a peu de doute.

— En effet, dit Brooke. On est mal barrés, hein ?

Oliver poussa une exclamation et Brooke se dit qu'elle aurait mieux fait de tenir sa langue. Mais Oliver éclata de rire.

— Tu vas être gentille avec mon frère, hein ? dit-il en tapant sur l'épaule de Flash.

Apparemment, la glace était brisée.

— La question c'est plutôt est-ce qu'il va être gentil avec moi.

Oliver afficha un grand sourire. Lorsqu'il n'était pas grincheux il était presque aussi charmant que Flash.

— Il ferait bien de te traiter comme une princesse, sinon il aura affaire à moi.

— Les garçons, gronda Renée en tendant les bras. Je peux ?

Brooke lui donna Bean, qui gargouilla immédiatement quelque chose qui ressemblait à une approbation.

— J'ai pratiquement grandi avec Flash, il s'appelait encore Frasier à l'époque. Oh ! je pourrais t'en raconter, des histoires !

Flash lui adressa un clin d'œil et les frères se rendirent sur un côté de la suite où toute une variété de boissons sans alcool était mise à leur disposition.

— Je me souviens quand Trixie était petite comme ça, dit Renée, en faisant sauter doucement Bean entre ses bras.

Le bébé gloussa de joie. Elle lança un regard compatissant à Brooke :

— Ça va, tu t'en sors ?

— Oui, ça va.

D'accord, ça faisait deux jours qu'elle n'avait ni vu sa mère, ni ne lui avait parlé, et elle n'avait toujours pas décidé de ce qu'elle allait faire au sujet de Kyle Morgan.

Au moins Alex était là. Brooke constata que Flash l'avait emmenée vers les boissons et qu'il lui présentait Trixie. C'était gentil de la part de Flash de s'assurer qu'Alex était bien intégrée à cette réunion de famille. Et bien qu'elle ait décidé qu'elle n'aimerait pas Flash, Brooke voyait clairement que son amie était soulagée que Flash l'inclue.

— J'ai compris que Chloé avait tout un plan, dit Renée.

Brooke se sentit bizarre, debout au milieu de la pièce. Elle se déplaça jusqu'à la grande fenêtre qui donnait sur l'arène. Renée la suivit. En contrebas, elle vit un homme, Pete Wellington sans doute, en train de faire les derniers préparatifs. Dans quelques minutes, les portes allaient s'ouvrir et les gradins se remplir. Et une fois la foule installée…

C'était une performance comme une autre, où elle n'aurait pas de guitare entre les mains. Juste un bébé.

— Oui. Je l'ai soumis aux services des relations publiques de ma maison de disques, et ça leur va. Je crois que Chloé pourra trouver un boulot chez eux si un jour elle en a marre du rodéo.

— Ça ne risque pas d'arriver, tu peux me croire. La seule personne à être fatiguée du rodéo, c'est Oliver.

Chloé était probablement au téléphone avec Kari en ce moment, en train de coordonner les détails de *La Grande Révélation*, comme Brooke avait commencé à l'appeler.

Juste avant le premier rodéo de Flash, elle et Bean, pourvu de son propre casque antibruit pour bébé, iraient le voir en haut du toboggan qui donnait sur la piste. Là, elle lui donnerait très publiquement un baiser d'encouragement pour lui souhaiter bonne chance. Alex serait derrière elle, juste au cas où.

Les animateurs au micro attireraient l'attention du public sur elle et Flash, et à ce moment-là il prendrait Bean dans ses bras et lui ferait un câlin. Si Bean se montrait coopérant ils auraient droit à un sourire, Brooke poserait la tête sur l'épaule de Flash et tout serait parfait.

Brooke regarda son fils, très occupé à tenter de faire rentrer son poing entier à l'intérieur de sa bouche parfaitement baveuse. La vie était si rarement parfaite.

— Ça risque d'être très compliqué pendant un moment, ceci dit, dit-elle en soupirant.

À la grande surprise de Brooke, Renée lui passa un bras sur les épaules et la serra dans ses bras.

— Tu vas t'en sortir, dit-elle. Quoi qu'il arrive, toi et ce petit bonhomme vous faites partie de la famille, et chez les Lawrence, la famille, c'est sacré.

— Vraiment ?

Brooke fut horrifiée d'entendre un sanglot dans sa propre voix.

Renée hocha la tête.

— Complètement. Même quand Flash a eu des années difficiles, dont il était en grande partie responsable, d'ailleurs, la famille est restée à ses côtés. Je ne connais pas ton histoire, à part ta bio officielle. Mais ma famille à moi était…

Elle haussa les épaules et fixa son attention sur Bean.

— Elle était moins qu'idéale, disons… Et avoir les Lawrence derrière moi quand tous les autres me lâchaient, ça a tout changé.

Brooke cligna très fort des yeux.

— Je n'ai que ma mère et Alex, en réalité. Ma mère ne me parle plus depuis qu'elle sait pour Flash.

Renée rendit Bean à Brooke et lui serra de nouveau les épaules.

— Je vais être honnête, les Lawrence peuvent parfois prendre trop de place et en faire des caisses. Mais ils se battront pour toi et pour ce petit gars jusqu'au bout, si tu les laisses faire.

Bean fit un beau sourire, le même que son papa.

— Je veux juste que tout se passe bien, dit-elle doucement en serrant son bébé dans ses bras.

— Tout va bien se passer, promit Renée. Même si ce ne sera peut-être pas exactement ce que tu avais imaginé.

Flash était sur le côté, occupé à faire glousser Trixie en lui soufflant sur le ventre. Pendant toute la conversation, il n'avait pas quitté Brooke des yeux. Chloé arriva vers lui et mit son grain de sel.

— Ça a l'air d'aller, dit-elle en hochant la tête en direction des deux femmes.

Flash présenta Chloé à Alex.

— Elle est angoissée, dit Alex, avant de s'éloigner.

— Le contraire serait étonnant, acquiesça Chloé.

Lorsque Alex eut rejoint Renée et Brooke, Chloé tourna toute son attention vers Flash.

— Tout est en place. Tu sais que ce que tu as à faire, n'est-ce pas ?

— Oui. Comme les trois dernières fois que tu me l'as demandé.

Il n'allait pas se laisser atteindre par la nervosité de tous les autres. La situation était sous contrôle. Les bébés étaient heureux, le thé était en train d'infuser et la présentation de Brooke à sa famille se passait bien. Vraiment bien.

Il n'arrivait toujours pas à se remettre de la dispute entre Brooke et sa mère. Rencontrer Crissy Bonner lui avait fait comprendre beaucoup de choses. Il voyait bien que Brooke avait été totalement écrasée par sa mère, et comment ne pas dévoiler l'identité de Flash n'avait pas forcément été un acte d'égoïsme mais de rébellion tranquille de la part de la jeune femme.

Oliver grommela :

— Tu vas vraiment l'épouser, hein ?

Il arracha Trixie des bras de Flash.

— C'est l'implication logique des fiançailles, répondit

Flash en refusant de se laisser contrarier par la nuance de doute dans la voix d'Oliver. Mais on a convenu qu'on ne précipitait rien et que je ne la traînerais pas à l'autel dès demain.

— Bien sûr, je ne dis pas ça.

Cette déclaration sérieuse fut interrompue par Oliver qui se mit à tourner en rond avec sa fille qui criait de joie.

— Je te dis juste, légalise tout ça.

— On y travaille, répondit Flash les dents serrées, en mettant le miel dans le thé de Brooke.

Chloé donna une tape sur le bras d'Oliver.

— Ça fait à peine quatre jours, dis. Donne-lui un peu de temps, quand même. On a un plan, d'ailleurs.

Elle se retourna vers Flash. Toute la gratitude qu'il avait pu ressentir envers elle s'évapora lorsqu'elle ajouta :

— Tu te souviens de ton rôle, pas vrai ?

— Vous voulez bien me fiche un peu la paix ?

Flash fut vraiment fier d'avoir réussi à parler calmement.

— Je ne vais pas exploser, ni perdre mon sang-froid. Je sais pourquoi je suis là et ce que je suis supposé faire, alors arrêtez de faire comme si j'étais encore un ado, d'accord ?

Chloé et Oliver échangèrent un regard qui ne lui inspira pas la plus grande confiance.

— D'accord ? insista Flash, un ton au-dessus.

Son téléphone vibra, c'était un message de son père :

Bonne chance ce soir… Et amène cette fille et le bébé à la maison lundi ! Je veux rencontrer mon petit-fils !

Flash sourit. Au moins avaient-ils réussi à convaincre son père de rester à la maison ce soir. Les choses avaient tendance à partir en vrille quand il se pointait aux rodéos. En outre, Flash n'avait pas voulu submerger Brooke avec la totalité des membres de la famille, et Milt Lawrence prenait sacrément de la place quand il était là. Il répondit :

Ça marche. Merci, papa.

— Il faut que tu y ailles, lui dit Chloé, toujours au téléphone.

Ce devait être Pete à l'autre bout du fil.

— Écoutez, dit Flash à sa sœur et à son frère. Aujourd'hui je suis là pour gagner, compris ? Demain on pourra discuter de garde partagée en fonction du All-Stars pour moi et de ses dates de concert à elle. Mais ça, ce sera demain. Ce soir, je compte sur vous pour prendre soin de Brooke et de James. Ne la contrariez pas. Ne parlez pas d'avocat ni d'argent et évitez toute phrase commençant par « tu devrais ». Vous croyez pouvoir y arriver ?

— Évidemment, ricana Oliver comme s'il ne venait pas de passer dix ans à dire à Flash ce qu'il devait faire ou pas.

— Promis, renchérit Chloé, qui avait l'air plus contrite que Flash ne l'avait jamais vue. La situation est sous contrôle.

— Plus tu dis ça, plus ça m'inquiète, marmonna Flash en les contournant pour rejoindre Brooke, sa tasse de thé à la main.

Mis à part la réunion de famille plutôt bizarroïde, il pourrait facilement s'habituer à ce genre de situation. Brooke et James contemplaient l'arène. Ils allaient le regarder faire son spectacle, puis ils repartiraient chez elle pour la nuit. James allait probablement faire des vocalises bruyantes avant l'aube et Flash se lèverait avec lui, pour laisser Brooke dormir le plus longtemps possible. Ensuite ils retourneraient au lit ensemble, et se réconforteraient mutuellement.

Il n'avait pas menti… Demain, le temps viendrait de s'organiser, de négocier, de gérer les complications… Mais ce soir, la soirée était à lui. C'était son rodéo, et elle était…

Elle pourrait être à lui pour toujours.

Oui, la chance lui souriait ce soir.

- 16 -

— Prête ? marmonna Alex.

— Oui.

Ce ne serait que dix minutes de la vie de Brooke. Elle avait confié les rênes de ses réseaux sociaux à Chloé et Kari, pour ne pas avoir à gérer les notifications pendant quelques jours. Donc, vraiment, ce n'était pas grand-chose.

— Maintenant, dit Chloé en les guidant hors de la minuscule alcôve créée derrière le passage vers l'arène, cachée du public par des bannières publicitaires.

Brooke la suivit, et Alex ferma la marche.

Elles gravirent les marches en métal qui menaient en haut de la passerelle d'accès, où Flash attendait. Il se tourna vers elle juste au moment où l'animateur annonçait :

— Et maintenant Flash Lawrence, qui fait son grand retour !

— Hello bébé, dit-il par-dessus le bruit de la foule en avançant vers elle, tout va bien ?

Elle savait que c'était pour le show, que tous deux jouaient un rôle pour les caméras, mais pourtant, la réelle inquiétude de son regard la toucha.

— Je me cramponne, répondit-elle alors qu'il baissait la tête pour être au niveau de la sienne.

— Bravo, murmura-t-il tout contre ses lèvres.

— Eh oui, cria un autre animateur au micro, après une difficile… Euh, Jimbo, tu vois ce que je vois ? Est-ce que Flash est en train d'embrasser quelqu'un ? Mais qui est-ce donc ?

Brooke garda les yeux fermés car elle n'avait pas franchement envie de voir Flash l'embrasser sur écran géant.

— Est-ce que ce ne serait pas Brooke Bonner, la superstar de la country de Nashville ? demanda l'autre animateur. Larry, est-ce qu'il se passerait ici des choses qui nous auraient échappé ?

Soudain l'arène sembla presque silencieuse et Brooke sut que tout le monde la regardait et se posait les mêmes questions.

— On y est presque, chuchota Flash en lui prenant Bean des bras. Tu es un gentil garçon avec maman ? lui demanda-t-il en déposant un baiser sur la petite partie du crâne de Bean qui n'était pas couverte par le casque antibruit.

Et Bean, jouant le jeu, lui fit un grand sourire. Brooke poussa un énorme soupir de soulagement et se rappela de sourire à son tour.

Il n'y avait plus qu'à espérer qu'il avait l'air sincère et cachait la panique qu'elle ressentait intérieurement, car il était trop tard pour revenir en arrière désormais. Bean était officiellement entré dans le domaine public.

— Jimbo ! Est-ce que c'est un bébé ? Savais-tu que Flash Lawrence avait un bébé ?

Toute la foule poussa une exclamation tandis que Brooke posait la main sur le torse de Flash, pour que l'énorme diamant qu'il lui avait acheté soit bien en évidence à côté du bébé.

— Larry, est-ce qu'on ne dirait pas une bague de fiançailles ? demanda Jimbo.

— Regardez-moi la taille de cette pierre !

Larry était clairement impressionné.

Quelques secondes plus tard, la foule explosa en exclamations joyeuses si bruyantes que malgré son casque, Bean tressaillit.

— Flash, c'est à toi, dit Pete. Bravo, bien joué vous deux.

Brooke reprit Bean et embrassa Flash pour lui souhaiter bonne chance sous les vivats de la foule. Pour l'instant, tout fonctionnait comme sur des roulettes. Elle avait été devant suffisamment de publics pour savoir que la foule aujourd'hui leur mangeait dans la main. C'était peut-être un spectacle, mais c'en était un bon.

— Je suis fier de toi, Brooke, dit-il, et son sourire satisfait suffit à lui faire oublier que des milliers de personnes les regardaient.

— C'est parfait, grommela Alex derrière son dos.

Elle opina mais sans quitter Flash des yeux. La porte s'ouvrit et son cheval se rua dans l'arène, se cabrant comme un fou tandis que Flash s'accrochait de toutes ses forces.

— Regarde, c'est papa, mon chéri, murmura-t-elle à Bean.

Elle déplaça le bébé pour qu'il puisse regarder :

— Regarde-le !

Les secondes s'égrenaient avec lenteur tandis que Flash s'agrippait au dos du cheval. Le gong sonna juste au moment où il perdait son combat avec l'attraction terrestre et où il roulait dans la poussière. Brooke bondit immédiatement, le poing levé.

— On dirait que c'est un jour de chance, pour Flash, dit Jimbo.

— Cette chevauchée va lui valoir la première place !

Brooke cria avec la foule. Elle y était presque. Il ne lui restait plus qu'à attendre que Flash revienne, qu'il l'escorte jusqu'aux coulisses où il la remettrait à Chloé qui la reconduirait à la loge familiale pour le reste du rodéo.

— Tiens tiens tiens… Voilà qui explique tout ! dit soudain une voix doucereuse par-dessus le bruit de la foule et des animateurs.

Brooke se retourna au moment où Alex jappait :

— Hey, on recule.

Le cow-boy qui fixait Brooke ne portait ni gilet ni numéro de concurrent, mais son visage lui était vaguement familier. Est-ce qu'ils s'étaient déjà rencontrés ? Ou peut-être qu'elle avait déjà juste vu sa photo quelque part ?

— Doucement, la belle, dit le cow-boy à Alex, ce qui la fit rugir. Je suis… un vieil ami de Flash.

Il jeta un rapide coup d'œil à Brooke qui sentit un frisson d'appréhension lui parcourir l'échine.

— Ça explique quoi ? demanda-t-elle, en cherchant des yeux Pete, ou Chloé, ou n'importe qui d'autre.

Le regard de ce type ne lui plaisait pas du tout.

— Il te sautait pendant tout ce temps, voilà ce que ça explique.

Le cow-boy se mit à rire mais quand Alex voulut le faire reculer, il lui passa devant et se retrouva à trente centimètres de Brooke.

— Laissez-nous tranquille, lui intima-t-elle.

— Hey ! cria Flash depuis le sol de la piste. Tex, dégage ! Pete ! Alex ! Éloignez-le d'elle !

— Tu sais que ton petit amoureux m'a cassé la gueule ? cracha le cow-boy qui répondait apparemment au nom de Tex.

Le public sembla de nouveau faire silence, mais Brooke pouvait sentir la différence entre cette fois et le moment où il s'était tu, après la révélation de l'existence du bébé et de la bague.

— Il m'a cassé la mâchoire et la jambe, tout ça parce que j'espérais que tu étais un bon coup. Il a foutu ma carrière en l'air, à cause de toi !

Derrière Tex, Alex plongea mais l'homme avait des réflexes de félin et il l'esquiva sans aucune difficulté… Ce qui le rapprocha encore davantage de Brooke.

— Je n'ai rien à voir avec cette histoire, répondit-elle en protégeant Bean.

Quelqu'un dans la foule cria.

— Larry, qu'est-ce que Tex McGraw fait ici ? demanda Jimbo.

— Il a quitté le championnat All-Stars, non ? répondit Larry, d'une voix inquiète. Après s'être battu avec Flash ?

— Ce salaud m'a privé de tout ce que j'aimais, dit Tex en fonçant en avant.

Il saisit son bras avec une telle violence qu'elle en eut le souffle coupé.

— À mon tour, maintenant, ajouta-t-il.

Brooke voulut crier mais sa gorge ne lui obéissait plus. Tex lui tordit le bras si fort que la douleur lui fit voir des étoiles. Le bébé ! Elle se tourna, en essayant de garder Bean serré contre elle, Bean qui se mit à hurler de toutes ses forces.

— Brooke !

Soudain quelqu'un fonça brutalement sur Tex… Dieu merci, c'était Flash.

Brooke trébucha avant que Tex ne lui lâche le bras, puis Flash et lui tombèrent du haut du toboggan qui donnait sur la piste et s'écrasèrent dans la poussière avec un bruit sourd. Flash se releva d'un bond. Elle regarda derrière elle pendant qu'Alex la faisait sortir de l'arène. Le chaos était total… Pete et un groupe de cow-boys étaient en train de tenter de séparer Flash et Tex, qui lui-même faisait de son mieux pour se défendre.

La dernière chose que vit Brooke avant qu'Alex ne lui fasse franchir une porte fut la tête de Flash propulsée en arrière tandis que le poing de Tex lui cognait la mâchoire, et le sourire mauvais de Flash qui décochait à son tour un crochet du droit.

- 17 -

— La bonne nouvelle, dit Chloé d'une voix qui laissait entendre qu'il n'y avait pas grand-chose à tirer de ce côté-là, c'est que malgré ton casier et ton passif avec Tex, le procureur a décidé de ne pas te poursuivre pour agression. Toute la bagarre a été filmée. Tu étais clairement en train de défendre ta famille. Oliver est en train de discuter avec lui en ce moment.

— Ça, c'était la bonne nouvelle ?

Flash ôta la glace de son visage et plissa les yeux en regardant Chloé.

— Et la mauvaise, c'est quoi ?

Chloé fit la grimace devant ses yeux au beurre noir et lui tendit son téléphone pour qu'il lise l'écran. Ce qui était un véritable défi. Les mots dansaient devant lui comme s'ils flottaient sur l'eau, mais il finit par réussir à accommoder avec un seul œil.

Ce qu'il lut lui glaça le sang. Brooke avait envoyé un texto groupé à Chloé, Oliver et Flash :

> Merci de nous avoir accueillis, James et moi, dans la famille Lawrence. Nous nous recontacterons pour organiser un programme de garde.

Sa vision se concentra sur ces quelques lignes de texte. Il oublia tout le reste. Il en oublia de respirer.

« Nous nous recontacterons ».

Trois mots pouvaient donc briser un homme.

Elle avait promis. Promis ! Ils étaient dans cette galère

ensemble ! Une équipe ! Elle avait juré qu'elle ne le priverait plus de son fils !

Non. Il refusait d'accepter ça.

Il fallait qu'il arrange la situation. Il se leva, et la pièce se mit à tourner.

— Je dois y aller, dit-il, sauf que sa mâchoire ne bougeait pas comme elle l'aurait dû.

— Non, dit Pete en posant une main ferme sur son épaule. Tu n'y vas pas. Avec ta tête, on dirait que tu viens de te faire rouler dessus par un camion et ça va l'effrayer encore plus.

— Pire que dans la bibliothèque avec les coussins, acquiesça Chloé, en prenant la glace et en la remettant sur le visage de Flash.

Il tenta de l'écarter car d'accord, il avait sûrement l'air horrible, mais il ne pouvait pas laisser Brooke se cacher derrière ce texto glacial.

— Demain, alors, réussit-il à dire.

— Aïe, est-ce que ta mâchoire est encore bousillée ? demanda Pete qui l'examina, accroupi devant lui.

— Tu devrais voir l'autre type, essaya-t-il de répondre.

— Mon gars, ta saison est terminée, dit Pete. Chloé, il faut qu'on le conduise à l'hôpital.

— Ça marche, répondit-elle en soupirant.

Sa saison de championnat… terminée. Juste comme ça. Mais au moment où l'auto-apitoiement tâchait de se frayer un chemin dans son cerveau, il fut chassé par le regard de terreur qu'il avait vu sur le visage de Brooke quand Tex l'avait attrapée.

— Je t'en colle une si tu essaies encore une fois de te lever, l'avertit Pete en le repoussant sur sa chaise. Je l'ai déjà fait, et je le referais.

La pièce se mit à tourner. Flash perdit peut-être conscience un instant, il n'en était pas trop sûr. Peut-être que Pete l'avait vraiment frappé. Il n'eut conscience que d'être embarqué à bord d'une ambulance. Oliver était près de lui et il avait l'air très inquiet.

— Tout va bien se passer, dit Oliver d'une voix tendue.
— Brooke, gémit Flash.

L'ambulance démarra et tout se remit à tourner.

— Ça va aller, répéta Oliver en tenant le bras de Flash.

L'obscurité envahit Flash qui était bien convaincu que ça n'allait pas aller du tout. Pas tant qu'il n'aurait pas pu voir Brooke.

Heureusement, Bean allait bien. Lorsque Brooke s'installa dans le rocking-chair avec le bébé posé sur la poitrine, il s'endormit en une minute.

Brooke, en revanche, n'allait pas fort.

Elle avait oublié jusqu'à la sensation de se sentir bien. Ses cauchemars s'étaient réalisés… Flash Lawrence, hors de contrôle.

— Tu trembles encore, dit Alex qui avait l'air plus près des larmes que Brooke ne l'avait jamais vue.

— Ah bon ?

Brooke rit, un son si aigu que Bean tressaillit. Brooke le réinstalla de l'autre côté.

— Désolée.

— J'ai envoyé le texto que tu m'as demandé d'écrire, reprit Alex en s'asseyant sur un pouf.

— Quel texto ?

Alex fronça les sourcils. Elle sortit un téléphone de sa poche, celui de Brooke, et lut le message.

— Tu m'as dit de l'envoyer quand on est rentrées, et c'est ce que j'ai fait.

— Alors c'est que je voulais que tu le fasses.

Elle ne se souvenait pas avoir demandé ça à Alex, mais après tout, peut-être. Elle était assez certaine d'être dans un état de choc.

Elle avait été agressée et son fiancé avait craqué, sans parler de la situation avec sa mère et Kyle ou la presse… On pouvait affirmer sans trop de risque qu'elle ne s'en sortait pas bien du tout. Vraiment pas.

— Brooke ? S'il vient, tu voudras le voir ?

— Je ne…

Elle s'éclaircit la gorge. Une part d'elle souhaitait voir Flash entrer dans la chambre de Bean, un mug de thé sucré au miel à la main et un sourire charmeur sur le visage. Le voir apporter sa musique avec lui pour qu'ils finissent de composer cette chanson ensemble.

— Je ne crois pas, dit-elle doucement.

— Tu es sûre que c'est la bonne décision ? demanda Alex d'une voix bourrue.

— Je croyais que tu ne l'aimais pas.

— C'est vrai. Mais Brooke, il te défendait. Parce que moi, je n'ai pas réussi.

Ses yeux se remplirent de larmes. Brooke la fixa, sous le choc. Est-ce qu'Alex avait déjà pleuré ?

— Je n'ai pas été assez rapide pour attraper ce type, mais Flash a fait plus vite que moi. Si j'avais fait mon boulot…

Un sanglot ébranla son grand corps.

— Je suis vraiment désolée de ne pas avoir été à la hauteur. Mais il ne faut pas que tu en veuilles à Flash. Il te protégeait.

Est-ce qu'Alex avait raison ? Après tout, est-ce que Brooke n'avait pas prié pour qu'il arrive à temps pour la sauver ? Et c'était bien ce qu'il avait fait ! Il l'avait fait !

La sonnette de la porte retentit, et Bean tressaillit et poussa un petit cri dans son sommeil.

— J'y vais, grogna Alex en se frottant les yeux.

Brooke soupira et se mit à tapoter le dos du bébé.

— Si c'est Flash, je ne suis pas là.

Peut-être Alex avait-elle raison, peut-être pas. Mais Brooke n'allait rien gérer de tout ça ce soir. Hors de question.

Elle entendit deux personnes monter l'escalier. Oh ! non… Alex avait décidé de laisser Flash entrer après tout.

— Je t'ai dit que je ne voulais pas voir…

Mais ce ne fut pas Flash qui entra derrière Alex. C'était Kyle Morgan. Évidemment. Vu que Brooke n'avait pas assez de trucs à gérer aujourd'hui.

— Qu'est-ce que tu veux ?

Kyle eut la correction d'avoir l'air gêné.

— J'ai regardé le rodéo ce soir à la télé.

— Et ? Qu'est-ce que ça fait ?

Kyle rougit.

— Je ne savais pas que tu avais un bébé. Je suis désolé d'avoir manqué ça.

— Vraiment ?

Elle savait qu'elle était en train d'être cruelle, mais ne pouvait pas s'en empêcher. Tous ceux qui pensaient qu'elle allait se laisser faire sans rien dire allaient être surpris.

— Est-ce que tu es mon père ?

Kyle baissa les yeux et passa la main dans ses cheveux argentés.

— Elle a fini par te le dire, alors ?

— Je ne te laisserai plus jamais voir ton petit-fils si tu n'arrêtes pas de déconner, Morgan. J'ai eu une soirée infernale et tu n'aides pas, là. On est amis depuis des années et pas une seule fois tu ne m'as donné un indice qui m'aurait fait comprendre que tu étais mon père, alors crache ta valda !

— Écoute, j'ai mis ta mère enceinte, on avait passé quelques nuits ensemble et…

Alex émit un grognement menaçant derrière lui.

— Et je ne voulais pas être père. J'étais trop jeune et, pour être honnête, je me camais. Je n'étais pas en capacité de m'occuper d'un bébé. C'est ce que j'ai dit à ta mère. Je lui ai dit que je ne serais le père d'aucun de ses gosses, et elle a choisi de te garder.

— Oh. D'accord. Donc tu ne voulais pas de moi. Parfait.

— Morgan, c'est l'excuse la plus pourrie que j'ai jamais entendue, grommela Alex.

— Oui, je sais, rétorqua-t-il du tac au tac, tout continuant de regarder Brooke. Et puis tu es devenue une petite fille, j'ai arrêté la came et mes chansons ont commencé à se vendre, et tu avais tellement de talent…

Il se racla la gorge avant de poursuivre :

— Je ne suis pas fait pour être père. Je ne l'ai jamais été. Mais être un mentor, ça, c'était dans mes cordes. Ta mère a vu la même chose que moi : que tu avais ce qu'il fallait pour devenir une star. Et je pouvais t'aider à y arriver.

Brooke laissa retomber sa tête sur le dossier du fauteuil. Cet homme était son père. Et, à sa manière tordue, il avait pris soin d'elle. Ce n'avait pas été suffisant, mais c'était quand même quelque chose.

— Écoute, je n'ai peut-être pas assuré, commença Kyle.

— Tu crois ?

— Mais j'ai fait de mon mieux. Je n'avais rien d'autre à donner, surtout avant d'arrêter la came. T'aider à devenir musicienne a été la joie de ma vie.

Il regarda Bean :

— J'aurais aimé que ta mère me dise que tu allais avoir un bébé. Je suis navré d'avoir raté ça.

— Pourquoi est-ce que je m'appelle Bonner ?

— Morgan est un pseudo. Quand j'étais petit, plein de gosses m'appelaient Bonnie pour se moquer de moi. J'ai épousé ta mère pour que tu aies un nom, et ensuite on a divorcé discrètement.

Alors ça, elle ne s'y était pas attendue… Vouloir lui donner son nom de famille mais sans rien assumer de ses responsabilités, c'était la cerise sur le gâteau.

— Je crois que je vais te détester pendant un certain temps.

Ce qui était un mensonge. Elle allait le détester aussi longtemps qu'elle en aurait envie. Et elle n'allait pas non plus pardonner si facilement à sa mère. Ils étaient tombés à un niveau de tromperie assez dingue. Et tout ça pour quoi ?

Elle en avait plus qu'assez des mensonges enveloppés dans d'autres mensonges, ensevelis sous d'autres mensonges encore.

Kyle eut l'air blessé mais il tenta un sourire.

— D'accord.

Il se leva pour partir.

— Je me suis toujours occupé de toi, ma chérie. Ce qui

ne veut pas dire que je n'ai pas été le pire père du monde, dit-il par-dessus le ricanement que Brooke et Alex émirent à l'unisson. Et je continuerai. Et si tu le permets, je le ferai aussi pour ton petit.

— Ne va pas trop loin, Kyle.

Hors de question qu'elle l'appelle papa. Il n'avait certainement pas gagné ce droit. Il hocha la tête, résigné, et s'apprêta à quitter la pièce.

— Une dernière chose, dit-il. Ton fiancé ?

— Je ne crois pas que nous soyons encore fiancés, grommela Brooke.

— J'ai regardé qui c'était sur Internet après le Bluebird. Ces articles ont bien dû faire paniquer ta mère, ça ressemblait trop à ce qui est arrivé entre elle et moi, je pense.

Brooke lui lança un regard noir.

— Tu as quelque chose à dire en particulier ? La soirée a été longue et je voudrais que James puisse dormir.

Elle n'allait peut-être pas y arriver mais lui en avait besoin.

— James, c'est un bon prénom. Ça lui va bien.

Il se pencha en avant et Brooke le laissa poser un baiser sur le front du bébé.

— Je vous ai laissées tomber, toi et ta mère. Ça a toujours été mon plus grand regret, d'avoir rejeté l'amour de ma vie et ma famille juste parce que c'était trop compliqué. Ne fais pas les mêmes erreurs que moi.

— C'est supposé être un conseil paternel ? demanda-t-elle d'un ton sec, car c'était soit être sèche, soit fondre en larmes.

Kyle lui fit un sourire triste.

— Juste… Penses-y. Et n'hésite pas à m'appeler si tu veux qu'on parle.

Il se redressa.

— Je ne gâcherai pas une seconde chance de faire partie de ta vie. Tu as toujours été mon plus grand succès, ma chérie.

Alex le raccompagna dehors, laissant Brooke seule avec ses pensées en plein chaos et son fils endormi. Maintenant que la poussée d'adrénaline commençait à se dissiper, elle était plus confuse que jamais.

Kyle Morgan était son père, mais il avait abdiqué toute responsabilité envers elle, choisissant d'être un ami plutôt qu'un parent. Il avait abandonné sa mère mais avait aidé Brooke pendant son ascension dans le monde de la country. Mais il n'avait pas voulu d'elle tant que son talent ne s'était pas révélé. C'était un tocard égoïste et autocentré, et il lui faudrait longtemps pour lui pardonner. Si elle y parvenait un jour.

Flash, en revanche, voulait l'épouser et légaliser la situation… Pas juste en lui donnant un nom, comme l'avaient fait Kyle et Crissy, mais en lui offrant une vraie famille. Il voulait faire partie de la vie de Bean. Il avait parlé de lui construire un studio d'enregistrement dans son ranch au Texas et d'acheter un poney pour Bean. Il l'avait présentée à sa famille et annoncé son statut devant le monde entier.

Est-ce que ce qui s'était produit ce soir changeait tout ? Ou sa réaction était-elle exagérée ? Si elle quittait Flash, est-ce qu'elle faisait la même chose que Kyle ? Écarter Flash de sa vie parce que c'était plus simple ?

Elle ne connaissait pas la réponse. Probablement parce qu'il n'y en avait pas.

- 18 -

Lorsque Flash ouvrit les yeux à l'hôpital, Milt Lawrence, assis à côté de son lit, était en train de regarder le base-ball à la télévision. Bizarre. Son père était censé être au Texas. Loin de Nashville. Est-ce que Flash était au Texas ?

— Quelle heure est-il ? essaya-t-il de demander.

Mince, sa mâchoire avait de nouveau été immobilisée.

— Largement l'heure que tu te réveilles, répondit son père en éteignant la télévision. Ce type t'a collé un sacré trauma crânien. Mais ne t'inquiète pas, dit-il en faisant ce que Flash crut prendre pour un clin d'œil, sans en être trop sûr car ses yeux étaient très gonflés, toi tu lui as fait bien plus mal encore.

Ça n'augurait rien de bon.

— Je ne l'ai pas tué quand même ?

— Nan, il est vivant et il n'est pas content. Ça fait deux fois que tu le démolis. Son orgueil ne s'en remettra jamais, et Oliver est en train de travailler pour le faire inculper. Ta sœur l'a interdit de rodéo All-Stars jusqu'à la fin des temps, et il me semble bien qu'elle a même réussi à le faire interdire de Total Bull Challenge, en plus. Elle peut être très convaincante quand elle veut.

Son père gloussa :

— Je suis sacrément fière de cette petite.

Flash grogna.

Son père se leva sur ses jambes arquées et se pencha pour examiner le visage de Flash, qui eut besoin de quelques secondes pour accommoder.

— Je ne savais pas qu'on pouvait continuer à se battre avec une mâchoire dans cet état. Chapeau.

— Merci papa, réussit-il à grommeler.

Il se fichait bien de sa mâchoire en ce moment. Seules deux choses l'intéressaient :

— Brooke ? Bébé ?

Le sourire de son père faiblit un peu et il se rassit.

— Ils vont bien. Brooke n'a pas vraiment envie de gérer ton frère et ta sœur, là. Mais sa copine nous envoie des nouvelles.

Flash essaya de réfléchir mais il constata qu'il était sous analgésiques. Des forts. Il avait l'esprit trop brumeux. Il avait dû mal comprendre.

— Besoin d'elle.

— Je ne suis pas certain que ce soit la meilleure des idées en ce moment, répondit son père d'un ton triste. Tu lui as fait très peur. Mais bon, j'ai vu la vidéo. J'aurais fait pareil. Quand quelqu'un menace la femme que tu aimes, tu la protèges et tu ne te poses pas de question. Tu as fait ce qu'il fallait.

— L'aime pas.

Curieux comme ces mots étaient douloureux à prononcer. Heureusement, son père n'avait aucune peine à le comprendre.

— Ce n'est pas l'impression que ça me donne, mon garçon.

— L'apprécie. Beaucoup.

La protéger avait été la chose la plus importante qu'il ait jamais faite, et s'il le fallait, il était prêt à recommencer.

— Besoin d'elle.

— Fils, commença son père, sur un ton qui fit comprendre à Flash qu'il allait lui faire la morale, je ne sais pas qui tu essaies de tromper, mais j'ai des yeux pour voir et j'ai aimé ma Trixie plus longtemps que tu n'as eu d'années de vie.

— Pas confiance en moi, tenta de dire Flash. Caché mon bébé.

— Et ?

Flash réussit à lever les yeux au ciel, malgré la douleur.

— Je suis sérieux, dit son père en se penchant pour le regarder dans les yeux. Elle n'aurait pas dû te cacher l'existence de cet enfant, mais je sais compter, mon garçon. J'ai fait les calculs. Je suis sûr qu'elle a vu tous ces articles sur toi, comme tout le monde. Et ta sœur m'a dit que la mère de Brooke était un problème.

— Énorme problème, acquiesça Flash.

Son père avait raison. Ce qui n'était jamais bon signe.

— Donc elle avait ses raisons Et tu as les tiennes. Mais si tu attends un parfait alignement des planètes et que tout soit parfait dans une relation, tu vas passer le restant de ta vie tout seul à pleurer pour la fille qui t'a quitté. Tu l'aimes, ce n'est pas la peine d'essayer de le nier, je te connais mon garçon. Et elle aussi, elle est folle de toi d'après ce que j'ai pu voir. Mais tout ce qui vient après ça ; la foi mutuelle, la confiance et l'amour, c'est un choix. Chaque jour il faut faire le choix d'agir pour être amoureux, rester amoureux, et après, il faut bosser.

Flash cligna des yeux, confus.

— Mais... Toi et maman ?

Milt Lawrence ricana.

— Il y a eu des moments où ta mère ne m'appréciait pas follement. Elle m'a remis à ma place plus d'une fois, et je dois dire que c'était mérité. Et, même si ça me fait mal de l'admettre, il y a eu des moments où elle m'a tapé sur les nerfs. On se disputait, même si on s'est toujours assuré que vous, les gosses, vous ne le voyiez pas. Mais le lendemain, on choisissait de s'aimer de nouveau et de bosser. Tous les jours, je mettais un point d'honneur à lui montrer non seulement que je l'aimais, que j'avais besoin d'elle et que je lui faisais confiance, mais aussi que j'étais l'homme qu'elle pouvait aimer et en qui elle pouvait avoir confiance, quoi qu'il arrive. Je ne l'ai jamais trompée. Je me suis toujours débrouillé pour lui consacrer du temps. J'ai mis ses besoins avant les miens et j'ai été là pour vous, les enfants. Et laisse-moi te dire en passant, un bouquet de fleurs de temps en temps n'a jamais fait de mal à personne.

Quoi ? Ses parents avaient toujours semblé former un couple si parfait… Une histoire d'amour modèle. À aucun moment ils n'avaient semblé devoir y mettre du leur.

Son père se frotta le menton d'un air pensif :

— L'année dernière, je ne crois pas que tu en aurais été capable. Il est clair que je ne t'aurais jamais dit d'aller la chercher. Ça n'aurait pas été juste pour elle, ajouta-t-il en gloussant.

— Merci papa, marmonna Flash.

Sa tête tournait, et il ne savait pas si c'était à cause des médicaments, du trauma crânien, de sa mâchoire, ou de…

La vérité. Lui et Brooke ne s'étaient pas choisis après leur aventure d'une nuit. Mais travailler à faire fonctionner un couple… Ce serait la preuve que Brooke pouvait avoir confiance en lui. Est-ce qu'elle choisirait de lui prouver qu'il pouvait avoir confiance en elle ? Ou allait-elle passer son tour ?

Milt poursuivit :

— Mais il faut que tu te ressaisisses. Tu as fait de sacrés progrès et je n'ai jamais été aussi fier de toi. Alors maintenant je sais que tu es capable de faire ce qu'il faut. Tu as ça en toi, Flash.

Une douce chaleur envahit sa poitrine. C'était vrai ! Cette année de sobriété et de gestion de la colère et, oui, d'abstinence, avait été la plus longue et la plus dure de sa vie. Chaque jour en se levant, il avait dû choisir de rester sur le bon chemin, le plus difficile.

Il n'existait pas une seule et unique chose qu'il pouvait faire ou dire pour prouver à Brooke qu'il était digne d'elle. Il fallait qu'il lui montre, jour après jour ; il faudrait toute une vie pour le prouver mais ce serait une vie entière avec elle.

Parce qu'il l'aimait.

— Donne-lui quelques jours pour que la situation se

décante. Tu n'as pas le choix de toute façon, tu dois rester en observation à cause de ton trauma.

Il poussa un gros soupir, puis :

— Flash, ça ne va pas te plaire ce que je vais te dire, mais…

Pendant une seconde de pure panique, Flash pensa que Brooke avait appelé des avocats. Mais son père ne lui parlerait pas comme ça s'il n'y avait aucun espoir, n'est-ce pas ?

— Ta mâchoire ne pourra plus supporter une autre fracture. Là, il va te falloir plusieurs opérations avant d'être sorti d'affaire. Il vaudrait peut-être mieux que tu arrêtes les compétitions.

Sa gorge se serra. Ça sentait… la fin. La fin de sa carrière. Son corps ne pourrait plus supporter d'être secoué par des chevaux sauvages et des taureaux, sans parler des compétitions de capture de taurillons. Peut-être pourrait-il encore attraper des veaux au lasso ?

Est-ce qu'il était fini ? Vraiment fini ?

Au moment où la question prenait forme dans son cerveau encore embrouillé, la réponse s'imposa d'elle-même. Il la connaissait depuis qu'il avait vu Brooke, là, en train d'essayer de protéger leur fils de Tex.

Rien n'était plus important qu'elle. Brooke et Bean étaient tout pour lui. Le rodéo ce n'était… qu'un travail. Il serait un père et un époux. Il serait là pour lire les histoires le soir à son fils, et pour accompagner Brooke lors de ses tournées. Peut-être y aurait-il d'autres enfants, des bébés qu'il pourrait prendre dans ses bras au moment où ils arriveraient au monde. Brooke lui ferait écouter ses chansons, et il serait à ses côtés quand elle arpenterait le tapis rouge des cérémonies comme les Grammy ou les Country Music Awards.

Une famille d'amour et de rire, pour le reste de sa vie. C'était ça, son avenir. Pas une nouvelle dérobade ou une autre bagarre.

Ou une autre fracture de la mâchoire.

Il fallait qu'il voie Brooke immédiatement.

Son père lui écarta la main de la perfusion avant qu'il ne l'enlève.

— Ne fais pas ça, mon garçon. Tu ne seras bon à rien ni à personne en mille morceaux.

— Combien de temps ?

Il avait la vague impression que du temps avait passé, mais clairement il avait été anesthésié pour que les médecins puissent réparer sa mâchoire.

— Un jour et demi. Oliver a envoyé le jet de l'entreprise venir me chercher. Et puis écoute, tu sais ce que raconte la presse ? Que tu es un héros, mon fils.

Bien sûr, un héros aux yeux de tous. Est-ce que ça incluait Brooke ?

— Besoin d'elle, grommela-t-il encore.

— Je sais. Nous les Lawrence, quand on tombe amoureux, c'est rapide et très fort. Et ça dure toute la vie. C'était pareil pour moi avec ta mère. Qu'elle repose en paix.

Le silence tomba dans la chambre d'hôpital, seulement interrompu par le bip des appareils. Les fleurs c'était super, mais il fallait qu'il montre à Brooke qu'il la comprenait et qu'il se faisait du souci pour elle.

— Thé, réussit-il à dire.

Oui, son esprit s'éclaircissait, c'était certain, car sa mâchoire commençait à pulser de douleur. Mais c'était bon. Cela le recentrait et lui donnait quelque chose contre quoi lutter.

— Pardon ? demanda son père en se penchant vers lui.

— Envoie-lui du thé. Et du miel. Du bon miel. De ma part.

Le visage de son père se fendit d'un grand sourire.

— Ça, je peux.

- 19 -

— Regardons la séquence, histoire qu'on parle bien tous de la même chose, dit Kari Stockard, la directrice des relations publiques. Comme vous pouvez le voir sur la vidéo du rodéo, nous avons fait en sorte que Brooke et le bébé soient derrière le toboggan pour un moment d'émotion avec Flash Lawrence.

Deux semaines que Brooke n'avait pas vu Flash. Autant dire une vie entière. Elle ne cessait de se dire qu'elle continuait de réfléchir sur ce qu'il convenait de faire, mais elle se mentait à elle-même et elle le savait.

Elle faisait exactement la même chose qu'après avoir découvert qu'elle était enceinte. Elle se cachait.

Et elle détestait ça.

Brooke regarda, à la fois fascinée et horrifiée, sa vie se dérouler sur l'écran d'une salle de conférences dans le bureau de la direction de sa maison de disques, entourée d'hommes en costume et de sa nouvelle manager, Janet Worthington. Bean gazouilla de bonheur quand la caméra fit un gros plan sur le visage de sa maman. Bean l'accompagnait toujours, dorénavant. Elle n'était plus obligée de le cacher. Et aussi parce que sa mère n'était plus sa baby-sitter.

Elle n'avait pas envie de regarder le moment précis où elle avait de nouveau perdu le contrôle de sa vie. Elle en avait encore des cauchemars.

Elle le voyait pourtant, tandis que Kari commentait la vidéo. Brooke regarda Flash l'embrasser et câliner Bean, et elle en eut le souffle coupé. Tout cela n'avait été que pour la façade, non ?

Or, ce n'était pas du tout ce qu'elle voyait. C'était vrai. Il y avait une vraie adoration dans les yeux de Flash lorsqu'il la regardait, une vraie tendresse lorsqu'il tenait son fils. Elle vit de l'amour, du vrai, dans ses propres yeux, lorsqu'elle l'embrassait pour lui souhaiter bonne chance.

Flash Lawrence l'aimait, et ça crevait les yeux. C'était évident sur son visage, dans chacun de ses mouvements, dans chaque contact entre eux. Il était fou d'amour pour elle. Et elle…

Sur l'écran, elle se vit se toucher les lèvres après que Flash l'avait embrassée, le visage illuminé par un sourire heureux. Elle ne se souvenait pas du tout avoir fait ça.

Cela n'avait pas été pour sauver les apparences. Cela avait été réel. Tout, du début à la fin.

La caméra revint sur Brooke et Bean, toujours en haut du toboggan. Cet horrible Tex McGraw avançait vers elle.

Choquée, Brooke poussa une exclamation en voyant l'horreur peinte sur son visage. Elle regarda, impuissante, Alex plonger mais rater sa cible, et Tex l'agripper, lui serrer le bras violemment et puis…

Puis Flash était intervenu, si rapidement qu'on ne le voyait presque pas arriver. Il avait bousculé Tex pour qu'il la lâche et elle dut ravaler ses larmes en se voyant trébucher et lutter pour garder son fils dans ses bras. Puis Alex la fit sortir, l'image disparut et l'image fut remplacée par un graphique.

Kari s'était remise à parler mais Brooke n'écoutait plus. Elle fixait le sommet de la tête de Bean, le temps de reprendre ses esprits. L'incident était aussi affreux que dans son souvenir, et pourtant… Non.

Parce que Flash l'aimait. Comment avait-elle pu ne pas le voir ? Qu'aurait fait Tex McGraw si Flash n'avait pas été là ? Alex avait raison. Brooke n'avait pas réussi à dissocier sa terreur et ses sentiments pour Flash. Toutes ces émotions s'étaient mélangées. Elle baissa les yeux vers la bague que Flash lui avait donnée et qui brillait à son doigt. Pour Flash, ça avait été réel. Elle se souvenait qu'il avait promis de ne pas la redemander en mariage, mais l'offre était sur la table. Elle avait pensé que c'était par sens du devoir, ou pour faciliter la garde de Bean.

Est-ce qu'il avait été sincère ?

— Comme vous le voyez, les réseaux sociaux l'ont largement relayé et les retours étaient particulièrement positifs, expliquait Kari. Les gens attendent avec impatience le nouvel album de Brooke, et ils adorent les infos sur Brooke et Flash !

Mais oui. Il l'avait demandée en mariage parce qu'il en avait envie. Ce n'était pas juste une question de sexe vite fait entre deux portes.

Et elle, qu'avait-elle fait ?

La seule chose que Kyle Morgan lui avait dit d'éviter pour ne pas le regretter toute sa vie. Elle était partie.

— Brooke ?

Elle tressaillit. Tout le monde la regardait.

— Oui ?

— Quand pouvons-nous organiser une séance photos avec toi, Flash et cette petite merveille ?

Comment pourrait-elle prévoir des interviews et des séances photos quand elle n'avait pas parlé à Flash depuis cette affreuse nuit ! Elle avait ignoré les cadeaux et les mots qu'il lui avait envoyés.

Brooke, impuissante, regarda Janet Worthington, sa nouvelle manager.

— Vous pensiez à qui ? demanda Janet.

— *People* est notre premier choix, mais nous avons eu des propositions…

Et Kari se lança dans la description comparée de chaque publication.

Brooke n'écoutait plus ; ce n'était que du bruit.

Flash lui avait envoyé les cadeaux les plus attentionnés, les plus charmants, les plus parfaits, à commencer par une boîte de thé au jasmin et du miel local accompagnés d'un mot qui disait :

« Je ne cesserai jamais de me battre pour Bean et toi. »

Le lendemain, des petites boîtes de thé noir et du miel différent avaient été livrés.

« Je crois en toi », disait le mot.

Chaque jour, depuis, différentes sortes de thé et de miel, parfois accompagnés de jolies tasses ou de thermos, même un petit service à thé miniature pour Bean, avaient été livrés, toujours avec un petit mot rédigé par Flash. Elle lui manquait. Il espérait que Bean la laissait dormir. Il demandait des nouvelles de son album. Comment ça allait avec Kyle et sa mère ? Avait-elle besoin de quelque chose ? Il serait là pour elle.

Le dernier mot, celui de la veille, disait :

« Je t'ai choisie. Je veux travailler pour notre couple. Tu en vaux la peine. »

Flash l'aimait. Certes, il ne l'avait pas verbalisé, mais son amour était dans chacune des tasses de thé qu'elle buvait, dans chaque cuillerée de miel.

Il ne l'obligeait pas à faire un choix. Il avait passé les deux dernières semaines à lui montrer à quel point elle comptait pour lui, et elle n'avait pas répondu. Même pas pour prendre de ses nouvelles. Bean se mit à pleurer. Brooke en profita :

— Vous avez encore besoin de moi ?

Janet comprit tout de suite.

— On te redemandera pour les dates.

Brooke fila pendant que Janet réglait les détails.

Pendant deux semaines, elle avait tergiversé et s'était demandé si elle pouvait se fier à lui, alors qu'en réalité, c'était en elle-même qu'elle n'avait pas confiance. Elle ne pouvait pas partir. Il fallait qu'elle y croie.

Elle envoya un SMS à Flash :

Où es-tu ?

Elle reçut immédiatement sa réponse :

À mon hôtel, à Nashville.

Elle sentit une vague de soulagement.

Tu es toujours là ?

Je ne suis jamais parti, bébé… On peut s'éloigner quand on a besoin de réfléchir, mais je reviendrai toujours vers toi. J'espérais que tu en ferais autant.

Il l'aimait vraiment.

Il faut que je te parle.

Où ?

Elle fut tentée d'aller le voir, mais elle avait un bébé endormi sur la banquette arrière.

Viens chez moi dans une demi-heure.

La réponse ne se fit pas attendre :

J'arrive.

Moins d'un quart d'heure plus tard, Flash attendait sur le seuil de la maison de Brooke. Son père n'avait pas été très content de le voir prendre le volant, mais il faisait ce qu'il avait à faire.

Enfin.

Il avait fallu deux semaines de thé et d'accessoires divers et variés, mais elle s'était enfin manifestée.

Bien sûr il fallait qu'ils parlent, ce qui était un peu compliqué pour Flash en ce moment. Sans parler de l'embrasser… Hors de question de s'adonner aux baisers passionnés qui menaient à des activités déshabillées.

Saloperie de mâchoire cassée.

Il lui sembla qu'une éternité s'écoulait avant que Brooke n'arrive enfin. Flash fut ravi de constater qu'elle était seule avec le bébé.

Il se hâta d'ouvrir sa portière mais avant qu'il n'ait le temps de dire ouf, elle fut dans ses bras. Il lutta pour retenir ses larmes car pendant ces deux affreuses semaines, il avait eu peur de l'avoir perdue, et perdre Brooke Bonner n'était pas le genre de chose dont on pouvait se remettre.

— Tu m'as manqué, grommela-t-il dans ses cheveux, du mieux qu'il put.

— Toi aussi. Laisse-moi coucher le bébé, après on pourra parler.

Il la lâcha à regret. Il lui tint la porte de la maison ouverte pendant qu'elle portait James endormi jusqu'à sa chambre. Ils le mirent au lit sans le réveiller. Flash passa son bras autour de l'épaule de Brooke et, tous deux, ils regardèrent leur enfant.

Flash sentait qu'il était à la bonne place.

Il ne lui restait plus qu'à convaincre Brooke.

Silencieusement, elle le conduisit à la bibliothèque où il avait failli tout gâcher.

— Je suis tellement désolée, dit-elle en se jetant dans ses bras. Ton visage !

Flash grogna sous l'impact mais la douleur était gérable. Ses bleus avaient viré au vert et jaune, sauf là où il avait été opéré à la mâchoire. Mais il savait qu'il avait l'air affreux.

Il la prit dans ses bras et la mena jusqu'au canapé aux coussins de nouveau rebondis. Puis il sortit sa tablette et tapa :

Tu vas bien ?

Elle lut le message et le regarda :

— C'est quoi le problème avec ta bouche ?

Mâchoire cassée. Bloquée pour cicatriser. Je ne vais pas pouvoir m'en servir beaucoup pour parler ou autre pendant les prochaines semaines. Je suis officiellement retiré du rodéo. Les médecins m'ont dit que c'était fini pour moi – je ne peux plus prendre de risque.

Elle devint toute blanche.
— Oh mon Dieu, Flash, je suis tellement désolée !

Ce n'est pas grave bébé. Tout va bien du moment que je suis avec toi.

Les yeux de Brooke se remplirent de larmes.
— C'était réel, n'est-ce pas ? Les demandes en mariage, cette énorme bague, tout ce thé, ce miel… C'est sincère ?
Il hocha la tête et posa son front contre le sien.
— Je t'aime, essaya-t-il de dire.
— Ne parle pas, bébé. Tu…
Elle renifla et il essuya les larmes qui coulaient sur les joues de Brooke.
— Tu as écrit tellement de choses dans tes mots. J'étais trop confuse pour le voir.
Il l'embrassa très doucement avant de la serrer contre sa poitrine et d'écrire :

Je t'aime. Je crois que je t'ai toujours aimée, depuis le premier soir. Mais je ne me suis pas battu pour toi, je t'ai laissée partir et je le regrette depuis. Je me battrai pour toi et notre famille tous les jours de ma vie.

— Oh ! Flash, murmura-t-elle à travers ses larmes. Pardon, j'ai recommencé exactement la même chose. Je t'ai écarté parce que j'avais peur. J'ai fait comme Kyle et ma mère, et j'ai eu tort. Je sais que tu me protégeais, mais tout était si embrouillé dans ma tête…
Il tapa rapidement, le cœur battant à tout rompre :

Il fallait que tu prennes un peu de recul. Pour te calmer. Je comprends. J'avais foi en toi, je savais que tu te serais battue pour moi aussi.

Il avala sa salive et ajouta :

Je me trompe ?

Ça le tuerait si elle disait non. Il pouvait vivre sans rodéo, mais pas sans elle. Les Lawrence tombaient amoureux rapidement, très fort, et pour toujours. Voilà. Pour toujours.

— Je comprends à présent, répondit-elle. J'ai parlé avec mon… avec Kyle, et il m'a dit qu'il ne s'était pas battu pour moi, n'avait pas essayé de faire les choses bien avec ma mère. Il n'a voulu de moi que quand j'ai eu du talent et que j'ai commencé à réussir. Mais ce n'est pas ça la vie, n'est-ce pas ? La vie, c'est du travail. C'est ça que je veux… Quelqu'un qui est prêt à se battre pour moi, qui restera à mes côtés pendant les épreuves et qui m'aidera à les surmonter. Cette personne, c'est toi.

C'est toi aussi.

Ses mains tremblaient.

Elle secoua la tête, les joues ruisselant de larmes.

— Pas assez, pas encore. Je dois me battre encore. Pas juste pour toi, mais pour moi aussi. Pour nous.

On va y travailler ensemble.

Il avait hâte de pouvoir lui parler à nouveau. Il était quasiment impossible de murmurer des mots d'amour avec une tablette.

Ensemble. On est une équipe. Aujourd'hui, demain, tous les jours.

Elle poussa une exclamation et il serra les dents pour annoncer la seule concession qu'il était prêt à faire :

Nous ne sommes pas obligés de nous marier, mais l'offre tient toujours. Je ne laisse pas tomber notre couple. Je veux que ça marche. Je te le prouverai tous les jours. Je te le promets.

Elle lui prit la tablette des mains et la jeta de côté.

— Et si moi, j'ai envie de me marier ? Est-ce que tu le voudras encore ?

— Oui, répondit-il à haute voix, bien qu'on ait plutôt dit un pneu en train de se dégonfler. Oh oui.

— Comment ça marche ? demanda-t-elle en caressant sa mâchoire brisée du bout du doigt.

Il reprit la tablette.

> J'arrête le rodéo. Il est temps que je devienne père au foyer. Toi tu pars en tournée. Je serai là pour toi. Pour notre famille.

— Oh ! Flash, murmura-t-elle en passant les bras autour de son cou. C'est ça que je veux. Toi et moi, et notre famille. Mais avec moins d'os cassés.

— J'y travaille, grommela-t-il en la serrant très fort.

Puis, il se mit à genoux à côté du canapé et lui prit les mains. Dieu merci, elle portait encore sa bague. Elle ne l'avait jamais quittée.

— Brooke, veux-tu m'épouser ? dit-il, de manière quasiment compréhensible.

— Pour de vrai ? demanda-t-elle, les yeux pleins de larmes.

— Pour de vrai, répondit-il, en embrassant ses mains.

— Oui, Flash. Parce que moi aussi, je serai toujours là pour toi, sanglota-t-elle.

Flash bondit et la prit dans ses bras. Enfin. Brooke et lui. Lui et Brooke. Plus jamais il ne serait obligé de lutter pour oublier Brooke Bonner.

KAREN ROSE SMITH

L’étau du désir

Traduction française de
GABY GRENAT

PASSIONS

HARLEQUIN

Titre original :
THE NANNY CLAUSE

- 1 -

Daniel Sutton considéra la pile de dossiers amoncelés sur son bureau d'un air découragé. Depuis qu'il était le seul avocat en exercice à Spring Forest, les journées n'étaient pas assez longues pour lui permettre de caser tous ses rendez-vous. Quant à trouver le temps de rechercher une baby-sitter dont ses filles avaient pourtant le plus grand besoin, c'était tout simplement impossible. Si au moins sa femme était partie avec quelqu'un d'autre que son associé, la situation serait moins difficile à affronter ! En deux ans, il avait eu le temps de faire le deuil de son couple, même si son cœur était loin encore d'être complètement cicatrisé, mais ce qui demeurait ingérable, c'était le quotidien.

Raina Clark, sa secrétaire, frappa à sa porte avant d'entrer, le ramenant à l'instant présent.

Heureusement, Raina était là, fidèle à son poste, fiable, compétente, ne rechignant jamais à travailler plus que prévu lorsque c'était nécessaire, sans jamais se départir de son sourire et de son amabilité. Daniel lui était très reconnaissant de ces bonnes dispositions car grâce à elle, ses filles avaient sous les yeux un exemple de femme équilibrée et épanouie.

Toute souriante, Raina annonça :

— Monsieur Sutton, vous avez une visite !

Aussitôt, Paris, Penny et Pippa se précipitèrent dans son bureau. Même l'aînée, Paris, qui entrait dans l'adolescence et se montrait souvent renfrognée et de mauvaise humeur, paraissait tout excitée.

Penny, la seconde, une casquette de base-ball posée n'importe comment sur ses boucles en désordre, se planta devant lui, un grand sourire aux lèvres.

— Ça y est papa, on est en vacances ! Plus de classe pendant trois mois, je vais pouvoir jouer tant que je voudrai !

Effectivement, les cours étaient terminés, mais Daniel avait prévu d'inscrire ses filles à une activité de leur choix pour qu'elles ne restent pas inactives durant cette longue période de liberté. Afin de ne pas doucher leur bonheur du moment, il décida d'attendre un peu avant de leur faire part de cette décision.

Le plus jeune des trois, Pippa, contourna le bureau pour venir se coller contre lui.

— Papa, tu peux rentrer avec nous tout de suite ?

Sans doute à cause de son jeune âge, Pippa était la plus câline et la plus sensible de ses trois filles. Depuis quelque temps, elle avait arrêté de s'endormir en pleurant mais elle avait toujours besoin d'une veilleuse allumée dans sa chambre.

Le fait d'avoir été abandonnées par leur mère avait affecté ses trois filles, chacune d'une manière différente. Même si cela n'allait pas résoudre tous leurs problèmes, il devait absolument se mettre en quête d'une nouvelle baby-sitter. Une baby-sitter parfaite, capable de faire également office de gouvernante, mais qui saurait surtout se montrer attentive aux carences affectives des trois filles.

Entreprise compliquée…

Toutes les précédentes jeunes femmes qu'il avait engagées, incapables d'endiguer la vitalité de ses filles, avaient jeté l'éponge au bout de quelques semaines.

Heureusement, sa sœur Shannon avait la gentillesse de venir remplir les périodes « sans », comme elle le faisait en ce moment, mais évidemment, ce n'était pas une solution à long terme.

Il se débrouillait donc comme il pouvait, et il avait appris à accepter des compromis avec ses filles. Il était même devenu expert en négociations ! Mais en ce moment précis, en les voyant toutes les trois le dévisager, anxieuses de savoir s'il allait accepter de quitter son bureau pour les suivre, il aurait bien aimé que la décision ne soit pas aussi difficile à prendre.

Au moins, elles étaient là toutes les trois à la fois, attentives à la réponse qu'il allait leur donner. Cela n'arrivait pas si souvent !

— Accordez-moi cinq minutes, juste le temps de passer un coup de fil… Ensuite, je rentrerai avec vous, c'est promis.

Aussitôt, la patience n'étant pas leur fort, le visage des trois filles se rembrunit.

Daniel leur sourit.

— Allons, montrez-moi que vous savez être raisonnables ! Vous pouvez passer un moment avec Raina ou aller jouer dans le jardin.

Penny fut la première à réagir.

— On va dans le jardin ! Suivez-moi !

Elle ouvrit la porte qui donnait sur le jardin et dévala les trois marches. Pippa la suivit aussitôt. Paris finit par leur emboîter le pas, visiblement à contrecœur.

Tout en attendant que son client lui réponde, Daniel pensa à Paris et à sa mauvaise humeur devenue chronique. Elle avait onze ans. Un âge difficile. Les métamorphoses liées à l'adolescence devaient commencer à la tracasser.

Mais l'éducation de ses deux autres filles n'était pas de tout repos non plus !

À neuf ans, Penny continuait à jouer les garçons manqués et adorait le foot et le base-ball. Quant à Pippa, sept ans, adorable avec ses couettes blondes et ses fossettes de bébé, elle lui paraissait souvent tellement perdue…

Il ne faisait pas assez pour elles. Que cela lui plaise ou non, il devait tenir auprès d'elles le rôle de père mais aussi celui de la mère. C'était difficile. Et parfois, trop souvent, il échouait lamentablement.

Un quart d'heure plus tard, sa conversation téléphonique terminée, Penny déboula dans le bureau comme un ouragan.

— Papa, il faut que tu viennes ! Tout de suite, tu entends ?

Daniel se leva brusquement.

— L'une de vous s'est blessée ?

— Non, mais viens tout de suite !

Elle l'attrapa par la main et le tira dehors jusqu'au treillis de lattes qui clôturait le jardin. Aussitôt arrivée, elle se mit à genoux près de ses sœurs qui s'efforçaient de se glisser entre les planches de la clôture.

— Qu'est-ce que vous faites là, à quatre pattes par terre ? demanda-t-il d'une voix que l'inquiétude rendit plus forte qu'il ne l'aurait souhaité.

Qui sait ce qui se cachait derrière la palissade ? Un raton laveur ? Un serpent ?

— On veut attraper la chatte ! répondit Paris sur un ton enthousiaste qu'il n'avait pas entendu depuis fort longtemps.

— Comment savez-vous qu'il s'agit d'une chatte ?

— Parce qu'elle est de trois couleurs. Nous l'avons vue se réfugier ici quand nous avons essayé de la caresser, précisa Penny.

— C'est normal qu'elle ait eu peur, expliqua Daniel. Elle ne vous connaît pas.

Penny leva vers lui un visage désolé.

— Oh… Tu crois vraiment qu'on lui a fait peur ?

Paris se rapprocha de lui pour lui souffler à l'oreille :

— Je crois qu'elle attend des petits.

— Comment tu peux savoir ça ? demanda-t-il à voix basse lui aussi.

— Parce qu'elle a un gros ventre ! s'écria Pippa qui avait tout entendu.

Bon. Inutile de faire des messes basses, Pippa n'était pas tombée de la dernière pluie.

Diable, qu'allait-il faire si jamais cette malheureuse chatte sortait de sa cachette ? Ses trois filles le regardaient d'un air préoccupé, attendant qu'il trouve une solution. C'est alors qu'il se souvint de l'existence du refuge pour animaux qui se trouvait à l'entrée de la ville. Comme il leur envoyait un chèque de soutien à chaque début d'année, on ne refuserait certainement pas d'accueillir cet animal en perdition. Si tout au moins ils réussissaient à l'attraper.

— Écoutez, les filles, il y a du jambon dans le réfrigérateur. Allez le chercher. La faim ou la gourmandise donnera sûrement envie à votre protégée de sortir de sa cachette. Et dans le débarras, il y a une grande boîte en carton. Nous y ferons des trous pour lui permettre de respirer et nous l'emmènerons au refuge pour animaux.

— À Furever Paws ? demanda Penny.

— Exactement. Là-bas, on s'occupe très bien des animaux. Les responsables organisent régulièrement des journées où ils les proposent à l'adoption. Je suis sûr qu'ils trouveront une famille sympa pour cette pauvre chatte.

— Mais pourquoi l'emmener au refuge, papa ? demanda Pippa. On peut très bien la garder chez nous !

Daniel se hâta vivement de court-circuiter cette proposition.

— Non ma puce, c'est impossible. Je n'y connais rien en matière de chats, et encore moins en matière de chatte sur le point d'avoir des chatons. En revanche, au refuge on saura prendre soin d'elle et de ses petits.

Satisfait de cette intervention, il se redressa et recula d'un pas.

— Maintenant, je vous conseille de vous écarter un peu et de l'appeler d'une voix douce. De cette manière, vous réussirez peut-être à la décider à se montrer.

— Qu'est-ce qu'il faut lui dire ? s'enquit Penny, désireuse de faire au mieux.

— Expliquez-lui que vous ne lui voulez aucun mal et que vous allez l'amener dans un endroit où elle sera très bien traitée. Pendant ce temps, je vais chercher le carton.

Il soupira. Non, il ne travaillerait pas davantage aujourd'hui… D'un autre côté, passer un moment avec ses filles n'était pas du temps perdu puisqu'il s'était souvent reproché de ne pas le faire assez souvent.

***

Emma Alvarez adorait son travail de bénévole à Furever Paws Animal Rescue. Le problème était qu'elle avait besoin d'un véritable travail pour lequel elle serait payée. Elle avait quitté la Pennsylvanie pour venir s'installer à Spring Forest en Caroline du Nord sur un coup de tête. C'était une erreur. Commise à cause d'un homme. Toutefois, elle avait eu envie de rester dans cette petite ville où les gens étaient si sympathiques. Et surtout, son amour-propre lui interdisait de reconnaître son erreur et de retourner en Pennsylvanie !

Aujourd'hui, elle devait consulter la liste des personnes disposées à adopter un de leurs pensionnaires. Comme elle se rendait au bureau de la responsable, elle resserra sa queue-de-cheval retenue pas un chouchou coloré. L'humidité de la Caroline du Nord faisait friser ses cheveux plus que jamais et elle avait du mal à les garder attachés mais cette coiffure était de loin la plus pratique pour effectuer son travail auprès des animaux.

Elle jetait un coup d'œil au mur entièrement décoré de tableaux exécutés par des artistes locaux, représentant des chats et des chiens de races variées, lorsque son regard fut attiré vers la porte-fenêtre vitrée. Trois petites filles couraient vers l'entrée, suivie par un homme de haute taille, encombré d'un gros carton. En apercevant les trous qui y avaient été percés, elle devina qu'un animal devait se trouver à l'intérieur.

Le nouveau venu avait les cheveux courts, soigneusement coupés et un costume cravate d'homme d'affaires sur une chemise blanche. Elle ne l'avait jamais vu auparavant.

D'une voix assurée, il lança :

— Doucement, les filles ! Nous ne savons pas encore où nous devons aller.

Deux des fillettes bavardaient avec animation. Celle qui portait une casquette de base-ball mise devant derrière, leva la tête vers lui.

— Qu'est-ce qu'ils vont lui faire, papa ? Où est-ce qu'ils vont la mettre ? Tu crois qu'ils vont la garder longtemps ?

Pendant ce temps, la plus jeune regardait avec attention les tableaux alignés sur le mur.

— Comme ils sont jolis ! Mon préféré, c'est celui-là, déclara-t-elle en désignant un chat siamois aux grands yeux bleus.

La plus grande des trois paraissait étrangère à cette excitation. Quel âge pouvait-elle avoir ? Onze ans ? Douze ans ? Pas davantage.

Toutes les trois portaient des jupes bleu marine et un chemisier blanc. Sans doute l'uniforme de leur école.

Quand l'homme croisa son regard, Emma nota qu'il avait les yeux verts. D'un vert si profond qu'elle crut que jamais elle n'arriverait à s'en détacher…

Heureusement, ce fut lui qui détourna la tête le premier.

— Êtes-vous la responsable du refuge ? lui demanda-t-il en regardant le T-shirt blanc qu'elle portait, marqué du logo rouge vif du refuge, un chien et un chat se faisant face au milieu d'un cœur.

— Disons que pour l'instant, oui, c'est moi la responsable, répondit-elle en lui souriant. Est-ce que je peux vous aider ?

Les trois fillettes s'approchèrent d'elle.

— On vient juste de la trouver dans le jardin, dit la plus jeune. Elle attend des petits !

— C'est une chatte, précisa la fillette du milieu.

— Oui, intervint la plus grande. Parce qu'elle est de trois couleurs. J'ai vérifié sur le téléphone de mon père.

La plus jeune reprit la parole :

— Paris n'a pas le droit d'avoir un téléphone parce qu'elle n'a pas douze ans. Et en plus, elle doit être res-pon-sable !

Elle avait prononcé ce mot comme s'il était extrêmement important.

— Si vous commenciez par vous présenter toutes les trois avant de parler à tort et à travers ? suggéra leur père.

Je suis Daniel Sutton, et voici mes filles, Paris, Penny et Pippa.

— Moi, je suis Penny, dit celle du milieu en tendant la main à Emma.

— Et moi, Emma Alvarez.

— Qui est-ce qui a peint tous ces beaux tableaux qui sont sur les murs ? demanda la plus jeune.

— Des artistes de la région. Tu aimes peindre, toi aussi ?

— Oui, je suis plutôt mauvaise mais j'aime bien regarder des tableaux.

Avec un sourire, un sourire qui fit frissonner Emma, Daniel Sutton se tourna vers elle.

— Où désirez-vous que nous déposions cette chatte ? Je ne suis plus venu à Furever Paws depuis la tornade du mois de mars et je ne sais pas comment vous vous êtes réorganisés.

Emma savait que le refuge avait été réaménagé après les dégâts du printemps dernier. Certains travaux n'étaient d'ailleurs pas encore terminés.

— Vous êtes certain que cet animal n'appartient pas à l'un de vos voisins ?

— Oui. J'ai demandé à tout le monde avant de venir ici. Ils n'ont pas d'animaux de compagnie et n'avaient jamais aperçu cette chatte dans le voisinage. J'espère que vous allez l'accepter.

— Il faut d'abord que nous lui fassions subir la quarantaine réglementaire.

— Papa, est-ce que ça fait mal, la quarantaine ? demanda Pippa, très inquiète.

Paris ne laissa pas à Emma le temps d'ouvrir la bouche.

— Que tu es bête ! Ça veut juste dire qu'elle va rester seule pour qu'on voie si elle n'est pas malade.

— Mais je ne veux pas qu'elle reste toute seule ! répliqua Pippa. Elle va être malheureuse.

— Nous nous occuperons bien d'elle et nous regarderons si elle est pucée, expliqua Emma. Dans ce cas, ce sera facile de la rendre à ses propriétaires.

— Elle n'a pas de puces ! s'exclama Pippa, outrée.

Emma éclata de rire et lui expliqua le principe des puces.

— Ah... Est-ce qu'on peut aller voir où elle sera ? demanda la fillette, rassurée.

— Oui, bien sûr. Vous pourrez ainsi voir les autres chats que nous gardons en attendant qu'ils soient adoptés.

— Vous avez aussi des petits chiens ?

— Oui. Nous irons les voir, si vous voulez. Notre vétérinaire examinera votre chatte pour que nous sachions exactement ce que nous devons faire pour qu'elle soit en bonne santé.

Puis, se tournant vers Daniel, Emma ajouta :

— Il vous faudra remplir un dossier. Si vous voulez bien m'attendre ici, je vais le chercher et je reviens tout de suite vous retrouver. En attendant, vous pouvez poser le carton sur cette table.

Daniel s'exécuta, soulagé de voir le tour que prenait la situation.

— Auparavant, je vais tout de même jeter un petit coup d'œil sur votre protégée, dit Emma.

Paris, Penny et Pippa l'entourèrent tandis qu'elle soulevait le couvercle avec précaution.

— Oh ! Comme tu es jolie ! s'exclama-t-elle en apercevant la petite chatte dont la fourrure blanche était un peu sale mais dont les couleurs vibraient d'intensité. Tu vas voir comme nous allons prendre bien soin de toi !

Les trois fillettes buvaient ses paroles. Comme elle levait les yeux, elle découvrit posé sur elle le regard de leur père. Un regard chargé d'intérêt et de curiosité. Comme s'il avait envie d'en savoir davantage sur elle. Curiosité bien réciproque ! Qui était cet homme séduisant ? Il était probablement marié, même s'il ne portait pas d'alliance comme elle l'avait déjà remarqué. Elle se ressaisit vivement. De quel droit se posait-elle toutes ces questions ? Ce qui comptait pour l'instant, c'était cette pauvre chatte en perdition. Quant à envisager une relation avec un homme, il n'en était pas question pour l'instant ; ses mésaventures avec John étaient encore toutes fraîches.

— Est-ce qu'elle s'est montrée agressive quand vous l'avez attrapée ? s'enquit-elle.

Daniel secoua la tête.

— Non. Elle s'est laissé faire. Elle s'est même mise à ronronner quand Penny l'a caressée.

— Vous lui avez donné quelque chose à manger ?

— Oui, un peu de jambon. Elle ne s'est pas fait prier pour le manger.

— Elle l'a englouti à toute vitesse ! précisa Penny.

— Quand elle a eu fini, elle est venue se frotter contre mes jambes, comme pour me dire qu'elle voulait qu'on soit amies, ajouta Paris.

— Bien, dit Emma. Je vais chercher le formulaire. Attendez-moi là, je n'en ai pas pour longtemps. Après qu'Emma Alvarez se fut éloignée, Daniel se sentit bizarrement remué. Depuis que Lydia l'avait abandonné, jamais il ne s'était senti attiré par une femme. Que lui arrivait-il, aujourd'hui ?

De toute évidence, Emma était une jeune femme pleine de compassion, et pas seulement pour les animaux mais aussi pour les enfants. Elle avait écouté les commentaires de ses filles avec patience et bienveillance. Quelle différence avec Lydia qui était si vite agacée par leurs remarques et leurs questions alors qu'il s'agissait de ses propres enfants ! Et qui traitait les étrangers avec une indifférence qui frôlait l'insensibilité.

Allons, inutile de faire des comparaisons. Il était hors de question qu'il s'intéresse à qui que ce soit, en ce moment.

Fort de cette décision, il releva la tête d'un air décidé. Après deux ans passés à souffrir d'avoir été abandonné, il recommençait enfin à se sentir bien dans sa peau. Autant dire qu'il n'avait pas l'intention de se mettre en danger, sentimentalement parlant.

En revanche, il ne pouvait s'empêcher de penser qu'Emma Alvarez serait sûrement une baby-sitter sensationnelle…

La semaine précédente, il avait eu un long entretien avec deux jeunes femmes, et aucune des deux ne lui avait donné l'impression d'être aussi capable de s'occuper de ses filles qu'Emma. Une seule rencontre lui avait permis de déceler chez elles une certaine brusquerie, un manque d'empathie…

Sans doute était-il trop difficile ou trop prudent ? C'était vrai à propos de nombreux sujets, mais quelque chose lui laissait pressentir chez Emma les qualités humaines qu'il recherchait chez une baby-sitter. Plus encore, il avait eu l'impression très nette que ses filles s'étaient immédiatement senties à l'aise avec la jeune femme. Pourquoi ne pas prendre en compte cette intuition positive ?

Il observa discrètement Emma tandis qu'elle parlait avec la bénévole chargée de l'accueil des animaux avant d'aller chercher le dossier d'inscription.

La bénévole de l'accueil invita les fillettes à venir caresser quelques-uns de ses pensionnaires et il eut la surprise de découvrir que Paris fut la première à accepter. Il ignorait que sa fille aînée aimait les animaux…

Un peu plus tard, Emma revint vers lui avec le formulaire à remplir.

— Si vous me suiviez dans mon bureau ? suggéra-t-elle. Vous serez plus à l'aise pour écrire, et si vous avez des questions à poser, je serai là pour y répondre.

Daniel appela ses filles en brandissant la feuille de papier et en leur indiquant d'un geste la direction du bureau d'Emma. Paris hocha la tête pour lui montrer qu'elle avait compris le message.

Tandis qu'ils marchaient ensemble dans le couloir, Emma lui fit part de ses premières observations concernant la chatte.

— Votre protégée n'est pas pucée. Il est donc impossible de la ramener chez ses propriétaires, si elle en a jamais eu.

Nous allons donc la garder en observation quelques jours avant de la laisser jouer avec ses camarades.

Comme elle lui tendait la feuille à remplir, ses doigts frôlèrent les siens. Il frémit et retira rapidement la main. Comment un contact aussi bref et aussi innocent avait-il pu déclencher pareille brûlure ?

Lorsqu'il se tourna vers Emma, il nota qu'elle semblait tout aussi surprise que lui, comme si elle avait ressenti la même chose. Était-il en train de rêver, d'imaginer un scénario hautement improbable ?

Vite, il chassa de son esprit ce fantasme ridicule et suivit Emma dans son bureau.

Elle rapprocha deux chaises pour qu'ils s'assoient côte à côte, ce qui les rapprocha dangereusement… Leurs genoux se touchaient presque, mais il n'osa pas s'écarter, de peur que son geste ne le trahisse. Ne trahisse quoi ? L'attirance qu'il éprouvait pour cette jeune femme ? Ou, au contraire, son désir de s'éloigner d'elle autant que possible ? Dans les deux cas, son geste aurait été inconvenant.

— J'espère de tout cœur que vous trouverez une famille pour adopter cette chatte et ses petits, dit-il. Sans cela, mes filles auront le cœur brisé.

— Je comprends. Mais ne vous inquiétez pas. Notre vétérinaire va l'examiner et dès que ce sera fait, nous lui chercherons une famille d'accueil.

— Si cela ne vous ennuie pas, je vous laisserai mon numéro de téléphone pour que vous nous teniez au courant.

— Volontiers.

Elle sortit son téléphone de sa poche et enregistra le numéro qu'il lui donna. Lorsqu'elle leva les yeux vers lui, elle plongea son regard noisette dans le sien.

Ce fut lui qui, le premier, se détourna.

Il commença à remplir le formulaire.

Emma Alvarez n'était pas la raison de sa visite au refuge.

*
* *

Ce soir-là, assis dans la pièce qui lui servait de bureau, Daniel entendait ses filles jouer à un jeu vidéo dans le salon. Lydia et lui avaient acheté cette grande maison après la naissance de Penny, et pour une fois, Lydia avait été parfaitement satisfaite. À juste titre, car la maison était spacieuse, lumineuse et bien distribuée.

Il jeta un regard autour de lui. Ce grand bureau, ces étagères chargées de livres, cet ordinateur et son imprimante… Sans la présence de ses filles, rien de tout cela n'aurait la moindre valeur à ses yeux.

Il s'installa devant son ordinateur afin de se mettre en quête d'activités d'été pour ses filles en espérant qu'il ne s'y prenait pas trop tardivement. Comme il commençait à faire défiler différentes offres, son téléphone sonna. En voyant le nom d'Emma Alvarez apparaître sur l'écran, son cœur se mit à battre plus vite.

— Monsieur Sutton ?

— Lui-même, mais je vous en prie, appelez-moi « Daniel ». Tous mes clients le font, je ne vois pas pourquoi vous n'en feriez pas autant.

Emma parut hésiter un instant avant de répondre :

— D'accord. Donc, Daniel, le vétérinaire a trouvé la petite chatte en parfaite santé. Elle a seulement besoin d'être bien alimentée pour que ses petits arrivent à bon port en bonne santé. Nous l'avons nommée « Fiesta », à cause de ses couleurs vives.

— Je suis heureux de savoir qu'elle est entre bonnes mains.

— Nous ne nous sommes pas encore mis à la recherche d'une famille pour elle car une chatte sur le point de mettre bas n'est généralement pas adoptée.

— Vous allez la garder ?

— Oui, bien sûr. Les chatons seront vite adoptés, mais en attendant leur naissance, nous ne pouvons pas accorder autant d'attention à Fiesta que nous le souhaiterions. Je ferai tout mon possible pour avoir un œil sur elle mais le mieux serait évidemment que vous la preniez chez vous.

— Non !

Le mot avait jailli de la bouche de Daniel avant même qu'il ait réfléchi.

— Je peux vous demander pourquoi ? s'enquit Emma d'une voix douce.

Au bout d'un moment, il réussit à expliquer sa réticence.

— Emma, je suis un père divorcé. Je suis seul pour m'occuper de trois petites filles dynamiques, intelligentes et parfois un peu pénibles. Je ne vois vraiment pas comment je pourrais ajouter une chatte à ce tableau.

Un silence suivit cette déclaration.

— Je vois…, murmura Emma. Si vous ne pouvez pas adopter Fiesta, est-ce que vous seriez d'accord pour amener de temps en temps vos filles au refuge ? Je suis sûre que chacune y trouverait son compte. Vos filles seraient contentes de revoir leur protégée et Fiesta adorerait leurs caresses. C'est une chatte très affectueuse.

— J'y réfléchirai.

En fait, ce serait pour lui une occasion de revoir Emma…

— Je vais vous rappeler nos horaires, lui proposa cette dernière.

— Inutile, je les connais déjà. Êtes-vous toujours présente ?

— Non. Mon emploi du temps varie en fonction des besoins du refuge.

Ah… Il n'avait pas envisagé cette possibilité.

— J'espère que nous vous reverrons bientôt à Furever Paws, conclut Emma. Je vous souhaite une bonne fin de soirée, et je vous en prie, passez mon bonjour à vos trois fillettes.

— Je n'y manquerai pas.

Après avoir raccroché, Daniel se demanda si, étant donné l'attirance qu'il éprouvait pour Emma Alvarez, c'était une si bonne idée de chercher à la revoir.

La réponse qui s'imposa immédiatement à lui fut : « Non. »

- 2 -

Whole Bean, le petit café de Spring Forest, était un lieu de rencontre prisé de tout le monde. Ce samedi-là, Daniel était venu y prendre son café matinal. Ce n'était pas dans ses habitudes mais sa sœur, qui avait la gentillesse de venir s'occuper de ses filles pour la journée, était une adepte inconditionnelle du thé. Afin de ne pas lui compliquer la préparation du petit déjeuner, il avait décidé de s'arrêter au Whole Bean qui se trouvait à deux pas de son bureau. Ainsi, il aurait la dose de caféine nécessaire pour affronter les dossiers qu'il était impatient de régler.

Il s'avança vers le comptoir pour commander un expresso, puis, consultant sa montre, il constata qu'il pouvait s'accorder dix minutes de détente avant de se mettre au travail. Certains jours, aider les filles à se lever, s'habiller et se coiffer, relevait du marathon, mais il avait tenu à faire le maximum pour éviter à Shannon d'avoir à se bousculer de bon matin. Mieux valait lui laisser seulement le plaisir de faire des choses agréables avec ses nièces.

Comme il cherchait des yeux une table disponible pour s'installer, il se figea. Emma Alvarez était installée seule à une table pour deux. Attendait-elle quelqu'un ?

Étant donné qu'elle lisait un journal étalé devant elle, un stylo à la main, cette supposition était peu vraisemblable.

Plus question de se détendre… Depuis qu'il l'avait vue, son cœur s'était mis à battre plus vite.

Comme il s'avançait vers elle, elle leva les yeux dans sa direction. Avait-elle senti sa présence ?

Sans réfléchir, il lui sourit et demanda :

— Me permettez-vous de m'asseoir à votre table ?

L'air troublé, elle replia le journal et posa son stylo sur la table.

— Je vous en prie.

— Je vois que vous appréciez les cafés crème, déclara Daniel en s'installant. Moi, il me faut ma dose de caféine pour commencer la journée !

— Et pour la continuer ? demanda-t-elle en riant.

— J'essaie de me limiter à deux cafés par jour. Si j'en prends deux le matin, je n'en bois pas à midi. J'ai déjà assez de mal à dormir comme ça.

— À cause de vos filles ?

La question à peine posée, Emma devint toute rouge.

— Excusez-moi… Je ne voulais pas me montrer indiscrète.

— Pas du tout, ne vous inquiétez pas. En fait, vous avez vu juste. Mes filles m'ont fait plus ou moins perdre le sommeil. Tout au moins, depuis que ma femme est partie.

— Vous aviez dit que vous étiez divorcé.

Machinalement, le regard de Daniel se posa sur l'annulaire gauche d'Emma. Elle non plus ne portait pas d'alliance.

— En effet. Depuis deux ans. On pourrait croire que ce laps de temps a été suffisant pour que je m'habitue à être à la fois leur père et leur mère, mais ce n'est pas du tout vrai.

— Je comprends. Ce n'est pas si simple. J'avais douze ans quand ma mère a été emportée par un cancer. Je n'oublierai jamais les six mois atroces qui ont suivi sa disparition. Elle me manquait tellement que j'étais perdue, incapable d'entreprendre quoi que ce soit. Les années qui ont suivi ont été difficiles à vivre aussi. D'ailleurs, aujourd'hui encore, elle me manque beaucoup.

Il hocha la tête, ne sachant trop comment réagir.

Diable… Leur conversation avait rapidement pris un tour intime auquel il ne s'attendait pas. Mieux valait revenir sur des sujets moins délicats. Mais comment ne pas se laisser hypnotiser par la beauté d'Emma ? Ses boucles châtaines, son petit nez retroussé, sa bouche pulpeuse… Difficile de s'en détourner.

Il fit un signe de tête en direction du journal.

— Vous paraissiez bien sérieuse quand je vous ai interrompue !

Emma haussa les épaules.

— En effet. Je suis à la recherche d'un travail. J'ai un diplôme de comptable en entreprise et de secrétaire de direction. Avant de quitter la Pennsylvanie pour m'installer ici, j'étais chef de bureau. Comme le refuge voit passer énormément de monde, je compte un peu sur le bouche-à-oreille pour m'aider à trouver un emploi dans les environs.

— Quand je vous ai vue à Furever Paws, je vous ai imaginée en train de faire un stage de vétérinaire.

Elle se mit à rire.

— C'est vrai que j'adore les animaux, mais le côté médical n'est pas ma tasse de thé. Bien sûr, j'aide aussi dans ce domaine autant que possible quand je suis de permanence, mais je préfère m'occuper des animaux au quotidien, les nourrir, les rassurer. Ils ont tant de points communs avec les enfants ! S'ils se sentent négligés, ils font des bêtises ou deviennent méchants, mais quand on prend soin d'eux, quand on joue avec eux pour leur permettre de dépenser leur énergie, ils se comportent tout à fait gentiment.

Lors de sa visite au refuge, Daniel avait remarqué qu'Emma avait un faible pour les animaux *et* les enfants.

Il but une gorgée de café.

— Il y a longtemps que vous êtes en Caroline du Nord ? s'enquit-il.

— Cela va faire un mois.

— Vous avez quitté la Pennsylvanie pour chercher un emploi ici ?

Cette question parut mettre Emma mal à l'aise. Elle ajusta une mèche de cheveux derrière son oreille comme pour se donner le temps de trouver la meilleure réponse possible.

— Pas vraiment, répondit-elle. En fait, c'est une histoire un peu compliquée. Mon séjour à Spring Forest a pris un tour que je n'attendais pas. Toujours est-il que j'ai décidé d'y rester quelque temps pour voir si c'est ici que j'ai envie de m'installer pour de bon. Je trouve la ville très agréable.

Elle se tut, but une gorgée de son café crème. Une trace de mousse resta sur sa lèvre supérieure, ce qui fit sourire Daniel.

— Pourquoi riez-vous ? demanda-t-elle.

Il se garda bien de donner la réponse qui aurait été la plus sincère : passer un doigt sur la lèvre de sa compagne pour sentir la douceur de sa peau. Il se contenta de caresser sa propre lèvre.

Emma comprit l'allusion et se mit à rire.

— L'expresso au moins ne vous laisse pas de moustache !

Elle ne paraissait pas gênée le moins du monde, et il trouva cette réaction extrêmement séduisante. Emma était naturelle et spontanée. Et… Tout à fait charmante.

Brusquement, l'avocat en lui se réveilla pour lui faire la morale et lui présenter un autre aspect de la situation.

Tu ne connais pas cette jeune femme. C'est tout juste si tu as passé quelques minutes avec elle ! Comment peux-tu croire qu'elle possède toutes les qualités que tu lui prêtes ?

Évidemment, comment pourrait-il savoir ? Et surtout, pourquoi avait-il *envie* de savoir ? Comme si sa vie n'était pas déjà suffisamment compliquée ! Se lancer dans une relation susceptible de faire tanguer son existence était tout sauf une bonne idée.

Il serait quand même bien resté encore un peu… mais il consulta sa montre et se leva.

— Désolé, je dois vous quitter. J'ai rendez-vous avec un de mes clients en tout début de matinée. J'espère que vous trouverez rapidement un emploi à votre convenance.

— Merci. Passez une bonne journée !

Le sourire qu'elle lui adressa l'accompagna jusqu'à son bureau.

Occupé toute la matinée par des clients désireux de faire leur testament, de conclure le contrat de vente de leur maison ou de retirer une procuration à un mandataire, il eut à peine le temps de souffler. Heureusement, Raina savait qu'il préférait avoir ses rendez-vous le matin et réserver ses après-midi pour traiter les dossiers. Elle établissait donc son emploi du temps en conséquence.

Ses entretiens terminés, il venait de se plonger dans l'étude d'un contentieux entre deux voisins qui contestaient la ligne de démarcation de leurs propriétés limitrophes lorsque son portable sonna. Il s'agissait donc d'une communication d'ordre familial. Autrement dit, l'une de ses filles avait quelque chose à lui demander…

— Salut, lança-t-il, vous êtes en relation avec un avocat débordé de travail !

— Papa, tu es toujours débordé de travail ! grogna Paris. Il faut que tu m'écoutes parce que c'est *grave*. Tante Shannon veut m'obliger à manger un sandwich *et* une salade en plus ! Moi, je refuse et elle insiste tellement que j'ai peur qu'elle finisse par me gaver !

— Passe-la-moi cinq minutes, je vais lui parler.

— Non, il faut que tu viennes à la maison *tout de suite* pour lui expliquer que je dois maigrir avant la rentrée de septembre ! Elle refuse de le comprendre ! Ah… Et en plus, Penny a raté son dernier match de foot de la saison parce que tu as oublié d'en parler à tante Shannon.

Daniel se passa la main dans les cheveux.

— Pourquoi ta sœur ne lui a rien dit ?

— Elle l'avait sûrement oublié, elle aussi.

— Paris, j'ai beaucoup de travail. Je ne peux pas rentrer maintenant. Tu es sûre que tu ne peux pas régler ce problème toi-même ?

— Attends ! Tu ne sais pas le pire !

Il retint sa respiration.

— Le pire ? Qu'est-ce que tu veux dire par là, Paris ?

— Eh bien… C'est-à-dire…

Cette entrée en matière ne présageait rien de bon.

— Allez, Paris, dis-le tout de suite, tu seras plus vite soulagée. Ça ne sert à rien d'attendre.

— Pippa s'est lancée dans quelque chose qui ne te plaira sûrement pas beaucoup…

— Paris ! Il faut que je te pose cinquante questions avant de savoir ce qui se passe ?

— Tu sais la boîte à chaussures qui contient le maquillage de maman ?

— Oui, je vois.

— Eh bien Pippa s'est tartiné le visage avec ça. Si tu la voyais !

Daniel ferma les yeux un instant et soupira.

Longtemps, dans l'espoir que Lydia renoncerait à sa liaison pour revenir dans sa famille, il avait conservé toutes ses affaires. Puis, comprenant que cela ne se produirait pas, il s'était débarrassé de tout ce qu'elle avait laissé derrière elle, oubliant cette boîte au fond d'un placard.

— Pour commencer, qui a donné à Pippa la permission d'aller fouiller dans ma chambre ? demanda-t-il.

— Comme si je savais ! rétorqua Paris vivement.

Évidemment…

Au fait, qu'est-ce qu'Emma lui avait dit, ce matin ? Quelque chose comme : « Les animaux ressemblent aux enfants. Quand on les néglige, ils font des bêtises. »

Voilà un message qui tombait à point. Tant pis pour le travail du samedi, les filles d'abord !

— J'arrive, Paris. Je serai à la maison dans dix minutes. Vois avec tes sœurs si vous seriez d'accord pour aller faire un tout à Furever Paws.

— Papa rentre dans dix minutes ! hurla Paris à ses sœurs qui devaient se trouver dans les parages.

En entendant le « Hourra ! » poussé par Penny et Pippa, il se dit qu'il avait pris la bonne décision. Shannon était vraiment très gentille de venir l'aider mais ce n'était pas suffisant. Il avait besoin de quelqu'un en permanence pour s'occuper de ses filles. L'urgence était donc de trouver une baby-sitter à plein temps.

Au moment où il formulait cette évidence, une idée lui traversa l'esprit. Emma Alvarez était à la recherche d'un travail, non ? Peut-être accepterait-elle ce poste de baby-sitter ? Ce n'était pas vraiment son domaine professionnel, mais au moins pour l'été, peut-être accepterait-elle ?

Toutefois, il ne voulait pas l'engager sur un coup de tête. Le mieux était de parler avec Rebekah Taylor, la directrice du refuge. Elle lui dirait ce qu'elle pensait d'Emma en tant que bénévole.

Finalement, cette visite à la petite chatte Fiesta allait lui permettre de faire d'une pierre deux coups.

Emma venait juste de terminer un dossier d'adoption et de raccompagner un couple d'une soixantaine d'années qui repartait avec un adorable caniche quand elle aperçut Penny et Pippa qui se précipitaient vers elle. Paris, comme la première fois, demeura en retrait.

— On est venus voir Fiesta ! s'exclama Pippa. Est-ce qu'elle a le droit d'avoir des visites ?

Emma lui sourit.

— Bien sûr ! Et vous allez voir comme elle est bien installée. Elle a sa propre litière et une boîte en plastique remplie de journaux déchirés au cas où elle sentirait que ses chatons veulent naître.

— Pourquoi des journaux déchirés ? demanda Paris.

— Parce que c'est facile à changer et aussi parce que les chats aiment bien se coucher sur du papier.

Sentant le regard de Daniel posé sur elle, Emma se mit à rougir. Qu'est-ce qui l'attirait autant chez cet homme ? Certes, il était grand, séduisant, il s'occupait bien de ses filles, prenait soin d'un animal perdu dans son jardin, mais rien de tout cela ne permettait d'imaginer qu'il était intéressé par une romance.

Pas question de se jeter à sa tête ! Elle avait assez fait de bêtises, ces derniers temps.

La dernière en date était de débarquer à Spring Forest, où elle n'avait ni emploi ni logement. Elle vivait dans un studio et avait déjà dépensé la plus grosse partie de ses économies. Il lui fallait trouver un emploi au plus vite, tout au moins, si elle souhaitait rester à Spring Forest.

Si par malheur elle ne s'assurait pas un travail correctement payé, elle serait obligée de retourner chez elle, et franchement, elle n'en avait aucune envie. Ne serait-ce que pour ne pas entendre son père lui dire une fois de plus… qu'elle aurait dû lui demander conseil.

Elle chassa rapidement ces pensées dérangeantes pour inviter les trois fillettes à la suivre.

— La cage de Fiesta se trouve à gauche, à la première porte, dit-elle.

Les trois sœurs se précipitèrent, et elle se retrouva seule avec Daniel. Si seulement elle était moins consciente de sa présence ! Il avait desserré sa cravate à rayures et dégrafé les deux boutons du haut de sa chemise bleu clair. Soudain, il la prit par le coude, et elle eut l'impression qu'il l'avait touchée avec un fer rouge. Ils s'arrêtèrent tous les deux.

— Vous devez être sensationnelle dans votre travail, déclara-t-il.

Paralysée par le contact de la main de Daniel, elle eut du mal à trouver un filet de voix pour lui demander :

— Pourquoi dites-vous cela ?

— Parce que Paris ne parle à personne à moins d'y être obligée. Elle ne pose jamais de questions et se comporte comme si elle savait tout sur tout. Avec vous, elle est différente.

— C'est parce que je suis nouvelle dans sa vie. J'aime les animaux et elle aussi, apparemment. Cela crée des liens.

Daniel continuait à la regarder mais visiblement, quelque chose le préoccupait. Qu'il dise quelque chose, et vite, songea-t-elle, car ces yeux verts fixés sur elle…

— Penny et Pippa aussi ont bien accroché avec vous,

reprit-il. Pippa a passé de mauvais moments après le départ de sa mère. Elle ne voulait rien faire d'autre que rester dans mes bras.

— C'est la petite dernière.

— C'est vrai. Mais je pense surtout qu'elle s'accrochait au seul parent qui lui restait.

Un silence s'installa, et Emma chercha vivement quelque chose à dire. Mais le sujet était délicat.

— Vous n'avez pas remarqué qu'elle a encore une trace de rouge à lèvres sous le nez ? demanda Daniel.

— Du rouge à lèvres ?

— Oui. Quand je suis rentré à la maison tout à l'heure, j'ai découvert qu'elle avait trouvé la trousse à maquillage de sa mère, que j'avais oubliée dans un placard. Elle s'était barbouillée de rouge à lèvres, avait étalé de l'ombre à paupières tout autour de ses yeux, et tartiné du blush sur les joues. Bref, elle ressemblait à un clown.

— J'imagine que vous avez éclaté de rire !

— Non, j'étais bien trop perturbé pour avoir envie de rire.

— Qu'est-ce que vous lui avez dit ?

— Qu'elle était bien plus jolie sans rien sur son visage.

Emma ne put retenir un sourire.

— C'est parfait ! Je trouve que vous vous débrouillez très bien.

— Ce n'est pas l'avis de Penny, marmonna-t-il. Nous avons oublié son match de foot.

Cette fois, Emma eut bien du mal à retenir un éclat de rire devant l'air de chien battu que son interlocuteur affichait.

— Vous êtes trop sévère envers vous-même, Daniel. On voit bien que vous faites tout votre possible pour que vos filles soient heureuses.

À nouveau un silence s'installa entre eux, et Daniel prit cet air perplexe qui traduisait une sorte de débat intérieur.

— Il me semble que Rebekah Taylor est la directrice du refuge, c'est bien cela ? s'enquit-il.

— Oui, en effet.

— Vous pensez que je pourrais la rencontrer ?

— Elle est actuellement en réunion avec Bunny et Birdie Whitaker, les propriétaires du refuge. Si vous le souhaitez, je peux laisser un message à Rebekah, avec votre numéro de téléphone. Elle vous rappellera.

— Ce serait parfait. Mais ce n'est pas urgent.

Emma plongea une nouvelle fois son regard dans les yeux verts de son interlocuteur puis, à regret, elle se détourna. Non ! Pas question de se laisser aller à un nouveau fiasco sentimental.

Pendant la demi-heure qui suivit, Daniel et ses filles s'occupèrent de Fiesta qui ronronna de tout son cœur sous cette avalanche de caresses.

Penny ne cessait de s'extasier sur les couleurs de la petite chatte.

— C'est trop joli, ce blanc, ce noir et ce roux ! J'adore qu'elle ait toutes ces couleurs à la fois.

— Je me demande de quelle couleur seront ses chatons, intervint Paris.

— Ils peuvent être de n'importe quelle couleur, expliqua Emma. Ce sera la surprise !

Pippa se rapprocha d'Emma.

— Est-ce qu'on aura la permission de jouer avec eux ?

— Je ne sais pas, ma chérie. Ce ne sera pas possible si quelqu'un adopte Fiesta avant qu'ils soient nés.

D'un air triste, Pippa appuya la tête contre la taille d'Emma.

— Papa ne veut pas de chatte ni de chatons.

Emma entoura les épaules de la petite fille. Son regard chercha celui de Daniel mais très vite, elle se détourna.

Après leur départ, le souvenir de l'émoi qu'elle avait ressenti quand la main de Daniel s'était posée sur son bras ne la quitta plus. Pas plus que celui des échanges qu'elle avait eus avec ses trois filles et qui lui avaient réchauffé le cœur.

À quoi bon ? Il s'agissait là d'une voie sans issue.

Résignée, elle haussa les épaules, alla mettre un message

sur le bureau de Rebekah, comme elle l'avait promis à Daniel et retourna à ses occupations.

Un peu plus tard, elle croisa Rebekah dans le couloir, son téléphone à la main, l'air préoccupé.

— Un ennui ?

— Non, pas vraiment, répondit Rebekah. Je pensais aux sœurs Whitaker. Il paraît que…

Elle secoua la tête.

— Peu importe ! Rien de grave. Je vais m'en occuper. Au fait, j'ai trouvé le message de Daniel Sutton que tu as laissé sur mon bureau.

— C'est lui qui nous a apporté Fiesta.

— A-t-il l'intention de l'adopter ?

— Non, je ne pense pas.

— Dommage… Je m'occuperai de lui un peu plus tard, quand j'aurai une minute de libre.

— Il a dit que cela n'avait rien d'urgent.

— Tant mieux ! Voilà qui m'arrange bien.

Elle soupira, arrangea son chignon qui dégringolait dans son cou.

— Bon ! Je retourne voir où en est la construction de l'extension prévue pour les chats. Si on a besoin de moi, c'est là que vous me trouverez.

Emma retourna auprès de Fiesta qui l'inquiétait un peu. La petite chatte ne mangeait pas comme elle aurait dû. Elle espérait qu'il s'agissait seulement d'un problème d'acclimatation à ses nouvelles conditions de vie. Elle allait demander au Dr Jackson de l'examiner encore une fois quand il viendrait le lendemain matin faire ses visites.

Elle resta un long moment avec elle, ce qui lui permit… de ne pas trop penser à Daniel Sutton.

L'ambiance qui régna dans la voiture et ensuite dans la maison à leur retour de Furever Paws déplut vivement à Daniel. Ses trois filles se tenaient tranquilles. *Trop* tranquilles. En fait, elles paraissaient tristes. Peut-être ferait-il bien d'envisager d'adopter Fiesta ? Paris, si secrète et morose d'ordinaire, paraissait plus gaie quand ils rendaient visite à la chatte. Penny et Pippa, elles, avaient été conquises dès le début, il n'en doutait pas une seconde. Alors ? Son rôle de père n'impliquait-il pas une certaine flexibilité, question éducation ?

Il passa une partie de la soirée sur son ordinateur à chercher des renseignements sur les chattes, les mises bas et les chatons. Jamais jusqu'à présent il ne s'était préoccupé des soins à donner aux animaux, quels qu'ils soient. Sa recherche lui fit comprendre à quel point les bénévoles de Furever Paws étaient dévoués ! Dans le fond, les animaux manifestaient les mêmes besoins que les enfants.

Un petit coup frappé à sa porte lui fit lever la tête, et Paris fit son apparition, elle qui n'avait pas pour habitude de rechercher la présence de son père.

Il se garda bien de manifester sa surprise.

— Salut, ma fille ! Tu as quelque chose à me dire ? demanda-t-il sur le ton le plus naturel du monde.

— Oui. Je veux continuer mon entraînement avec l'équipe de natation. Est-ce que tu vas me donner la permission de le faire ? J'ai besoin de faire du sport, et la natation est le meilleur moyen de me dépenser.

Ce qu'elle disait était tout à fait juste, mais il aurait aimé que son désir de continuer à aller à la piscine soit le fruit de motivations différentes, par exemple son plaisir à se retrouver dans une équipe de jeunes filles de son âge, avec qui elle pouvait créer des liens.

Du temps de leur mariage, Lydia avait utilisé le sport comme moyen de contrôler son poids au point que cela était devenu chez elle une obsession. L'idée que Paris puisse avoir envie de copier sa mère sur ce point le contrariait énormément.

— Je vais y réfléchir, Paris. En tout cas, je te demande de réfléchir à une autre activité que tu pourrais pratiquer pendant tes vacances.

Paris fit la grimace.

— C'est une sorte de chantage que tu me proposes ?

Pris de court, Daniel se demanda si le don pour la plaidoirie faisait partie du patrimoine génétique de sa progéniture. Toujours est-il que Paris paraissait assez douée dans ce domaine.

— On peut aussi appeler cela de la négociation, ma chérie. Qu'est-ce que tu en penses ?

— Si c'est la condition pour que je puisse continuer à nager, c'est OK.

Sur ce, elle quitta la pièce, sans un sourire et sans un mot de plus.

Daniel était sur le point de la rattraper lorsque son téléphone sonna. C'était la directrice du refuge.

— Bonsoir, madame Taylor. Merci de me rappeler aussi vite malgré vos occupations.

— Emma m'a fait part de votre message. En quoi puis-je vous être utile ?

— Je souhaiterais vous parler d'Emma Alvarez.

— Je vous écoute.

— J'envisage de lui proposer de travailler chez moi. Est-ce que vous me la recommanderiez ?

— Et comment ! Je mettrais vingt sur vingt à tout ce qu'Emma fait pour nous. Elle est enthousiaste, dynamique, efficace. De plus, elle ne se contente pas de faire le travail demandé, on dirait qu'elle *sent* comment se comporter. Elle a une relation tout à fait particulière avec les animaux.

— Vous a-t-elle donné des références quand elle a postulé pour être bénévole ?

— Oui, bien sûr. Sans cela, je ne l'aurais pas engagée. Même les bénévoles doivent remplir un cahier des charges. Je peux vous assurer que tout ce qui figure dans son dossier est élogieux. En résumé, elle est digne de confiance, rapide, capable de résoudre les problèmes au pied levé et toujours d'une patience d'ange avec nos animaux, même avec ceux qui sont difficiles.

Daniel n'avait pas besoin d'en savoir davantage. Tout ce

qu'il venait d'entendre correspondait à ce qu'il souhaitait trouver chez une baby-sitter.

— Pourriez-vous me dire si elle travaille au refuge demain ? s'enquit-il.

— Oui, bien sûr. Elle sera à Furever Paws demain matin à partir de 10 heures.

— Merci infiniment, madame Taylor. Je vous souhaite une bonne fin de soirée.

Parfait ! Il irait donc le lendemain à Furever Paws essayer de trouver une solution à son problème le plus urgent.

- 3 -

Le dimanche matin, accompagné de ses trois filles, Daniel se rendit au refuge où il demanda au premier bénévole rencontré dans quelle section se trouvait Emma. Il apprit qu'elle était en train de nettoyer les cages des chiens et se dirigea donc de ce côté-là.

Dès qu'elle les aperçut, la jeune femme leur adressa un grand sourire et interrompit son travail.

Aussitôt, Penny s'élança vers elle.

— Est-ce que tu nous permets d'aller jouer avec un petit chien ?

— Oui, bien sûr. Il y a deux adorables chiots beagles qui vont être ravis d'avoir de la compagnie ! Je vais les sortir de leur cage.

Dès qu'elle eut sorti les chiots et dit quelques mots aux filles, elle revint vers Daniel.

— Rebekah m'a dit que vous vouliez me parler.

— En effet.

— J'aimerais vous proposer un endroit plus adapté à la conversation mais je dois rester à proximité des chiots pour pouvoir intervenir tout de suite au cas où vos filles se montreraient un peu trop vives et où ils s'exciteraient.

— Oui, je comprends, répondit-il. Pas de problème.

Intriguée, Emma le regarda sortir une feuille de papier de sa poche.

— J'ai parlé de vous avec Rebekah hier soir…

— J'ai fait quelque chose qu'il ne fallait pas ? le coupa aussitôt Emma, visiblement inquiète.

— Non, pas du tout, rassurez-vous ! Rebekah est entièrement satisfaite du travail que vous effectuez au refuge.

— Alors je ne comprends pas…

— Eh bien… Il se trouve que vous recherchez un emploi et que de mon côté je suis en quête d'une baby-sitter pour mes filles. Quelqu'un qui saurait aussi s'occuper de la maison.

Comme Emma demeurait silencieuse, il poursuivit :

— Depuis le départ de la dernière baby-sitter, ma sœur Shannon vient me dépanner quand c'est nécessaire, et cette situation me gêne beaucoup car j'ai l'impression d'abuser de sa gentillesse. Elle a un petit garçon de trois ans et c'est compliqué pour elle, de gérer tout ce petit monde. Maintenant que les vacances sont arrivées, elle vient régulièrement chez moi pour les surveiller mais cette situation ne peut plus durer. Elle fait de son mieux avec beaucoup de générosité, mais c'est trop lourd pour elle, de s'occuper de deux familles à la fois.

Emma hocha la tête.

— Je comprends sans peine…, murmura-t-elle.

— Par exemple, hier j'ai dû quitter mon bureau en catastrophe pour aller régler un petit différend entre Paris et elle. Bien sûr, mes filles sont plus importantes que mon métier, mais je suis bien obligé de travailler pour leur assurer une vie décente ! Sans compter la mienne, par la même occasion…

— Bien sûr !

— J'ai eu des entretiens avec quelques personnes à propos de ce poste, seulement aucune d'elles ne m'a plu suffisamment pour que je l'engage.

— Et pourquoi vous adresser à moi ?

— Parce que dès le premier jour Paris, Penny et Pippa sont entrées facilement en relation avec vous. Vous m'êtes apparue comme une personne capable d'écoute et de compassion. Bref, il m'a semblé que vous vous débrouilliez mieux que moi ! Je sais reconnaître la compétence, vous pouvez me croire.

— Je n'ai jamais fait de baby-sitting, vous savez. Même adolescente. J'étais chef de bureau avant de venir à Spring Forest.

— Il me semble que les qualités requises dans ces deux domaines ne sont pas si différentes : compassion, gentillesse, fermeté. Vous ne croyez pas ?

Emma eut un petit sourire.

— Je ne sais pas…

Daniel lui tendit le papier qu'il tenait à la main.

— Voici mes références. Vous pouvez vérifier tout ce qui se trouve sur cette liste.

Comme Emma paraissait hésiter, il ajouta :

— Le travail que je vous propose inclut le logement et les repas. Ma maison dispose d'une suite indépendante avec sa salle de bains privée. Vous aurez toute l'intimité que vous pouvez souhaiter.

Emma parcourut le papier des yeux.

— Je vais considérer votre proposition, dit-elle. Je ne peux pas vous répondre tout de suite, j'ai besoin de réfléchir.

— C'est tout à fait normal. Je retiens tout de même que vous n'avez pas refusé net. Pour moi, c'est déjà un point positif.

Il lui adressa son plus beau sourire et ajouta :

— Nous avons encore un peu de temps devant nous avant d'aller déjeuner chez ma sœur. Voulez-vous le passer en compagnie de mes filles ?

Sans hésiter, Emma approuva d'un signe de tête.

— D'accord, je vais les rejoindre auprès des chiots. Je vous tiendrai au courant de ma décision dès que je l'aurai prise.

Le lundi, inspectant une dernière fois la cuisine, Daniel réalisa sa chance qu'Emma ait accepté le poste qu'il lui avait proposé. Elle l'avait appelé la veille au soir pour lui annoncer sa décision. Ce matin, il se tenait prêt à l'accueillir ! Du moins, il l'espérait… Ses filles en tout cas l'étaient !

Pippa et Penny dansaient, tout excitées. Paris était plus calme mais n'affichait pas l'air morose qui était devenu son masque habituel depuis quelque temps.

Il s'était assuré qu'aucune vaisselle sale n'encombrait l'évier et que la suite du rez-de-chaussée qui était destinée à Emma était impeccable. Dans la foulée, il avait même exigé de ses filles qu'elles rangent leur chambre et tout ce qui traînait dans la pièce à vivre avant l'arrivée de leur nouvelle baby-sitter.

Quand il leur avait annoncé la nouvelle, elles ne l'avaient pas cru et s'étaient mises à rire. D'ailleurs, en ce moment, il était en train de redouter que la jeune femme n'ait changé d'avis.

Lorsque son téléphone sonna, il sursauta, persuadé qu'Emma lui donnait sa démission avant même d'avoir commencé à travailler ! Fausse alerte. C'était Shannon.

— Je trouve que tu es fou d'engager quelqu'un que tu ne connais pas !

Daniel imaginait sans peine l'air courroucé de sa sœur.

— Bonjour, Shannon ! Comment vas-tu ?

— Daniel, je te répète que tu fais une bêtise ! Tu aurais dû passer par une agence !

— Comme je te l'ai dit, je l'ai déjà fait. Les jeunes femmes que l'on m'a adressées n'auraient jamais supporté mes filles. Tu es bien placée pour savoir comme elles sont… *énergiques* !

— C'est vrai, il faut canaliser leur énergie. Qu'est-ce qui te permet de penser que cette femme va y réussir ? Elle n'a jamais travaillé dans l'enseignement, elle n'a aucune habitude des enfants.

— Tu sais, travailler avec des animaux, c'est un peu comme travailler dans une crèche.

— Arrête de dire des bêtises !

— Je ne dis pas de bêtises. Et pour te rassurer, je te promets de t'inviter à dîner dès qu'Emma se sera installée. Ça te rassure ?

— Pas du tout. Il sera trop tard alors pour faire marche arrière !

— Shannon, arrête de jouer les oiseaux de mauvais augure. Tout ira bien.

— Et toi, arrête de jouer au grand frère qui-a-toujours-raison, ça m'agace !

Ils éclatèrent de rire en même temps. Heureusement, ils étaient tous les deux capables de s'amuser même quand la situation n'était pas au beau fixe. Sans compter cet amour qui les liait depuis leur plus tendre enfance.

En entendant un bruit de moteur dans l'allée, Daniel jeta un coup d'œil par la fenêtre. Une petite voiture bleue venait de se garer.

— Elle arrive, Shannon. Je vais lui ouvrir. À bientôt !

Comme il regardait Emma sortir de sa voiture, son cœur se mit à battre un peu plus vite en apercevant une longue jambe nue apparaître derrière la portière. La jeune femme portait des sandales décorées de perles de couleur. Pippa allait adorer ! Lorsqu'elle émergea de son véhicule, le cœur de Daniel battit encore plus vite en l'apercevant, moulée dans son pantalon bleu pâle et son chemisier blanc. Le vent faisait flotter ses cheveux autour de son visage tandis qu'elle se dirigeait vers le coffre d'où elle sortit un sac de voyage marron.

Il se tourna vers ses filles.

— Soyez sages pendant que je vais aider Emma à rentrer ses affaires.

Dès qu'elle l'aperçut, Emma lui sourit.

Quel sourire !

Daniel serra les lèvres. Peut-être avait-il commis une énorme erreur ? Il était attiré par Emma encore plus qu'il ne le pensait.

En même temps, il avait un besoin urgent d'une baby-sitter… L'essentiel était de garder cette idée présente à l'esprit.

— Bienvenue chez les Sutton ! déclara-t-il d'un ton joyeux.

Aussitôt après, cette entrée en matière lui parut complètement débile.

Heureusement, Emma parut ne rien remarquer.

— Je vais vous aider à porter vos autres bagages, proposa-t-il vivement. Les filles peuvent venir donner un coup de main si c'est nécessaire.

— C'est inutile, je n'ai que ce sac.

Daniel ouvrit de grands yeux surpris. Comment ? Toute la vie d'Emma était contenue dans ce sac ? Dire que Lydia ne se déplaçait jamais sans au moins trois valises, même si ce n'était que pour un week-end !

Encore une fois, Emma parut ne rien remarquer.

— Je suis très heureuse de travailler chez vous. Vous ne pouvez pas imaginer à quel point j'avais besoin de trouver un emploi.

Puis, constatant enfin qu'il paraissait stupéfait, elle sourit et ajouta :

— Vous vous demandez sans doute pourquoi je n'ai pas amené davantage d'affaires en Caroline du Nord ?

— Sans doute parce que vous aimez voyager léger…

— Non, pas vraiment. Je suis venue à Spring Forest sur un coup de tête, en me disant que je me ferais expédier d'autres choses plus tard, mais comme je n'ai trouvé ici qu'un tout petit studio, je ne l'ai pas fait. J'ai préféré attendre de m'installer dans un appartement plus spacieux.

— Est-ce aussi sur un coup de tête que vous avez accepté l'emploi que je vous ai proposé ?

Après tout, il avait bien le droit de mieux connaître la personne qui allait vivre sous son toit et prendre soin de ses filles.

— Franchement, je n'en sais trop rien…, avoua-t-elle en le regardant droit dans les yeux. C'est la nécessité qui m'a fait prendre cette décision rapidement. J'ai besoin de travailler parce que je n'ai aucune envie de retourner en Pennsylvanie.

Comme elle arrêta là ses explications, Daniel décida de ne pas la questionner davantage. D'autres occasions lui permettraient de mieux connaître la personnalité d'Emma Alvarez.

Un peu tendue, Emma suivit Daniel vers le porche couvert de l'entrée.

Un moment plus tard, il se rendit à son travail, laissant à ses filles le soin de lui faire visiter la maison.

Une vaste pièce à vivre donnait sur une terrasse. À gauche se trouvait le bureau de Daniel. Sur l'arrière, il y avait la cuisine et la salle à manger ainsi que la lingerie et une salle de bains. Un escalier desservait l'étage.

— On montre sa chambre à Emma ? proposa Penny en se tournant vers Paris qui hocha la tête.

Les trois fillettes guidèrent donc leur nouvelle baby-sitter dans le couloir et, après le bureau de Daniel, elles ouvrirent une porte qui donnait non sur une chambre, comme Emma s'y attendait, mais sur un véritable petit studio, équipé d'un grand lit, d'un coin salon et d'une kitchenette. Une salle de bains complétait cet ensemble, ce qui enchanta Emma car cela lui assurait une indépendance totale. Lorsqu'elle aurait terminé sa journée et se retirerait chez elle pour la nuit, elle n'aurait plus besoin de retourner dans le reste de la maison pour quelque raison que ce soit. Cette assurance de tranquillité et d'indépendance lui donna un regain de confiance.

Elle déposa son sac et continua la visite des lieux où elle allait vivre désormais.

Un ordre tout à fait acceptable y régnait – même dans les chambres des filles ! – mais dans chaque pièce, une couche de poussière recouvrait les meubles. Un coup d'aspirateur sur le tapis du salon ne serait pas non plus du luxe.

Elle se tourna vers Paris.

— Depuis combien de temps est partie votre précédente baby-sitter ?

— Ça va faire deux semaines.

La fillette ne donna pas davantage d'explications et

Emma ne posa pas davantage de questions. Le sujet semblait être délicat.

— Bon, dit-elle. Je crois que le mieux est de commencer par faire un peu de ménage. Vous pouvez me montrer où se trouvent le matériel et les produits de nettoyage ?

Penny fit la moue.

— Je croyais qu'on allait passer du temps ensemble !

— Bien sûr ! assura Emma. Vous allez m'aider à faire le ménage.

— Pas question ! s'écria Penny.

Pippa et Paris paraissant elles aussi prêtes à se révolter, Emma ajouta vivement :

— Vous allez voir. Nous allons en faire un jeu et votre récompense pour m'avoir aidée sera une visite à Fiesta. Qu'est-ce que vous pensez de ça ?

— C'est vrai ? demanda aussitôt Pippa. On pourra aller voir Fiesta ?

— Je vous le promets et je suis sûre qu'elle appréciera votre compagnie.

Emma alla prendre un bloc-notes dans son sac.

— Regardez comment nous allons nous organiser. Je vais noter sur un papier le nom de chaque tâche à accomplir. Nous allons chacune en tirer un et faire ce qu'il demande. Quand nous aurons fini, nous en tirerons un autre jusqu'à ce que tout le travail soit terminé.

— Et si on n'aime pas ce qu'on vient de tirer, est-ce qu'on a le droit de changer ? demanda Penny.

— Oui, à condition de trouver quelqu'un qui accepte cet échange.

— Est-ce qu'on a le droit de mettre de la musique ? s'enquit Pippa.

— Quoi de mieux pour nous donner du cœur à l'ouvrage ? répondit Emma. J'ai une playlist sur mon téléphone, ou si vous préférez, on peut mettre la radio.

Penny et Pippa paraissaient tout à fait conquises par ce nouveau jeu. Paris, pas du tout. Elle demeura silencieuse et repliée sur elle-même tout le temps où elles s'activèrent, acceptant toutefois sans rechigner les tâches qu'elle tirait au sort. Son mutisme ne s'améliora pas au cours du repas qu'elles prirent rapidement à la cuisine, au milieu de la journée. Ce calme tranchait d'autant plus que ses sœurs ne cessaient de rire et de bavarder. Bien embarrassée, Emma se demandait comment elle allait s'y prendre pour surmonter cette réserve glaciale. Pour l'instant, elle n'avait aucune réponse. Dans ces conditions, comment allaient évoluer ses relations avec cette secrète jeune fille de onze ans ?

Sur les coups de 16 heures, elle eut la surprise d'entendre la voiture de Daniel. À peine ce dernier eut-il franchi le seuil que Pippa se jeta dans ses bras. Il la serra contre lui et la fit tournoyer avant de la reposer à terre.

— Emma a dit qu'on pourra aller rendre visite à Fiesta quand on aura fini tout le travail ! s'écria la fillette.

— C'est vrai ? demanda Daniel en s'avançant vers Emma.

— Oui. C'est leur récompense. Elles m'ont toutes les trois aidée à faire le ménage et se sont montrées très courageuses et très efficaces. Donc nous allons faire une petite visite à Fiesta. Voulez-vous nous accompagner ?

— Le temps de me changer et je suis à vous ! Avec ma voiture, nous pourrons y aller tous ensemble.

Cinq minutes plus tard, Daniel refaisait son apparition, vêtu d'un jean et d'un T-shirt rouge. Emma ne put s'empêcher de remarquer combien cette tenue décontractée mettait en valeur son physique de play-boy. Et encore une fois, son cœur s'emballa lorsque leurs regards se croisèrent. Elle aurait volontiers prolongé ce moment délicieux et contraire à ses bonnes résolutions, mais…

— On y va ? demanda-t-elle avec un entrain un peu forcé.

— On y va ! répondit Daniel en attrapant Pippa par la main.

Ils prirent place dans la voiture de Daniel, Emma devant à côté de lui et les trois filles derrière. Ils roulèrent tout d'abord en silence, puis Penny prit la parole sur un ton sentencieux :

— Emma a dit qu'il faut faire le ménage au moins une fois par semaine sinon nous risquons d'éternuer à cause de la poussière.

Daniel se mit à rire et jeta un coup d'œil en direction d'Emma.

— Je reconnais qu'il est important de tenir la maison propre mais à franchement parler, ce n'est pas ma priorité ! avoua-t-il.

— Bien sûr, dit Emma. Je comprends que vous préférez passer votre temps libre avec vos filles plutôt qu'avec le chiffon à poussière !

— Le problème, c'est que mon travail me laisse trop peu de temps libre…

Pippa raconta quelles musiques elles avaient écoutées en faisant le ménage, précisant qu'elles avaient même arrêté de travailler pour danser quand la musique était trop entraînante.

Puis, elle se corrigea.

— En fait, c'est Penny et moi qui avons dansé. Paris a continué à travailler sans danser ni chanter.

Emma l'avait remarqué, elle aussi. Dès qu'elle aurait un moment en tête à tête avec Daniel, elle lui parlerait de sa fille aînée. La trop grande tranquillité de Paris ne lui paraissait pas bon signe.

Dès que la voiture fut garée devant le refuge, les trois fillettes en jaillirent pour se ruer vers l'entrée.

— Eh bien, fit remarquer Daniel en riant, on ne peut pas dire qu'elles viennent ici contraintes et forcées !

Emma dégrafa sa ceinture, décidant de mettre à profit ce moment de tranquillité pour lui parler de Paris.

— C'est la première fois depuis ce matin que je vois Paris contente de faire quelque chose, dit-elle. Fiesta compte réellement pour elle mais j'avoue que le silence et la réserve dont elle a fait preuve tout au long de la journée me donnent quelques inquiétudes.

Daniel hocha la tête.

— Elle reste volontiers à l'écart, c'est vrai.

— Je me suis aussi inquiétée au moment du repas, poursuivit Emma. J'avais préparé des sandwichs pour tout le monde, mais Paris n'a mangé que la salade et le jambon. Elle a laissé le pain dans son assiette.

— Elle pense qu'elle doit faire un régime.

Voilà qui ne rassura pas Emma le moins du monde. Une adolescente de l'âge de Paris n'a nul besoin de surveiller ce qu'elle mange, surtout si ce qu'on lui propose est sain et équilibré. Mais comme Daniel ne parut pas préoccupé par cette remarque, elle se dit que mieux valait sans doute oublier cette question. Pourtant, elle ne put s'empêcher de poursuivre :

— Comme l'a remarqué Pippa, Paris est restée silencieuse toute la journée, même lorsque nous avons chahuté toutes les trois. Je me demande si ce silence n'est pas une façon de manifester son mécontentement de me voir vivre sous son toit.

Cette fois, Daniel se tourna vers elle, la mâchoire serrée et le regard dur.

— Non, les baby-sitters n'ont jamais dérangé Paris, au contraire. Souvenez-vous que je vous ai engagée pour jouer le rôle de baby-sitter, pas celui de diététicienne ou de psychologue. Contentez-vous de cela, Emma, et tout ira bien.

Sur ce, il ouvrit sa portière et quitta le véhicule.

Choquée par le changement d'attitude de Daniel, Emma ne descendit pas tout de suite. Elle avait beau se dire qu'elle n'avait aucune raison de se sentir humiliée, elle avait bien compris que Daniel l'avait remise à sa place. Mais quelle place ? Quel était réellement son rôle dans la maison des Sutton ? Voilà qui devait être tiré au clair le plus tôt possible.

Elle attendit patiemment le soir, et une fois les trois fillettes couchées au premier étage, elle quitta son studio, sa tablette à la main, et alla frapper à la porte du bureau de Daniel, qui était entrouverte.

— Entrez !

Il la regarda d'un air surpris.

— Seriez-vous une couche-tard vous aussi ? demanda-t-il gentiment, ayant apparemment oublié la façon un peu rude avec laquelle il s'était adressé à elle dans l'après-midi.

Elle le regarda bien en face.

— Non, mais je tiens à vous parler en dehors de la présence de vos filles.

Il se redressa, l'air soudain inquiet.

— Est-ce que vous vous sentez déjà débordée ?

— Non. Je tiens juste à vous poser une question bien précise.

— Je vous écoute.

Une fois encore, sa voix de baryton fit chavirer son cœur, et elle dut inspirer profondément afin de trouver le courage de poursuivre.

— Daniel, je veux que vous me disiez exactement ce que vous attendez de moi. J'en prendrai bonne note car je ne veux plus aller au-delà des fonctions que vous avez prévues pour moi.

L'expression du visage de Daniel changea du tout au tout.

— Emma…

— Je ne veux pas qu'il y ait d'autre malentendu entre nous.

Daniel se leva et s'avança vers elle.

— Je suis désolé de vous avoir blessée quand vous m'avez parlé de Paris. Simplement, je ne veux pas que vous vous inquiétiez à son sujet. C'est *mon* domaine, pas le vôtre.

— Avez-vous réalisé que je vais certainement passer bien plus de temps que vous avec elle ?

Il fit la grimace.

— Je sais… Chaque matin, j'organise ma journée de manière à pouvoir leur accorder davantage de temps mais malheureusement, un imprévu survient régulièrement dans mon travail, ce qui fait que je ne peux pas respecter le programme prévu. Et je me sens coupable…

— Pourquoi donc ? Dans la mesure où vous aimez vos filles et faites tout votre possible pour elles, vous n'avez pas de raison de vous sentir coupable.

Il passa la main sur son front.

— Mes parents m'ont inculqué le sens des responsabilités. Ils étaient sévères mais justes. J'imagine que c'est quelque chose d'ancré en moi.

— Ce qui fait que vous avez envie d'élever vos filles de la même manière ?

— Pas exactement. J'aimerais être moins rigide qu'eux.

— Je ne trouve pas que vous êtes rigide !

Daniel se mit à rire.

— Comment pouvez-vous dire cela ? Vous me connaissez à peine !

— C'est vrai, mais j'ai vu comme vous vous êtes occupé de Fiesta. Et aujourd'hui, quand je vous ai proposé de nous accompagner, vous avez tout de suite accepté. Ce comportement n'est pas une marque de rigidité.

Daniel se tenait tout proche d'elle, et elle avait l'impression qu'il se penchait vers elle et qu'en même temps elle se penchait vers lui. Si jamais il baissait la tête et qu'elle levait la sienne…

— Non !

— Non ? répéta Daniel.

Elle rougit. Elle avait prononcé ce « Non ! » à voix haute…

Elle s'éclaircit la voix et enchaîna :

— Non, les parents ne savent jamais si ce qu'ils font est bien ou pas. Mais vous êtes leur père, c'est à vous de décider comment doit fonctionner la maisonnée. Je désire suivre les règles que vous fixerez. C'est pour cette raison que je vous demande de me dire avec précision quels sont mes devoirs envers vous et vos filles.

Tout en parlant, elle se demandait si le plus sage ne serait pas de regagner sa chambre en courant. Trop de vibrations émanaient de cet homme et semblaient s'enrouler autour d'elle, la rendant prisonnière…

Malgré son refus de se laisser aller à une réaction aussi physique, Daniel Sutton la troublait profondément. Pourtant, en arrivant à Spring Forest, elle s'était bien juré de ne plus jamais céder à une impulsion, aussi tentante soit-elle.

Daniel ne se pencha pas vers elle mais ne recula pas non plus.

— Prenez soin de Paris, Penny et Pippa pour tout ce qui concerne leurs besoins matériels. Si vous avez le sentiment qu'un problème surgit ou qu'il y a lieu de s'inquiéter pour quoi que ce soit, prévenez-moi. J'y tiens.

— Pourtant, vous n'avez guère apprécié que je vous parle de Paris…

— Je sais, marmonna-t-il en se frottant la mâchoire d'un air pensif.

Une mâchoire bien dessinée, avec une petite fente au milieu du menton. Très masculine et très sensuelle…

— Je pense que ma réaction était une réaction de défense, expliqua-t-il. J'ai remarqué les mêmes choses que vous mais je ne sais pas comment réagir. Paris ne mange pas suffisamment pour une fille de son âge. Je sais très bien que si elle veut faire partie de l'équipe de natation, ce n'est pas parce qu'elle a envie de nager mais parce qu'elle a peur de grossir.

— Vous lui en avez donné la permission ?

— Oui. Vous organiserez cela avec elle. Mais cette autorisation est le résultat d'une négociation. Elle doit aussi, comme ses sœurs, choisir une activité pour cet été. Autre que la natation, bien sûr.

— Qu'est-ce que vous entendez par « activité » ?

— Il s'agit plutôt d'ateliers animés par des personnes compétentes et organisés par leur école. Comme le nombre de places est limité, elles n'obtiendront peut-être pas ce qu'elles souhaitent en priorité car je m'y prends un peu tard pour les inscrire. Faites au mieux. Je vous demande de les aider à faire leur choix et je compte sur vous pour les conduire à leur camp et aller les chercher.

Emma nota tout cela sur sa tablette.

— Jusqu'à présent, vous ne m'avez demandé que deux choses, fit-elle remarquer.

Il hocha la tête et réfléchit quelques instants avant de reprendre :

— En troisième lieu, je vous demande de veiller à maintenir la maison en ordre mais encore une fois, ce n'est pas mon exigence fondamentale. Si mes filles ont envie de faire quelque chose et que vous êtes d'accord pour y participer, je préfère que vous choisissiez de rester avec elles. Elles sont en vacances, j'ai envie qu'elles en profitent. Si tenir la maison vous paraît trop lourd, vous n'aurez qu'à me le dire, j'engagerai une personne pour faire le ménage.

Emma se tenait assez proche de Daniel pour bien voir les petites rides autour de ses yeux. À quoi étaient-elles dues ? Au soleil ? Aux fous rires qu'il avait partagés avec ses filles ? À son travail ? Ou plus vraisemblablement aux soucis que lui avait causés son divorce ? Bien sûr, elle n'allait pas lui poser la question…

— Si c'était possible, j'aimerais continuer à faire un peu de bénévolat à Furever Paws, dit-elle. Qu'en pensez-vous ?

— Je suis d'accord pour que vous dégagiez du temps pour cela puisque vous y tenez. D'ailleurs, quand je suis à la maison, vous n'avez pas besoin de vous occuper de mes filles. Si vous préférez faire autre chose, ne serait-ce que lire tranquillement dans votre chambre, faites-le ! Je ne souhaite pas du tout me montrer rigide envers vous non plus, Emma, conclut-il avec un petit sourire, plongeant son regard dans le sien.

Le cœur d'Emma battait si fort qu'elle craignait qu'il ne l'entende. Elle avait tellement envie de se rapprocher de lui… Mais elle ne le ferait pas. Non, non et non, elle ne le ferait pas !

Dès demain, elle ignorerait le charme de Daniel Sutton.

Elle s'efforcerait d'oublier ce qu'elle ressentait pour cet homme seul en charge de ses filles depuis le départ de sa femme.

Dès demain, elle allait prendre sa vie en main pour un nouveau départ. C'était tout ce qu'elle souhaitait, et elle s'y tiendrait.

- 4 -

Le jour suivant, lorsque son téléphone sonna, Emma eut la surprise de découvrir que l'appel provenait de Rebekah.

— Salut, Rebekah. Tu as besoin de moi ? Si c'est le cas, je peux probablement me libérer pour la permanence de ce soir. Je travaille comme baby-sitter chez Daniel Sutton, maintenant.

— Donc tu as eu le job ! Félicitations.

— J'ai commencé hier. Comment puis-je t'aider ?

— Il faut que je te parle de Fiesta. Elle a besoin de plus de caresses et de câlins que ce que les employés du refuge ont le temps de lui donner. Le vétérinaire l'a examinée à nouveau parce que nous nous sommes aperçus qu'elle boitait. Il pense qu'elle s'est blessée à la patte arrière. Quand, comment, il ne sait pas. Il l'a soignée de son mieux mais elle est encore gênée pour marcher. Le pire dans tout ça, c'est qu'elle ne mange pas comme elle devrait. Elle a besoin de nourriture pour elle et pour ses chatons à naître. S'il te plaît, est-ce que tu pourrais la prendre un peu avec toi ?

— J'adorerais mais j'en doute fort. Comme je vis chez les Sutton, je dois en parler à toute la famille avant de te donner une réponse. Je sais que Daniel n'est pas très enthousiaste à l'idée d'accueillir une chatte sur le point de mettre bas.

— Je comprends. Écoute, tu leur en parles et tu rappelles dès que possible.

— D'accord, Rebekah. À bientôt.

Quand elle remit son téléphone dans sa poche, Pippa,

Penny et même Paris se tenaient devant elle et la regardaient d'un air concerné.

Que devait-elle leur dire ?

Paris prit la parole en premier :

— Tu as parlé de Fiesta. Quelque chose ne va pas ?

— Tu as l'air contrarié, ajouta Penny.

Pippa prit la main d'Emma dans la sienne. Ce simple geste lui fit monter les larmes aux yeux.

— Fiesta a besoin de davantage de soins que prévu, déclara-t-elle. Le vétérinaire estime qu'elle ne mange pas assez. Je ne sais pas quoi faire. Vous pensez qu'un de vos amis serait prêt à accueillir une chatte enceinte ?

Penny se mit à sautiller sur place.

— Nous ! Nous ! On va la prendre ici !

— Votre père n'est pas d'accord, vous savez.

— Si nous le lui demandons très gentiment, il changera peut-être d'avis, suggéra Paris.

Elle fixa Emma de son regard sérieux avant de préciser :

— Surtout si tu lui demandes avec nous.

Emma n'était pas sûre que l'idée de Paris soit vraiment raisonnable, mais les trois filles aimaient beaucoup la petite chatte. Elle aussi l'aimait. En plus, poser la question ne pouvait faire de mal à personne. Alors pourquoi ne pas essayer ?

Ce soir-là, Daniel trouva ses filles bien sages durant le repas. Sans doute étaient-elles fatiguées de leur journée.

Quoi qu'il en soit, ce moment fut très agréable. Il avait apprécié le pain de viande, les macaronis au fromage et les haricots verts. Paris, elle, avait grignoté, un peu de ceci, un peu de cela, tout en laissant l'essentiel du repas sur les bords de son assiette.

Quand Emma servit le dessert, des fraises fraîches accompagnées de glace à la vanille, il se sentait de fort bonne humeur.

— Voilà une éternité que je n'avais pas aussi bien mangé ! s'exclama-t-il.

— Merci pour le compliment, répondit Emma avec un sourire tandis que Pippa, Penny et Paris la dévisageaient avec attention.

Emma leur fit un petit signe de la tête.

En tant qu'aînée, Paris prit la parole.

— Papa, nous voulons te parler de quelque chose.

— Bien sûr, ma chérie. Je t'écoute, répondit-il après avoir savouré une nouvelle cuillerée de glace.

— Emma a reçu un coup de téléphone aujourd'hui, enchaîna Penny. Un coup de téléphone qui l'a beaucoup inquiétée. Et nous aussi quand elle nous en a parlé.

Daniel posa sa cuillère sur le bord de son assiette et regarda Emma.

— Vous avez reçu de mauvaises nouvelles de chez vous ?

— Non, c'était Rebekah, la responsable du refuge, répondit Emma. Fiesta ne va pas très bien.

Pippa expliqua en détail de quels problèmes il s'agissait. Au fur et à mesure qu'elle parlait, Daniel fronçait les sourcils, puis il se renfrogna carrément.

— Papa, s'il te plaît, permets-nous de prendre Fiesta à la maison, supplia Paris.

Pippa se jeta dans ses bras.

— S'il te plaît, papa ! Comme ça, on pourra assister à la naissance de ses chatons !

— Pour nous, c'est quelque chose de *très important*, conclut Penny, avec un sérieux d'adulte que Daniel ne lui connaissait pas.

Il considéra attentivement chacune de ses filles, une par une. Sans regarder Emma.

Finalement, il laissa échapper un soupir résigné.

— Bon… Si vous y tenez vraiment, vous pourrez installer Fiesta jusqu'à la naissance de ses chatons dans la petite chambre du haut qui sert de débarras. Jusqu'à la naissance, je précise.

Les trois filles sautèrent de joie, s'embrassèrent et sourirent à Emma.

— Et maintenant, allez jouer dans vos chambres ! ordonna-t-il. Je voudrais parler à Emma.

Les trois fillettes ne se le firent pas dire deux fois. Elles disparurent aussitôt en discutant point par point de l'organisation à mettre en place pour leur nouvelle pensionnaire.

Dès que ses filles furent en haut, Daniel pointa Emma du doigt.

— Vous m'avez pris en embuscade !

— Non ! protesta Emma, sur la défensive. Tout s'est passé exactement comme elles l'ont dit. Comment aurait-il fallu qu'elles s'y prennent ? En vous adressant une lettre recommandée ?

— J'aurais préféré être prévenu au bureau, histoire de me préparer à cette attaque. Au lieu de ça, elles me sont tombées dessus toutes les trois d'un coup, avec vous derrière elles pour les manœuvrer.

— C'est complètement faux ! Je n'ai *manœuvré* personne, comme vous dites ! Vos filles adorent Fiesta depuis le jour où elles l'ont trouvée.

Daniel secoua la tête et se renfrogna davantage. Elle n'avait pas tort sur ce point.

— Vous n'auriez pas dû leur parler de la chatte avant de m'avoir consulté, moi, marmonna-t-il. Elles ont déjà perdu leur mère, que se passera-t-il si Fiesta meurt ? Ou un de ses chatons ?

Emma ne répondit pas.

— Et s'ils sont tous en bonne santé, je devrai leur trouver un nouveau foyer, reprit-il. Pas question que ma maison soit envahie par des chats !

Emma était restée relativement calme jusqu'ici, mais soudain, il vit que ses mots avaient allumé comme une flamme en elle. Elle repoussa vivement sa chaise et se leva.

— Si vous voulez que je m'occupe de vos filles au quotidien, il faut aussi accepter que je me préoccupe de leur bien-être. Je n'avais pas prévu de leur parler du coup de téléphone de Rebekah, mais elles m'ont entendue mentionner Fiesta. Quand elles m'ont interrogée à son sujet, je n'ai pas eu envie de leur mentir.

Voilà un argument qu'il comprenait parfaitement.

— En plus, poursuivit-elle, quand nous en avons parlé, j'ai compris que s'occuper d'une chatte sur le point d'avoir des chatons pouvait leur apprendre beaucoup de choses sur la naissance et la responsabilité.

Ce mot fut un déclic dans la tête de Daniel. N'était-ce pas ainsi qu'il souhaitait éduquer ses filles ?

— Avez-vous pensé que cela pourrait aussi vous rapprocher les uns des autres ? lança-t-elle.

Juste avant de fondre en larmes devant lui, elle jeta sa serviette sur la table.

— Je rangerai plus tard, dit-elle. Je vais me reposer un moment dans ma chambre.

Et elle quitta la cuisine d'un pas rapide.

Daniel débarrassa la table et mit le lave-vaisselle en marche. S'activer était son moyen de défense contre les sentiments déstabilisants qui le submergeaient. Dieu sait qu'Emma Alvarez avait déjà déstabilisé un certain nombre de choses chez lui ! Mais ce soir…

Tout en effectuant le rangement de la cuisine qu'il refusait de laisser à Emma, il réfléchissait à ce qu'il devait faire. Quand il eut terminé, la réponse était prête dans son esprit.

Présenter ses excuses n'était pas chose facile pour lui. C'était peut-être une des raisons pour lesquelles Lydia l'avait quitté. Malheureusement, le comportement d'Emma avait remué quelque chose dans son passé, un nid de guêpes qu'il évitait habituellement de déranger. Était-ce pour cela qu'il se sentait si vide parfois ? Après le départ de Lydia, il s'était entièrement concentré sur ses filles et sur son travail. Rien d'autre. Depuis deux ans, il s'appliquait à mettre un pied devant l'autre en prenant bien garde à ne pas regarder derrière lui.

Et voilà que tout à coup la présence d'Emma avait réveillé des souvenirs enfouis. Il repensait à son mariage, à ce qui avait suivi. Il se sentait mal à l'aise. Voilà pourquoi il l'avait accusée de l'avoir piégé. Dans le fond, Fiesta n'était pour rien dans cette histoire.

Tout en traversant le salon pour aller jusqu'à la chambre d'Emma, il se demandait si elle n'était pas en train de faire ses valises. Comment réagissait-elle, d'habitude ? Fuyait-elle les disputes ? Restait-elle pour se battre afin de résoudre les problèmes pour aller de l'avant ? Il n'avait pas la moindre idée de la façon dont elle allait le recevoir mais il voulait trouver les réponses à toutes ces questions. Pourquoi ? Il n'en savait trop rien.

Comme tout avocat avant sa plaidoirie, il se prépara mentalement à la scène qui allait suivre. Après tout, il lui suffisait d'avoir recours aux ficelles de son métier pour contrôler la situation. « Ne pose jamais une question dont tu ne connais pas déjà la réponse. » C'est le conseil que ses amis avocats lui avaient toujours donné mais était-il recevable dans le cas de figure qui était le sien ce soir ?

Quand Emma lui ouvrit la porte, elle écarquilla les yeux de surprise. Manifestement, elle ne s'attendait pas à sa visite.

Daniel retint son envie de sourire en découvrant qu'elle avait passé un pyjama décoré d'empreintes de pattes multicolores, un peu comme si un chat distrait avait marché dans un pot de peinture avant de se promener sur son vêtement de nuit.

— Emma, je voudrais vous parler…

Intriguée, elle se redressa, comme pour l'affronter.

Il pensa aussitôt qu'elle craignait qu'il soit venu lui signifier son renvoi. Il n'en était absolument pas question.

— Je peux entrer un instant ? demanda-t-il, comme elle ne disait toujours rien.

S'il nota qu'elle avait envie de refuser, aucun mot ne vint le confirmer. Au contraire, elle s'effaça devant lui en ouvrant largement la porte.

Il avait prévu de garder ses distances, mais plutôt que

de suivre cette ligne de conduite, il s'avança vers le petit canapé.

— Pouvons-nous nous asseoir un moment ?

— Je n'y vois pas d'inconvénient, répondit-elle, méfiante néanmoins.

Ils s'installèrent tous les deux, Emma ayant eu grand soin de laisser entre eux autant de distance que le permettait l'exiguïté du siège.

Sans attendre, Daniel entra dans le vif du sujet.

— Emma, je suis désolé pour ce que j'ai dit tout à l'heure.

— Et moi je n'aurais pas dû répondre comme je l'ai fait, répondit-elle d'une voix calme. Vous êtes mon employeur et…

— Employeur ou pas, je tiens à ce que vous soyez franche avec moi, mais je suis venu vous expliquer pourquoi je me suis montré si désagréable.

Le regard noisette d'Emma se radoucit.

— Ce n'est pas nécessaire.

— Je ne suis pas de cet avis. Vous nous comprendrez mieux, mes filles et moi, si je vous explique.

— Comme vous voulez.

Malgré tout, elle semblait hésitante. Peut-être préférait-elle qu'il ne parle pas trop de lui par crainte de devoir à son tour répondre aux questions qu'il lui poserait sur elle ?

Il aurait aimé la rassurer car ce n'était pas son intention. En tout cas, pas ce soir.

Un peu gêné tout de même de se confier à une presque inconnue, il surmonta sa pudeur dans l'espoir de donner à Emma les clés qui lui permettraient de mieux connaître sa situation.

— Il faut que vous sachiez que mon ex-femme prenait souvent seule des décisions qui nous affectaient tous.

Il s'interrompit un instant, puis regarda Emma droit dans les yeux avant de préciser :

— La dernière en date a été d'abandonner sa famille.

— Vous ne vous y attendiez pas du tout ?

— Non. Absolument pas. Je ne sais pas ce que cela

révèle sur moi en tant que mari, d'ailleurs… Le comble, c'est qu'elle est partie avec mon associé et que je n'ai jamais pressenti leur liaison.

Il s'interrompit un instant. Ce retour sur ces événements ne l'enchantait pas du tout.

— Allen et moi venions de gagner un procès important reprit-il, une fois son émotion contenue. Notre succès contre une firme importante d'appareils médicaux a fait parler de nous dans tout le pays. Très vite, on nous a proposé à tous les deux un poste dans un prestigieux cabinet d'avocats à Alexandria, en Virginie. Lydia et moi en avons longuement discuté. Attirée par la grande ville, elle voulait que j'accepte, d'autant plus que mon salaire allait être multiplié par deux. Moi, au contraire, je souhaitais que nos filles grandissent à Spring Forest où tout le monde se connaît et où chacun se soucie des autres.

— C'est quelque chose que j'ai remarqué dès que je suis arrivée, en effet. J'ai été frappée par la grande solidarité qui règne ici.

Il approuva d'un signe de tête.

— Bref, j'ai refusé l'offre qui nous était faite. Allen l'a acceptée et Lydia est partie avec lui. Dans le fond, c'était normal parce qu'elle et moi n'apprécions pas le même genre de vie mais du coup, elle abandonnait ses filles en même temps que moi. C'est à ce moment-là que j'ai appris qu'elle entretenait une liaison avec mon associé.

Pareille révélation sembla toucher profondément Emma qui posa ses mains sur les siennes.

— Je suis vraiment désolée… J'espère au moins que Lydia est restée en contact avec ses filles ?

— Elle leur envoie des cartes pour leur anniversaire. Elle leur a téléphoné longuement, à Noël dernier. Mais après ce coup de fil, Pippa a recommencé à faire des cauchemars. Penny a déclaré que puisqu'elle ne voyait jamais sa mère, c'est comme si elle n'en avait pas. Quant à Paris, Dieu seul sait ce qu'elle pense ! Pippa m'a demandé plus d'une fois si sa maman l'aimait encore. Qu'est-ce que je dois lui répondre ?

— Daniel…

Il se tourna vers elle.

— Je ne vous ai pas raconté cela pour que vous nous preniez en pitié, mais juste pour vous faire comprendre ce que nous avons vécu. Et ce que nous vivons encore.

Emma hocha la tête, visiblement désolée.

— Vous avez raison de dire que vous passez beaucoup plus de temps que moi avec mes filles, Emma. Je ne suis pas persuadé que ce soit une bonne idée d'accueillir chez nous une chatte prête à avoir ses chatons, mais nous le ferons quand même, conclut-il avec un grand sourire, espérant que cette annonce allait effacer la tristesse du début de la conversation.

Il découvrit que sans s'en rendre compte il s'était rapproché de la jeune femme.

De son côté, cette dernière n'avait rien fait pour s'écarter de lui…

— Vous m'en voyez ravie, dit-elle, lui rendant son sourire. Bien entendu, je ne suis que la baby-sitter et je prendrai votre avis au sujet de toutes les décisions importantes.

— Si vous m'expliquiez ce que vous entendez par « importantes » ?

Leurs bouches n'étaient plus qu'à quelques centimètres l'une de l'autre. Cette fois, même s'il l'avait voulu, Daniel aurait été incapable de reculer. Une sorte de magnétisme plein de sensualité s'était emparé d'eux, les maintenant sous son emprise. Alors, pourquoi résister ?

Ses lèvres prirent celles d'Emma avec une ardeur qui le surprit et qui la surprit peut-être aussi, mais au lieu de se dégager, elle répondit à son baiser avec la même passion.

Sentir les lèvres d'Emma contre les siennes alluma en lui un désir qu'un simple baiser ne pouvait satisfaire.

Hélas, le bon sens retomba brusquement sur lui comme une douche froide. Il s'écarta d'Emma.

— Je ne regrette pas ce qui vient de se passer, dit-il, mais ce serait une énorme erreur de continuer dans cette voie.

— Ce baiser était une erreur ? demanda Emma, les yeux brillants.

— À votre avis ?

Il plongea son regard dans les yeux sombres d'Emma.

— À *ton* avis, Emma ? Autant nous tutoyer, ce sera plus simple, tu ne crois pas ?

— Comme tu voudras, mais si je dois travailler ici, il vaut mieux que cela ne se reproduise pas. De toute façon, je ne veux plus m'engager dans une relation avec qui que ce soit avant très, très longtemps.

Sa voix tremblait légèrement, et il supposa que sa dernière histoire d'amour l'avait profondément blessée.

— Je ne suis pas prêt à m'engager non plus, précisa-t-il, mais cela ne veut pas dire que nous ne pouvons pas être amis, n'est-ce pas ?

Amis ? Allons ! À peine le mot prononcé, il sut qu'il se mentait à lui-même. Sous son pyjama, les seins d'Emma se soulevaient doucement au rythme de sa respiration. Sur ses lèvres flottait encore ce sourire spécial des femmes qui viennent d'être embrassées. S'il n'était pas père de trois fillettes qui dormaient à l'étage au-dessus, il aurait pris Emma dans ses bras et l'aurait embrassée encore et encore. Ce qui n'était évidemment pas ce que faisaient d'ordinaire des *amis*.

Il lui tendit les mains. Elle y posa les siennes.

— Amis ? répéta-t-il.

— Amis !

Mais après lui avoir souhaité une bonne nuit et quitté sa chambre, il était sûr et certain que « amis » n'était pas le mot qui convenait pour décrire le sentiment qui semblait naître entre eux.

Le lendemain matin, Daniel s'éveilla de bonne heure, comme d'habitude. Le soleil se levait, les oiseaux commençaient à peine à chanter pendant qu'il s'habillait pour se rendre à son bureau. Mais lorsqu'il sortit de sa chambre, il entendit des chuchotements au bout du couloir. En passant devant la chambre de Paris, puis devant celle que Penny et Pippa partageaient, il découvrit que leurs portes étaient ouvertes. Ce lever matinal n'était pas exceptionnel mais leurs lits n'étaient pas encore faits. Ce petit travail faisait partie des tâches qu'il exigeait d'elles chaque jour. Même Pippa, la plus jeune, était capable de l'accomplir. Sans trop savoir à vrai dire où se trouvaient les priorités, comme tout parent désireux de bien faire, il tenait à leur demander de participer au travail de la maison.

Il ouvrit doucement la porte de la pièce d'où provenaient les voix.

Ce qu'il découvrit fut une véritable surprise. Le lit qui attendait Penny le jour où elle aurait envie d'avoir une chambre indépendante de Pippa avait été repoussé contre le mur du fond.

Vêtue d'un jean et d'un T-shirt, pieds nus, Emma était à genoux par terre, en train de remplir un grand baquet en plastique de morceaux de journaux déchiquetés tandis que Paris disposait une vieille couverture qu'elle avait dû trouver dans le garage sous le baquet. Penny et Pippa disposaient une serviette-éponge dans un carton qu'elles installèrent à l'intérieur du placard.

— Si vous m'expliquiez pourquoi vous vous êtes levées si tôt ? demanda-t-il. Et qu'est-ce que c'est que tous ces préparatifs ?

— Dès que Furever Paws ouvrira, expliqua Penny, on va aller chercher Fiesta. Il faut aussi aller lui acheter un panier pour la transporter, de la litière et des croquettes. C'est ce que dit le site sur Internet.

Daniel fronça les sourcils.

— Quel site ?

Emma se releva.

— Furever Paws a mis en place un site qui donne des conseils aux personnes désireuses d'adopter un chat. J'ai permis aux filles d'utiliser ma tablette pour y trouver tous les renseignements nécessaires à l'installation de Fiesta.

La voix de Pippa leur parvint depuis l'intérieur du placard où elle avait disparu.

— Il paraît que parfois la mère chatte aime faire naître ses petits dans un endroit calme et obscur. C'est pour ça que je mets aussi une boîte dans le placard.

Daniel ne comprenait plus trop.

— Mais si je compte bien, ça va lui faire deux corbeilles ?

— Exactement, répondit Paris. Comme ça, elle aura le choix.

Dépassé, Daniel haussa les épaules.

— Et moi, je pense que même en ayant le choix, elle ira faire ses petits sous le lit !

— Tu te trompes, papa, protesta Pippa. Nous resterons avec elle pour lui montrer le meilleur endroit et elle nous écoutera.

Emma fit le tour de la pièce des yeux avant de regarder Daniel.

— Les filles m'ont assuré que vous ne seriez pas fâché si nous arrangions cette chambre à notre idée.

— C'est *moi* qui l'ai dit, corrigea Penny. Étant donné que cette pièce va être ma chambre, j'en fais ce que je veux ! Pas vrai, papa ?

Que répondre à cette logique confondante ?

De toute façon, il n'avait pas d'objection à faire à cet aménagement. Tout au moins pour l'instant.

— D'accord. Pensez aussi à lui préparer un coin où elle trouvera sa nourriture. Il vous faudra acheter des bols pour les croquettes et l'eau.

Pratique, Paris saisit l'occasion pour évoquer le nerf de la guerre.

— Nous allons avoir besoin d'argent, papa…

— Je participerai volontiers aux dépenses, proposa Emma.

— Et moi, je peux casser ma tirelire, ajouta Pippa.

Daniel sortit son portefeuille de sa poche.

— Non, c'est inutile, j'offre l'installation de Fiesta à la maison.

Sur ce, il tendit quelques billets à Emma.

— Je vous laisse toutes les quatre évaluer le budget nécessaire, il faut que je file au bureau.

— Tu pars toujours aussi tôt ? demanda Emma.

Comme les filles ouvraient des yeux ronds en les entendant se tutoyer, Daniel se sentit obligé de leur donner une explication.

— Emma et moi avons décidé hier soir que ce serait plus sympa de ne pas faire de cérémonie entre nous. Donc, à partir de maintenant, tout le monde se dit « tu ».

Cette mise au point effectuée, il répondit à la question d'Emma.

— Tout dépend s'il y a quelqu'un à la maison pour rester avec les filles ou pas.

Comme il s'apprêtait à les quitter, Emma se tourna vers les fillettes.

— J'ai besoin de parler un moment avec votre père. Finissez tranquillement vos préparatifs, je reviens très vite vous retrouver.

Elle sortit la première dans le couloir. Daniel la suivit, charmé par le parfum de fleurs qu'elle laissait dans son sillage. Un peu comme si elle vivait, entourée d'un éternel printemps… Il adorait ! Hélas, son corps réagissait de manière beaucoup plus physique à cette griserie, ce qui n'était pas sans l'inquiéter.

Devant lui, les boucles d'Emma, luisantes, dorées par la lumière matinale, dansaient sur son T-shirt. Il mourait d'envie de les caresser et ne pouvait s'empêcher de les imaginer étalées sur son oreiller…

Dans un sursaut, il se ressaisit. Non, interdiction formelle de se laisser aller à ce genre de rêverie ! Rien de bon ne pouvait en sortir.

— Emma, de quoi voulais-tu me parler ?

— Je tenais à te préciser que ce sont tes filles qui ont eu l'idée de tous ces aménagements pour Fiesta. Quand je les ai entendues aller et venir dans les escaliers, ce matin, j'ai pensé que si je me joignais à elles, il y aurait moins de risques pour qu'elles te réveillent.

— Inutile de t'inquiéter à ce sujet. Si mes filles sont heureuses, peu importe qu'elles m'obligent à me lever plus tôt que prévu.

Emma parut soulagée.

— Tant mieux ! Je craignais qu'il s'agisse là d'une de ces décisions dont nous aurions dû parler ensemble à l'avance.

— Parce que tu estimes qu'il s'agit là d'une décision *grave* ? demanda Daniel en riant. Quand tu connaîtras un peu mieux mes trois phénomènes, tu découvriras qu'il ne s'agit là que d'une broutille. L'imagination qu'elles sont capables de déployer n'a pas fini de te surprendre !

— Je m'adapterai. En tout cas, je suis rassurée pour cette fois-ci.

Elle ramena en arrière la grosse boucle de cheveux qui lui barrait le visage.

— En résumé, tu es d'accord pour que nous allions faire les achats nécessaires pour Fiesta et d'accord aussi pour que nous allions la chercher au refuge sans toi, c'est bien ça ? s'enquit-elle.

Daniel réalisa tout à coup qu'il les aurait accompagnées avec grand plaisir, mais sa présence n'était pas indispensable.

— C'est bien ça. Elles n'ont pas besoin de moi pour cela. Je peux faire toutes sortes d'activités avec elles, comme nager, randonner ou jouer au golf miniature, mais c'est parfait qu'elles aillent chercher Fiesta avec toi.

Parfait ?

Il plongea son regard dans les yeux noisette d'Emma. Elle aussi paraissait parfaite.

— Tu es très en beauté ce matin…, murmura-t-il.

— Pas possible ! s'exclama Emma sur un ton moqueur. J'ai à peine passé un peu d'eau sur mon visage avant d'aller retrouver les filles.

En dépit de tous les conseils de prudence qu'ils s'étaient

donnés, Daniel ne put s'empêcher d'enrouler une des boucles d'Emma autour de son doigt. Comme elle était douce…

— Tu n'as pas besoin de maquillage ni de vêtements élégants pour être jolie…

Ils se regardèrent un instant sans rien dire, comme prisonniers d'une onde de sensualité sur laquelle ils n'avaient aucun pouvoir.

Il n'aurait pas dû, mais il laissa ce moment troublant se prolonger. Bravement, il retira sa main.

— Si jamais tu as besoin de moi au cours de la journée, n'hésite pas à m'appeler, dit-il. J'ai rendez-vous avec un client à 10 heures, le reste du temps, je serai à mon bureau.

— Parfait, répondit Emma d'une voix presque inaudible.

Il se hâta de dévaler l'escalier. À quoi bon découvrir qu'Emma était aussi attirée par lui qui lui par elle ?

- 5 -

Emma et les trois fillettes remplirent le programme prévu à la lettre. Dans la matinée, elles allèrent toutes les quatre acheter tout ce qu'il fallait pour accueillir Fiesta. Ensuite, elles se rendirent au refuge la chercher. Depuis, Paris, Penny et Pippa n'avaient pratiquement pas quitté la pièce où était installée la petite chatte.

Le soir, lorsque Daniel rentra, Emma se trouvait seule dans la cuisine en train de préparer le dîner.

Il posa son attaché-case, et sa première question concerna Fiesta.

— Est-ce que vous êtes allées au refuge chercher la chatte ? Vous avez pu faire les achats que vous souhaitiez ?

— Oui, tout s'est bien passé.

— À ton avis, combien de temps devrons-nous garder les chatons ?

— L'idéal est de les laisser douze semaines avec leur mère.

— Tant que ça !

Emma éclata de rire.

— Oui.

Cette réponse parut le clouer sur place un moment.

Elle imagina sans peine sa réaction lorsqu'il verrait des chatons courir partout dans la maison, et peut-être même grimper aux rideaux ! Trois fillettes pleines de vie, et en plus *ça* ! Pourtant elle savait que maintenant qu'il avait donné son accord, il ne reviendrait pas en arrière et boirait la coupe jusqu'à la lie. Il faisait passer le bonheur de ses filles avant tout, et cette attitude la touchait profondément.

Comme il s'approchait d'elle, elle leva le menton pour le regarder. Elle sentait son cœur battre fort, très fort. Bien trop fort.

Afin d'échapper au trouble qui l'envahissait, elle se concentra sur un sujet inoffensif.

— Le vétérinaire pense que Fiesta aura ses chatons dans une dizaine de jours.

— Mes filles vont donc être obligées de faire preuve de patience, et ce n'est pas leur fort.

— Ce sera un bel apprentissage pour elles. Elles ont passé pratiquement toute la journée avec Fiesta.

— Diable ! Mais pourquoi donc ?

— Pour le plaisir, voyons ! Ta question laisse penser que tu n'es pas un amoureux des chats.

— Nous verrons bien d'ici à quelques jours ! En attendant, explique-moi à quoi mes filles ont passé leur journée, après l'installation de notre pensionnaire.

— Eh bien, elles ont caressé Fiesta, elles l'ont regardée manger et boire, puis elles sont restées lui tenir compagnie en faisant des jeux vidéo. Pippa avait amené ses crayons et son cahier de coloriage dans la chambre et s'est occupée très sagement toute la journée.

— Tu es souvent montée voir ce qui se passait là-haut ?

— De temps en temps seulement. Je ne voulais pas donner aux filles l'impression que je les espionnais.

Daniel secoua la tête en prenant le menton d'Emma dans sa main.

— Ce n'est pas du tout ce à quoi je pensais, assura-t-il. C'était juste pour voir si le comportement de Fiesta permettait de penser que la naissance approchait.

Emma se sentit rougir.

— Tu te demandes sans doute pourquoi j'ai employé un mot pareil ?

Elle hésita un instant avant de poursuivre. C'était difficile pour elle de parler de sa vie, surtout depuis sa désastreuse histoire sentimentale mais autant être sincère avec Daniel.

— Après la mort de ma mère, mon père s'est mis à me surveiller comme le lait sur le feu, expliqua-t-elle. Il avait tout le temps peur qu'il m'arrive quelque chose de grave. Son inquiétude n'a fait qu'empirer au fur et à mesure que je grandissais. J'avais le sentiment qu'il était tout le temps en train d'espionner ce que je faisais. Du coup, je n'arrivais jamais à m'amuser vraiment quand je sortais avec des amis parce que je m'inquiétais de savoir qu'il s'inquiétait… Tu vois un peu le cercle vicieux ?

— Autrement dit, tu ne pouvais pas vivre comme une adolescente normale.

— Je ne sais pas trop ce que l'on appelle une adolescente *normale*, mais ce qui est sûr, c'est que je ne me sentais jamais totalement libre et sereine.

Tout en parlant, elle avait l'impression que Daniel avait envie de l'embrasser. Hélas, un coup frappé à la porte d'entrée la ramena à la réalité.

Vivement, ils s'écartèrent l'un de l'autre.

Daniel alla regarder qui venait leur rendre visite.

— Ah. C'est ma sœur Shannon. Elle m'avait dit qu'elle souhaitait faire ta connaissance. Je lui avais promis de l'inviter à dîner un de ces soirs mais je ne l'ai toujours pas fait…

Il paraissait contrarié mais Emma vint à son secours.

— Le réfrigérateur est plein, dit-elle. Invite-la à se joindre à nous. Il y a des tacos et de la garniture pour tout le monde.

— Elle est avec son fils de trois ans.

— Pas de problème, j'adore les enfants !

À son tour, Emma jeta un coup d'œil par le judas. Shannon tenait effectivement un petit garçon par la main.

— Il est adorable…

— Ian a trois ans. Depuis que son mari, Cameron, est mort l'an dernier, ma sœur s'est entièrement consacrée à son fils. Mieux vaut que j'ouvre tout de suite car elle est capable de démonter la porte, si je la fais attendre !

Emma se mit à rire, ravie d'avoir ainsi quelques indices sur la personnalité de la sœur de Daniel. Cela lui permettrait sans doute d'éviter quelques maladresses.

Après de rapides présentations, Emma se rendit dans la cuisine et se lança dans la préparation du repas, quelque peu troublée de sentir sur elle le regard de Daniel et de Shannon qui l'avaient suivie.

Daniel paraissait apprécier le trouble pétillant qui surgissait entre eux chaque fois qu'ils étaient tout proches l'un de l'autre. À vrai dire, même lorsqu'ils n'étaient pas si proches que cela, constata-t-elle au moment où elle faillit se couper le doigt en découpant les tomates destinées aux tacos. Elle en conclut que ce serait plus prudent de se concentrer sur ce qu'elle faisait plutôt que de fantasmer sur son trop séduisant employeur.

— Tu es sûre que tu ne veux pas que je t'aide ? lui proposa Shannon.

— Tu peux râper le fromage, si cela ne t'ennuie pas.

— Pas du tout. Tu ne l'achètes pas tout prêt ?

— De temps en temps, mais il me semble qu'il est plus savoureux quand on le prépare au dernier moment.

— C'est vrai, approuva Shannon.

Pendant ce temps, Ian s'amusait à ouvrir les placards du bas pour inspecter leur contenu. Pour l'instant, cela l'occupait tranquillement.

Emma lança la conversation sur le travail de Shannon.

— Daniel m'a dit que tu créais des livres de coloriages pour adultes. J'imagine que ce sont ceux qui représentent des mandalas, des fleurs ou des motifs géométriques ?

— Exactement. J'ai vraiment eu de la chance d'avoir trouvé une entreprise qui aime mon travail.

— J'ai souvent vu ce genre de livres mais je n'en ai encore jamais acheté.

— Il faudra que tu essaies. C'est un bon moyen de se détendre.

— J'en suis persuadée, répondit Emma. C'est le temps qui manque ! Pour l'instant, mon bénévolat à Furever Paws occupe tous mes moments de liberté.

— Daniel m'a dit que tu as ramené un chat à la maison ?

Ce dernier qui ne s'était pas encore mêlé à la conversation intervint :

— *Nous* avons ramené une chatte. Les filles en avaient très envie et nous avons décidé ensemble d'adopter temporairement Fiesta en attendant qu'elle ait ses chatons. Elle est en haut, dans la future chambre de Penny. Nous monterons la voir avec Ian quand nous aurons mangé.

— Oui, volontiers. J'envisage parfois de prendre un chien mais je n'avais jamais pensé à un chat. De toute façon, Ian est encore trop petit pour assumer la responsabilité d'un animal.

— C'est justement dans cette perspective que j'ai permis aux filles d'amener Fiesta à la maison.

— Elle ne va faire trop de saletés ?

— Sûrement pas. Et de toute façon, Emma a suffisamment d'imagination pour avoir réussi à faire participer les filles au ménage de la maison.

— Waouh ! Voilà qui relève du miracle, fit remarquer Shannon. Emma, tu dois avoir des talents de magicienne !

Emma haussa les épaules en souriant.

— On met de la musique et du coup, le travail devient beaucoup plus facile, expliqua-t-elle. Parfois, on en fait même un jeu. Chacune tire au sort ce qu'elle doit faire et la première qui a terminé choisit le prochain morceau.

— Il paraît même qu'elles ont dansé ! ajouta Daniel. J'aurais bien aimé voir ça.

À la façon dont il avait dit cela, Emma comprit qu'il le pensait réellement. Et en imaginant son regard posé sur elle alors qu'elle se déhanchait en faisant la folle, elle rougit jusqu'aux oreilles.

Shannon la dévisagea un instant, perplexe, puis se tourna vers son frère. Apparemment, elle ne paraissait pas apprécier outre mesure sa présence chez ce dernier, songea Emma qui espérait néanmoins que cela ne causerait pas de problème entre le frère et la sœur.

À ce moment-là, le petit Ian courut vers elle, une casserole à la main.

Elle posa son couteau et s'accroupit pour se trouver à la hauteur du petit garçon.

— Qu'est-ce que je peux faire pour toi, mon bonhomme ?

Il désigna du doigt le pot en céramique où étaient entreposés les ustensiles de cuisine.

— Ian aimerait que tu lui donnes une grande cuillère, expliqua Daniel. Il s'en sert pour taper sur cette casserole et faire de la musique.

Emma choisit une cuillère en bois et s'accroupit à nouveau pour la donner à Ian.

— Qu'est-ce que tu penses de celle-ci ? Tu vas faire un joli bruit un peu assourdi, pour le bien-être de nos oreilles.

Ian attrapa l'ustensile qu'elle lui tendait, lui jeta un coup d'œil malicieux et tapa avec force sur la casserole qui ne rendit pas le son qu'il attendait. Une surprise totale se lut sur son petit visage aux joues rondes.

— Tu vois, je t'avais bien dit qu'Emma avait plus d'un tour dans son sac ! s'exclama Daniel en riant.

Ian recommença à taper sur sa casserole, puis se mit à rire.

Shannon hocha la tête.

— En effet, Emma paraît douée pour les tout-petits.

Se tournant vers Emma, elle ajouta :

— Qu'est-ce que tu faisais avant de venir en Caroline du Nord ?

Emma effleura d'une caresse la joue de Ian avant de se redresser.

— J'étais secrétaire de direction mais je suis aussi intervenue plusieurs étés dans des colonies de vacances. Dans le fond, c'est un peu la même chose que de s'occuper de ses enfants.

— Tu ne dirais sans doute pas la même chose si tu étais mère à plein temps, déclara Shannon un peu sèchement.

— Si nous appelions les filles ? suggéra Daniel qui sentait visiblement la tension monter entre elles. Je suis sûr qu'elles vont être contentes de nous aider à remplir les tacos.

Shannon approuva aussitôt, un tantinet agressive toutefois.

— Bonne idée ! Nous allons voir comment Emma se débrouille avec les trois filles dans les jambes.

Malgré son envie de répliquer, Emma jugea plus astucieux de tenir sa langue. Shannon était en train de la tester, c'était évident. Donc, mieux valait se concentrer sur les enfants, d'autant plus que Daniel lui aussi continuait à l'observer.

Le test, si test il y avait, se passa fort bien et la soirée se termina de manière détendue.

Toutefois, une fois dans son lit, Emma ne cessa de se tourner et de se retourner, persuadée que dès qu'elle fermerait les yeux, elle se mettrait à rêver de Daniel. Étant donné l'attirance qu'elle éprouvait pour lui et la passion avec laquelle il l'avait embrassée, elle se demandait sincèrement si ce ne serait pas plus prudent de quitter cet emploi de baby-sitter. Le problème, c'est qu'elle avait besoin de l'argent qu'elle gagnait ici. Comme elle était également nourrie et logée, elle pouvait pratiquement mettre tout son salaire de côté, ce qui lui permettrait de ne pas prendre n'importe quel emploi en urgence si elle décidait de s'installer définitivement à Spring Forest.

Tant bien que mal, elle réussit à trouver le sommeil et le matin elle se sentit à peu près en forme pour préparer le petit déjeuner des fillettes.

Une fois leurs œufs et leurs pancakes avalés, tout au moins en ce qui concernait Penny et Pippa puisque Paris continuait à ne montrer qu'un tout petit appétit, Emma les fit asseoir avec elle au salon pour qu'elles consultent ensemble sur sa tablette la liste des activités d'été qui devaient commencer le lundi suivant. Daniel tenait à ce que ses filles profitent de cette opportunité pour acquérir des expériences extrascolaires, et elle trouvait cela très bien.

Dès qu'elle eut consulté les clubs proposés, elle comprit

pourquoi. Les ateliers proposés étaient nombreux, variés et attrayants.

Presque sans réfléchir, Pippa choisit l'atelier de « bijouterie ». Toute contente, elle se mit à sauter de joie.

— Je vais faire un bracelet pour chacune d'entre nous ! Peut-être même un collier !

— Commence par faire quelque chose pour toi, lui conseilla Emma. Ensuite, tu verras s'il te reste du courage pour continuer !

— Oh ! Je suis sûre que j'en aurai. En plus, ce sera un cadeau vraiment spécial puisque je l'aurai fait en pensant à vous !

Après avoir consulté ce que l'on proposait pour son âge, Penny choisit l'atelier de peinture, ce qui ne fut pas sans surprendre Emma qui s'attendait à la voir se diriger vers une activité sportive.

— Excellente idée, Penny ! Toi aussi, tu vas pouvoir laisser libre cours à ton imagination.

— J'ai hâte de jouer avec les couleurs ! Vivement que les ateliers commencent !

Quant à Paris, sans le moindre enthousiasme, elle commença à lire la liste des clubs proposés pour sa tranche d'âge.

— La seule chose qui m'intéresse, c'est de faire partie de l'équipe de natation. Je me fiche du reste !

— Écoute, si nous passions un accord ? lui proposa Emma. Tu choisis un atelier et nous irons toutes les quatre à la piscine une fois par semaine en plus de tes entraînements.

Paris soupira en continuant à consulter la tablette.

— De toute façon, papa ne me laisse pas le choix…, marmonna-t-elle sur un ton bougon.

Puis, tout à coup, elle parut s'animer.

— Oh ! Il y a un atelier vidéo ! J'ai toujours eu envie de créer un jeu vidéo !

Elle se tourna vers Emma.

— Tu crois que je serai capable d'en inventer un ?

— Bien sûr. Et ce que je lis ici affirme que chaque participant repartira avec un jeu terminé.

— Tu m'inscris ?

— Bien sûr, ne t'inquiète pas. Je vous inscris toutes les trois tout de suite. Qu'est-ce que tu vas faire, maintenant ?

— Passer un moment avec Fiesta. Elle doit se sentir seule.

— C'est possible. Profites-en pour regarder si elle manifeste des signes indiquant que la naissance est proche. Tu te les rappelles ?

— Oui, bien sûr. D'abord, elle miaulera souvent.

— Et aussi, ajouta Penny, elle va aller se nicher dans les journaux ou la serviette que nous avons disposés dans la caisse et le carton.

— Elle va aussi se promener dans la pièce en cherchant un coin où elle pourra faire naître ses chatons tranquillement, conclut Pippa.

— Bravo ! Vous avez bien retenu la leçon. Je pense que nous devrions aussi mettre un vieux drap sous le lit au cas où elle déciderait finalement que c'est là qu'elle se sent le mieux. Je vais aller en chercher un au garage, vous irez l'installer.

La journée passa rapidement et lorsque Daniel rentra, Penny et Pippa lui sautèrent au cou comme elles le faisaient toujours. Paris se contenta d'un « Bonsoir papa » très sobre.

Emma se demanda si Paris ne tenait pas son père pour responsable du départ de sa mère. Est-ce qu'elle connaissait toute l'histoire ? Savait-elle pourquoi Lydia était partie ?

Ce soir-là, le dîner achevé et la cuisine rangée, Emma alla trouver Daniel dans son bureau avec les fiches d'inscription aux divers ateliers qu'elle avait imprimées dans la journée.

Il fit pivoter son fauteuil pour se tourner vers elle.

— Oui, Emma. Tu as besoin de moi ?

— Je voudrais te montrer les fiches d'inscription de tes filles aux ateliers de vacances.

Cette nouvelle amena sur ses lèvres le grand sourire

séduisant qu'Emma appréhendait plus que tout. Combien de temps serait-elle capable de lui résister ?

— Ah, fais vite voir ! J'ai hâte de découvrir ce qu'elles ont choisi.

Emma lui tendit les dossiers.

Après en avoir pris connaissance, il se mit à rire.

— Pippa est la seule à avoir fait un choix qui lui ressemble. Elle adore tout ce qui brille et les bijoux de pacotille en particulier. Je suis certain qu'elle va se régaler. Quant à Penny… Atelier peinture ? Voilà qui est surprenant mais c'est une bonne chose pour elle de découvrir qu'il y a une vie en dehors du sport.

Il soupira en arrivant à la feuille d'inscription de Paris, mais parut soulagé en voyant le choix qu'avait fait sa fille aînée.

— Combien de temps as-tu parlementé pour lui faire accepter de s'inscrire à cet atelier ?

— Nous avons passé un contrat.

— Oh… J'ai bien peur qu'il ne soit pas très avantageux pour toi !

Cette réflexion désabusée fit pourtant rire Emma.

— Pas forcément. Je lui ai proposé que nous allions toutes ensemble à la piscine une fois par semaine en plus de ses entraînements au club. Elle avait l'air ravie d'intégrer le vidéoclub. Les ateliers se terminent à 14 heures. Est-ce que cela s'accorde avec ton emploi du temps ?

— Oui, très bien.

Après avoir posé les dossiers sur son bureau, il leva la tête vers Emma.

— J'aimerais te demander quelque chose.

Leurs regards se rencontrèrent et comme à chaque fois, le cœur d'Emma se mit à faire des bonds désordonnés dans sa poitrine. Pourquoi Daniel était-il si séduisant ? Il avait troqué son costume d'avocat contre un polo blanc et noir et un jean, ce qui n'enlevait rien à son charme, bien au contraire. Comme elle, il était pieds nus. Sous son regard, elle avait l'impression de devenir transparente.

Avait-il réellement le pouvoir de lire dans ses pensées comme elle le croyait ? Pareille idée la terrifiait et l'excitait énormément en même temps.

— Que voulais-tu me demander ?

— Est-ce que tu auras du temps libre, Emma ?

La réponse était difficile à donner étant donné qu'elle ne savait pas encore très bien comment son emploi du temps allait s'organiser.

— Je ne sais pas trop encore, mais certainement oui, pendant qu'elles seront à leurs ateliers. Pour quelle raison ?

— Ma secrétaire part deux semaines en Arkansas, retrouver sa sœur. Leurs parents ont eu récemment des soucis de santé et elles doivent rapidement se mettre en quête d'une maison de retraite pour les accueillir. Je n'ai donc plus personne pour rechercher l'associé dont j'ai cruellement besoin. Chaque jour je vois que mes filles ont besoin que je leur accorde bien plus de temps que je ne puis le faire actuellement.

Il s'interrompit un instant, comme s'il hésitait à formuler sa demande avant de demander :

— Est-ce que tu accepterais de t'atteler à cette tâche ? Bien entendu, ton salaire sera augmenté en conséquence.

Assez surprise, Emma jugea d'emblée cette proposition fort alléchante. Travailler dans le cabinet d'avocats de Daniel lui permettrait d'ajouter une ligne intéressante sur son CV et de mettre davantage d'argent de côté. Enfin, et ce n'était pas négligeable, lorsqu'elle annoncerait à son père qu'elle avait trouvé un emploi, celui de secrétaire d'un avocat de renom ferait meilleur effet aux yeux de son père que celui de baby-sitter. La dernière fois qu'elle lui avait parlé au téléphone, elle ne lui avait pas fait part de sa rupture avec son fiancé mais elle lui avait dit qu'elle était à la recherche d'un emploi. Évidemment, il souhaitait qu'elle rentre en Pennsylvanie, ce qui n'était pas son intention à elle.

Comme il la voyait hésiter, Daniel se hâta d'ajouter :

— Je te montrerai le système informatique. Tu l'auras vite maîtrisé.

Mais ce n'était pas là le point qui inquiétait Emma.

— Est-ce que la secrétaire a un bureau à sa disposition ?

Tout en posant sa question, elle sentit le rouge lui monter aux joues.

— Dis-moi ce qui te dérange, Emma…

— Rien… Rien du tout !

Elle mentait, bien sûr, et Daniel ne fut pas dupe de sa réponse. Comme s'il lisait en elle à livre ouvert, il ajouta :

— Tu préfères sans doute ne pas travailler dans la même pièce que moi ?

De rouge, Emma devint cramoisie. Elle avait fait un affront à Daniel, sans aucun doute. Pourtant, lorsqu'elle le regarda en face, il ne paraissait pas du tout blessé.

— De quoi as-tu peur, Emma ?

— Eh bien… Je…

Les mots lui échappaient. Elle se sentait idiote, précisément à un moment où elle aurait dû se montrer brillante et maîtresse d'elle-même. Elle devait toutefois une explication cohérente et sincère à Daniel.

— Je veux dire que… nous nous sommes embrassés l'autre jour et je voudrais être certaine que si je travaille avec toi, notre relation demeurera strictement professionnelle.

— Ce sera le cas si c'est ce que tu souhaites.

Le problème, c'était… qu'elle ne savait pas vraiment ce qu'elle voulait. Mais poser cette limite dès le départ les mettrait tous les deux à l'abri d'une déception. C'était là une mesure dictée par le simple bon sens.

— Je suis désolée si ma requête t'a mis mal à l'aise.

— Il n'y a pas de problème, Emma. Je préfère que tu aies d'emblée dit ce que tu pensais parce que de cette façon, il n'y a pas de malentendu entre nous. Tu as bien fait et je t'en remercie.

Ils se regardèrent, satisfaits l'un et l'autre de la tournure prise par leur conversation.

— Donc, tu acceptes de devenir ma secrétaire de

direction pour les deux semaines à venir, tout au moins le matin ?

— Oui, et j'en suis ravie. Je vais tout de suite en informer mon père et lui donner ma nouvelle adresse. Il sera très heureux de savoir que j'ai trouvé un emploi.

Comme elle s'apprêtait à sortir, Daniel la prit par le bras.

Elle adorait sentir ses doigts sur sa peau. Elle adorait respirer son parfum de cuir et de pinède. Elle adorait l'étincelle qui illuminait son regard vert lorsqu'ils discutaient des trois fillettes. Quant au baiser qu'ils avaient échangé… Il n'y avait pas de mot pour décrire la douceur vertigineuse qu'elle avait éprouvée à ce moment-là.

Sans trop savoir ce qui allait se passer, elle se tourna vers lui.

— Emma, cette situation est nouvelle pour nous deux. Je n'ai jamais eu de baby-sitter dans ton genre.

— Dans mon genre ?

Cette fois, c'était le visage de Daniel qui venait de se colorer.

— Oui… Je veux dire… une jeune femme belle, intelligente, qui me fait réagir comme je n'ai plus réagi devant une femme depuis très longtemps.

Un long silence suivit cet aveu.

— Si quoi que ce soit te déplaît dans notre organisation, je préfère que tu me le dises tout de suite, reprit-il. De cette manière, notre coopération ne nous gênera ni l'un ni l'autre.

— D'accord, murmura-t-elle tandis qu'il relâchait son bras.

Dans le couloir, tandis qu'elle retournait vers sa chambre, elle songea que ce qui lui plaisait à elle, dans leur organisation, ce qui lui plaisait au-delà du raisonnable, c'était lui, Daniel Sutton.

Une fois seul, Daniel réfléchit à la proposition qu'il venait de faire à Emma. Il espérait qu'elle ne s'était pas sentie obligée d'accepter, qu'il n'avait pas exercé de pression sur elle. Peut-être aurait-il dû être plus clair à ce sujet ?

Au bout d'un moment, il décida que le mieux était d'aller en parler avec elle. Elle ne s'était certainement pas déjà couchée. Même les filles étaient encore debout.

Il frappa deux petits coups à sa porte et elle vint aussitôt ouvrir. Elle n'était pas encore couchée, comme il l'avait supposé, mais son visage arborait une expression contrariée. Quelle en était la raison ? Il espérait que ce n'était pas l'offre d'emploi qu'il venait de lui faire.

— Quelque chose ne va pas, Emma ?

— C'est personnel. Rien à voir avec toi.

Il ne put s'empêcher de fixer son attention sur ses lèvres, dont il connaissait la douceur, et se reprit vivement.

— Je ne voudrais pas que tu te sentes obligée d'accepter ma proposition, Emma. Si tu trouves que je te demande trop, il suffit de me le dire, je comprendrai très bien.

— Oh non, pas du tout ! Au contraire, c'est une chance pour moi. J'ai réellement envie de ce poste, même si ce n'est que pour deux semaines.

— Tu as pourtant l'air ennuyée…

Elle se dirigea vers le petit canapé.

— Je ne pense pas que tu aies envie de connaître mes problèmes personnels…

Il referma la porte et vint prendre place à côté d'elle.

— Qui t'a dit une chose pareille ?

Leurs genoux se touchaient maintenant, mais il n'osa bouger.

— Je viens d'appeler mon père pour lui dire que j'avais trouvé un emploi temporaire de secrétaire de direction et que je faisais des petits boulots à côté en plus de mon bénévolat à Furever Paws, expliqua-t-elle d'un trait.

— Tu ne lui as pas dit que tu étais la baby-sitter de mes filles ?

— Non, pas encore. Je pense qu'il vaut mieux qu'il s'habitue à une chose après l'autre.

— Et quelle est la première nouveauté à laquelle il doit s'habituer ?

— Il faut qu'il accepte ma décision de rester vivre en Caroline du Nord, ce qui signifie que j'échappe à son obsession de me protéger.

Daniel eut l'impression que quelque chose se cachait derrière les mots prononcés par Emma. Elle lui avait parlé de la surveillance excessive dont son père avait fait preuve durant son adolescence, mais aujourd'hui, elle était une femme adulte.

— Y a-t-il une raison pour qu'il veuille autant te protéger ? s'enquit-il. Il s'est passé quelque chose qui justifie cette attitude ?

— Je ne sais pas. Peut-être tout simplement le fait que je suis impulsive et me laisse facilement entraîner sans trop réfléchir.

— Quel est le métier de ton père ?

— Il est professeur d'études hispaniques à l'université Penn State.

— En général, les professeurs ont l'esprit logique, fit-il remarquer, observant attentivement Emma.

— C'est vrai, mais il ne faut pas que cette attitude prenne le pas sur tout le reste ! Surtout en matière de relation avec ses enfants. D'accord, je suis un peu trop vieille pour faire une crise d'adolescence, mais je crois que je suis devenue de plus en plus emportée et irréfléchie, au fil des années. Sans doute pour m'opposer à ses règles strictes et à la rigidité de ses traditions.

Après quelques hésitations, Daniel posa une main sur le bras d'Emma et constata avec plaisir qu'elle acceptait ce geste.

— Qu'est-ce qui t'a amenée en Caroline du Nord ? Est-ce que tu as choisi cet endroit en fermant les yeux et en plantant une épingle sur une carte des États-Unis ?

Un sourire triste apparut sur le visage d'Emma.

— C'est ce que j'aurais dû faire plutôt que de courir après un homme qui ne m'aimait pas.

Daniel ne s'attendait pas à cela. Comment pouvait-on ne pas aimer Emma ?

— Tu peux me raconter ton histoire, si tu le souhaites, dit-il d'une voix douce. J'ai l'habitude d'écouter les gens me raconter leur vie.

Elle lui jeta un regard en coin, puis elle haussa les épaules.

— Pour te dire la vérité, mon père n'a jamais été enchanté de me voir fréquenter John. Je n'ai jamais su pourquoi. Jusque-là, tout en le trouvant plutôt vieux jeu malgré son métier qui l'amène à entendre les idées nouvelles formulées par ses étudiants, j'avais toujours suivi ses conseils. Son arrière-grand-père est venu en Amérique de Mexico pour travailler aux chemins de fer. Son grand-père est devenu mécanicien et son père électricien. Mon père a été le premier à rompre cette tradition et à poursuivre des études. Il a obtenu son doctorat en études hispaniques et s'est consacré à l'enseignement.

— Voilà un beau parcours. Franchement, je ne vois pas pourquoi tu lui reprocherais de vouloir te protéger, surtout depuis la mort de ta mère.

— Oui, bien sûr… Mais il a toujours eu des difficultés à me laisser libre de mes fréquentations. Bref, je sortais depuis six mois avec John qui était venu en Pennsylvanie pour faire démarrer une entreprise. Je l'avais rencontré lors d'un congrès et son ambition m'avait séduite. Son ambition, et son charme aussi, ajouta-t-elle en rougissant.

— S'il travaillait en Pennsylvanie, comment as-tu fait pour atterrir en Caroline du Nord ?

— Parce qu'une fois sa mission terminée, il y est retourné. C'était là qu'il vivait. D'après lui, la distance ne pouvait que rendre notre relation plus romantique et passionnante. Au début, je dois reconnaître qu'il avait vu juste. Il ne m'invitait jamais à aller le voir mais il revenait souvent en Pennsylvanie. Puis il y a eu une période de trois semaines au cours de laquelle il n'est pas venu me voir en invoquant une surcharge de travail.

Daniel l'écoutait attentivement en hochant la tête.

— J'imagine que tu commençais à trouver la situation difficile à supporter, fit-il remarquer.

— Exactement. C'est alors que j'ai décidé de tout lâcher pour l'homme dont j'étais amoureuse. Sans l'avertir, j'ai donné ma démission, fait ma valise et pris la route pour venir lui faire la surprise de mon arrivée. Et quand…

La voix d'Emma se brisa, et elle prit une grande inspiration avant de poursuivre :

— Et quand j'ai sonné à sa porte, c'est sa fiancée qui est venue m'ouvrir. Sa *fiancée* ! Tu te rends compte ? Il n'avait jamais eu l'intention d'être sérieux avec moi. Je n'ai été qu'une distraction pendant qu'il travaillait loin de chez lui. Un passe-temps.

Les yeux d'Emma brillaient de larmes maintenant, et il ne put s'empêcher de passer un bras autour de ses épaules et de l'attirer vers lui. Elle se laissa aller contre lui et étouffa quelques sanglots.

Il resta un moment silencieux, la laissant se calmer. Il aurait bien aimé l'embrasser mais il ne voulait pas profiter de la situation. Aussi il se contenta de la serrer plus fort contre lui.

— Tu sais, Emma, en matière de trahison, j'en connais un rayon, moi aussi.

Quand elle se tourna vers lui, son visage était si près du sien qu'il lui aurait été facile de se pencher un tout petit peu pour capturer ces lèvres enivrantes…

Non ! Il ne voulait pas profiter de sa détresse.

Comme si elle avait senti le besoin de mettre un peu de distance entre eux, elle se dégagea de son étreinte. Il le regretta. C'était si bon de la tenir entre ses bras !

Quand elle le regarda à nouveau, elle avait l'air gêné.

— Je suis désolée de t'avoir raconté tout ça, murmura-t-elle.

— Ce n'est pas la peine. Je comprends parfaitement. Lydia est partie depuis deux ans mais j'ai encore des regrets. Je me demande si je n'aurais pas pu me comporter différemment avec elle, avant notre rupture. Ou comment je pourrais l'amener à entretenir une meilleure relation avec nos trois filles aujourd'hui.

Comme Emma semblait l'écouter avec attention, il poursuivit :

— Il y a à peu près un an, j'ai compris que cela ne dépendait pas de moi. Je peux accompagner une relation entre Lydia et nos filles mais je ne peux pas la créer.

— C'est frustrant de devoir admettre que l'on ne peut pas tout contrôler, tu ne trouves pas ?

— Exactement. J'imagine tout de même que tu comprends que si ton père souhaite contrôler ta vie, c'est parce qu'il désire ton bonheur ?

— Oui, bien sûr, mais je préfère lui annoncer les choses les unes après les autres pour lui laisser le temps de s'habituer à mon indépendance.

La conversation s'arrêta là et aucun des deux ne la relança.

Au bout d'un moment, Emma se tourna vers lui et lui sourit.

— Merci, Daniel.

— Merci ? Pourquoi ? Je n'ai rien fait.

— Si, tu as su m'écouter. Il faut que je rappelle à tes filles de temps à autre que tu es capable de ça.

Il se mit à rire.

— Pourquoi pas ?

Après lui avoir souhaité une bonne nuit, il regagna sa chambre, songeur et inquiet.

L'attirance qu'il éprouvait pour Emma Alvarez ne faisait que croître. La sagesse lui commandait d'y mettre un terme. Le plus rapidement possible.

- 6 -

Le samedi, Emma alla assurer une permanence de quelques heures à Furever Paws et le soir, Daniel, les filles et elle se retrouvèrent pour une grillade sur la terrasse, accompagnée de tomates et de courgettes grillées. Comme d'habitude, Paris resta silencieuse sans pour autant paraître triste mais Emma fut déçue de constater qu'elle avait laissé la viande de côté, à peine touché aux légumes et bu une grande quantité d'eau. Cette enfant lui donnait du souci mais elle ne savait comment s'y prendre pour la faire évoluer vers une alimentation équilibrée.

Et le lundi, elle commença à travailler au cabinet de Daniel pendant que les trois filles participaient à leurs ateliers. Cela lui laissait une grande plage de temps, de 8 heures jusqu'à 14 heures, avant d'aller les récupérer.

Elle eut vite fait de se mettre au courant de son travail et s'y sentit parfaitement à l'aise. Il ne lui fallut que peu de temps pour établir une liste d'associés possibles pour Daniel. L'un d'entre eux, une femme, lui paraissait particulièrement correspondre au profil souhaité par Daniel. Megan Jennings était originaire de New York mais vivait actuellement en Caroline du Nord. Elle était diplômée en finance et en droit.

Ne sachant trop si elle devait joindre Daniel par interphone ou aller directement le voir dans son bureau, elle utilisa l'interphone.

— Emma, tu peux venir directement dans mon bureau quand tu as besoin de quelque chose.

— J'arrive tout de suite.

Lorsqu'elle entra, Daniel fit pivoter son siège pour la regarder s'avancer vers lui. L'étincelle qui brillait dans son regard prouvait clairement qu'il appréciait le spectacle qui lui était offert. Pourtant, elle n'avait fait aucun effort particulier pour sa toilette. Elle portait un pantalon blanc et un chemisier jaune à manches courtes, tout à fait seyants. Cependant, il lui faudrait rapidement aller faire quelques courses pour compléter sa garde-robe bien peu fournie et inadaptée à son nouveau poste.

Avant même qu'elle lui ait tendu son rapport, Daniel l'accueillit par un compliment.

— Le simple fait de te regarder me donne l'impression de vivre une journée de printemps !

Elle lui tendit le document en rougissant et ne releva pas.

— Je pense que tu devrais accorder le premier entretien à Megan Jennings, dit-elle. Elle me paraît tout à fait qualifiée pour le poste et en plus, elle vit à Spring Forest.

Daniel parcourut le document des yeux.

— Je fais confiance à ton bon jugement. Peux-tu lui fixer un rendez-vous ? Le plus tôt sera le mieux.

— Pas de problème. Dans la mesure où je réussis à la joindre, bien entendu. Si je tombe sur sa boîte vocale, est-ce que je peux lui laisser ton numéro de portable ?

— Bravo pour ta capacité à anticiper ! Oui, bien sûr, donne-lui mon numéro.

Elle regagna son bureau, envoya les quelques mails que Daniel lui avait demandé d'envoyer et répondit à plusieurs coups de fil, s'appliquant à noter toutes les informations qu'on lui donnait.

Puis elle fit une petite pause et regarda par la fenêtre. La journée était magnifique, parfaite pour aller nager, songea-t-elle.

Elle retourna donc dans le bureau de Daniel.

— J'ai bien envie d'emmener les filles nager après leurs ateliers, dit-elle. Est-ce que tu es d'accord ?

— Bien sûr ! C'est une bonne idée étant donné le temps qu'il fait. Tu vas nager, toi aussi ?

La lueur qui brillait dans son regard disait clairement qu'il était en train de l'imaginer en maillot de bain.

— Probablement. J'ai mis un maillot de bain dans ma valise en venant à Spring Forest. Cela dit, je vais devoir aller faire quelques achats pour compléter ma garde-robe. Si tu es d'accord, les filles pourraient m'accompagner car j'ai remarqué que leurs jeans n'étaient plus tellement à leur taille.

Quelque peu déconcerté, Daniel prit un stylo sur son bureau et se mit à jouer avec machinalement.

Elle devina qu'il voulait lui dire quelque chose qui lui tenait à cœur mais qu'il ne savait pas très bien par quel bout commencer.

Il reposa enfin son stylo et se décida à la regarder.

— Je ne sais pas si je fais bien d'aborder cette question avec toi mais puisque tu vas aller faire des courses avec les filles…

— Tu veux que je leur achète quelque chose en particulier ?

— C'est à propos de Paris. Il y a quelque chose dont elle ne me parlera pas mais je pense qu'avec toi, elle osera aborder le sujet.

— De quoi s'agit-il ?

Visiblement gêné, il se mit à rougir.

— Eh bien… Tu pourrais voir avec elle si elle estime avoir besoin de… d'un soutien-gorge. Tu vois, c'est le genre de conversation un peu délicate à avoir entre père et fille.

— Je comprends. Je me souviens avoir demandé une fois de l'argent à mon père pour m'acheter des vêtements. Comme toujours, il a voulu savoir exactement de quoi j'avais besoin. Quand je lui ai répondu qu'il me fallait de nouveaux soutiens-gorge, il est devenu tout rouge. Tu imagines ? Mon père, ce professeur chevronné, tout rouge d'embarras !

Daniel ne put s'empêcher de rire.

— Tu penses que j'ai tort de ne pas vouloir parler de cela avec Paris ? demanda-t-il.

— Ce serait mieux si vous vous sentiez assez libres l'un avec l'autre pour le faire mais je ne pense pas que Paris en soit déjà là. Je crois qu'actuellement, elle serait aussi mal à l'aise que toi.

— Merci de ton avis. Je n'ai certainement pas envie de dresser davantage de murs entre nous.

Cela dit, il se carra contre le dossier de son fauteuil et la regarda un instant en souriant.

— Je suis vraiment content que tu sois là, Emma. Franchement, tu es une véritable bénédiction !

Gênée, Emma ne sut trop que répondre.

— Merci..., murmura-t-elle.

Puis, sans attendre que leur conversation adopte un tour plus personnel, elle poursuivit :

— Je vais vérifier tes rendez-vous prévus pour la semaine, avant de partir.

Et elle quitta le bureau de Daniel un peu plus vite que nécessaire.

Tout au long de l'après-midi, Daniel ne put s'empêcher d'imaginer Emma en maillot de bain, ce qui lui ôta une bonne partie de sa conscience professionnelle !

Sur les coups de 17 heures, une fois son travail achevé, il se demanda s'il était trop tard pour rejoindre Emma et ses filles à la piscine. Le mieux était de s'y rendre et de regarder sur le parking s'il voyait la voiture d'Emma.

Comme elle y était, il fit un saut chez lui. Après un rapide coup d'œil à Fiesta, il passa son maillot de bain, un bermuda et un T-shirt, enfila des tongs et fourra une serviette de plage dans son sac de sport.

Pas plus tôt arrivé à la piscine, il repéra ses filles grâce à leurs maillots aux couleurs fluorescentes. Il mit davantage de temps à découvrir Emma qui était assise au bord du bassin dans un maillot turquoise. Le rayon de soleil qui tombait sur ses cheveux y déposait de somptueux reflets cuivrés. Il commençait à se dire qu'il aurait mieux fait de rester tranquillement à son bureau lorsqu'elle tourna la tête vers lui et lui adressa un salut de la main.

Trop tard pour battre en retraite, maintenant qu'Emma l'avait vu. Était-elle bouleversée, elle aussi, quand elle posait les yeux sur lui ?

Plus il s'approchait d'elle, plus il se demandait si c'était le soleil qui colorait ses joues de rose ou le fait de le voir.

Quand il la rejoignit, il se rendit compte qu'il régnait entre eux un trouble nouveau. À quoi bon faire comme si de rien n'était ?

— Tu es superbe dans ce maillot ! lança-t-il.

Bizarrement, le compliment parut surprendre Emma. Ne savait-elle pas à quel point elle était séduisante ?

Puis il se rappela la déception qu'elle avait connue avec John. Depuis, elle était certainement moins sûre d'elle, peu encline à faire confiance à un homme et prompte à considérer un compliment comme une simple flatterie sans importance.

Autrement dit, il aurait mieux fait de se taire…

Pippa et Penny venaient elles aussi de remarquer sa présence et l'appelaient depuis la piscine en sautant et en faisant de grands gestes afin d'attirer son attention.

Il leur répondit d'un signe de la main et leur cria :

— J'arrive dans trois secondes !

Puis, se tournant vers Emma, il ajouta :

— Tu leur as bien mis de la crème solaire ?

— À trois reprises.

Il sourit en voyant qu'elle s'attardait sur ses pectoraux.

— Tu fais de la gymnastique ? demanda-t-elle.

— J'ai des poids à la maison. Après le départ de Lydia, j'ai transformé son dressing en mini-salle de sport.

Emma réussit mal à cacher un sourire.

— Ça te fait rire ? répliqua-t-il, feignant d'être vexé. C'est bien une preuve que j'ai tourné la page !

Cette fois, elle sourit franchement tandis qu'il lui tendait la main pour l'inviter à se lever.

— Si nous allions nous baigner ? suggéra-t-il. Les filles vont devoir bientôt sortir de l'eau.

— En effet.

Ils s'avancèrent ensemble vers le bassin, tout proches l'un de l'autre, mais évitant soigneusement de se toucher.

Tout de suite, il remarqua que Paris faisait des longueurs au lieu de jouer avec ses sœurs et les autres enfants. Cela ne lui fit pas plaisir mais il décida d'attendre un autre moment pour lui en parler. Elle devait comprendre que ce n'était pas bon pour elle de se dépenser autant.

Penny et Pippa se précipitèrent vers eux.

— On joue au ballon ?

— Volontiers, mais à condition de ne déranger personne, répondit-il.

— Il y a un coin tranquille là-bas, déclara Pippa.

En un rien de temps, tous les quatre partageaient une partie de ballon acharnée.

Comme Emma plongeait pour aller chercher plus vite le ballon, Daniel en fit autant et ils se cognèrent sous l'eau. Il attrapa Emma par la taille et la retint contre lui jusqu'à ce qu'ils remontent à la surface.

Pendant ce court instant, le monde s'arrêta de tourner, et il ne sentit plus sur sa peau l'eau dont la fraîcheur l'avait fait frissonner un instant plus tôt. Au contraire, une chaleur délicieuse avait pris possession de lui de la tête aux pieds. Emma… Il la serrait contre lui, voilà pourquoi son corps prenait feu. Tout à coup, l'univers entier se résumait à ce visage tourné vers lui. Pourquoi ne pas l'embrasser, ici, tout de suite ? Hélas, ses filles les regardaient, et il ne voulait pas les troubler.

La réalité rattrapa sans doute Emma au même moment car elle se mit à battre des jambes et des bras pour s'éloigner de lui et regagner la surface.

— Tu es restée bien longtemps sous l'eau, Emma, remarqua Pippa innocemment. Tu avais du mal à remonter ?

Tu aurais dû faire comme papa me conseille : te relaxer. Comme ça, on remonte automatiquement à la surface.

— D'accord, Pippa, je m'en souviendrai, répondit Emma, un peu essoufflée. Il faut dire que nous nous sommes cognés, votre père et moi, en nous précipitant au même moment vers le ballon ! Heureusement, on a la tête dure !

Les deux fillettes éclatèrent de rire.

Daniel apprécia le fait qu'Emma dise la vérité sans être tout à fait honnête. Mais dans le fond, c'est exactement ce qui s'était passé. Rien de plus. Pas de quoi faire une histoire.

Il continua à nager un moment encore afin de se donner le temps de retrouver son sang-froid. À chaque nouvelle brasse, il apercevait ses filles et Emma dans son maillot mouillé plaqué sur son corps. Il ne se décida à sortir de l'eau que lorsqu'il se sentit capable d'ignorer les formes voluptueuses de la baby-sitter qu'il avait engagée pour ses filles.

Une fois de retour à la maison, Emma observa soigneusement Paris. Elle l'avait trouvée bien pâle lorsqu'elle avait quitté la piscine. Étant donné le soleil qu'il faisait ce jour-là, elle n'aurait pas dû être aussi pâle. Quand elle avait demandé à l'adolescente si elle se sentait bien, cette dernière avait comme toujours éludé la réponse. Oui, elle se sentait parfaitement bien, c'était ridicule de s'inquiéter pour elle.

Or, Emma s'inquiétait pour elle et ce, depuis le premier jour, quand elle avait remarqué que Paris ne mangeait pas suffisamment. Elle avait même entendu les remontrances que Daniel faisait à sa fille, ce qui, à son avis, ne faisait qu'aggraver la situation. Que pouvait-elle faire, elle qui n'était qu'une baby-sitter, occupant un emploi temporaire de surcroît ?

Lorsque chacun eut accroché son maillot de bain et sa serviette sur le fil à linge, elle entendit Paris annoncer à son père qu'elle montait voir Fiesta. Pourquoi ne pas saisir cette occasion de parler à la fillette en tête à tête ? L'essentiel serait de ne pas la brusquer afin qu'elle ne se mette pas d'emblée sur la défensive.

Quelques instants plus tard, elle rejoignit Paris dans la pièce où se trouvait Fiesta. Paris était assise en tailleur, Fiesta lovée sur ses genoux.

— Je crois que Fiesta apprécie réellement ta compagnie, tu sais. Tu entends comme elle ronronne ?

— Oui, je trouve ça apaisant, murmura Paris.

Elle leva la tête vers Emma. Tout à coup, elle paraissait très jeune, enfantine, alors que lorsqu'elle se détournait, le visage fermé, on lui donnait bien plus que ses onze ans.

— Tu crois qu'elle sera en assez bonne santé pour pouvoir nourrir ses chatons ?

— Elle mange bien mieux qu'à son arrivée, fit remarquer Emma. Si elle continue comme ça, je pense qu'elle aura assez de lait pour eux.

Sans le vouloir, Paris lui offrait avec cette question une perche qu'elle se hâta de saisir.

— Fiesta a besoin de bien manger pour mettre au monde des chatons en bonne santé mais aussi pour pouvoir les allaiter suffisamment, poursuivit-elle. C'est pour cette raison que nous avons fait très attention quand nous avons choisi ses croquettes à ce qu'elles lui offrent tous les nutriments dont elle a besoin.

Paris la regarda en plissant les yeux.

— Tu essaies de me faire passer un message ? demanda-t-elle, sur la défensive.

— Peut-être… Tu sais, il y a de nombreux points communs entre les jeunes chats et les adolescents. Comme elle, tu as besoin de te nourrir correctement pour grandir et fortifier tes os, pour que tes cheveux soient brillants et que ta peau ait une jolie texture. Le sport ne suffit pas pour cela. Il faut suivre un régime alimentaire équilibré, qui contient des vitamines, des protéines, des féculents, des fibres…

Tout en parlant, Emma s'était accroupie à côté de Paris

et s'était mise elle aussi à caresser Fiesta. Elle demeura un moment ainsi, silencieuse, mais Paris ne posa pas davantage de questions.

Pourtant, lorsque Emma quitta la pièce, la fillette paraissait réfléchir. Peut-être à ce qu'elle venait de lui dire ? songea Emma.

Elle ne pouvait que l'espérer.

Comme elle savait qu'elle rentrerait tard de la piscine, elle avait prévu un repas simple, poulet rôti à l'avance et salade de riz au maïs. Bien sûr, Pippa et Penny termineraient le repas avec des biscuits comme elles adoraient le faire. Emma décida que dès le lendemain elle préparerait avec elles des biscuits maison, bien meilleurs pour leur santé que ceux achetés au supermarché.

À la fin du repas, Paris avait en tout et pour tout mangé deux bouchées de poulet et une cuillerée à café de riz. Emma le remarqua mais s'abstint de faire un commentaire. Son petit laïus de tout à l'heure était amplement suffisant.

— Tu as besoin d'aide pour ranger ? lui demanda Daniel.

Se souvenant du trouble qu'elle avait éprouvé dans ses bras un peu plus tôt dans la piscine, elle se hâta de se débarrasser de cette proposition dangereuse puisqu'elle impliquait une proximité physique qu'elle redoutait.

— Non, merci. Je suis sûre que tu as mieux à faire.

— J'ai apporté du travail à la maison mais n'hésite pas à m'appeler si tu as besoin de moi.

On aurait dit qu'il avait envie d'ajouter quelque chose mais après un hochement de tête, il quitta la cuisine et se rendit dans son bureau.

Un peu plus tard, après avoir remis la cuisine en ordre avec l'aide des filles, Emma se retira dans sa chambre car sa peau la picotait désagréablement. En se regardant dans le miroir, elle découvrit sans surprise qu'elle était toute rouge. Dans son souci de s'assurer que les fillettes se mettaient régulièrement de l'écran solaire entre leurs différents plongeons, elle avait complètement oublié de se protéger elle-même.

Elle retira le pendentif qu'elle portait au cou chaque jour car il contenait un souvenir de sa mère et abaissa les bretelles de sa robe avant d'étaler une crème apaisante sur son coup de soleil.

Pressée de voir de quoi il retournait, elle avait laissé sa porte grande ouverte derrière elle. Comme elle étudiait l'étendue de sa brûlure dans le miroir, elle y aperçut le reflet de Daniel debout dans l'encadrement de la porte. Il la regardait. Le magnétisme étrange qui les attirait l'un vers l'autre se manifesta une fois de plus. Il avança vers elle.

Une fois près d'elle, il passa doucement un doigt sur son épaule rouge.

— Voilà qui va te faire mal, cette nuit.

— Ça a déjà commencé…

Elle avait parlé à voix basse, comme pour lui dire un secret. En fait, la tête lui tournait. Elle reconnaissait ce vertige ; c'était celui qui la prenait chaque fois que Daniel se tenait tout près d'elle. En ce moment, il était encore plus violent. Daniel sortait de la douche et son parfum piquant de verveine la grisait autant qu'un alcool fort…

— Tu as senti ce qui m'est arrivé cet après-midi, quand nous étions sous l'eau ? demanda-t-il.

— Non. Que s'est-il passé ?

En fait, elle avait parfaitement senti son érection contre elle. Mais elle s'était dit que cela se serait produit avec n'importe quelle femme qu'il aurait serrée contre lui. Ou peut-être pas ?

Lorsque Daniel inclina la tête vers elle, elle savait ce qui allait se passer. Bien sûr, elle pouvait reculer.

Elle n'en fit rien.

Au contraire, elle retint son souffle, attendant qu'il pose ses lèvres sur la bouche qu'elle lui tendait. Ce n'est pas ce qui se passa. Il commença par l'embrasser sur la joue. Bien sûr, ce n'était pas la première fois que cela lui arrivait ! Famille, amis, beaucoup de monde l'avait déjà embrassée de cette façon. Mais le contact des lèvres de Daniel sur sa peau la plongea dans un tourbillon de désir.

Elle voulait plus. Bien plus. Et pourtant, elle ne désirait rien précipiter.

Après un nouveau baiser sur sa joue, les lèvres de Daniel glissèrent sur le coin de sa bouche. Alors elle s'abandonna, l'encercla de ses bras, insatisfaite de ces sages caresses. Elle le désirait. Violemment. Et ce qu'elle avait senti contre son ventre dans la piscine lui prouvait que ce désir était partagé.

Que ce soit son parfum, sa carrure, la douceur de ses bras ou de ses lèvres, tout chez cet homme la plongeait dans un vertige de sensualité qui l'empêchait de penser au passé ou au futur. C'était maintenant qu'elle voulait s'enivrer de toutes ces merveilleuses sensations, et rien d'autre ne comptait.

Comme Daniel resserrait son étreinte, elle se laissa aller à l'ardeur du baiser qu'il lui donnait enfin. Un baiser merveilleux, sensuel, excitant…

Et pourtant, une question se présenta à son esprit : qu'est-ce que cela signifiait ?

D'un seul coup, elle revint à la réalité et le repoussa. Ses idées redevinrent claires. Les filles n'étaient pas encore couchées. Elle les entendait aller et venir dans l'escalier.

Daniel n'essaya pas de la retenir.

— Je ne regrette pas ce qui vient de se passer, dit-il d'une voix rauque de désir. Et toi ?

Elle remonta sur ses épaules les bretelles de sa robe qui avaient glissé.

— Non, je ne le regrette pas, mais qu'est-ce que cela signifie ?

Perplexe, il passa la main dans ses cheveux.

— Je ne sais pas, marmonna-t-il. Tout ce que je peux te dire, c'est que depuis plus de deux ans, jamais aucune femme ne m'a attiré comme toi. Tu ne trouves pas que cela signifie quelque chose ?

Ils se regardèrent un moment en silence.

— Et toi, que ressens-tu ? demanda-t-il au bout d'un moment.

— Je me sens perdue. Troublée. Je t'ai dit combien je m'étais montrée impulsive dans le passé. Je ne veux pas recommencer.

— Oui, bien sûr. Je comprends.

Il releva la tête.

— Tu entends les filles ? demanda-t-il. Si on les entend d'ici, c'est qu'elles sont très excitées.

— À mon avis, elles sont soit très contentes, soit très en colère !

Après un instant d'hésitation, elle poursuivit :

— J'espère en tout cas que Paris n'est pas fâchée contre moi. Comme je la trouvais pâle en revenant de la piscine, j'ai profité de ce que nous nous trouvions toutes les deux à côté de Fiesta pour lui parler des besoins nutritifs de la chatte en soulignant que les humains aussi doivent veiller à la qualité de leur alimentation. Elle m'a écoutée mais évidemment, je ne sais pas si elle va faire son profit de mes conseils.

— Quoi qu'il en soit, je te remercie de te montrer aussi vigilante envers elle.

— J'ai envie de faire le mieux possible avec elles trois mais j'avoue que je ne sais pas comment m'y prendre avec Paris.

Daniel soupira longuement.

— Pour l'instant, je pense que l'essentiel est de conserver le lien avec elle en espérant qu'elle finira par nous écouter.

Cela dit, il se mit à sourire.

— Tu as certainement l'intention de passer quelque chose sur ce coup de soleil. Quand tu l'auras fait, est-ce que tu veux nous rejoindre devant une vidéo de chatte en train de mettre ses petits au monde ?

Bien sûr qu'elle avait envie de se joindre à eux ! Pourtant, elle redoutait de créer des liens avec Daniel et ses filles car s'il décidait de se passer de ses services, elle en souffrirait. Mieux valait donc se préserver d'un attachement trop grand.

Heureusement, une réponse pleine de diplomatie lui vint à l'esprit.

— Je pense qu'il est important pour vous de regarder cette vidéo ensemble. Je vais rester dans ma chambre.

Daniel hocha la tête.

— Tu as peut-être raison… À demain matin !

— C'est ça, à demain.

Elle resta donc dans sa chambre, sachant qu'elle avait raison de ne pas trop s'immiscer dans la vie de famille de Daniel mais attendant avec impatience le moment où elle les retrouverait tous au petit déjeuner.

- 7 -

Le lendemain, dans son bureau, Daniel ne pouvait s'empêcher de penser au baiser qu'il avait échangé la veille avec Emma. Il la connaissait suffisamment pour penser qu'elle ne souhaitait pas seulement une aventure. Mais lui, que souhaitait-il au juste ? Physiquement, il la désirait, il n'y avait pas de doute sur ce point. Mais s'agissait-il seulement d'un besoin physique ?

Il était encore préoccupé par cette question lorsque la sonnette de la porte retentit. Emma étant restée à la maison ce matin-là pour accomplir diverses tâches ménagères, il devait aller ouvrir lui-même.

Sur le seuil il trouva une femme élégante, un attaché-case à la main.

— Je suis Megan Jennings. Je viens pour l'entretien au sujet d'une éventuelle association.

— Ah... En effet !

Il avait complètement oublié ce rendez-vous pourtant soigneusement noté dans son agenda. Où avait-il donc la tête ?

Il lui tendit la main et la fit entrer.

Étant donné la chaleur qui régnait ce jour-là, il portait un pantalon léger et une chemise à manches courtes, mais malgré cette tenue adaptée à la saison et l'air conditionné, il sentait la transpiration perler à son front.

Megan, en revanche, arborait un tailleur bleu marine et un chemisier blanc impeccable, exactement comme si ce genre de vêtement était pour elle une tenue parfaitement ordinaire.

La veille, il avait soigneusement consulté le CV de la jeune femme, et il en était tout à fait satisfait.

— Je n'ai rien trouvé là-dedans que je puisse vous reprocher, déclara-t-il en tapotant le dossier.

Son interlocutrice parut fort surprise de cette remarque.

— Qu'attendez-vous de moi ? Une liste de mes incompétences ?

— Voilà qui pourrait constituer un bon début, répliqua-t-il, très pince-sans-rire. Au moins, je saurais quoi espérer de votre part !

Apparemment imperméable à cet humour, Megan le regarda un instant, perplexe, et répondit :

— Pour commencer, je considère que mes occupations dans un cabinet d'avocats doivent être strictement professionnelles.

— Évidemment ! Pourquoi considérez-vous cette exigence comme un défaut ?

— Certains clients risquent de me trouver un peu trop distante.

— Nous verrons bien. Autre chose ?

— Oui. Je suis célibataire, méticuleuse, et je ne supporte pas qu'un client fasse preuve de malhonnêteté.

— Quand cela arrive, vous le laissez tomber ?

— Cela dépend des cas. Parfois les gens mentent parce qu'ils ont peur. Cela, je peux le comprendre. Mais s'ils me mentent plus d'une fois, je sais qu'il y a un problème.

— Par exemple ?

— Eh bien, j'ai parfois eu affaire à des directeurs de société persuadés qu'ils ne devaient la vérité à personne.

— Oui, je vois ce que vous voulez dire.

— Me permettrez-vous de vous poser une question à mon tour ?

— Je vous en prie.

— Pourquoi recherchez-vous un associé ?

— J'en avais un il y a peu de temps encore, mais il

a accepté un poste à Alexandria. Depuis son départ, le travail s'est accumulé de façon impressionnante, ce qui me prouve que je ne peux pas tout assumer seul.

— C'est une chance pour moi. J'ai besoin de travailler.

— Si j'ai bien compris, vous étiez à New York, dernièrement ?

— C'est exact. Je suis nouvelle venue ici et enchantée de la maison que je loue actuellement. Elle est située dans le quartier historique de la ville. Pour moi, c'est un rêve, de vivre dans un pareil décor.

Après avoir jeté un coup d'œil sur l'adresse en question, Daniel fronça les sourcils.

— Quelque chose ne vous plaît pas à ce sujet ? s'enquit Megan.

— Je me dois de vous prévenir que vous avez pour voisin un drôle de loustic qui est régulièrement menacé d'éviction. Je ne peux guère vous donner de détails puisque je n'ai jamais eu à m'occuper moi-même de cette affaire mais je pense qu'il vaut mieux que vous en soyez informée, en tant qu'avocate.

Megan se contenta de hausser les épaules.

— Si cela pose un problème, je le gérerai, assura-t-elle. J'ai l'habitude de me débrouiller par moi-même.

Satisfait par leur échange, Daniel se carra dans son fauteuil. La jeune femme paraissait tout à fait capable d'occuper le poste qu'il proposait. Le CV et les références qu'elle lui avait fournis révélaient un parcours sans faute et une expérience dans le métier qui lui inspiraient confiance.

— En temps normal, ma secrétaire de direction vous ferait faire connaissance avec les locaux et l'organisation de la maison mais elle est actuellement en congé, expliqua-t-il. La baby-sitter qui s'occupe de mes filles et qui a également cette formation la remplace quand elle est disponible, ce qui n'est pas le cas ce matin. Il vous faudra donc attendre demain pour découvrir le fonctionnement du cabinet.

— Cela signifie donc que vous m'engagez ? demanda Megan, une étincelle de joie dans le regard.

— Exactement. Vous êtes engagée, Megan Jennings.

Avec un soupir de soulagement, il récapitula intérieurement la situation : le problème de la baby-sitter était réglé et celui de l'associée aussi. Parfait ! Voilà un bon départ pour la saison d'été.

Néanmoins, le baiser qu'il avait échangé avec Emma continuait à le préoccuper. La situation avec cette dernière risquait de devenir plus compliquée qu'il ne le souhaitait. Ses filles étaient toujours sa priorité. Son travail venait ensuite. Quant à Emma… Il ne voyait pas trop où la situer mais avec le temps, il finirait bien par savoir quelle place lui accorder dans sa vie.

Lorsqu'il rentra chez lui, Daniel trouva les filles occupées à jouer au ballon dans le jardin tandis qu'Emma arpentait l'allée, visiblement plongée dans ses pensées. Les rhododendrons étaient en pleine floraison, éclatants de couleur. Elle se pencha pour en cueillir un, rouge écarlate, puis continua son chemin, l'air toujours préoccupé, le long des gueules-de-loup qu'elle prit néanmoins le temps de contempler longuement. Apparemment, elle aimait les fleurs et savait leur accorder son attention. Daniel trouva cela intéressant. Lydia aimait les bijoux, pas les fleurs.

Il hâta le pas afin de la rejoindre. Une fois près d'elle, il constata qu'elle avait attaché en queue-de-cheval ses cheveux que l'humidité faisait friser encore plus que d'habitude. Cette coiffure la faisait paraître très jeune, avec des airs d'adolescente. Le haut de son T-shirt laissait apparaître des épaules encore bien rouges.

— Alors, Emma, comment va ce coup de soleil ?

— C'était moins douloureux ce matin. J'ai tout de même mis de la crème solaire par précaution avant de sortir.

— Tu as joué au ballon, toi aussi ?

— Oui, mais j'avoue que les filles ont eu raison de moi ! J'ai préféré arrêter pour reprendre mon souffle.

Du menton, elle désigna Pippa qui s'était assise par terre en bordure du terrain.

— Pippa aussi a crié grâce.

— Emma, je t'annonce que j'ai engagé Megan Jennings ce matin.

— Quelle bonne nouvelle ! Elle correspond à ce que tu recherchais ?

— Oui. Tout au moins, c'est ce qu'il paraît. Pourrais-tu venir au cabinet demain matin pendant que les filles sont à leurs ateliers pour lui expliquer le fonctionnement de la maison et en particulier les programmes informatiques ?

— Avec plaisir.

Il jeta un coup d'œil en direction de ses filles, puis son regard revint se poser sur Emma. Elle aussi l'observait. Le magnétisme qui les attirait l'un vers l'autre était indéniable. Hélas, cela ne faisait qu'augmenter son émotion et ses regrets du même coup.

— Franchement, ton talent d'organisatrice est du niveau d'un directeur général, lui fit-il remarquer.

Elle se mit à rire.

— Je t'en prie, arrête tes flatteries outrancières !

— Ce n'est pas outrancier du tout ! Ta façon de canaliser l'énergie de mes filles et la façon dont tu as su remplacer Raina au bureau me plongent vraiment dans l'admiration. Tu as beaucoup de talent, Emma, que tu veuilles le reconnaître ou pas.

Elle demeura silencieuse un instant, puis elle finit par hocher la tête pensivement.

— On ne m'a jamais dit une chose pareille.

— Eh bien, je suis ravi d'être le premier à le faire !

Ils en étaient là de leur conversation lorsque la sonnerie de la porte d'entrée se fit entendre.

— Tu attends quelqu'un ? demanda-t-il.

— Non. Et toi ?

— Moi non plus. Shannon débarque de temps à autre sans prévenir. C'est sans doute elle, qui a décidé de nous faire une petite visite. Je vais voir.

Un moment plus tard, Emma eut un coup au cœur quand elle aperçut la personne qui accompagnait Daniel. Ce n'était pas Shannon, ce qu'elle aurait préféré. C'était son père !

Bouche bée, elle regarda les deux hommes s'avancer vers elle. Avec ses airs assurés et son port de tête altier, Jorge Alvarez était semblable à lui-même. Emma se souvenait que lorsque sa mère lui racontait des histoires, le roi du conte avait toujours le visage de son père. Il était toujours aussi grand, aussi droit. Après la mort de sa femme, Emma avait remarqué que ses épaules s'étaient un peu affaissées, mais au bout d'un certain temps, il avait retrouvé sa prestance et était redevenu le père aux airs impérieux qu'elle avait toujours connu.

Et là, il paraissait mécontent.

Daniel amorça la conversation.

— Ton père est venu te rendre visite, mais apparemment, il ne savait pas que tu travaillais ici en tant que baby-sitter.

Emma pinça les lèvres et se prépara à l'attaque en règle que ne manquerait pas de lancer son père.

Bien que toute l'année au contact de jeunes gens, Jorge Alvarez était demeuré profondément traditionnaliste. La situation de sa fille allait à contre-courant de tous ses principes.

Afin de lui prouver qu'elle ne lui avait pas menti et que Daniel ne lui avait révélé qu'une partie de sa situation, elle se hâta d'expliquer :

— Le matin, pendant que les filles sont à leurs ateliers, j'assume la tâche de secrétaire de direction au cabinet d'avocats de Daniel.

Son père fit le tour du jardin du regard. Son visage parut se radoucir quelque peu lorsqu'il découvrit les trois fillettes mais il redevint dur en se posant à nouveau sur elle. Avec son abondante chevelure brune à peine striée de quelques cheveux blancs, sa chemise à manches courtes impeccable et son pantalon noir, il était impressionnant. Jamais de jean, pour Jorge Alvarez ! Il estimait que ses étudiants et les autres personnes devaient toujours voir en lui le professeur d'université.

— Emma, ma fille, as-tu bien compris que tu vis chez quelqu'un que tu connais à peine ?

— J'ai une suite à ma disposition au rez-de-chaussée. Daniel et ses filles dorment à l'étage.

Le regard suspicieux qu'il jeta sur Daniel prouva à Emma que malgré cette information la confiance entre les deux hommes ne régnait pas encore.

Estimant que cette crainte était tout à fait injustifiée, Daniel intervint pour mettre les choses au clair :

— Monsieur Alvarez, votre fille est parfaitement en sécurité chez moi, vous n'avez aucune inquiétude à avoir à ce sujet.

Le visage de Jorge ne se détendit pas pour autant.

— J'ajoute que je suis divorcé et que mes trois filles requièrent toute mon attention. Mon principal souci est de leur offrir une bonne éducation et bien entendu j'ai à cœur de leur donner le meilleur exemple possible. Je vais d'ailleurs vous les présenter.

Daniel porta deux doigts à ses lèvres et poussa un long sifflement aigu.

Dès qu'elles l'entendirent, Paris, Penny et Pippa lui firent un signe de la main et coururent vers lui.

— Bravo, monsieur Sutton ! Vous les avez bien dressées, remarqua Jorge sur un ton caustique.

— Non, je ne les ai pas *dressées*, rassurez-vous. Je m'efforce au contraire de les éduquer, mais elles connaissent ce signal qui me permet de les appeler lorsqu'elles se trouvent hors de portée de ma voix.

Cette précision amena Jorge à considérer Daniel d'une manière plus amène.

— Je comprends… Je comprends…, murmura-t-il. Mais vous savez, au fur et à mesure qu'elles vont grandir, vous allez avoir de plus en plus de mal à les garder près de vous.

Il s'interrompit un instant, l'air désolé.

— Emma est partie pour la Caroline du Nord sans me

demander conseil, reprit-il. Je suis persuadé d'ailleurs de ne pas connaître le fin mot de l'histoire.

Emma éprouva une immense reconnaissance pour les trois fillettes qui arrivaient en courant vers eux.

— Je vous présente mon père, M. Alvarez, dit-elle.

Pippa fut la première à s'avancer.

— Bonjour, monsieur, dit-elle avec son adorable sourire. Vous voulez faire connaissance avec Fiesta qui va bientôt avoir des chatons ? poursuivit-elle.

Penny attrapa Jorge par le bras.

— Venez à l'intérieur, proposa-t-elle. Il fait beaucoup plus frais.

Jorge Alvarez se tourna vers sa fille, l'air désemparé.

— J'imagine que je n'ai pas le choix, dit-il. Je vais donc faire la connaissance de cet important personnage !

Paris ne dit rien mais suivit le petit groupe vers la maison.

Daniel posa une main sur l'épaule d'Emma. Ce geste réconfortant lui alla droit au cœur.

— Ne t'inquiète pas, elles vont le radoucir !

— Je n'en doute pas, mais expliquer à mon père que j'ai quitté la Caroline du Nord à cause de John va être un peu compliqué. Il aura du mal à accepter que j'aie pris cette décision sans lui demander son avis.

— Tu envisages de quitter Spring Forest, s'il te le demande ? demanda Daniel, visiblement inquiet.

— Certainement pas ! Il faut qu'il accepte que je mène ma vie à mon gré. Tu te rends compte qu'il me traite comme si j'avais seize ans alors que j'en ai vingt-six ? Je ne tiens pas à le renforcer dans cette attitude complètement déplacée.

Daniel laissa échapper un petit rire.

— Dès qu'il aura passé le portail, je suis sûr qu'il va chercher des informations sur mon compte.

— Oh ! sûrement. Je suis désolée…

— Tant mieux au contraire puisqu'il découvrira que je n'ai rien à cacher.

Comme Daniel se rapprochait d'elle, Emma se serra contre lui. Elle avait besoin de réconfort.

— Je trouve que tu prends cette visite inopinée avec beaucoup de calme, lui fit-elle remarquer.

Effectivement, la sérénité dont Daniel avait fait preuve depuis l'arrivée de son père malgré la tension sensible forçait son admiration.

— Tu sais, depuis le départ de Lydia, je n'ai pas eu d'autre choix que d'accepter avec philosophie les imprévus de la vie comme ils viennent, répondit-il. Je te propose d'inviter ton père à dîner avec nous. Je suis sûr que Pippa fera sa conquête, tu veux parier ?

Les heures qui suivirent passèrent à toute allure, au grand soulagement d'Emma.

Son père avait retenu une chambre dans un petit hôtel à l'entrée de Spring Forest mais il accepta de partager leur repas. Apparemment, il appréciait la compagnie des fillettes car il les amusa pendant le dîner en leur racontant les bêtises que faisait Emma quand elle était petite. Même Paris paraissait intéressée.

Une fois les filles reparties jouer, les deux hommes se lancèrent dans une grande discussion sur l'économie de la région et le développement impressionnant des petites villes environnantes qui obligeaient Daniel à prendre une associée.

Lorsqu'il mentionna sa nouvelle associée, Emma vit son père la regarder avec attention. Elle veilla donc à conserver une expression parfaitement neutre. De toute façon, elle n'avait aucune raison de se sentir jalouse puisque Daniel ne lui était rien. D'autre part, il n'était pas le genre d'homme à flirter avec tout ce qui portait jupon.

— Il vaut mieux que je rentre maintenant, annonça Jorge. Je reprends dès demain matin la route pour la Pennsylvanie.

Daniel et lui se serrèrent la main de façon très cordiale. Visiblement, le courant était passé entre eux.

— Je suis très heureux d'avoir fait votre connaissance, monsieur Alvarez, déclara Daniel.

— Moi aussi, répondit Jorge. Et félicitations pour vos filles ! Elles sont tout à fait charmantes et bien élevées.

Emma raccompagna son père jusqu'à sa voiture.

— Je suis parfaitement heureuse ici, papa.

— C'est ce que tu penses aujourd'hui, mais demain ou la semaine prochaine, tu changeras peut-être d'avis. Je préfère que tu rentres à la maison pour reprendre tes études et repartir du bon pied dans la vie réelle.

— Mais *je suis* dans la vie réelle, papa ! Paris, Penny et Pippa ont besoin de moi.

— Tu n'es pas leur mère ! D'ailleurs, où est-elle ?

— Elle est partie. Daniel m'a dit qu'elle n'avait pas vu ses filles depuis longtemps. Elle leur écrit un petit mot de temps en temps et c'est tout. Ces fillettes ont besoin qu'une femme s'occupe d'elles.

Son père la considéra un instant d'un air contrarié.

— Et ta vie à toi ? Qu'est-ce qu'elle devient dans tout ça ? Réfléchis bien, Emma, avant de décider de te fixer ici.

— Papa…

Jorge leva la main pour l'interrompre.

— Promets-moi de réfléchir à ce que je viens de te dire, Emma. C'est tout ce que je te demande.

— D'accord, je le ferai.

Elle se sentait tout de même comme la gamine de seize ans obligée de demander la permission de minuit le soir du bal du lycée. Pourtant, elle fut sensible à l'effort de son père pour respecter son choix. Malheureusement, ils n'étaient pas sur la même longueur d'onde car les sentiments qu'elle éprouvait pour Daniel changeaient considérablement les données du problème.

Daniel l'attendait dans le salon lorsqu'elle retourna dans la maison.

— Tout s'est bien passé ? lui demanda-t-il, visiblement un peu inquiet.

— Si l'on veut… Il veut pour moi la vie qu'il a décidée alors que je veux mener la vie que j'ai choisie. Cela dit, nous nous sommes quittés en bons termes, et c'est le principal.

Daniel se rapprocha d'elle.

— Et quelle est la vie que tu désires mener, si ce n'est pas trop indiscret ?

— Je le découvre jour après jour. Pour l'instant, je ne peux pas en dire davantage.

Il hocha la tête, l'air pensif.

— C'est la même chose pour moi. Le problème, c'est que… que je veux davantage chaque jour.

— Davantage de quoi ?

— Davantage de toi.

Comme elle plongeait son regard dans le sien, ce qu'elle y lut la précipita dans un vertige étourdissant. Un peu comme s'ils venaient tous les deux d'embarquer pour un voyage vers des terres inconnues, pleines de dangers cachés. Elle ne voulait pas faire preuve d'impulsion. Il fallait laisser passer cet éblouissement et s'efforcer de penser à Daniel de manière rationnelle. C'est seulement de cette manière qu'elle réussirait à trouver la bonne réponse à son indécision.

En fait, dans son esprit, elle avait trouvé la réponse depuis bien longtemps. C'était simple : Daniel et elle dans un lit, ensemble. Mais était-ce là ce que Daniel désirait ? Seulement cela ?

Il était trop tôt pour savoir. Toutefois, mieux vaudrait le découvrir avant qu'il soit trop tard…

Le lendemain après-midi, Daniel appela Emma pour la prévenir qu'elle ne l'attende pas pour dîner. Il devait rester au bureau afin de présenter sa nouvelle associée Megan à certains de leurs clients.

— Je préparerai une assiette que tu n'auras qu'à réchauffer au micro-ondes quand tu rentreras, lui proposa-t-elle.

— C'est parfait ! Merci beaucoup, répondit Daniel d'une voix légèrement rauque qui l'émut un peu trop à son goût.

Elle espérait néanmoins avoir un peu de temps pour parler tranquillement avec lui, ce soir. Il devait être mis au courant de l'incident qui s'était produit avec Paris au moment où elle faisait des courses avec les trois fillettes. Le résultat de cette expédition était que Paris était bouleversée.

Lorsque Daniel rentra, vers 20 heures, Penny et Pippa jouaient à des jeux vidéo et Paris était montée lire dans sa chambre. C'est du moins ce qu'elle avait dit.

Pendant qu'il dînait, elle s'assit en face de lui avec une tasse de café. Il lui parla du cas de divorce sur lequel il était en train de travailler.

— La situation s'est compliquée aujourd'hui, expliqua-t-il. L'épouse a décidé qu'elle voulait la voiture *et* la maison. Bien entendu, l'époux n'est pas d'accord. Je leur ai suggéré de consulter un médiateur mais je ne suis pas certain qu'ils le fassent.

— Je peux te poser une question ?

— Bien sûr, répondit-il en repoussant son assiette.

Comme il prenait sa tasse de café, Emma admira le calme qu'il manifestait après une longue journée de travail. *Allons*, se dit-elle, *reprends-toi ! Ce n'est pas le moment de te laisser aller à une douce rêverie.*

— Est-ce que Lydia et toi avez eu des difficultés pour parvenir à un arrangement au moment de votre divorce ?

Daniel parut surpris mais nullement déconcerté.

— Étant donné que Lydia souhaitait simplement retrouver sa liberté et que de mon côté, je voulais obtenir la garde complète des filles, il n'y a pas eu grand-chose à débattre.

Sur ce, il se leva, prit son assiette et ses couverts qu'il déposa dans l'évier. Comme elle se levait pour l'aider, il l'arrêta d'un geste.

— Non, Emma, tu n'as pas à me servir, cela ne fait pas partie de tes attributions.

— D'accord. Mais j'aimerais te parler de Paris. Peux-tu venir dans ma chambre ? Nous serons plus tranquilles.

— Oui, bien sûr.

Il la suivit tandis qu'elle se demandait avec une certaine nervosité comment elle allait lui présenter ce qu'elle avait à lui dire. Pourtant, dans la mesure où elle s'occupait des fillettes, le sujet ne pouvait être évité.

Daniel prit tout de suite place sur le petit canapé. Elle s'assit à côté de lui et entra tout de suite dans le vif du sujet.

— J'ai emmené les filles faire des achats aujourd'hui.

— C'est très bien ! Tu t'inquiètes parce que tu as dépensé plus que prévu ?

— Non. L'argent n'est pas le problème, d'autant moins que nous avons profité de soldes très intéressants. Penny et Pippa ont été enchantées de leurs achats.

— Et Paris ?

Voilà, on y était…

— Paris a essayé une robe qui lui plaisait mais qui était trop petite pour elle, répondit-elle. Elle en a été très contrariée. J'ai eu beau lui assurer que nous allions trouver quelque chose de tout aussi joli à sa taille, elle n'a rien voulu entendre en se contentant de me répéter qu'elle voulait maigrir suffisamment pour entrer dans cette robe-là.

Elle soupira et poursuivit :

— Je crois que la conversation que j'ai eue l'autre jour avec elle à propos de l'importance de bien se nourrir n'a servi à rien.

— Tu fais bien de me parler de cet incident. Je vais prendre rendez-vous avec le médecin de famille en espérant qu'il réussira à la convaincre de mieux se nourrir.

Il la regarda avec une grande tendresse et ajouta :

— Merci, Emma, de prendre autant de soin de mes filles. Je suis sûr qu'elles le sentent et que cela fait une grande différence dans leur vie.

— Elles aussi, font une grande différence dans ma vie !

Elle avait à peine fini sa phrase que Daniel lui passa les bras autour de la taille et l'attira contre lui. Leurs lèvres se rencontrèrent pour un baiser passionné. Si passionné qu'en d'autres circonstances, dans une maison vide, ils seraient allés tout droit dans un lit…

Comme elle se détachait de lui, le doigt de Daniel resta

coincé dans la chaîne du pendentif qu'elle avait autour du cou.

— Tu portes toujours ce bijou, fit-il remarquer. Il est important pour toi ?

— Oui. Très important.

Elle détacha la chaîne, fit glisser le pendentif dans sa main et l'ouvrit en pressant sur le petit bouton situé sur le côté. Il se sépara en deux parties. À l'intérieur se trouvait une photo de son père et de sa mère lorsqu'ils étaient jeunes.

— Ce pendentif appartenait à ma mère, expliqua-t-elle. Elle m'a raconté qu'elle y avait mis la photo de mon père peu de temps après qu'ils se sont rencontrés. Elle était certaine qu'il allait devenir son mari. Ce pendentif est certainement ce que je possède de plus précieux.

Tandis que Daniel regardait les photos, elle crut entendre des bruits de pas sur le sol en bois de la terrasse, mais lorsqu'elle alla jeter un coup d'œil, elle ne vit personne. Elle l'avait sans doute imaginé. Ou peut-être avait-elle cherché une distraction qui lui éviterait de se retrouver à nouveau dans les bras de Daniel ?

Le regard vert de ce dernier s'était assombri. Elle y reconnaissait le désir qu'il avait de l'embrasser à nouveau, encore plus passionnément, plus longuement que tout à l'heure. Pourtant, au lieu de l'enlacer, il lui tendit le pendentif.

— C'est une bonne chose pour toi de posséder ce bijou qui a appartenu à ta mère. Il te rappelle sans doute quantité de souvenirs.

— En effet. C'est dans ce but que mon père me l'a donné.

— Dans ce cas, ton père est un homme très sage.

Elle ne put qu'approuver.

Le moment serait-il venu de prendre au sérieux les conseils de son père ?

- 8 -

Le lendemain matin, après avoir déposé les filles à leurs ateliers, Emma se rendit au cabinet de Daniel pour assurer la réception des clients et organiser les futurs rendez-vous de Daniel. Même si cela n'interférait pas du tout avec son travail, elle était très sensible à la présence toute proche de ce dernier. Entre deux clients, elle ne pouvait s'empêcher de revoir la silhouette musclée de son patron, telle qu'elle lui était apparue à la piscine, de repenser à la douceur de ses lèvres, d'entendre le velours de sa voix bien posée…

Daniel avait laissé la porte qui séparait leurs bureaux ouverte. Faisait-il la même chose avec Raina ou bien était-ce quelque chose de nouveau ?

Et lorsqu'il l'embrassait, pensait-il à elle comme à Emma Alvarez ou simplement comme à une femme lambda qui assouvirait son désir ?

Ces questions tournaient en boucle dans sa tête, la mettant à la torture.

Elle chassa ces pensées de son esprit et se mit à réfléchir aux conseils que lui avait donnés son père. Pourquoi en effet ne pas retourner en Pennsylvanie pour y reprendre ses études ? Ce projet lui paraissait parfaitement sensé et pourtant… elle n'avait aucune envie de le suivre. Cette fois encore, comme elle l'avait toujours fait jusqu'à présent, elle allait choisir ce qui parlait à son cœur.

Le téléphone sonna, la ramenant à la réalité.

— Ici, le cabinet d'avocats de Daniel Sutton.

— Vous n'êtes pas Raina, répondit une voix féminine haut perchée.

— Non, en effet. Raina est en congé pour quelques jours et j'assure son remplacement. Mais Me Sutton est dans son bureau. Souhaitez-vous que je vous mette en relation avec lui ?

— Ah, parfait ! Si Daniel est là, tout va bien. Il a toute notre confiance.

— Qui dois-je annoncer ?

— Évidemment, vous ne connaissez pas ma voix comme Raina. Je suis Birdie Whitaker.

Emma connaissait de nom Birdie et sa sœur Bunny, qui étaient propriétaires de Furever Paws Animal Rescue.

— Je suis bénévole à Furever Paws, ce qui fait que si je n'ai jamais eu le plaisir de vous rencontrer, j'ai beaucoup entendu parler de vous. Je m'appelle Emma Alvarez.

— Moi aussi, j'ai entendu parler de vous. C'est bien vous qui avez persuadé Daniel d'adopter Fiesta ?

Cette question fit sourire Emma. Apparemment, Birdie savait exactement ce qui se passait au refuge.

— C'est exact. Je travaille aussi chez Daniel en tant que baby-sitter pour ses trois filles. Il m'a semblé que ce serait une bonne expérience pour elles de s'occuper de cette petite chatte.

— Comme je vous approuve ! Rien de tel que de prendre soin d'un animal pour acquérir le sens des responsabilités. Ma petite, il n'y a pas de doute, vous êtes sur la bonne voie !

Ce compliment amena un nouveau sourire sur les lèvres d'Emma.

— Je ne veux pas abuser de votre temps, mais ma sœur et moi souhaiterions consulter Daniel au sujet de nos affaires, expliqua Birdie. Lui serait-il possible de venir nous voir ?

Emma aurait bien aimé mettre tout de suite Birdie en relation avec Daniel mais la lumière rouge indiquant qu'il était occupé sur une autre ligne s'était allumée pendant leur conversation.

— Je ne peux pas vous le passer tout de suite mais je vous rappellerai dès que j'aurai pu lui poser la question. Est-ce que cela vous convient ?

— Parfaitement. Bunny et moi restons à la maison toute la journée.

— Je suis enchantée d'avoir eu l'occasion de vous parler, madame Whitaker ! Je vous souhaite une bonne fin de journée.

— Dans le fond, pourquoi n'accompagneriez-vous pas Daniel quand il viendra ? Cela nous permettra de faire connaissance, et nous pourrons parler des animaux du refuge autant que vous le souhaiterez.

— Merci pour votre invitation. Je vous tiens au courant dès que possible.

Quelques instants plus tard, la lumière rouge s'éteignit. Daniel était à nouveau disponible. Emma se leva et alla frapper à sa porte entrouverte.

— Inutile de frapper, Emma.

— Cela me paraît plus correct.

Un instant, leurs regards se rencontrèrent, mais très vite, Daniel s'adressa à elle sur un ton professionnel.

— Tu as besoin d'un renseignement ?

— Birdie Whitaker vient d'appeler. Sa sœur et elle souhaitent te rencontrer chez elles pour te parler de leurs affaires.

— Pas de problème. Vois avec elles le moment qui leur convient. Je suis disponible cet après-midi, si c'est possible pour elles.

Il s'interrompit un instant avant de reprendre :

— Au fait, est-ce que tu es au courant de la situation des sœurs Whitaker ?

— Non, je ne sais rien sur elles, mis à part le fait qu'elles sont propriétaires du refuge pour animaux.

— Elles sont toutes les deux célibataires et vivent dans la demeure familiale. Il paraît que Bunny devait se marier quand elle était jeune mais que son fiancé est mort dans des circonstances tragiques. Depuis, elle n'a pas eu d'autre amoureux. Quant à Birdie, elle ne fait jamais de confidences sur sa vie privée.

— Est-ce que tu sais ce qui a amené la création de Furever Paws ?

— Notre cabinet travaille depuis plusieurs années pour cette famille. Leur père a divisé la propriété familiale en quatre parties égales qu'il a données à ses deux filles et à ses deux fils. Les garçons ont revendu leur part mais les filles n'en ont vendu qu'une partie. Avec cet argent, elles ont fait des investissements astucieux qui leur permettent de vivre de leurs rentes. Elles habitent dans la maison de famille. Mais les environs se sont développés, de nouvelles habitations ont été construites aux alentours et des animaux de compagnie étaient fréquemment jetés sur leur terrain par des maîtres indélicats pour y être abandonnés. Après en avoir recueilli un certain nombre, elles ont décidé de fonder Furever Paws.

— Elles n'ont pas d'animaux chez elles ?

Daniel éclata de rire.

— Au contraire ! Entre les poules, les chèvres, les oies, les poneys et les deux lamas qu'elles ont adoptés, leur propriété a tout d'une arche de Noé !

— Autrement dit, elles n'ont pas l'intention de vendre une partie de leur terrain.

— Non. Elles souhaitent léguer leur bien à une fondation, en espérant que leurs investissements leur permettront de subvenir à leurs besoins et à l'entretien du refuge jusqu'à la fin de leurs jours. Mais il se peut qu'elles soient amenées à revoir ce projet.

— Pour quelle raison ?

— Au mois de mars dernier, une tornade a fait beaucoup de dégâts à Furever Paws. Leur frère Gator, qui est aussi le gestionnaire, ne les avait pas informées que leur assurance était arrivée à échéance. Heureusement, toute la ville leur est venue en aide en organisant un énorme barbecue qui a récolté suffisamment d'argent pour faire effectuer les travaux nécessaires.

— Voilà une réaction tout à fait sympathique !

— En effet. Mais comme elles ont fait de nouveaux aménagements au refuge, comme la nouvelle aile destinée à accueillir les chats abandonnés, il se peut qu'elles envisagent des changements dans leurs projets. D'où le fait qu'elles veulent me voir, sans doute.

Tout en parlant Daniel s'était levé et était venu tout près d'elle. Il n'en fallut pas davantage pour qu'elle perde le fil de ses idées. Heureusement, la mémoire lui revint rapidement.

— Birdie m'a dit que je pouvais t'accompagner quand tu te rendrais chez elles pour que nous parlions animaux.

— Tu es très investie dans cette cause, n'est-ce pas, Emma ?

La voix de Daniel s'était faite très douce.

— Oui, en effet…, murmura-t-elle, sentant des papillons voleter dans son ventre.

Le feu du désir était prêt à flamber au moindre faux pas de l'un ou de l'autre. Emma chercha vivement une issue de secours…

— Tu sais combien j'aime le bénévolat que j'effectue au refuge, dit-elle. Si j'invitais les filles à m'y accompagner ? Je suis sûre qu'elles pourraient y rendre de réels services.

— Quelle bonne idée ! Cela leur apprendrait à faire quelque chose pour les autres.

Voilà. Tout était dit. Emma avait informé Daniel du coup de fil de Birdie. Elle n'avait donc aucune raison de rester dans son bureau plus longtemps, mais ni l'un ni l'autre ne paraissait avoir envie de mettre fin à la conversation. Cette fois, ce fut Daniel qui la prolongea.

— Au fait, je voulais te dire que j'ai pris un rendez-vous pour Paris chez notre médecin de famille. Elle n'ira le voir que dans deux semaines car il est en vacances actuellement. Il m'a semblé qu'elle serait davantage en confiance avec quelqu'un qu'elle connaît qu'avec une personne nouvelle, aussi compétente soit-elle.

— Voilà qui me paraît une bonne idée. Je vais noter ce rendez-vous tout de suite.

— N'oublie pas de me dire quand Birdie est disponible.

— Ah, oui. Je l'appelle tout de suite, répondit Emma en sortant du bureau de Daniel avant qu'il se décide à l'embrasser.

Il était temps de se souvenir qu'elle se trouvait là pour travailler. Uniquement pour travailler.

Daniel se rendit chez les sœurs Whitaker sur les coups de 13 heures en compagnie d'Emma, ce qui était parfait puisque les filles étaient encore retenues par leurs activités.

En arrivant en vue de One Little Creek, Emma fut charmée par l'allure de la maison.

— Cette demeure est très ancienne, n'est-ce pas ?

— Elle a une centaine d'années. Bien sûr, le temps lui a laissé quelques marques mais elle est bien entretenue.

— J'aime bien les bardeaux peints en blanc et ce style victorien. Il donne beaucoup de charme à la bâtisse.

Les volets des fenêtres étaient peints en rouge sombre, et sur chaque rebord des jardinières débordaient de fleurs aux couleurs vives.

Daniel remarqua qu'une voiture était déjà garée devant la maison. Une autre personne avait-elle été conviée à leur rendez-vous ? Il serait vite fixé sur la réponse.

Dès qu'il eut sonné, Birdie vint leur ouvrir.

— Birdie, je vous présente Emma.

— Je la reconnais, je l'ai déjà aperçue au refuge, déclara Birdie avec un large sourire.

Elle était grande, mince, et paraissait en forme olympique pour ses soixante-quatre ans.

— Entrez donc, Bunny vous attend à l'intérieur.

Ils pénétrèrent donc dans le salon, une vaste pièce meublée de sièges anciens recouverts de chintz fleuri. Le même tissu avait été utilisé pour les doubles rideaux. Des napperons en dentelle recouvraient les tables basses, un tapis aux couleurs fanées apportait sa touche chaleureuse à cet ensemble suranné mais très accueillant.

Daniel eut la surprise de découvrir que Richard Jackson, le vétérinaire de Spring Forest, se trouvait déjà là. C'était un Américain d'origine africaine, aux yeux noirs pétillants d'intelligence et aux cheveux encore très noirs malgré quelques fils d'argent sur les tempes.

— Docteur Jackson, quelle bonne surprise de vous rencontrer ici ! s'exclama Emma.

— Vous vous connaissez déjà ? demanda Daniel.

— Bien sûr. J'ai déjà rencontré le Dr Jackson à plusieurs reprises puisqu'il vient nous donner un coup de main au refuge.

Le vétérinaire se leva pour accueillir les nouveaux venus.

— Salut, Daniel, tu vas bien ?

— Oui, et toi ?

— Très bien. Je suis toujours heureux de passer un peu de temps avec Bunny et Birdie.

Daniel hocha la tête en souriant. L'épouse de Richard était morte cinq ans plus tôt et le bruit courait dans la petite ville que le vétérinaire était amoureux de l'une des deux sœurs sans que personne puisse dire de laquelle il s'agissait.

— Ma fille Lauren travaille avec moi désormais, poursuivit Richard. Elle prendra ma suite quand je partirai à la retraite à la fin de l'année. Mais je sais que Birdie et Bunny t'ont fait venir pour parler sérieusement de leurs affaires, je vais donc vous laisser entre vous.

Birdie protesta aussitôt.

— Tu peux rester, Richard ! Tu es au courant de nos affaires aussi bien que nous.

Le vétérinaire haussa les épaules en souriant.

— Je pense néanmoins qu'il vaut mieux que je me retire.

Se tournant vers Daniel et Emma, il ajouta :

— Birdie et Bunny ont eu pitié de moi une fois de plus et m'ont invité à partager leur déjeuner. Elles le font assez régulièrement pour que Lauren soit rassurée au sujet de ma vie sociale. N'est-ce pas adorable de leur part ?

Daniel et Emma approuvèrent.

Birdie les invita à s'asseoir tandis que Bunny raccompagnait Richard.

Une fois que Bunny les eut rejoints, elle prit le dossier qui se trouvait sur la table basse.

— Je sais que ton temps est précieux, Daniel, nous allons donc tout de suite en venir au vif du sujet, dit-elle. Comme c'est Birdie qui a rassemblé toutes ces informations, c'est elle qui va t'expliquer de quoi il s'agit.

Daniel ne fut pas surpris par cette division du travail entre les deux sœurs. Bunny avait un an de moins que Birdie. Elle était plus petite, un peu plus ronde, mais toujours très jolie. Daniel la trouvait souvent un peu naïve et trop confiante mais elle était une aide précieuse pour sa sœur dont les talents de femme d'affaires étaient nettement plus développés.

Emma avait sorti de son sac un carnet et un stylo.

— Daniel aimerait que je prenne des notes au fur et à mesure de la conversation, précisa-t-elle. Y voyez-vous un inconvénient ?

— Pas du tout ! assura Bunny en tapotant les ondulations argentées de ses cheveux. Et quand nous en aurons terminé avec les affaires sérieuses, je veux que vous me donniez en détail des nouvelles de Fiesta. Est-ce qu'elle a eu ses chatons ?

— Non, pas encore. Je vous raconterai tout à l'heure combien elle est dorlotée par les filles de Daniel.

— Bon, intervint Birdie avant que la conversation dévie vers Fiesta, venons-en au fait. Daniel, tu…

— Tu sais combien nous aimons notre frère Gator, l'interrompit Bunny, coupant sans hésiter la parole à sa sœur.

— Laisse-moi expliquer, l'interrompit à son tour Birdie. Gator est plus jeune que nous mais il est persuadé d'en savoir bien plus que nous deux réunies. Je crois que le poste important qu'il occupe à Durham lui a un peu tourné la tête. C'est vrai qu'il y a gagné beaucoup d'argent mais à notre avis, s'il avait deux grains de bon sens, il n'aurait pas divorcé deux fois. À notre avis, il ne fait pas davantage preuve de maturité que ses fils en pleine crise d'adolescence. Bref ! Ce n'est pas le sujet. Comme tu le sais, il a laissé notre assurance arriver à échéance sans nous prévenir, ce qui nous a causé bien des soucis. Depuis cette histoire, nous craignons qu'il ne soit pas assez compétent pour s'occuper de nos affaires.

— Birdie craint qu'il y ait quelque chose de pas très clair dans les papiers, ajouta Bunny, l'air gêné.

— Je vais être plus précise, reprit Birdie. Nous devrions recevoir des comptes rendus mensuels mais chaque fois que je les réclame à Gator, il tourne autour du pot et ne nous donne pas les informations que nous réclamons et auxquelles nous avons droit.

Daniel hocha la tête.

— Je comprends votre préoccupation, dit-il. Qu'attendez-vous de moi ?

— Nous souhaitons que tu étudies de près tout notre dossier. Tu y trouveras tous les documents que nous possédons, nos testaments, nos livrets de santé, nos assurances, nos relevés bancaires, nos investissements, et j'en passe. Nous aimerions que tu mettes au clair les intérêts que nous avons perçus et ceux qui devraient nous revenir. Enfin, bref, que tu nous aides à nous repérer dans ce qui est devenu pour nous une jungle inextricable. Penses-tu pouvoir faire ce travail ?

Daniel jeta un coup d'œil en direction d'Emma qui parut deviner ce qu'il allait lui dire.

— Vous demanderez sans doute à Megan de vous aider dans ce travail ? suggéra-t-elle.

Daniel se tourna vers les deux sœurs.

— Megan Jennings est la nouvelle collaboratrice que je viens d'engager, expliqua-t-il. Comme elle a déjà travaillé pour une banque, si vous ne voyez pas d'inconvénient à ce que je lui demande de m'aider, je pense qu'elle serait à même de me faire un travail préparatoire de qualité. Bien sûr, je vérifierai moi-même tout ce qu'elle me présentera avant de vous en rendre compte. Que pensez-vous de cette proposition ?

— Le plus grand bien ! s'exclama Bunny avec un sourire de soulagement. Tu as carte blanche.

Puis, se tournant vers Emma, elle ajouta :

— Et maintenant, si nous abordions le seul sujet d'intérêt qui vaille réellement la peine, je veux dire nos animaux chéris ? Je vais chercher du thé et des petits gâteaux.

C'est ainsi que se terminait chacune des visites que Daniel rendait aux deux sœurs.

Pendant que les trois femmes discutaient de chiens et de chats, Daniel observait Emma, aussi à l'aise avec les deux sœurs que si elle les connaissait depuis toujours.

Décidément, cette femme ne cesserait de la surprendre…

La lumière du jour filtrait à peine à travers les volets lorsque Emma ouvrit les yeux en sentant la douce pression d'une main sur son épaule.

— Emma ? Réveille-toi !

Elle était précisément en train de rêver de Daniel et voilà que sa voix profonde de baryton lui parlait doucement à l'oreille. Elle ouvrit les yeux. Il était là, penché sur elle, torse nu, les cheveux emmêlés, le regard inquiet. Malgré elle, son regard s'attarda sur ses abdominaux musclés.

Les pensées les plus insensées surgirent dans sa tête. Pourquoi ne pas attirer Daniel dans son lit ? Elle en rêvait, pourquoi ne pas passer à l'acte, ici, tout de suite ? Elle était devenue folle, certainement, car même en plein jour, tout à fait réveillée, elle nourrissait parfois ce genre de rêve extravagant, d'amour fou… Il était peut-être venu la réveiller d'un baiser, comme dans les contes ?

— Emma, je crois que Fiesta a besoin de toi. J'ai l'impression que ses chatons vont bientôt naître.

Il n'en fallut pas davantage pour qu'elle se redresse brusquement sur ses coudes. C'est alors qu'elle réalisa que le haut de son vêtement de nuit avait glissé bien plus bas que ne l'autorisait sa pudeur naturelle. Vite, elle le remonta sur ses seins avant de s'asseoir dans son lit.

— Qu'est-ce qui se passe ? demanda-t-elle.

— Fiesta miaule sans arrêt. Elle va et vient dans la chambre et n'arrête pas d'entrer et de sortir de la caisse en plastique que tu as préparée pour elle. Qu'est-ce que nous devons faire ?

Malgré sa demi-somnolence, Emma fut très sensible au « nous » car cela signifiait qu'il se sentait partie prenante dans cette aventure.

— Va réveiller les filles, dit-elle. Il faut qu'elles assistent à cette naissance. Mais nous ne devrons pas nous trouver tous ensemble dans la pièce avec Fiesta. Un seul d'entre nous va rester auprès d'elle pour surveiller ce qui se passe.

— Même Pippa ?

— Oui, même Pippa, tout au moins un petit moment.

À peine réveillées, les trois filles se mirent à sauter de joie. Emma insista sur les précautions à prendre pour ne pas déranger la chatte.

— La présence d'une personne à côté d'elle la réconfortera mais plusieurs la dérangeront et ralentiront la naissance des chatons. Nous allons donc rester auprès d'elle à tour de rôle. L'essentiel est que vous restiez bien calmes. C'est la meilleure façon d'aider Fiesta. D'accord, les filles ?

Les fillettes hochèrent la tête, très sérieuses.

Ensemble, ils décidèrent de l'ordre dans lequel ils resteraient près de Fiesta : Pippa, Penny, Daniel, Emma, enfin Paris.

Quand ce fut à son tour de veiller Fiesta, Emma lut un tel désir dans le regard de Paris qu'elle décida de faire une exception. Elles se rendirent ensemble dans la pièce où Fiesta s'agitait de plus en plus. Dès qu'elle se trouvait hors de la caisse, elle faisait le tour de la chambre et se frottait contre tout ce qui se trouvait sur son passage.

Paris la regardait faire, vaguement inquiète.

— Pourquoi elle fait ça ? C'est bizarre, non ?

— Pas du tout, c'est tout à fait normal au contraire.

Elle dépose son odeur sur son territoire, ce qui fait que lorsque ses chatons seront assez grands pour sortir de la caisse, ils reconnaîtront l'odeur de leur mère et cela les mettra en confiance à l'intérieur de ce périmètre.

— C'est vrai ?

— Oui. Elle leur indique ainsi les frontières où ils se trouveront en sécurité.

— Dans le fond, c'est la même chose que lorsque je reconnaissais le parfum de ma mère…

Le cœur d'Emma se serra. C'était la première fois que Paris évoquait sa mère.

— Exactement. De même que tu peux savoir si elle est passée dans une pièce rien qu'à l'odeur de son shampooing.

— Avec ma mère, c'était du parfum. Avec toi, c'est du shampooing.

Cette remarque ne fut pas sans surprendre Emma. Finalement, les adolescents n'étaient pas aussi indifférents à ce qui les entourait qu'on le croyait.

Au bout d'un moment, Fiesta vint s'installer sur les genoux d'Emma qui s'était assise près de la caisse. Emma se mit à la caresser doucement en lui murmurant que tout irait bien.

— Est-ce que tu crois ce que tu lui dis ? demanda Paris.

— Oui, bien sûr. Pourquoi cette question ?

— Parce que je déteste quand les gens disent des choses qu'ils ne pensent pas. Quand maman est partie, papa nous répétait tout le temps que tout allait bien et c'était faux. Rien n'allait bien, et ça a duré longtemps. Très longtemps.

La colère perçait dans la voix de l'adolescente.

— Tu as dit à ton père ce que tu ressentais ?

— Non.

— Pourquoi ?

— Parce que Penny et Pippa avaient besoin de le croire.

— Et toi, tu n'en avais pas besoin ?

Après un long silence, Paris haussa les épaules.

— Je ne sais pas, murmura-t-elle. Peut-être…

— À mon avis, tu devrais parler franchement à ton père. Je pense que si tu le fais, il en fera autant avec toi.

Fiesta choisit ce moment pour quitter les genoux d'Emma et venir se lover sur ceux de Paris.

Emma vit les yeux de la fillette se remplir de larmes. Le réconfort apporté par un animal opérait parfois des miracles, songea-t-elle. Paris était peut-être en train de laisser libre cours aux sentiments qui l'oppressaient.

Brusquement, Fiesta laissa échapper un miaulement plus fort que les précédents et sauta dans la corbeille. Après y avoir tourné plusieurs fois sur elle-même, elle s'y coucha.

— Je crois que le moment est venu, dit Emma à voix basse. Si elle a plus d'un chaton, plusieurs minutes peuvent s'écouler entre chaque naissance, peut-être même une heure. Chacune d'entre vous aura peut-être la chance d'assister à une naissance.

Elles n'eurent pas besoin d'attendre longtemps. Très vite, Fiesta mit au monde son premier chaton.

— Je vais te montrer ce qu'il faut faire, expliqua Emma. Comme ça, quand ce sera au tour de ton père de venir, tu pourras lui expliquer la conduite à tenir.

— Mais… Je ne sais pas si…

— Contente-toi de regarder. Si Fiesta rompt le sac amniotique rapidement, tu n'as rien à faire. Dans le cas contraire, il faut le faire à sa place.

Fiesta se chargea elle-même de l'opération et entreprit tout de suite la toilette du chaton à grands coups de langue.

— Tu vois, elle fait ça pour l'aider à prendre conscience, expliqua Emma.

— Qu'il est mignon, tout jaune ! Et si petit !

Daniel était de garde avec Paris au moment de la seconde naissance.

Lorsque Paris vint chercher Penny, elle lui donna des instructions claires.

— Reste tranquille. Papa et Fiesta savent ce qu'il faut faire.

— Comment est ce chaton ? demanda Emma.

— Comme Fiesta : marron, noir et blanc.

Il fallut attendre une heure avant que le troisième chaton montre le bout de son nez. Comme le précédent, lui aussi était de plusieurs couleurs, mais avec moins de blanc que le numéro deux.

— Tu crois qu'elle va en avoir un autre ? demanda Penny à son père.

— Attendons, nous verrons bien !

— J'ai faim, maintenant, protesta Pippa.

— Eh bien allez donc dans la cuisine pendant que je reste ici avec Emma. Venez me chercher si vous avez besoin de quelque chose.

— Papa ! s'exclama Paris, offusquée. Je suis capable de verser des céréales et du lait dans un bol !

— Bien sûr, ma chérie. Et je compte sur toi pour t'occuper de tes sœurs.

— OK ! répondirent les trois filles en même temps.

Emma et Daniel retournèrent auprès de Fiesta.

— On dirait que le troisième chaton a du mal à téter. Si cela ne s'arrange pas, il faudra la nourrir au biberon.

— La ? Comment sais-tu qu'il s'agit d'une chatte ? demanda Daniel.

Emma se mit à rire.

— Dans la très grande majorité des cas, ce sont des chattes qui ont ce genre de pelage.

Elle prit le chaton avec mille précautions pour le coller contre le ventre de sa mère.

— Mieux vaut éviter de les toucher pour ne pas perturber les odeurs qui leur permettent de se reconnaître, mais il faut vraiment qu'il se mette à téter, expliqua-t-elle.

Finalement, le chaton récalcitrant s'accrocha à la tétine de sa mère et commença à se nourrir.

Emma et Daniel restèrent un long moment assis tous les deux sur le parquet, appuyés contre le mur, silencieux. Au bout d'un moment cependant, Emma détacha son regard de Fiesta pour le tourner vers Daniel.

— Est-ce que Paris te fait part de temps à autre de ce qu'elle ressent ?

— Depuis quelque temps, elle ne me parle pratiquement pas.

— Je pense qu'elle aurait besoin d'avoir avec toi une conversation à cœur ouvert.

— Tu veux dire une conversation au cours de laquelle je ne lui apparaîtrais pas comme un juge ?

— Exactement. Et de ton côté, dis-lui sincèrement ce que tu ressens, toi aussi. Inutile d'essayer d'édulcorer quoi que ce soit.

— Qu'est-ce qu'elle t'a dit ?

— C'est à elle de t'en parler.

— Si c'est important, il faut que…

— Daniel, tout est important à cet âge.

Daniel la dévisagea un moment avant de reprendre :

— Et toi, Emma, es-tu sincère à propos des sentiments que tu éprouves pour moi ? À quoi pensais-tu ce matin quand je suis venu te réveiller ?

— Je ne comprends pas ce que tu veux dire, répondit Emma, le regard toujours fixé sur les chatons.

— Tu le sais très bien. Je parie même que nous pensions tous les deux la même chose…

— Tu veux vraiment que je te parle franchement ?

— Oui.

— Eh bien, si tu veux que je sois complètement honnête, je vais l'être. Je pensais que si tu m'embrassais à nouveau, je serais incapable de m'arrêter là.

— C'est exactement ce que je pensais, moi aussi !

Quand il s'accroupit à côté d'elle, Emma devina tout de suite qu'il allait l'embrasser. Elle le désirait ardemment, et lorsque leurs lèvres se rencontrèrent, elle lui rendit son baiser avec tant de passion que sans savoir comment, elle se retrouva serrée dans ses bras. Combien de temps dura ce baiser ? Elle aurait été bien incapable de le dire, mais nulle part au monde elle n'aurait été plus heureuse que là, contre le torse musclé de Daniel Sutton…

Lorsque enfin Daniel s'arracha à ses lèvres, il lui adressa un sourire gêné.

— Nous avons beau avoir fait notre possible pour refuser d'admettre l'attirance que nous éprouvons l'un pour l'autre, cela n'a servi à rien, apparemment, fit-il remarquer. Chaque jour, les sentiments que j'éprouve pour toi deviennent plus forts et chaque jour, je te désire davantage.

Emma baissa les yeux.

— Daniel, tu crois que c'est le bon moment, pour nous ?

Elle pouvait se tromper au sujet de Daniel exactement comme elle l'avait fait à propos de John…

Daniel devait bien la connaître car il enchaîna aussitôt, comme s'il avait lu dans ses pensées :

— Je ne suis pas John. Je n'ai pas de fiancée cachée. Je suis incapable de trahir une femme, encore moins lorsque cette femme, c'est toi !

Emma ne demandait qu'à le croire !

À ce moment-là, Fiesta poussa un nouveau miaulement qui fit bondir Emma pour voir ce qui se passait.

— Elle a l'air épuisée, dit-elle. Ce doit être sa première portée. Elle est si jeune…

La naissance du quatrième chaton s'avéra plus laborieuse que les précédentes. Une fois qu'il fut expulsé, Fiesta demeura immobile, visiblement à bout de forces.

— Il faut que nous rompions le sac amniotique, elle n'est pas en état de le faire elle-même, décréta Emma.

Une lueur d'inquiétude brilla dans le regard de Daniel.

— Je m'en charge, précisa-t-elle. Je l'ai déjà fait. Toi, tu essuieras le chaton avec ce tissu tiède. D'accord ?

— D'accord.

Ils aidèrent tous deux le chaton tout noir et frisotté à respirer et à téter. Il eut tôt fait de comprendre et de se débrouiller tout seul, au grand soulagement des deux accoucheurs improvisés.

Ils appelèrent les trois filles pour partager avec elles ce moment de bonheur : quatre chatons pleins de santé tétant leur mère avec entrain. Tout le monde s'embrassa et se félicita, comme s'ils accueillaient un nouveau membre dans la famille.

Pourtant, une crainte rongeait le cœur d'Emma. Elle se sentait de plus en plus proche de Daniel… Il était attiré par elle, elle était amoureuse de lui. Des liens se nouaient entre elle et ses filles.

Que se passerait-il pour eux si leurs sentiments ne résistaient pas ?

- 9 -

Daniel regardait Emma s'assurer que Fiesta avait bien à sa disposition tout ce dont elle avait besoin. Essentiellement, une pièce dans la pénombre et du calme autour d'elle. Le problème était que la jeune femme était très calme, elle aussi. *Trop* calme. Quelque chose la contrariait, mais quoi ?

Ils se trouvaient en tête à tête maintenant car les trois fillettes étaient allées s'habiller dans leur chambre. Daniel avait décidé que, exceptionnellement, elles pouvaient aujourd'hui ne pas se rendre à leurs ateliers de manière à pouvoir veiller sur Fiesta et ses chatons. Emma resta auprès de la chatte afin de s'assurer que tout était bien terminé.

Lorsqu'elle entra dans la cuisine un peu plus tard, Daniel nota qu'elle évitait son regard. Cette attitude ne lui ressemblait pas. Et son inquiétude redoubla. Que se passait-il ?

— Quelque chose te contrarie, fit-il remarquer. Est-ce que j'ai dit quelque chose qui t'a blessée ?

— Non, pas du tout.

— Alors ? Que se passe-t-il ? Je n'aime pas te voir soucieuse.

— Il faut que je te pose une question. Est-ce que tu souhaites que je noue des liens avec tes filles ?

Il ne sut que répondre.

Tous les cinq étaient effectivement en train de tisser une relation de type familial. Est-ce qu'une histoire d'amour entre Emma et lui risquait de nuire à ses filles ? Que se passerait-il si jamais Emma décidait de les quitter ?

— Je pense que ta présence leur apporte beaucoup, répondit-il prudemment. Paris en particulier. Elle est beaucoup moins renfermée, depuis que tu es là. Pippa a retrouvé une joie de vivre que je ne lui avais plus vue depuis longtemps. Quant à Penny, elle continue à être folle de base-ball et de sport, mais ce n'est pas un problème.

— Et que penses-tu des liens que nous tissons, toi et moi ?

Le visage d'Emma avait pris une expression sérieuse que Daniel ne lui avait encore jamais vue.

Cette fois, il fallait réellement qu'il lui dise la vérité.

— Si tu veux savoir jusqu'où nous pouvons aller toi et moi, je ne peux pas te répondre, Emma. Franchement, je ne sais pas si je serai un jour capable de faire à nouveau confiance à une femme.

Une expression désolée assombrit le visage d'Emma.

— Dans ce cas, il vaut mieux que je parte avant que les filles ne s'attachent trop à moi, murmura-t-elle.

— C'est ce que tu souhaites ?

Il l'observa intensément, scrutant le moindre signe d'un début de réponse. Il savait qu'elle ne lui mentirait pas. Il savait aussi qu'à cet instant se livrait en elle une rude bataille.

Elle ne répondit pas à sa question. Il décida de ne pas insister et de lui laisser le temps de réfléchir.

Emma était belle, c'était indéniable, mais ce mot était loin de la décrire vraiment. S'il était aussi attiré par elle, le lien qui se renforçait entre eux allait bien au-delà de l'apparence physique. Elle avait le cœur plein d'amour à donner mais il n'était pas sûr d'être prêt à l'accepter. Pourtant, ses filles en éprouvaient certainement le plus grand besoin.

— Dis-moi, Emma, il y a combien de temps que tu as découvert que John était fiancé ?

— Bientôt deux mois.

— Je me demande si tu t'es remise de cette déception.

Si tu l'aimais, il me semble qu'il est encore trop tôt pour que tu l'aies oublié.

Emma devint toute rouge.

— Tu m'accuses, maintenant ? Tu m'accuses de ne pas avoir assez aimé John ? Je pensais l'aimer. La vérité, c'est que je ne le connaissais pas. Si j'avais su qu'il avait une autre femme dans sa vie, j'aurais rompu tout de suite ! Il m'a menti. Je suis incapable d'aimer un homme qui m'a si honteusement bafouée. Quand j'ai découvert son mensonge, tous les sentiments que j'éprouvais pour lui sont morts d'un seul coup. Tous, sauf la colère. Mais je sais à quel point la colère peut être destructrice pour celui qui l'éprouve. J'ai vite compris que si je continuais sur cette trajectoire, c'était à moi que j'allais faire du mal, pas à lui. Voilà pourquoi je me suis lancée dans le bénévolat. Une collègue m'a mise sur la piste du studio que je louais avant de te connaître et j'ai commencé à reconstruire ma vie. Sans homme à mes côtés. Point final.

Daniel comprenait parfaitement.

— Je ne veux pas que tu partes, Emma.

Elle le regarda droit dans les yeux.

— S'il n'y a aucune chance pour que tu éprouves quelque chose de sérieux pour moi, je ferais mieux de ne pas rester, dit-elle.

Un silence gêné flotta entre eux un moment, qu'Emma rompit rapidement.

— Tu vas au bureau aujourd'hui ?

— Oui. J'ai averti Megan que j'arriverais en retard. Elle a une clé du cabinet et peut commencer à travailler quand je n'y suis pas. Je vais commencer à débrouiller le dossier Whitaker tout en laissant Megan mettre au clair tout ce qui concerne les affaires bancaires. Quelque chose me dit que malgré l'amour que Birdie et Bunny portent à leur frère Gator, ce dernier est sûrement en train d'abuser de leur naïveté. Je tâcherai de rentrer de bonne heure ce soir, mais dans ce cas, je serai obligé de retourner au bureau demain.

— Très bien, je m'occuperai des filles.

Sur ce, elle le quitta avant que leur conversation ait trouvé d'issue.

Mais dans le fond, qu'y avait-il à dire de plus ?

Il se dirigeait vers l'escalier lorsqu'il entendit une galopade au-dessus de sa tête. Est-ce que l'une de ses filles aurait entendu la conversation qu'il venait d'avoir avec Emma ? Il espérait que non. Leur monde était suffisamment bouleversé sans cela.

Emma cherchait, cherchait mais ne savait plus où aller regarder maintenant. Son pendentif avait disparu.

Daniel était effectivement rentré de bonne heure. Les trois filles étaient tranquillement assises près de la caisse de Fiesta et observaient les chatons. Et elle, elle fouillait partout sans résultat.

Lorsqu'elle était allée dans sa chambre troquer son T-shirt contre un chemisier pour le dîner, elle s'était aperçue que son pendentif n'était plus à son cou.

Elle avait vérifié le dessus de la commode, les tiroirs, sa table de chevet et tous les endroits où elle était susceptible de l'avoir déposé. Sans succès.

Très contrariée, elle sortit de sa chambre et se heurta à Daniel. Il la prit par les épaules, inquiet de la voir aussi bouleversée.

— Que se passe-t-il, Emma ?

— J'ai égaré mon pendentif.

— Ne t'inquiète pas, nous allons le retrouver. Les filles vont nous aider à le chercher. Quand est-ce que tu l'as vu pour la dernière fois ?

— Hier soir, avant de me coucher. Je l'ai retiré comme je le fais tous les soirs et je l'ai déposé sur ma table de chevet.

— Tu es sûre ?

— Oui. Je l'étale toujours soigneusement de manière à ce que la chaîne ne s'emmêle pas et je le remets le matin. Quand tu es venu me réveiller, pour Fiesta, je n'y ai plus pensé. Fiesta nous a occupés toute la journée, ce qui fait que c'est seulement maintenant que je comprends que je ne l'ai pas autour du cou.

Ce pendentif représentait tant pour elle ! C'était le dernier lien qui la rattachait à sa mère.

Daniel la prit dans ses bras.

— Je sais combien ce bijou est important pour toi. Nous allons le retrouver ! J'appelle les filles tout de suite.

Une heure plus tard, ils étaient tous les cinq en train de chercher mais personne n'avait encore rien trouvé. Rien. Absolument rien. Lorsqu'ils se réunirent une fois de plus dans la salle de séjour, Daniel s'adressa à ses filles d'un ton sérieux.

— Je vous rappelle qu'il ne s'agit pas d'un bijou fantaisie mais d'un souvenir très précieux pour Emma car il appartenait à sa mère. C'est une façon de la garder encore avec elle bien qu'elle soit morte depuis plusieurs années. Je sais que nous avons fouillé tous les coins et recoins de la maison mais nous allons recommencer et cette fois, je vous accompagnerai pour bouger les meubles pendant que vous cherchez. Vous avez bien compris ce nouveau plan ?

Les trois petites approuvèrent d'un signe de tête.

Emma avait envie de pleurer. Chacun faisait tout son possible pour lui venir en aide et malgré tout ce dévouement, il s'agissait peut-être d'une cause perdue.

Un peu plus tard, ils se retrouvèrent tous dans la cuisine.

Daniel passa son bras autour des épaules d'Emma qui fut surprise de ce geste affectueux en présence des filles.

— Emma est devenue importante pour nous tous, dit-il. Il faut que nous continuions à faire notre possible pour l'aider. Je doute fort que le pendentif soit dans le jardin mais nous allons tout de même profiter de ce qu'il fait encore jour pour aller chercher là aussi. Faisons le tour de la maison et si nous ne le trouvons pas maintenant, nous regarderons encore demain quand le soleil brillera, ce sera peut-être plus facile de l'apercevoir.

Daniel était un homme organisé et logique, comme tout avocat qui se respecte. Mais lorsque Emma plongea son regard dans le sien, ce n'est pas de la logique qu'elle y aperçut. Daniel tenait à elle, elle en était sûre. Quant à elle, elle était chaque jour un peu plus amoureuse de lui.

Amoureuse ? Quand donc cela lui était-il arrivé ?

Si elle se concentrait suffisamment sur la recherche de son pendentif, elle serait sans doute moins effrayée à l'idée d'être tombée amoureuse de Daniel…

Tous s'éparpillèrent dans le jardin, le nez baissé, marchant lentement.

Emma aperçut Pippa se pencher pour ramasser quelque chose. Hélas, il s'agissait seulement d'un caillou blanc. Paris aussi pensa avoir trouvé quelque chose mais ce n'était qu'un papier brillant de chewing-gum. De son côté, Penny cherchait avec toute son attention, parcourant le jardin comme s'il était un quadrillage, mais tout ce qu'elle découvrit fut une pièce de un centime.

Finalement, Emma dut se rendre à l'évidence, ils ne trouveraient pas son pendentif ce soir.

Daniel marchait à présent à côté d'elle.

— Je sais que pour toi, rien ne peut remplacer ce pendentif, murmura-t-il.

— Il me reste au moins son souvenir. Mon père a des photos de lui et de ma mère. J'achèterai un autre pendentif et j'y placerai ces photos, voilà tout.

— Tu es très courageuse, Emma, mais ce n'est pas la peine de me jouer la comédie. Je sais que tu es effondrée par cette perte. À ta place, je le serais d'ailleurs tout autant. Laissons tout de même passer quelques jours avant de perdre tout espoir de le retrouver.

— Merci.

— Merci ? Pourquoi donc ?

— Merci d'être toi, tout simplement.

Le sourire que Daniel lui adressa lui fit bondir le cœur de joie. Dans le fond, tout était encore possible, même de retrouver son pendentif.

Tout à coup, la voix de Pippa leur parvint du fond du jardin.

— Papa ! Viens voir ! Il y a un chien de l'autre côté de la barrière !

Il faisait sombre maintenant. Daniel avait du mal à distinguer ce que ses filles lui montraient.

— Il n'arrête pas d'aller et de venir, dit Penny. Il est petit et tout gris. Regarde près de cet arbre !

Daniel se baissa et effectivement, il aperçut le petit chien en question. Le malheureux avait l'air en piteux état mais malgré les paroles gentilles prononcées sur un ton on ne peut plus aimable, il refusa de venir vers eux.

Lorsque Paris fit mine de s'approcher, il fila comme une flèche dans le bois. Plein de bonne volonté, Daniel proposa de partir à sa recherche mais revint un peu plus tard couvert de sérieuses égratignures.

— Ce petit chien court plus vite que moi ! s'exclama-t-il. Il connaît certainement de très bonnes cachettes car j'ai eu beau chercher dans les fourrés, je ne l'ai aperçu nulle part.

— Papa, supplia Pippa au bord des larmes, on ne peut pas l'abandonner comme ça !

— Comment faire autrement ? Il va bientôt faire nuit. Nous allons lui laisser des croquettes et un bol d'eau sous le porche. C'est ce que nous pouvons faire de mieux pour prendre soin de lui. Et si jamais il prend l'habitude de venir, nous essayerons de l'attraper. D'accord ?

Les trois filles approuvèrent sans enthousiasme.

Une fois revenus dans la cuisine, ils préparèrent de quoi nourrir le chien perdu et allèrent disposer les bols sous le porche.

— Tu sais, Pippa, les chiens ont un odorat très développé, expliqua Daniel. Je suis sûr qu'il va venir manger ce que nous avons déposé.

Il tressaillit lorsque Emma lui prit le bras.

— Si nous allions désinfecter tout ça ? suggéra-t-elle

en désignant les égratignures spectaculaires qu'il avait récoltées dans les fourrés.

Il haussa les épaules.

— Ce n'est rien, ça guérira tout seul.

— Je ne suis pas d'accord, décréta Emma. Pas question de courir le risque d'une infection.

— Papa, il faut que tu obéisses à Emma ! intervint Penny.

— Merci de me soutenir, Penny, approuva Emma. Et pendant que je prends soin de votre père, allez jeter un coup d'œil sur Fiesta et ses petits avant de vous préparer à vous mettre au lit.

— Quand vous serez en pyjama *et* les dents brossées, vous aurez la permission d'aller voir si votre protégé est venu manger son repas, précisa Daniel.

À contrecœur, il suivit Emma dans la salle de bains où était rangée la pharmacie familiale. À contrecœur, car il redoutait l'effet qu'allait produire sur lui le fait de se trouver tout proche d'elle dans un espace aussi réduit. Pourtant, elle n'avait pas tort de prendre ces précautions car certaines de ses griffures étaient assez profondes.

— Assieds-toi, lui ordonna-t-elle.

Il obéit et la regarda sortir de la petite armoire désinfectant et pansements.

— Dis-moi, est-ce que tu prévois une amputation ?

Il avait besoin de plaisanter car, comme il l'avait prévu, se retrouver dans une pièce aussi petite avec Emma toute proche…

— Je ne pense pas que ce soit nécessaire. En revanche, tu vas subir le même traitement que celui que j'impose à tes filles en pareil cas : nettoyage à l'eau et au savon, désinfectant et pansement.

Emma se mit donc à l'ouvrage. Pendant qu'elle s'affairait, Daniel sentait ses longs cheveux lui caresser l'épaule et le visage. Il se mit à transpirer.

— Tu ne trouves pas qu'il fait chaud ici ? demanda-t-il.

— Tu transpires parce que tu as peur de souffrir.

— Je ne suis pas si douillet ! J'avais huit ans quand je

me suis cassé le bras et je n'ai pas versé une seule larme. Alors n'imagine pas que je vais me mettre à pleurer aujourd'hui.

Comme Emma commençait à lui enrouler une bande autour du bras, il protesta.

— Tu ne vas tout de même pas me transformer en momie !

— Daniel, en tant que patient, tu n'as pas droit à la parole, compris ?

Elle avait parlé sur un ton taquin qui ne faisait qu'augmenter leur complicité habituelle. Sauf qu'en ce moment, leur complicité était plutôt de nature sensuelle... Il aurait tellement aimé l'embrasser ! Heureusement, le désinfectant piquait terriblement, ce qui contribua à lui remettre les idées en place.

Ce répit fut pourtant de courte durée car il sentait les doigts de son infirmière improvisée frôler sa peau en une caresse subtile et délicieuse. Depuis combien de temps n'avait-il pas été touché par une femme ? Des siècles ! Jusqu'à maintenant, il n'avait pas réalisé à quel point cela lui manquait. Pourtant, mieux valait ne pas tomber dans ce piège de douceur.

Hélas, à ce moment-là, Emma leva la tête et leurs regards se rencontrèrent. En voyant la flamme qui brillait dans ses yeux, il sentit son désir pour elle décupler.

Comment un tel élan partagé pourrait-il être un mal ?

— Emma, qu'est-ce que tu ressens en ce moment précis ? murmura-t-il.

— Je suis ton infirmière. Je ne suis pas censée ressentir autre chose que le désir de te soigner de mon mieux.

— Et moi qui te regarde dans les yeux, je sais que tu es en train de me mentir. Dis-moi la vérité !

— Laisse-moi finir mon travail. Nous parlerons ensuite.

À peine eut-elle posé le dernier pansement qu'il l'attira dans ses bras. Elle ne fit pas un geste pour se dérober, et lorsqu'elle leva son visage vers lui, il y lut exactement ce que lui-même ressentait : un désir fou.

Dès que leurs bouches se rencontrèrent, il oublia complètement ses blessures pour se laisser aller au plaisir exquis de leur baiser. Lorsque la bretelle du T-shirt d'Emma glissa sur son épaule, il en profita pour lui caresser la poitrine. Avec un gémissement, elle se colla contre lui, l'incitant à continuer et à aller plus loin encore.

Il n'en eut pas le loisir. Des pas se firent entendre, suivis d'une galopade accompagnée de rires.

La voix de Pippa claironna :

— Papa, on va voir sous le porche ?

Haletante, Emma se leva rapidement.

— Nous n'en resterons pas là…, murmura-t-il.

Elle n'eut pas le temps de lui répondre. La porte de la salle de bains venait de s'ouvrir pour laisser le passage à Pippa.

Emma se détourna mais dans le miroir il vit qu'elle était devenue toute rouge. Comme toujours, elle était encore plus jolie quand il venait de l'embrasser…

— D'accord, ma fille, répondit-il en prenant Pippa par la main. Allons voir ça.

Une fois Daniel et sa fille partis, Emma se passa le visage à l'eau froide. Ce petit moment avec Daniel dans la salle de bains avait été… éprouvant.

Sa journée ayant été plus que bien remplie, elle se sentait épuisée en se retirant dans son studio. Mais elle venait à peine d'enlever ses chaussures qu'un triple coup était frappé à sa porte. Triple ?

Effectivement, lorsqu'elle ouvrit, elle trouva ce qu'elle attendait : Pippa, Penny et Paris.

— Mais je vous croyais au lit !

— Oui, on y était…, commença Penny.

— … Mais nous avons voté, ajouta Paris, très sérieuse.

— Vous avez voté ? Et à propos de quoi ?

— Nous voulons donner un nom aux chatons, expliqua

Paris. Papa est avec eux en ce moment. Viens, toi aussi, il faut que tu nous aides.

— C'est normal parce que nous t'avons trouvée grâce à Fiesta.

Ce n'était pas faux…

— Vous êtes sûres que votre père est d'accord pour faire ça maintenant ?

Il était certainement aussi fatigué qu'elle.

— Nous ne lui avons pas laissé le choix, déclara Penny. Pas question de dormir tant que chacun n'a pas reçu un nom !

Voilà qui était clair et net. Sans doute Daniel avait-il cédé à leur prière afin de compenser leur déception de ne pas avoir réussi à attraper le chien errant.

— Dans ce cas, effectivement, je n'ai pas le choix moi non plus, dit-elle. Je vous accompagne.

Les trois fillettes lui adressèrent un sourire radieux.

— Vous avez déjà pensé à des noms ? demanda-t-elle alors qu'elles montaient au premier.

— On n'a encore rien trouvé qui nous plaise, répondit Paris.

Assis par terre devant la caisse de Fiesta, Daniel caressait les petites boules de poil lovées contre leur mère. Emma s'installa à côté de lui.

— Ils vont bientôt ouvrir les yeux ? demanda Pippa.

Emma sourit à la petite impatiente.

— Il faut compter une dizaine de jours après la naissance. Ils auront d'abord les yeux bleus et ensuite, leur couleur changera.

Penny hocha la tête d'un air savant.

— Ils vont devenir dorés ou verts, c'est bien ça ?

— Oui. Ou même un peu des deux couleurs en même temps.

Dès qu'elle s'était assise à côté de Daniel, Emma avait senti son cœur battre très vite. Celui de Daniel battait-il aussi vite que le sien ?

— Alors, tout le monde est prêt ? lança-t-elle sur un ton qu'elle voulait léger. Qui a une idée de prénom ?

Au bout d'un moment, Daniel fit une proposition.

— Pour le chaton jaune, c'est assez facile. Pourquoi ne pas l'appeler Nacho, comme ces galettes de maïs que vous aimez tremper dans du fromage fondu ? Il est de la même couleur qu'elles.

— Ça me paraît tout à fait convenir, approuva Emma. Qu'en pensez-vous, toutes les trois ?

— J'aime bien les nachos, déclara Pippa.

— Idiote ! décréta Penny. Ça n'a pas d'importance que tu les aimes ou pas. Ce qui compte, c'est de savoir si ce chaton te fait penser à des nachos, c'est tout.

Emma remarqua que Daniel retenait difficilement un sourire. Elle le comprenait très bien. La naïveté et la fraîcheur de ses filles avaient l'art d'illuminer le monde.

— Ah..., murmura Pippa après un instant de réflexion. Oui, je suis d'accord.

— Et toi, Paris, qu'est-ce que tu en penses ? demanda Emma.

— Oui, ça me plaît bien. Mais nous aurons davantage de mal avec les autres chatons ! Pas question d'appeler le petit noir Ébène !

— Je propose Burrito, pour aller avec Nacho, suggéra Penny. Au fait, on le saura quand, si ce sont des mâles ou des femelles ?

— Le vétérinaire nous le dira dans quelque temps.

— Les deux chatons qui restent se ressemblent beaucoup..., nota Pippa.

— Oui, mais l'un a une tache noire sur la tête et l'autre du jaune nacho sur le cou, leur fit remarquer Emma. Et n'oublie pas que ce sont des chattes.

— Pourquoi pas Guacamole pour l'une et Tamale pour l'autre ? Ces deux plats ont plein de couleurs, comme elles.

— L'essentiel est que tout le monde soit d'accord, intervint Daniel. Je ne veux pas de bagarre demain à ce sujet.

— Nous sommes d'accord, assura le trio. Fiesta a maintenant quatre bébés nommés Nacho, Burrito, Guacamole et Tamale.

— Parfait ! conclut Emma. Et maintenant, tout le monde au lit ! Je vais venir vous faire le bisou du soir.

Elles quittèrent la pièce en courant, laissant Emma et Daniel en tête à tête.

— Franchement, ça ne te contrarie pas d'avoir toute cette famille chat sous ton toit ? demanda-t-elle.

— Pas du tout. Les filles se sentent responsables de ces petites bêtes, et c'est un grand pas en avant vers leur propre autonomie. Elles apprennent énormément.

— Toi aussi.

Daniel passa un bras autour de ses épaules et l'attira contre lui. Ils demeurèrent ainsi un long moment, profitant de l'ambiance paisible, conscients aussi de l'évolution de leurs sentiments l'un pour l'autre.

— Tu sais qu'il y a une journée consacrée à l'adoption dimanche prochain à Furever Paws ? Si nous y allions ? suggéra Emma.

— À une condition, c'est que tu me promettes de ne pas adopter un chien !

Ils éclatèrent de rire tous les deux, puis Daniel redevint sérieux et l'embrassa avec toute la douceur du monde.

Lorsqu'ils se séparèrent, Emma reprit :

— Il y aura aussi une exposition d'artisanat et des stands où nous pourrons acheter des sandwichs et des pizzas.

— Super ! Apparemment, c'est une bonne journée en perspective !

Lorsqu'ils se séparèrent, Emma réalisa qu'elle n'avait pas été aussi heureuse depuis très très longtemps.

- 10 -

La journée d'adoption avait attiré une foule impressionnante. Emma et Daniel s'en rendirent tout de suite compte en arrivant sur le parking où ils eurent bien du mal à dénicher un emplacement pour se garer.

Les chats se trouvaient dans de grandes cages tandis que plusieurs bénévoles promenaient les chiens en laisse afin de les présenter aux visiteurs. Grâce aux divers stands d'artisanat et de nourriture, Furever Paws avait un air de fête familiale fort sympathique.

— Par quoi on commence ? demanda Daniel. On va voir les animaux ou on achète quelque chose à manger ?

— J'ai faim, moi ! proclama Pippa.

— Moi aussi ! renchérit Penny.

— Pizza, sandwich, hot-dog, hamburger ? Qu'est-ce qui vous fait envie ?

Penny et Pippa répondirent d'une seule voix :

— Pizza !

— Salade verte…, ajouta Paris d'une voix maussade.

Daniel était sur le point de lui conseiller de choisir quelque chose de plus nourrissant lorsque son regard croisa celui d'Emma. Mieux valait s'abstenir de faire remarques ou remontrances à Paris, donc.

— Regarde ce stand qui vend des tacos, dit-il. Je suis sûr qu'ils accepteront de te préparer un bol de salade. Ça te va ?

Paris lui adressa un sourire forcé avant de se diriger vers le stand en question.

Désolé du comportement de sa fille aînée mais impuissant, Daniel leur donna à toutes les trois de l'argent pour qu'elles aillent chercher pizzas et salade et se tourna vers Emma.

— Et toi, qu'est-ce que tu choisis ?

— Un hot-dog, s'il te plaît.

— Parfait, c'est ce que je vais commander pour moi aussi. En attendant qu'on nous les prépare, avance-toi vers l'exposition de brocante et d'artisanat, je t'y rejoindrai.

Quelques instants plus tard, il retrouvait Emma devant une exposition de vaisselle ancienne où elle admirait des assiettes aux décors floraux ou animaliers, des saladiers en porcelaine bordés d'un fil doré, des coquetiers en forme de poussin. Il y avait aussi des paniers en vannerie, des sets de table tissés à la main, des suspensions en macramé. Tout était charmant et désuet.

— Nous reviendrons ici un peu plus tard si tu veux, lui proposa-t-il. Pour l'instant, allons nous asseoir pour manger nos hot-dogs.

Ils allèrent s'installer sur un banc d'où ils apercevaient les trois filles qui étaient allées pique-niquer près du chenil. Ils pouvaient ainsi les surveiller tout en leur laissant leur indépendance.

En prévision de la chaleur annoncée pour la journée, Emma avait attaché ses cheveux en queue-de-cheval. Comme chaque fois qu'elle adoptait cette coiffure, Daniel lui trouvait l'air encore plus jeune, plus attirante, presque vulnérable. Il mourait d'envie de caresser sa peau qui avait transformé le coup de soleil en un teint joliment bronzé. Sagement, il refusa de s'attarder sur ces pensées…

L'éclat malicieux qui brillait dans le regard d'Emma annonçait une plaisanterie.

— Ne m'en veux pas si je mets du ketchup partout ! le prévint-elle en mordant dans son hot-dog.

C'est en effet ce qui se passa, et comme il se mettait à rire, elle répliqua :

— À ton tour maintenant, on va voir si tu fais mieux !

Mais il ne put lui prouver qu'il mangeait proprement,

lui, car Rebekah Taylor, la directrice du refuge, s'avançait vers eux en lui faisant un petit signe de la main.

— Tiens, remarqua Emma, j'ai l'impression qu'elle veut nous dire quelque chose.

— J'espère qu'elle ne va pas te demander d'adopter une autre chatte prête à faire ses petits ! On affiche complet !

Emma lui donna un coup de genou en riant. Il adorait ces petits gestes amicaux qui s'ajoutaient à l'attirance sensuelle qui régnait entre eux.

— Ah. Voici les deux personnes que je cherchais, déclara Rebekah.

— Vous avez quelque chose d'important à nous dire ? s'enquit Daniel.

— Plus ou moins important…

— C'est à propos des Whitaker ?

— Non, pas du tout.

Visiblement ennuyée, Rebekah s'interrompit un instant, comme pour chercher ses mots.

— C'est à propos de vous deux… Parce qu'Emma habite chez vous, Daniel.

— Qu'y a-t-il de mal à cela ? rétorqua Daniel. Emma est la baby-sitter de mes filles.

— C'est bien ce que j'ai expliqué à tous ceux qui faisaient une réflexion à votre sujet, mais j'ai pensé qu'il valait mieux que vous soyez au courant.

En se tournant vers Emma, Daniel découvrit qu'elle était devenue toute rouge.

— Merci pour votre prévenance, répondit-elle néanmoins.

Une fois que Rebekah les eut laissés en tête à tête, Daniel se tourna vers Emma.

— Dis-moi ce que tu penses de ça.

— Eh bien… Je ne sais pas trop. En tout cas, si ces cancans arrivaient aux oreilles de mon père, il en serait très malheureux et il me conseillerait d'aller m'installer ailleurs.

— C'est ce que tu as envie de faire ?

Emma le regarda droit dans les yeux, puis elle se rapprocha de lui.

— Non. Pas du tout. J'ai envie de rester chez toi et de continuer à faire ce que nous faisons.

— C'est-à-dire… Te rapprocher de moi ?

— Oui. Exactement.

Ils se regardaient toujours avec intensité lorsque les trois fillettes se précipitèrent vers eux.

— Papa, il faut absolument que tu viennes voir ce petit schnauzer ! s'écria Pippa. Il est trop mignon avec ses grands yeux marron et son pelage crème !

— Moi, je préfère le cocker, intervint Penny. Il a le poil doré et de grands yeux marron lui aussi.

Daniel ne put réprimer un gros soupir.

— Mes chéries, vous comprenez bien que nous ne pouvons pas prendre un chien à la maison.

Les trois sœurs échangèrent un regard plein d'optimisme.

— Peut-être pas aujourd'hui, expliqua Paris, mais plus tard. Tu nous dis toujours qu'il faut espérer en l'avenir !

Daniel hocha la tête. Décidément, Paris avait le don de lui renvoyer ses propres paroles juste au moment où il s'en serait bien passé !

— C'est vrai que je vous ai dit ça, et je le maintiens, mais nous ne ramènerons pas de chien à la maison ! décréta-t-il sur un ton autoritaire.

— Pas aujourd'hui…, dit Pippa, l'œil pétillant.

Il comprit parfaitement le message. Elle avait sans doute déjà fait son choix.

Bien malgré lui, il passa une journée très agréable à Furever Paws. Finalement, peut-être aimait-il les animaux sans s'en douter ?

Il rentra à la maison avec Emma, les trois filles ayant été invitées par une de leurs camarades et ses parents à venir terminer l'après-midi dans leur piscine.

À leur arrivée, ils trouvèrent la maison étrangement calme sans le remue-ménage et les rires des trois fillettes, mais ce contraste parut extrêmement agréable à Daniel, heureux d'avoir un peu de temps seul à seul avec Emma. Si c'était ce qu'elle souhaitait, elle aussi.

— Si nous profitions de cette soirée tranquille pour regarder un film ? suggéra-t-il.

— Volontiers. Paris m'a dit que tu aimes les thrillers, c'est vrai ?

— Oui, mais j'imagine que tu préfères les comédies romantiques. Si nous nous y mettons maintenant, avec un bon verre de thé glacé, nous aurons sans doute le temps de regarder un de chaque avant que les filles rentrent.

— Volontiers. J'avoue qu'après avoir passé la semaine à accompagner tout ce petit monde à droite et à gauche, j'apprécierai de rester sans rien faire toute une soirée. Choisis le film qui te plaît, je vais préparer le thé glacé.

Tout en la regardant quitter la pièce, Daniel réalisa que tous les trajets qu'elle faisait quotidiennement pour conduire ses filles à leurs ateliers, sans oublier Paris à amener à la piscine pour ses entraînements, devaient lui donner l'impression d'être devenue chauffeur de taxi. Mais fidèle à elle-même, elle faisait toujours passer les autres avant son propre confort sans jamais se plaindre.

Comme elle revenait avec le thé, elle décida d'aller jeter un coup d'œil sur Fiesta et ses chatons avant de s'installer devant la télévision. Il l'accompagna.

Elle avait tant de plaisir à contempler cette portée de petites boules de fourrure qu'il en éprouvait lui-même à la regarder.

Le sourire d'Emma continuait à le bouleverser. Non seulement il était ravissant mais il avait aussi le don de rayonner et de répandre la joie de vivre.

Il posa les mains sur les épaules d'Emma.

— Écoute ! dit-il.

Emma tendit l'oreille.

— Je n'entends rien.

— Justement. C'est la preuve que nous sommes tous les deux seuls au monde. À moins que tu ne t'y opposes avec la dernière fermeté, je vais en profiter pour t'embrasser en prenant tout mon temps…

— Permission accordée !

Pour lui, son plaisir fut aussi grand que si on lui accordait le plus beau des cadeaux de Noël !

Il s'attendait à ce que ce baiser soit délicieux puisque tous leurs baisers l'avaient été. Il s'attendait aussi à ce qu'il réveille en lui un appétit physique trop longtemps oublié. Mais il n'avait pas imaginé qu'il perdrait ainsi la tête dans la douceur satinée de la peau d'Emma, le parfum fleuri de son shampooing, la chaleur de son corps plaqué contre le sien… Le désir qui explosa en lui fut aussi violent qu'inattendu. Il n'était plus un adolescent, mais l'ivresse étourdissante qu'il éprouvait était celle d'un très jeune homme. Un feu brûlait au creux de ses reins qu'il n'était pas certain de pouvoir apaiser.

Il s'apprêtait à interrompre leur baiser lorsque Emma se mit à lui caresser le cou et à glisser les doigts dans ses cheveux. Au lieu de s'écarter d'elle comme il avait eu l'intention de le faire, il approfondit son baiser qui devint encore plus exigeant et grisant. Le désir montait en lui, de plus en plus impérieux alors qu'il se sentait de moins en moins capable de lui résister.

Son esprit essayait pourtant de penser au futur pour échapper à la griserie sensuelle du moment présent, mais le futur lui paraissait si lointain qu'il en était quasiment inexistant. Seule une pensée s'imposait à lui : il n'avait pas le droit de profiter de l'abandon d'Emma. Ils étaient seuls dans la maison, ce serait très facile pour lui de passer à l'étape suivante. Mais était-ce bien honnête de sa part d'aller plus loin ? Était-ce vraiment la chose à faire ?

Il se força à mettre un terme à leur baiser.

— Emma, si nous devons arrêter, c'est maintenant ou jamais !

Elle leva vers lui un visage étonné.

— Et si je n'ai pas envie d'arrêter ?

— Prends au moins un instant pour réfléchir…

— D'accord. Pendant combien de secondes dois-je le faire ?

— Emma, il y a des moments où je te trouve exaspérante !

— Et moi, des moments où je trouve que tu réfléchis trop. Je suis ici, avec toi, parce que j'ai envie d'y être. C'est très bien que ta conscience te commande d'agir correctement, mais *toi*, de quoi as-tu envie ?

— Tu le sais très bien, mais je veux que tu sois sûre de toi.

— Je le suis. Complètement.

Ces mots lui suffisaient. Il souleva Emma dans ses bras.

— Ma chambre est par là…

Emma remarqua à peine la pièce dans laquelle elle se trouvait : le grand lit avec son couvre-pieds gris pâle, l'armoire en pin… Seules quelques photos de ses filles animaient ce décor très épuré.

Tout en l'installant sur le lit, Daniel lui posa la question importante.

— Est-ce que tu utilises un moyen contraceptif ?

Elle hocha la tête. L'année précédente, son gynécologue lui avait posé un implant d'une durée de validité de trois ans. Elle ne l'avait pas encore fait retirer.

Tranquillisé par cette réponse, Daniel la prit dans ses bras, mais Emma sentait qu'il hésitait encore.

— Quelque chose te contrarie, Daniel ?

— Maintenant que je suis tout près de toi, je te désire comme un fou, et pourtant…

— Et pourtant ?

— Je voudrais être certain qu'il ne s'agit pas d'un effet rebond.

Quel ravage avait laissé Lydia derrière elle en le quittant ! Avec cet abandon, elle l'avait rendu incapable de croire que quelqu'un pouvait l'aimer. Comment le rassurer ?

— Ne t'inquiète pas, Daniel, je suis bien certaine qu'il ne s'agit pas d'un effet rebond. Je te le promets.

Apparemment, cela suffit à rendre confiance à Daniel.

Lentement, savourant chacun de ses gestes, il commença à la dévêtir, jusqu'à ce qu'elle se trouve nue devant lui. Il sembla surpris de voir qu'elle ne manifestait aucune gêne. Bien au contraire, elle paraissait fière d'être désirée. Elle ne doutait pas de l'attachement qu'il éprouvait pour elle. Ce qu'elle ne savait pas, c'est si le sentiment profond qu'il ressentait était de l'amour. Ça l'était pour elle, en tout cas. Le moment était certainement venu pour tous les deux de se l'avouer.

Avec un sourire, elle interrompit sa contemplation.

— À ton tour maintenant !

Sans hésiter, Daniel fit passer son T-shirt par-dessus sa tête avant de se débarrasser rapidement du reste de ses vêtements. Tout émus de cette intimité soudaine, ils restèrent un moment face à face, profondément troublés. Puis, Daniel la reprit dans ses bras et recommença à l'embrasser. Partout. Très vite, ils se retrouvèrent allongés sur le lit dans les bras l'un de l'autre, brûlants de se mêler plus intimement encore.

— Comme c'est bon…, murmura Daniel. Je crois rêver.

— Non, tu ne rêves pas. C'est la réalité.

Elle lui caressa le dos.

— Emma… J'ai tellement envie de toi !

— Je t'attends. Viens tout de suite.

Tout en continuant à l'embrasser, il la fit rouler sous lui. Leur plaisir s'accrut encore ainsi que leur impatience de connaître la volupté promise vers laquelle ils montaient déjà.

Lorsque, enfin, Daniel pénétra dans son intimité tiède, ce fut pour tous les deux une ivresse égale où il n'y avait plus ni passé ni futur ; juste le présent.

Cramponnée aux épaules de Daniel, Emma découvrait un plaisir entièrement nouveau, d'une intensité incroyable. Comme guidés par une synchronisation secrète, ils parvinrent ensemble à un orgasme qui les unit totalement l'un à l'autre.

Ensuite, ils demeurèrent longuement allongés l'un près de l'autre.

Lorsque Daniel se redressa sur le coude, ils étaient encore tous les deux ivres de volupté.

— Quel bonheur que tu sois là…, murmura-t-il.

— Bonheur partagé !

En faisant l'amour avec Daniel, elle avait compris à quel point elle l'aimait. Que se passerait-il s'il ne lui faisait pas suffisamment confiance pour envisager l'avenir avec lui dont elle rêvait ? Mais pareil avenir était-il seulement envisageable ?

Le lendemain, Emma alla comme d'habitude récupérer les filles à la fin de leurs ateliers et les ramena à la maison où elles voulaient voir Fiesta et les chatons. Mais elle ne cessait de penser à la merveilleuse soirée de la veille. Faire l'amour avec Daniel ne ressemblait en rien à ce qu'elle avait déjà connu. Elle était amoureuse de lui. Amoureuse folle !

Après avoir rempli de croquettes le bol de Fiesta et renouvelé son eau, toutes les quatre repartirent pour Furever Paws où les fillettes effectuaient également un peu de bénévolat sous la direction attentive d'un adulte.

Daniel vint les y retrouver à la sortie de son travail.

— Allez, les filles ! On va se laver les mains avant de rentrer à la maison ! ordonna Emma.

En disant cela, elle réalisa que de plus en plus, elle considérait la maison de Daniel comme la sienne. Était-ce un bien ? Était-ce un mal ? Quoi qu'il en soit, elle avait de plus en plus de mal à imaginer vivre autre part.

— J'ai préparé un sauté de poulet qu'il suffira de réchauffer au four mais si vous préférez autre chose, toutes vos suggestions sont les bienvenues, dit-elle.

— Pourquoi ne pas acheter une pizza sur le chemin du retour et garder le poulet pour demain ? suggéra Daniel.

— Je préfère une salade, déclara Paris, morose comme toujours.

Son père lui jeta un regard de biais.

— D'accord, à condition qu'il y ait aussi des blancs de poulet.

En voyant Paris hocher la tête, il conclut :

— Je passe la commande et je me charge de la prendre avant de rentrer. À tout de suite !

En passant devant Emma, il s'arrangea pour lui caresser le bras au passage. Quand auraient-ils à nouveau un peu de solitude à deux, elle n'en avait pas la moindre idée, mais cela arriverait sans aucun doute car Daniel le souhaitait visiblement autant qu'elle.

— Vous préférez manger dedans ou sur la terrasse ? demanda Emma au moment de mettre le couvert.

La soirée était agréablement tiède, animée d'une brise légère incitant au plaisir de vivre.

— Sur la terrasse ! décida Paris.

Ses deux sœurs furent tout de suite d'accord et elles se mirent à dresser la table toutes les trois sans se faire prier.

Peu de temps après, Emma entendit la voiture de Daniel remonter l'allée. Comme ils allaient passer à table tout de suite, elle servit à chacun un verre de thé glacé. Daniel avait ramené deux grandes pizzas dont chaque moitié proposait des saveurs différentes : poivron, fromage, brocoli, champignons.

— Je vais chercher le couteau à pizza, annonça Daniel.

— Et moi les pinces pour servir la salade, ajouta Emma.

Dès qu'ils se retrouvèrent dans la cuisine, Daniel prit Emma dans ses bras et l'embrassa avec fougue.

— Je n'en pouvais plus d'attendre ce moment ! murmura-t-il.

— Et moi donc !

Un second baiser ranima le désir qui couvait en eux. Leur entente était si grande qu'Emma avait l'impression de se fondre totalement dans le corps de Daniel… Est-ce que cette ardeur sommeillait au fond d'elle-même sans qu'elle en ait jamais soupçonné l'existence ? Ou bien attendait-elle de rencontrer l'homme qui saurait la faire vivre pour se manifester ?

Un éclat de rire en provenance du jardin contraignit Daniel à mettre fin à leur baiser. Un instant, il laissa son front contre celui d'Emma, puis avec un soupir, il se retira.

— Il faut vraiment que je cherche ce couteau à pizza..., marmonna-t-il.

En riant, Emma prit la pince à salade dans le tiroir. Que se passerait-il ce soir quand les trois fillettes seraient couchées ? Est-ce que Daniel viendrait la rejoindre dans sa chambre ?

Avant de sortir, il murmura :

— À plus tard...

Emma soupira. Il ne lui restait plus qu'à compter les heures en attendant le moment qui leur permettrait d'être ensemble à nouveau.

Tout le monde apprécia les pizzas. Paris, elle, se contenta de grignoter un bout de brocoli et une feuille de laitue avec une portion minuscule de poulet. Lorsque Daniel proposa une dernière part de pizza, il se tourna vers sa fille aînée qui refusa, bien entendu, tandis que ses sœurs tendaient à nouveau leur assiette.

Ils entendirent alors une voiture s'arrêter devant la maison.

— Tu attends quelqu'un, Emma ? demanda-t-il.

— Non. C'est peut-être mon père qui a décidé de nous faire une autre visite surprise ?

Cette suggestion amena un grand sourire sur le visage de Pippa qui avait beaucoup apprécié la compagnie de Jorge.

Lorsque la sonnette retentit, Daniel se leva de table.

— Je vais ouvrir.

Il demeura absent si longtemps qu'Emma se demanda s'il ne se passait pas quelque chose d'anormal. Peut-être un de ses clients mécontents était-il venu se plaindre à son domicile ?

Pippa repoussait son assiette.

— Je n'ai plus faim !

Penny en fit autant.

— Moi non plus !

Emma présenta un petit bout de poulet à Paris.

— Encore une bouchée ?

Paris hésita un instant, puis accepta.

Daniel les rejoignit quelques instants plus tard en compagnie d'une très jolie femme.

— Tu as changé le code de la serrure, ce qui fait que je n'ai pas pu entrer avec ma clé, disait cette dernière à Daniel.

Emma tressaillit. *Sa* clé ?

Pippa se retourna brusquement, renversant sa chaise dans sa précipitation à se jeter dans les bras de la nouvelle venue.

— Maman !

Plus calme, Penny se leva et repoussa tranquillement sa chaise avant de s'avancer vers sa mère.

— Tu es revenue ? demanda-t-elle.

Paris ne bougea pas et se contenta de jeter un coup d'œil en direction de Lydia par-dessus son épaule puis, sans émotion apparente, elle prit son verre pour boire une gorgée de son thé.

— Paris ! Tu ne dis pas bonjour à ta mère ? intervint Daniel avec autorité.

— Bonjour, dit Paris sans se retourner.

Lydia n'insista pas pour que sa fille vienne la saluer. Elle se contenta de désigner Emma.

— Qui est cette femme ? demanda-t-elle.

Le regard embarrassé de Daniel croisa celui d'Emma. Il paraissait à court de mots.

Heureusement, Pippa sauva la situation grâce à sa spontanéité habituelle.

— Emma est notre baby-sitter ! C'est la meilleure de toutes !

Lydia tapota les cheveux de sa plus jeune fille.

— Vous n'aurez plus besoin de baby-sitter puisque je suis là.

— Des liens se sont créés entre Emma et les filles,

dit Daniel. Il n'y a aucune raison de casser cette routine tout simplement parce que tu es venue leur rendre visite.

— Il s'agit peut-être d'autre chose que d'une visite, répliqua Lydia.

- 11 -

Emma était en train de faire le lit de la chambre d'amis avec des draps propres lorsque Daniel entra dans la pièce.

— Qu'est-ce que tu fais ? s'enquit-il.

— Je prépare la chambre pour Lydia. Tu l'as bien invitée à rester, non ?

Un instant de silence suivit cette remarque.

Daniel contourna le lit pour l'aider à arranger le drap-housse. Elle aurait pu accomplir cette tâche toute seule et pour une raison qu'elle était incapable d'analyser, elle ne souhaitait pas son aide en ce moment précis. Elle lui en voulait presque de se montrer si prévenant.

— Emma, il faut que tu comprennes que j'ai toujours encouragé Lydia à venir rendre visite à nos filles. Elles en ont besoin.

Emma tira le drap avec un peu trop de vivacité. Une fois les deux coins fixés de son côté, elle se redressa et croisa les bras.

— Elles ont besoin d'une mère qui soit présente *tous les jours*, fit-elle remarquer.

— Bien sûr, tu as raison. Mais je ne pense pas que cela soit possible. Lydia est remariée et vit en Virginie avec l'homme pour lequel elle a tout abandonné.

— Tout ?

— Oui, tout. Moi, ses filles, notre vie commune…

Au profond désespoir d'Emma, Daniel parlait de cet abandon comme s'il s'était produit la veille.

N'avait-il donc pas tiré un trait sur sa vie passée à laquelle elle n'appartenait pas ? Qu'attendait-il pour le faire ?

Blessée et agacée, elle se dirigea vers la commode d'où elle sortit un drap rayé mauve et blanc qu'elle étala sur le premier.

Daniel le tira de son côté pour le disposer correctement.

— Raconte-moi exactement ce qui s'est passé entre vous, demanda-t-elle.

Le souvenir de Daniel et elle en train de faire l'amour lui fit soudain monter les larmes aux yeux. Elle était en train de comprendre qu'il n'y avait probablement pas d'avenir possible pour eux deux. Elle se sentait trahie. Et pourtant, ce n'était pas la faute de Daniel. Il avait raison. Son ex-femme avait parfaitement le droit de venir voir ses filles quand elle le souhaitait.

— J'ai la garde entière des filles, mais Lydia a un droit de visite qu'elle n'a jamais utilisé jusqu'à maintenant, expliqua-t-il, très calme. Si elle veut emmener les filles à Alexandria, il faut qu'elle me demande l'autorisation de leur faire quitter la Caroline du Nord.

— Tu la laisserais faire ?

— C'est leur mère, Emma…

Bien sûr…

Emma garda le silence jusqu'à ce que Daniel s'approche d'elle et pose sa main sur la sienne.

— J'ai fait beaucoup d'efforts pour surmonter l'amertume et le ressentiment que j'éprouvais pour Lydia en me disant que je devais le faire pour Paris, Penny et Pippa. Je ne voulais pas les couper de leur mère, même si finalement, c'est bien ce qui s'est produit.

— C'est sa faute à elle !

— Oui, mais j'ai fini par comprendre que notre rupture couvait depuis longtemps.

— C'est-à-dire ?

— Eh bien, nous n'avons pas les mêmes valeurs. Ni les mêmes buts dans la vie. Nos différentes conceptions de l'éducation ont sapé notre mariage dès la naissance de Paris mais le plus gros problème provenait du fait que Lydia nourrissait certaines attentes à mon égard et que, inversement, j'en attendais autant d'elle.

— Tu veux bien m'expliquer un peu mieux ?

Daniel jeta un coup d'œil en direction de la porte.

— Tu es sûre que le moment est bien choisi ? Nous pouvons être dérangés à tout moment.

— Ce sera toujours le cas, répliqua-t-elle. Alors, inutile d'attendre !

Daniel avala sa salive et réfléchit un instant avant de reprendre :

— Lorsque j'ai fait la connaissance de Lydia, nous étions dans la même université. Je faisais du droit et elle des études de journalisme. Son ambition était de devenir présentatrice à la télévision.

— Elle y a renoncé ?

— Nous sommes tombés amoureux. J'étais prêt à me fixer. De son côté, Lydia était une enfant gâté par ses parents qui lui allouaient chaque mois une coquette somme. Moi, je souhaitais revenir à Spring Forest où j'avais mes racines. Mon père est mort pendant ma dernière année de lycée et ma mère l'année suivante. Mais il me restait ma sœur Shannon, et c'est dans cette petite ville que j'avais envie de fonder une famille. Ce souhait était sans doute si fort que j'ai négligé de prendre en compte tout ce qui me séparait de Lydia. Dès la seconde année de notre mariage, elle a commencé à me demander d'intégrer un cabinet d'avocats à Raleigh ou dans une grande ville comme Washington DC ou New York. On m'a fait quelques propositions. Si j'en avais accepté une, nous serions peut-être encore ensemble, je ne sais pas.

— Malgré vos objectifs différents dans la vie ?

— Avec la naissance de nos filles, je n'avais plus qu'un seul but : leur assurer la meilleure existence possible.

— Lydia ne partageait pas ce point de vue ?

— Si. Elle aimait réellement Paris, Penny et Pippa, mais elle et mon associé, Allen, sont tombés amoureux l'un de l'autre. Ils avaient une liaison depuis six mois lorsqu'on nous a proposé à tous les deux un poste en Virginie. Lydia me poussait à accepter. Moi, je ne voulais pas. Quand Allen a décidé de partir, Lydia l'a suivi. Ça a été la goutte qui a fait déborder le vase. Et nous avons divorcé.

Plus Daniel parlait, plus Emma voyait Lydia comme l'enfant gâtée dont il avait parlé, habituée à obtenir tout ce qu'elle souhaitait sans avoir à fournir beaucoup d'efforts pour y parvenir.

— Tu ne soupçonnais pas qu'elle te trompait ?

Daniel passa la main dans ses cheveux.

— Non. Je savais qu'Allen avait une femme dans sa vie mais je ne savais pas qui. Nous travaillions tous les deux sur un cas difficile qui a attiré l'attention de la presse nationale. La charge de travail était énorme, je passais très peu de temps à la maison. Comme Lydia ne travaillait pas à l'extérieur, elle pouvait passer beaucoup de temps avec les filles et il me semblait que cela compensait. Une fois ce cas résolu, je pensais retrouver des horaires de travail plus légers et une vie de famille normale. C'est ce que je croyais, mais ce n'est pas ce qui est arrivé. C'était trop tard.

— Je suis désolée, Daniel…

Il haussa les épaules, impuissant.

— Je ne comprends pas la raison de sa visite aujourd'hui mais je ne tarderai pas à savoir.

Emma avait déjà son opinion sur la question.

— Elle veut recommencer à vivre avec toi.

— Mais elle est mariée avec Allen !

— Ce n'est peut-être pas très important à ses yeux.

— Pour moi, si ! C'est très important. Tout est fini entre Lydia et moi. Je ne veux pas recommencer à vivre avec elle.

— Tes filles en ont peut-être envie.

Daniel l'enlaça.

— C'est à voir. Je tâcherai de savoir pourquoi Lydia est venue mais en même temps, je veux l'encourager à se rapprocher de nos filles.

— Tu n'as pas peur qu'elles se sentent à nouveau abandonnées quand Lydia repartira ?

— Il faut que je parle de tout cela avec elle. Je ne la laisserai pas regagner Alexandria tant que nous n'aurons pas tiré tout cela au clair.

Le projet était louable, Emma en convenait volontiers. Mais où était sa place, dans ce projet ? Et d'ailleurs, y avait-il une place pour elle ?

Elle préférait penser que Daniel n'éprouvait plus rien pour son ex-femme. Néanmoins, cette dernière était belle de ses orteils aux ongles vernis jusqu'à ses mains soigneusement manucurées. Pour Emma, ce détail planait comme une menace sur le bonheur qu'elle entrevoyait jusque-là.

Le lendemain de son arrivée, Lydia descendit assez tard prendre le petit déjeuner qu'Emma avait préparé pour tout le monde. Elle se montra plutôt aimable avec Daniel et leurs filles. Penny et Pippa paraissaient accepter sa présence avec facilité. C'était différent pour Paris qui avait retrouvé son expression triste et gardait le silence.

Lorsque Emma vint s'asseoir à table avec eux, Lydia se tourna vers Daniel.

— Elle prend ses repas avec vous ?

Une ombre passa sur le visage de Daniel.

— Bien sûr ! Emma n'est pas une bonne, Lydia. En fait...

Il s'interrompit un instant afin de trouver les mots justes.

— Emma est devenue quelqu'un de très spécial pour nous tous.

Cette réponse fut une vraie déception pour Emma. Pourquoi ne disait-il pas : « Elle a sa place ici autant que toi » ? Bien sûr, il ne voulait pas lancer une dispute devant ses filles qui en auraient été très affectées. Elle le comprenait, et pourtant, il lui était douloureux d'être considérée comme une intruse alors que la veille encore elle se sentait chez elle.

Comme Lydia s'arrangeait pour monopoliser la conversation et l'ignorer de son mieux, Emma se consola en se disant que ce n'était que temporaire. Très vite pourtant, elle comprit que ce n'était pas aussi sûr qu'elle se plaisait à le croire…

À la fin du petit déjeuner, Daniel se tourna vers son ex-femme.

— Lydia, tu peux conduire les filles à leurs ateliers ce matin ? Cela permettra à Emma de venir travailler au cabinet sans avoir à faire ce trajet.

— Pas question. Je suis sûre qu'Emma est payée pour faire ce travail. En plus, j'ai besoin d'une journée pour retrouver mes repères. Je suis fatiguée d'avoir fait toute cette route hier.

Elle étira les bras au-dessus de sa tête et conclut :

— Et je ne veux pas interférer avec votre routine quotidienne.

Emma retint les paroles fort peu aimables qui lui montaient aux lèvres. De toute évidence, Lydia faisait ce qu'elle voulait sans s'inquiéter de ce qui conviendrait le mieux aux autres. Daniel allait-il passer ça ?

Ce fut Paris qui rompit le silence qui s'était installé.

— Est-ce que vous allez tous venir demain à ma compétition de natation ? J'ai fait beaucoup de progrès.

— Nous ne la manquerions pour rien au monde, assura Daniel.

— Je veux dire que je tiens à ce que tout le monde soit là. Même si maman vient, je veux qu'Emma soit là elle aussi.

Emma posa sa main sur celle de Paris.

— Si tu m'invites à aller te voir, je viendrai avec plaisir.

Lydia remarqua le geste de soutien qu'Emma offrait à sa fille, puis elle détourna les yeux sans un mot, ce qui laissa Emma perplexe.

Comment Lydia pouvait-elle ne pas comprendre que ses filles avaient besoin d'être encouragées, soutenues, rassurées ? Comment pouvait-elle croire qu'il lui était possible de réapparaître dans leur vie en faisant comme si rien ne s'était passé ?

Pendant que Lydia était remontée dans sa chambre pour s'habiller et que les filles allaient dire bonjour à Fiesta, Daniel resta avec Emma dans la cuisine. Il lui passa un bras autour de la taille pour la faire pivoter vers lui.

— Je sais que tu aurais aimé intervenir dans la discussion et que tu n'as rien dit pour préserver la paix. Je te remercie.

Des larmes montèrent aux yeux d'Emma, profondément émue de constater qu'il la comprenait si bien.

— Pour rien au monde je ne voudrais faire de mal à Paris, Penny ou Pippa.

— Je sais. Lydia me doit des explications. Je vais lui demander pourquoi elle est revenue.

— Pour recommencer à vivre avec toi, j'en suis sûre. Elle a peut-être compris qu'elle n'aurait jamais dû te quitter.

En voyant Daniel regarder longuement par la fenêtre, Emma se dit qu'il essayait sans doute d'imaginer ce que serait sa vie si Lydia était restée.

Parfois le matin, Daniel invitait Emma à l'accompagner jusqu'au garage, ce qui lui permettait de lui voler un baiser, mais ce matin, il ne le lui proposa pas. En revanche, quand il la serra contre lui avant de partir, elle sentit combien il était tendu. Depuis qu'ils avaient fait l'amour, elle devinait beaucoup plus facilement les émotions qui l'affectaient.

Que se passerait-il s'ils ne pouvaient pas rester ensemble ? D'ailleurs, même si Lydia et lui ne se réconciliaient pas, cela ne signifiait pas pour autant que la présence de son ex-femme ne serait pas un obstacle perpétuel entre eux.

Tandis qu'elle était en train de faire la vaisselle, Emma entendit la sonnerie d'un téléphone. Elle s'approcha et découvrit que Lydia parlait à voix basse dans le bureau de Daniel. Ainsi donc, elle n'avait pas hésité à pénétrer dans cette pièce ? Sans doute souhaitait-elle être tranquille ?

Tout en sachant qu'elle ne devrait pas le faire, Emma

se rapprocha suffisamment pour capter des bribes de sa conversation. Elle comprit très vite que Lydia parlait à une amie de Spring Forest.

— Je suis contente que tu m'aies appelée, Connie ! Nous pourrions peut-être déjeuner ensemble un de ces jours ?

Un moment de silence suivit avant que Lydia reprenne :

— Non, je ne suis pas venue ici en vacances.

Comme hypnotisée par ce qu'elle entendait, Emma fut incapable de s'éloigner.

— Tu sais, je n'aurais jamais dû quitter Daniel. Mon mariage ne va pas très bien. Allen ne comprend pas que j'aie conservé des liens à Spring Forest, comme toi et Ted. Il estime que je devrais rompre tout contact avec les personnes que je connais ici.

Nouveau silence, puis Lydia poursuivit :

— Oui, il est possible qu'il soit jaloux de Daniel. Je ne sais pas ce que je vais faire. Je vais voir comment Daniel prend les choses. S'il se montre gentil et romantique, je resterai peut-être avec lui. Mais même si cela n'arrive pas, je veux renouer avec Paris, Penny et Pippa. Les baby-sitters se sont succédé à la maison et j'ai compris que mes filles ont besoin de moi.

Emma s'éloigna. Elle en avait assez entendu.

Devait-elle faire part à Daniel de cette conversation ? Elle ne voulait pas avoir de secret pour lui, mais quand il se trouvait en tête à tête avec Lydia, ce qu'il ressentait était peut-être bien différent de ce qu'il éprouvait quand il parlait d'elle. Qui sait si en présence de Lydia, il n'avait pas envie de se montrer romantique ? Ce serait important de le savoir.

En attendant, Emma ne pouvait faire autrement que suivre ce que lui dictait son intuition, en espérant que cela la mettrait sur la bonne voie. Quoi qu'il en soit, Lydia n'avait pas tort en disant que ses filles avaient besoin d'elle.

Après le repas du soir, elle retourna dans son studio. C'était maintenant devenu un rituel que de chercher son pendentif que personne n'avait encore retrouvé.

Les fillettes étaient à l'étage avec Fiesta et les chatons. En les entendant rire, Emma devina qu'elles regardaient les petites boules de poil se déplacer maladroitement dans la caisse, téter ou se lover contre le ventre tiède de leur mère. Comme elle les comprenait ! Elle-même adorait passer du temps à les regarder.

Elle était en train pour la énième fois de vérifier si son pendentif n'avait pas glissé à l'intérieur d'un tiroir lorsqu'elle vit Lydia apparaître devant sa porte entrouverte.

— Je peux entrer ?

Sans trop savoir ce qui l'attendait, Emma fit signe que oui.

Lydia fit le tour de la pièce des yeux.

— J'avais oublié comme cette chambre était jolie !

— En effet, elle est très agréable.

— Si agréable que vous n'avez pas envie de la quitter, n'est-ce pas ?

Petite et mince, Lydia paraissait très sûre d'elle. Elle évoluait avec grâce, ses cheveux impeccablement coupés dansaient autour de son visage quand elle se déplaçait. Pourtant, quelque chose dans son regard incitait Emma à penser qu'elle n'était pas aussi confiante qu'elle souhaitait le paraître.

Elle s'avança et alla s'asseoir sur le petit canapé.

— Vous savez, Emma, je suis réellement revenue pour mes filles.

Comme Emma demeurait silencieuse de peur de dire quelque chose de désagréable, Lydia lança un peu sèchement :

— Vous me jugez ?

— Je m'efforce de ne pas le faire.

— Comme vous êtes honnête ! Je comprends que Daniel soit amoureux de vous. Pourtant, l'honnêteté est vite ennuyeuse…

— Et vous, Lydia, qui avez abandonné votre mari et vos filles, comment vous qualifiez-vous ?

Lydia laissa échapper un petit ricanement méprisant.

— Apparemment, vous êtes aussi vertueuse que ces braves gens de Spring Forest ! rétorqua-t-elle.

Puis, rejetant ses cheveux en arrière, elle ajouta :

— Sachez que je ne me suis jamais sentie chez moi, à Spring Forest. J'avais d'autres centres d'intérêt et d'autres ambitions. Daniel ne l'a jamais compris.

— Tenez-vous réellement à me parler de votre mariage avec lui ?

Lydia hésita un instant, puis après avoir remarqué sur le lit la chemise de nuit qu'Emma y avait étalée, elle poussa un soupir.

— Non. En revanche, je souhaite réellement me rapprocher de mes filles. Vous me paraissez avoir réussi à créer des liens avec elles. Quel est votre secret ?

— Je n'en ai pas. Je me soucie d'elles, c'est tout. D'ailleurs, elles ont dû changer, depuis votre départ. Il va falloir que vous refassiez connaissance avec elles pour découvrir ce qu'elles sont devenues.

— J'ai essayé de parler avec elles mais c'est difficile. Paris en particulier reste muette comme une carpe. Penny aussi, parfois. Pippa est la seule à m'avoir accueillie à bras ouverts.

— Vous en avez parlé avec Daniel ?

— Si je le fais, je suis sûre que nous allons nous disputer !

— Détrompez-vous, il les comprend très bien. Il a fait beaucoup d'efforts pour jouer à la fois son rôle de père et celui de mère.

— Vous voulez dire jusqu'à votre arrivée ?

— Je ne connais Daniel et vos filles que depuis quelques semaines alors que vous avez vécu des années avec eux. Vous les connaissez, Lydia, vous devriez réussir à renouer avec eux. Efforcez-vous de faire des choses ensemble. Ils se confieront peut-être plus facilement pendant que leur attention sera concentrée sur quelque chose.

— Vous mettez Daniel dans le lot ?

Il y avait maintenant du défi dans la voix de Lydia.

— Daniel est adulte, répondit calmement Emma. Il fera ses choix lui-même. Mais je suis sûre d'une chose : il fera toujours passer ses filles avant tout.

— Comme si je ne le savais pas ! C'est même une des raisons pour lesquelles je l'ai quitté ! Il s'attendait à ce que je fasse la même chose. Il aurait souhaité que je manque le cours de gymnastique quand elles étaient malades ou que je fasse du bénévolat à leur école au lieu d'aller jouer au golf ! Le pire, c'est qu'il a refusé le poste qu'on lui proposait à Alexandria, près de Washington DC, alors que là-bas, on peut sortir et s'amuser tant que l'on veut !

Emma n'était pas sûre de vouloir en écouter davantage, mais d'un côté, ces confidences lui permettaient de mieux comprendre la relation de Lydia et Daniel.

— Daniel m'a dit que vous vivez maintenant à Alexandria et que vous avez épousé l'homme dont vous êtes tombée amoureuse.

— Daniel vous a parlé de moi ? s'étonna Lydia.

— Partager ses souvenirs fait partie de l'amitié.

— Il paraît… Il a donc sûrement dû vous dire aussi que ma rencontre avec Allen a été une des causes de notre divorce.

Elle s'interrompit un instant avant de reprendre, comme si elle s'adressait à elle-même :

— Mon idée du mariage était différente de celle de Daniel. Paris était un bébé de rêve, toujours de bonne humeur et heureuse de vivre. Même quand elle a commencé à marcher, elle n'était pas pénible à surveiller. Avec Penny, ça a été bien différent. Elle a eu des coliques pendant six mois et pleurait sans arrêt. Daniel était tout le temps à son bureau, il n'a pas eu à supporter ses cris. Ensuite, à deux ans, elle est devenue une véritable petite terreur, faisant deux bêtises à la seconde. C'est alors que je me suis retrouvée enceinte de Pippa. J'aime ma petite dernière autant que les autres, mais trois enfants, c'était trop pour moi. Je n'en pouvais plus.

Emma se dit qu'une dépression post-partum avait sans doute joué un rôle dans le comportement de Lydia. Mais c'était il y a des années. Qu'en était-il aujourd'hui ? Après quelques hésitations, elle décida de poser la question qui lui brûlait les lèvres.

— Souhaitez-vous reprendre la vie commune avec Daniel ?

Lydia ne se fit pas répéter la question.

— Si je dis oui, est-ce que vous partirez ?

La réponse jaillit de la bouche d'Emma sans la moindre hésitation.

— Non.

Lydia fronça les sourcils, contrariée. Visiblement, elle ne s'attendait pas à autant de détermination.

— Vous serez peut-être obligée de revoir votre opinion sur ce sujet, dit-elle.

— Avant de détruire une nouvelle fois la vie de Daniel, vous feriez bien de tirer au clair ce que vous voulez exactement. Daniel est sans doute le même qu'il y a deux ans. Si vous revenez avec lui, qu'est-ce qui vous permet de croire que votre union sera plus heureuse que la première fois ?

Lydia se leva et lui jeta un regard peu amène.

— Vous ne comprenez pas. Allen m'avait promis que nous aurions une vie de rêve à Alexandria, mais ce n'est pas vraiment le cas, même si nous avons beaucoup plus de distractions qu'à Spring Forest. En ce moment, nous nous disputons souvent. Il aimerait que je trouve un emploi parce que je m'ennuie à la maison pendant qu'il travaille. Moi, je n'en ai aucune envie.

— Vous pourriez peut-être arriver à un compromis ?

— Vous plaisantez ? Avec les avocats, il n'y a pas de compromis possible !

Emma pensait que ce n'était pas du tout le cas avec Daniel. Il avait bien prouvé qu'il était capable de changer d'avis en acceptant d'adopter Fiesta pour faire plaisir à ses filles.

— Attendez un peu de voir ce que vous ressentirez quand Daniel vous dira que son client ou que le match de basket de Penny est plus important que vous ! reprit

Lydia. À ce moment-là, vous le verrez avec d'autres yeux, je vous le promets.

Sur ce, elle quitta brusquement la pièce, laissant Emma décontenancée.

Lydia la considérait-elle comme une confidente ou une ennemie ? Elle n'arrivait pas à le savoir.

Le mieux était de continuer à chercher son pendentif…

Daniel frappa à sa porte alors qu'elle était en train de vider un nouveau tiroir.

— Qu'est-ce que tu as dit à Lydia ?

— Nous avons parlé de beaucoup de choses, pourquoi ?

— Parce qu'elle est bouleversée. Penny l'a vue sortir en pleurant de ta chambre. Franchement, je préférerais que tu t'abstiennes de provoquer davantage de problèmes dans cette maison !

Emma se redressa et le regarda bien en face.

— C'est Lydia qui est venue me trouver, c'est elle qui est venue me poser des questions. Elle m'a raconté des choses que je ne voulais même pas connaître et tu viens m'accuser de l'avoir bouleversée ?

Daniel passa une main lasse sur son visage.

— Pardonne-moi, murmura-t-il. Toi et moi souhaitons sans doute qu'elle parte le plus vite possible, mais si sa visite permet aux filles de se sentir mieux, je souhaite qu'elle reste le temps qu'il faudra pour leur permettre de renouer les liens entre elles. Je croyais que tu avais compris cela.

Emma l'observa avec attention. Il paraissait très fatigué. Elle se rappela comme c'était bon de faire l'amour avec lui, tout ce qu'elle avait découvert alors et tout ce qu'elle croyait qu'il avait découvert lui aussi.

Elle se trompait.

— Tu as des regrets, n'est-ce pas ? répliqua-t-elle. Tu es en train de chercher ce que tu aurais dû faire différemment pour que Lydia ne te quitte pas. Tes vieux sentiments pour elle sont en train de refaire surface…

Sans qu'elle s'en soit rendu compte, elle avait haussé la voix.

— Je suis sûre que tu te demandes même si elle n'est pas en train de considérer que son mariage avec Allen était une bêtise qu'elle regrette.

Daniel la fixa un instant, pensif, et ne chercha pas à nier quoi que ce soit.

— Il y a peut-être du vrai dans ce que tu dis, avoua-t-il. Pourtant, mon mariage avec Lydia a pris fin il y a deux ans. Bien sûr, je remets certaines choses en question, comme tout le monde. Qu'est-ce que tu penses de ta relation avec John ? Est-ce que tu préférerais que cela n'ait pas existé ou bien te sens-tu plus forte maintenant que tu as surmonté ta déception ?

Pourquoi amenait-il le sujet sur elle ? Elle perdait pied.

Pouvait-elle considérer lucidement son passé, le regretter et tout de même continuer à avancer ? Et qu'en était-il pour Daniel ?

À coup sûr, la visite de Lydia avait réveillé un nid de guêpes. Daniel en souffrait déjà.

Dans le fond, le mieux était peut-être qu'elle s'en aille.

- 12 -

Après s'être accordé un peu de temps dans sa chambre pour se calmer, Emma alla dans la cuisine préparer une salade de pâtes pour le lendemain. Malheureusement, tout le monde s'y trouvait, mais cela ne la fit pas changer d'avis. Elle fit cuire les nouilles tout en découpant des concombres que Paris appréciait énormément.

— Vous cuisinez le soir ? s'enquit Lydia.

Était-ce là une critique ou une observation ? Emma décida que c'était une observation.

— Oui. La salade de pâtes est meilleure quand on la prépare la veille.

Penny eut la bonne idée d'intervenir.

— Papa, est-ce que tu nous permets d'aller à la recherche du chien gris de l'autre jour ?

— Il va faire bientôt nuit, ma chérie.

— Raison de plus pour y aller tout de suite !

Elle se tourna vers sa mère.

— Tu peux nous accompagner ? Papa ne veut pas que nous y allions seules.

— Je ne suis pas une adepte des promenades en forêt, répondit Lydia.

Puis, comme son regard croisait celui d'Emma, elle ajouta vivement :

— Mais ce sera sympa de faire quelque chose avec vous. À condition que vous me promettiez que nous resterons sur le sentier. Que devrons-nous faire si nous trouvons ce chien ?

— Essayer de l'attirer en dehors du bois et lui mettre à nouveau de l'eau et de la nourriture sous le porche, répondit Daniel.

Lydia fronça le nez, visiblement peu enchantée par cette perspective.

Emma la regarda un instant, se demandant à quoi elle s'intéressait. Au golf, d'après ce qu'elle lui avait confié tout à l'heure. Paris aimerait peut-être apprendre à y jouer. Il faudrait qu'elle pense à le suggérer à Lydia puisqu'elle paraissait disposée à faire des efforts pour se rapprocher de ses filles.

Lorsque Lydia et les filles furent sorties, Emma se tourna vers Daniel.

— Pourquoi ne les as-tu pas accompagnées ? demanda-t-elle.

— Pour laisser Lydia refaire tranquillement connaissance avec ses filles. Elles n'ont pas besoin de moi pour cela.

Il se rapprocha d'elle et posa les mains sur ses épaules.

— Emma, je t'ai dit tout à l'heure des choses que je n'aurais pas dû te dire. J'aurais dû insister pour que Lydia s'installe à l'hôtel, mais dans ce cas, elle n'aurait pas pu partager le petit déjeuner avec ses filles, ni les mettre au lit.

— Tu veux dire que tu ne souhaites pas que Lydia reste ici pour toi ?

— Si je pouvais, je te donnerais la chambre voisine de la mienne et je mettrais Lydia au rez-de-chaussée, mais je ne veux pas que les filles comprennent trop de choses. Tout au moins, pas encore.

— Et pourquoi voudrais-tu me donner la chambre proche de la tienne ? demanda-t-elle, feignant d'être étonnée.

— Peut-être aurais-tu envie de temps à autre de venir me faire une petite visite ?

Il prit son visage dans ses mains et pencha son visage pour l'embrasser. Juste avant qu'il ferme les yeux, elle y aperçut la flamme qu'elle connaissait bien, celle qui mettait son sang en ébullition. Daniel la désirait. Elle aussi.

Il l'embrassa dans le cou puis, s'écartant un peu, glissa les mains sous son chemisier.

— Allons dans ta chambre, Emma !

— Mais elles risquent de revenir…

— Elles vont prendre leur temps pour chercher ce chien. Tu n'as pas envie que nous profitions des minutes de liberté dont nous disposons ?

Si, bien sûr qu'elle en avait envie !

Brusquement Daniel la fixa d'un air grave.

— Emma, je ne veux pas t'entraîner à faire quelque chose que tu ne souhaites pas. Cette décision doit être aussi la tienne.

À défaut d'être raisonnable, le choix d'Emma était parfaitement conscient. Elle était amoureuse de Daniel. Amoureuse du parfum de sous-bois qui émanait de lui ce soir. Elle aimait le sourire tendre qu'il lui adressait quand il la regardait, les petites rides qui étoilaient les coins de ses yeux quand il riait. Elle ne pouvait s'empêcher de frissonner quand ses yeux viraient au vert sombre, comme en ce moment…

Elle lui passa les bras autour du cou.

— Je sais ce que je veux, Daniel. Je te veux, toi.

Les lèvres de Daniel s'écrasèrent sur les siennes avant que leurs langues se trouvent pour leur jeu délicieux.

Tout en l'entraînant vers sa chambre, il ne cessa de l'embrasser.

Une fois la porte refermée sur eux, ils se dépêchèrent de retirer leurs vêtements, en s'entraidant l'un l'autre, ce qui fut un prélude amoureux tout à fait agréable. Une fois nus, ils basculèrent sur le lit comme deux adolescents pressés de se découvrir.

Chaque caresse de Daniel était à la fois sensuelle et pleine de tendresse. Quand il effleura ses seins, elle eut l'impression qu'elle allait fondre de douceur. Le plaisir avec Daniel était la découverte d'un monde inconnu. En fait, elle n'avait jamais vraiment su ce qu'était le plaisir avant lui.

Comme il l'embrassait sur le ventre, elle releva les genoux, comme pour le prier de la pénétrer.

Il hésita.

— J'aimerais que nous ayons plus de temps. Tu es sûre que tu es prête ?

— Complètement sûre. Viens vite !

Il se plaça au-dessus d'elle tandis qu'elle l'enlaçait. Avec un grognement de plaisir, il entra en elle avec une lenteur délibérée. Au début, ses coups de reins étaient espacés mais ils se firent de plus en plus rapprochés. Emma berçait le corps de Daniel contre le sien, murmurait son nom à son oreille. Leur désir était violent et partagé, leurs corps à l'unisson, et leurs âmes également. Emma savait qu'elle tenait dans ses bras l'homme avec lequel elle voulait passer le restant de ses jours.

Le feu d'artifice qui se déclencha au moment de l'orgasme fut si éblouissant pour eux deux qu'il effaça tous leurs soucis et tous leurs doutes.

Lorsqu'ils eurent repris leur souffle, Daniel posa son front contre celui d'Emma.

— Je n'ai aucune envie de quitter ce lit, mais nous ferions mieux de nous habiller, dit-il. Si Lydia trouve porte close, elle devinera ce que nous venons de faire.

— Ça t'ennuie qu'elle le sache ?

— Non, c'est seulement que je veux éviter de créer de nouvelles tensions. Je connais Lydia, elle va vite se lasser d'être ici et repartira en Virginie.

— Est-ce qu'elle t'a dit qu'Allen et elle avaient des problèmes en ce moment ?

Tout en enfilant son jean, Daniel tourna vers elle un visage surpris.

— Non. Elle t'a fait des confidences, à toi ?

— Oui. Elle m'a dit qu'en ce moment, Allen et elle se disputaient souvent. Allen souhaite qu'elle travaille mais elle n'en a pas envie.

— Si c'est vrai, elle risque de rester ici plus longtemps que je ne le pensais, marmonna-t-il.

— Que ferons-nous si c'est le cas ?

— Nous gérerons la situation, voilà tout.

Emma comprit alors qu'il n'était pas prêt à prendre un quelconque engagement envers elle. Encore une fois, juste après avoir fait l'amour merveilleusement, ils se retrouvaient en train de parler de Lydia…

Daniel venait à peine de regagner la cuisine avec Emma qu'il entendit des voix dehors. Lydia et les filles étaient revenues. Ils sortirent les rejoindre.

— Maman, tu n'aurais jamais dû lui courir après ! s'écria Pippa.

Puis, voyant Emma, elle s'élança vers elle.

— Il est parti, Emma ! Il est parti !

Désolé de voir ses filles contrariées, Daniel regarda Paris qui expliqua :

— Maman a fait peur au petit chien gris et elle l'a fait exprès.

Dans l'espoir que cela calmerait le jeu, Emma leur proposa d'aller prendre un petit snack dans la cuisine en attendant le dîner.

Une fois qu'elles eurent disparu, Daniel se tourna vers son ex-femme.

— Qu'est-ce qui s'est passé, Lydia ?

— Elles sont remontées contre moi !

— Tu peux me dire pourquoi ?

— Quand nous avons aperçu le chien, il s'est avancé vers Pippa. Si tu avais vu dans quel état il était ! Tout crotté, les poils collés, embroussaillés. Dieu sait quelles maladies il risque de transmettre ! Évidemment, je l'ai chassé.

Devant la mine consternée de Daniel, elle ajouta :

— Je l'ai fait pour leur bien, même si elles refusent de le reconnaître.

— Tu as essayé de te mettre à leur place ?

— Qu'est-ce que tu veux dire ?

— Voilà une semaine que tous les jours elles mettent

de l'eau et de la nourriture à la disposition de ce pauvre chien pour l'inciter à se rapprocher de la maison. Notre idée est de l'attraper pour l'amener à Furever Paws. Tu te rappelles, le refuge pour animaux ?

— Oui, mais je refuse que mes filles touchent un animal aussi sale.

— Lydia, nos filles sont pleines de sensibilité et de compassion. Chasser ce chien n'était pas la chose à faire. Maintenant, je vais être obligé de partir à sa recherche dans le bois rien que pour les consoler.

En voyant la lèvre inférieure de Lydia se mettre à trembler, il comprit qu'il s'était mis dans une situation compliquée.

Les yeux de son ex-femme étaient pleins de larmes, à présent.

À peine eut-il le temps de dire « Non, ne pleure pas ! » qu'elle s'était jetée dans ses bras sans lui demander son avis. En regardant par-dessus l'épaule de Lydia, il aperçut Emma qui les regardait. La déception et la souffrance se lisaient sur son visage.

De plus en plus agacé, il tapota le dos de Lydia, exactement comme il l'aurait fait pour une de ses filles et se libéra de son étreinte.

— Va retrouver les filles dans la cuisine et explique-leur que toi aussi tu t'inquiètes pour ce chien. Dis-leur aussi qu'Emma et moi sommes partis à sa recherche.

— Emma et toi ?

— Oui.

Il regarda Lydia remettre sa coiffure en ordre avec autant de soin que si cela devait lui assurer une meilleure relation avec ses filles. Comprendrait-elle un jour comment s'y prendre avec elles ?

Quand il se tourna vers Emma, il s'aperçut à sa mine renfrognée qu'elle préférait rester à la maison plutôt que d'aller dans le bois chercher le chien avec lui. Il devina sans peine que c'était ce « avec lui » qui la contrariait. Et effectivement, elle avait bien le droit d'être fâchée après l'avoir vu consoler Lydia juste après ce qu'ils venaient de vivre tous les deux dans la chambre.

Sans s'arrêter à cela, il prit la torche qui se trouvait sous le porche et, attrapant Emma par le coude, lança :

— Allez, on y va ! Ce malheureux chien n'est peut-être pas parti bien loin.

Emma le suivit à contrecœur mais il fit comme s'il ne le remarquait pas.

— Je pense que Lydia passe un mauvais moment, murmura-t-il.

— Moi aussi ! rétorqua Emma. Pourquoi pense-t-elle qu'il lui suffit de réapparaître dans la vie de ses filles pour que cela déclenche leur affection ?

— Je reconnais qu'elle ne sait pas s'y prendre.

— Tu es sûr qu'elle a vraiment envie de savoir s'y prendre ?

Daniel s'arrêta de marcher, perplexe. Il ne s'était jamais posé la question.

— À mon avis, elle est en train de faire une nouvelle tentative pour changer de vie plutôt que de s'adapter à celle qu'elle a à Alexandria, poursuivit Emma. Quand elle n'est pas aussi heureuse qu'elle le souhaiterait quelque part, elle va voir ailleurs !

— Tu es dure avec elle, Emma.

— Peut-être, mais cela ne veut pas dire que je me trompe.

Perturbé par cette remarque, il ne répondit pas.

Arrivé dans le bois, il réfléchit à ce qu'Emma venait de lui dire tout en éclairant les broussailles.

Lydia avait l'habitude de n'en faire qu'à sa tête, ça, il ne le savait que trop. Pendant leur lune de miel, elle avait été passionnée, amusante et joyeuse, mais cela n'avait pas duré longtemps. La naissance de leurs filles avait certainement joué un rôle dans cette évolution mais il avait sans cesse l'impression qu'elle n'était jamais satisfaite. Comme si leurs filles et lui ne lui suffisaient pas.

En fait, leur mariage était arrivé au bout du rouleau avec la naissance de Penny. Sans doute était-ce trop de responsabilité pour Lydia ? Peut-être n'avait-il pas fait sa part ? Sa priorité à l'époque était de maintenir leur niveau de vie et de payer leur belle maison en travaillant. Trop, sans doute…

En voyant qu'Emma commençait à s'avancer dans le sous-bois, il la retint.

— Non, arrête-toi ici. Nous ne trouverons pas ce chien en allant plus loin. Il a certainement trouvé un abri dans lequel il se sent en sécurité et qu'il n'abandonnera que pour venir manger ce que nous mettons à sa disposition. Je ne veux pas que tu reviennes écorchée comme moi la dernière fois.

— Il n'y a pas que les broussailles qui blessent.

Il comprit le message.

— Emma, je voudrais te protéger de tout ce qui peut te faire du mal mais parfois, ce n'est pas possible.

Le lendemain soir, pendant que Paris préparait ses affaires de piscine, Emma l'attendait dans sa chambre en se remémorant sa journée de travail au bureau. Bien qu'ils travaillent dans des pièces différentes, la tension entre elle et Daniel avait été continuellement palpable. Comment allaient-ils mettre fin à ce malaise insupportable ? Elle n'en avait pas la moindre idée.

À ce moment-là, Penny passa la tête par l'entrebâillement de la porte.

— Nacho fait de l'alpinisme, viens vite le voir !

Emma l'accompagna auprès des chatons. Effectivement, le chaton jaune faisait des efforts amusants pour escalader le rebord de sa caisse, ce qui amusait beaucoup Pippa.

— Bientôt ils ouvriront les yeux et ils auront assez de force pour sortir se promener, expliqua Emma.

— Alors on pourra les laisser aller dans toute la maison, décida Penny.

— Ton père aura certainement son mot à dire là-dessus, la prévint Emma.

— Maman aussi…, ajouta Penny sur un ton désolé.

Elle se tut un instant avant de reprendre :

— Tu sais quoi, Emma ?

— Non, dis-moi.

— Je ne suis pas contente que maman soit revenue.

— Penny !

— Tu peux dire ce que tu veux, je ne suis pas contente du tout. On était très bien avec toi et maintenant, à cause d'elle, tout est compliqué.

Pippa se mit à pleurer.

Immédiatement, Emma la prit dans ses bras.

— Tu es triste à cause de ce que vient de dire Penny ? Je suis sûre qu'elle ne le pense pas vraiment. Votre maman est venue exprès pour vous.

Cela n'arrêta pas pour autant les larmes de Pippa.

— Penny, si tu allais voir si Paris a fini de préparer ses affaires ? demanda Emma. Vos parents et moi-même sommes prêts à partir.

— J'y vais, répliqua la fillette, mais je pense *réellement* ce que je viens de dire.

Le chagrin de Pippa ne se calmait pas.

— Si tu me disais ce qui te rend si triste, ma puce, murmura Emma.

— Je crois que maman ne nous aime pas, souffla la petite.

— Mais si, elle vous aime ! Tu penses encore au chien, c'est ça ? Elle n'a pas l'habitude des animaux, mais maintenant, elle sait que ce chien est important pour vous et s'il se montre à nouveau, elle ne le chassera pas, j'en suis sûre. Je parie même qu'un de ces jours, nous le verrons venir manger sous le porche !

Pippa leva son visage mouillé de larmes vers Emma.

— Tu crois vraiment ?

— Oui. Et maintenant, allons vite voir Paris nager. Ce serait super si elle arrivait en tête !

Pippa se serra à nouveau contre Emma.

— Tu t'assiéras près de moi ?

— Oui. Mais promets-moi que si ta maman te lit une histoire ce soir, tu l'écouteras bien attentivement. Tu entendras les mots mais aussi l'amour qui sera dans sa voix.

Emma se dit qu'elle conseillerait à Lydia de s'occuper de Pippa ce soir avec beaucoup de tendresse. Peut-être Lydia en tiendrait-elle compte ?

Assis sur les gradins de la piscine en attendant la compétition à laquelle participait Paris, Daniel se posait mille et une questions. Un mur s'était dressé entre Emma et lui, qu'il ne savait comment faire disparaître. Il voyait qu'elle s'efforçait de laisser Lydia trouver sa place auprès de ses filles, mais les petites avaient besoin d'Emma. Lui aussi, d'ailleurs, avait besoin d'elle. Pourquoi paraissait-elle ne pas vouloir le comprendre ?

— Paris va plonger dès qu'on entendra le sifflet ? demanda Penny à son père.

Lydia posa vivement une main sur le bras de sa fille.

— Ne crie pas comme ça, Penny !

Daniel hocha la tête, désolé. Autour d'eux, tout le monde hurlait, riait, chahutait. On était à la piscine, pas à un cocktail mondain !

Un peu plus loin, Pippa était nichée contre Emma qui l'avait entourée de son bras, comme pour la protéger. Que se passait-il ? Il avait remarqué que Pippa était beaucoup moins gaie que d'habitude. Tout à l'heure, il en parlerait à Emma.

Pour l'instant, c'était à Paris qu'il devait toute son attention. Paris était une bonne nageuse. Elle avait décidé ce soir de faire le meilleur temps, ce qui risquait de l'obnubiler au point de lui faire perdre une partie de ses moyens.

Dès le coup de sifflet, Daniel se leva et cria son prénom pour l'encourager. Emma, Pippa et Penny en firent autant. Déconcertée, Lydia les regardait faire comme s'ils appartenaient à une autre planète. Après quelques instants d'hésitation, elle se leva elle aussi et se mit à crier comme les autres :

« Allez, Paris ! »

En la voyant faire, Daniel sourit. Elle était peut-être en train de comprendre ?

Paris se trouvait en tête de ses adversaires et nageait de toutes ses forces. Arrivée au bout du bassin, elle effectua un virage parfait et repartit en sens inverse. Quand elle toucha le bord, le coach siffla à nouveau, s'agenouilla devant elle et lui saisit la main qu'il leva en l'air pendant qu'elle reprenait son souffle. Son score s'afficha sur le tableau électronique. Elle avait battu le record de l'année précédente !

— Allons la féliciter ! proposa Daniel en dévalant les gradins.

Toute la famille le suivit.

Paris se hissa hors de l'eau et, une fois debout, se mit à trembler comme une feuille.

Daniel se précipita vers elle et arriva juste à temps pour l'empêcher de tomber.

— Assieds-toi, lui ordonna-t-il. Je vais chercher le médecin de service.

— Non, papa, c'est inutile.

Il ne l'écouta pas.

Le médecin arriva rapidement auprès de Paris qu'il examina.

— Son pouls est rapide mais tout va bien. Elle décompense après l'effort intense qu'elle vient de fournir. La poussée d'adrénaline s'étant arrêtée, elle s'écroule, ce n'est rien d'inquiétant.

Daniel se tourna vers Lydia.

— Ramène Pippa et Penny à la maison. Emma va rester avec Paris pendant qu'elle se change et se repose un moment. Je les ramènerai à la maison un peu plus tard. D'accord, Emma ?

Cette fois, il n'y avait aucun mur entre lui et Emma lorsqu'elle répondit :

— Bien sûr.

Il alla s'asseoir sur un banc dans le hall d'entrée où Emma et Paris le rejoignirent un peu plus tard.

— Je crois savoir pourquoi Paris s'est presque évanouie tout à l'heure, dit Emma.

Paris la fusilla du regard mais Emma poursuivit néanmoins :

— Paris, dis à ton père ce que tu as mangé depuis ce matin.

La fillette baissa le nez.

— Un verre de jus d'orange ce matin et une salade de concombre à midi.

Emma se leva.

— Je vous laisse en tête à tête pour que vous puissiez parler tranquillement, tous les deux.

Cette fois encore, Daniel apprécia le tact dont Emma faisait preuve.

— Paris, j'aimerais que tu me dises pourquoi c'est si important pour toi d'être mince. On se moque de toi à l'école ?

— Non.

— Alors ?

Les yeux de Paris s'embuèrent de larmes.

— Je veux être mince comme maman, et pour y arriver, je dois faire un régime comme elle. Je me rappelle aussi qu'elle faisait beaucoup de gymnastique. Papa, c'est bien ce que je dois faire pour être belle et avoir un amoureux ?

Le ciel serait tombé sur la tête de Daniel qu'il n'aurait pas été davantage surpris. Paris voulait avoir un amoureux ? Il devait rêver…

— Tu es belle, ma fille, et pas seulement physiquement.

— Papa, tu n'es pas objectif !

— Paris, quand nous sommes entrés ici, au moins trois garçons t'ont saluée et t'ont souhaité bonne chance. Ils avaient tout à fait l'air de te trouver à leur goût !

Le regard de Paris se mit à briller.

— Tu crois ?

— Bien sûr ! Ton malaise prouve que tu ne vas plus pouvoir progresser si tu ne donnes pas à ton corps le carburant dont il a besoin. Imagine que tu aies perdu conscience pendant que tu nageais…

Paris hocha la tête, songeuse.

— Cela aurait pu être dangereux.

— Bien sûr !

— Papa, je veux être encore meilleure l'année prochaine.

— Ma fille, tu sais ce qu'il te reste à faire pour y parvenir.

Comme il se levait, Emma les rejoignit.

— Paris va manger davantage à partir de maintenant parce qu'elle veut continuer à progresser en natation, dit-il. N'est-ce pas, ma grande ?

Paris hocha la tête.

— Je t'aiderai à établir des menus équilibrés, lui promit Emma. Ta maman nous aidera aussi.

— Tu fais un régime, toi ? demanda Paris.

— Non. J'essaie de manger sainement et raisonnablement. Apparemment, c'est suffisant en ce qui me concerne.

Estimant que la conversation avait atteint son but, Daniel donna le signal du départ.

— Je propose que nous nous arrêtions sur le chemin du retour pour prendre un bon milkshake. Est-ce que cela vous convient, mesdames ?

Paris et Emma lui sourirent.

Peut-être était-il sur le chemin de la réconciliation avec Emma ?

- 13 -

Le lendemain matin, Emma eut la bonne surprise de recevoir l'aide de Paris pour la préparation du petit déjeuner, et Paris lui promit de prendre deux biscuits avec son jus d'orange. De plus, elle promit également de manger au moins la moitié du sandwich qui leur était proposé au milieu de leur atelier.

C'était déjà un gros progrès.

La veille au soir, Emma et elle avaient toutes les deux mis au point une série de menus équilibrés qui devaient aider la fillette à poursuivre son entraînement dans les meilleures conditions. Pendant qu'elle était ainsi occupée avec Paris, Lydia, Pippa et Penny regardaient un film avec Daniel, mais auparavant, Lydia et Penny avaient parlé un moment ensemble. Cela aussi, c'était un progrès.

Aujourd'hui, comme Lydia avait dit qu'elle se chargerait d'aller chercher les filles à la fin de leurs ateliers, Emma s'apprêtait à passer la journée entière à travailler avec Daniel.

Toutefois, elle eut la surprise en arrivant au bureau de découvrir que Raina Clark était de retour d'Arkansas.

Comme lorsqu'elle l'avait vue la première fois, elle fut frappée par la beauté de la jeune femme. Comment Daniel avait-il pu rester insensible à son charme alors qu'ils travaillaient si proches l'un de l'autre ? Il lui avait pourtant assuré qu'il n'avait eu aucune fréquentation féminine depuis le départ de Lydia. Sans doute était-il tellement malheureux qu'il n'avait jamais vu Raina autrement que comme une secrétaire.

— Je ne savais pas que vous deviez rentrer, déclara Emma.

— Moi non plus ! ajouta Daniel, assez décontenancé.

— Je suis désolée de ne pas vous avoir prévenu, mais en fait, je suis ici pour vous faire part de ma démission.

— Vous voulez quitter votre travail ? demanda Daniel, très étonné.

— Oui. J'ai bien réfléchi pendant le vol du retour. Ma famille a besoin de moi en Arkansas. Ce ne serait pas honnête de ma part de laisser ma sœur toute seule s'occuper de mes parents. Si je m'installe là-bas, je pourrai les aider à s'installer dans leur maison de retraite et à vendre leur maison. Ensuite, j'adoucirai leur vieillesse en leur rendant souvent visite.

Daniel hocha la tête et se tourna vers Emma.

— Emma, cela signifie que j'ai besoin de toi pour succéder à Raina au poste de secrétaire de direction à plein temps ! Que penses-tu de cette proposition ?

Emma ne sut que répondre. Bien sûr, elle avait toujours besoin de trouver un emploi stable mais elle ne voulait pas que Daniel lui demande de rester uniquement pour cette raison.

Le souvenir de Daniel et de sa famille réunie la veille au soir lui revint à l'esprit. Ils avaient mangé du pop-corn et plaisanté tous ensemble. Lydia avait souvent éclaté de rire.

Après en avoir terminé avec les menus pour Paris, elle n'avait pas osé aller les rejoindre devant la télévision et s'était retirée dans sa chambre, se sentant de trop. Personne ne lui avait proposé de rester. On n'avait plus besoin d'elle. À elle d'en tirer les conséquences.

Alors, accepter le poste de Raina et voir chaque jour Daniel au bureau si jamais Lydia se réinstallait avec lui…

Après le départ de Raina, Daniel et elle se retrouvèrent en tête à tête.

Daniel se rapprocha d'elle en souriant. Elle aimait qu'il

soit plus grand qu'elle d'une bonne tête. Elle aimait qu'il puisse la soulever dans ses bras. Elle aimait qu'il sache la caresser… Et en ce moment, ses yeux verts avaient pris la teinte sombre qu'elle savait lourde de désir. Quand il la prit par les épaules, elle sentit sur sa peau la chaleur de chacun de ses doigts. Un frisson la parcourut.

— Si tu veux ce poste, Emma, il est à toi.

Elle aurait aimé accepter avec enthousiasme. Hélas, la situation lui dicta une autre réponse.

— Je te remercie, Daniel. Accorde-moi quelques jours pour réfléchir.

Bien que très surpris, Daniel ne fit aucun commentaire sur cette demande de délai et préféra changer de sujet de conversation.

— J'ai parlé avec Lydia, hier soir. Je lui ai expliqué que puisqu'elle était venue ici pour les filles, elle devait faire davantage de choses avec elles. Elle va donc les emmener faire des courses aujourd'hui. Comme c'est un passe-temps qu'elle adore, j'espère que les filles apprécieront ce moment avec elle.

— Je l'espère aussi, mais j'en doute un peu. Pippa se lasse très vite de courir les boutiques, Paris est de mauvaise humeur quand la robe qu'elle a choisie n'est pas à sa taille et Penny ne regarde que les jeans.

Daniel éclata de rire.

— Lydia fera son apprentissage ! Au fait, je voulais te dire que j'ai une surprise pour toi.

Ce fut au tour d'Emma d'être étonnée.

— Demain, nous prenons tous les deux une journée de congé, dit-il. Je t'emmène faire un petit voyage.

— Vraiment ! Où ça ?

— C'est une surprise. Inutile de me poser des questions, je n'y répondrai pas.

Le ton enjoué sur lequel il avait parlé mit en route l'imagination d'Emma. Elle allait passer la journée seule avec lui ! Il lui semblait que le lendemain n'arriverait jamais assez vite.

Ce soir-là, elle décida de préparer un bon repas : des côtes de porc à l'ananas accompagnées de pommes de terre et de carottes persillées.

Lorsque Daniel rentra, il se dirigea tout de suite vers elle et la prit par la taille. Elle adorait le parfum de son eau de Cologne, la chaleur qui émanait de son corps, sa carrure… Il lui fallut beaucoup de volonté pour ne pas se tourner vers lui et l'enlacer.

— Les filles auront sûrement faim, expliqua-t-elle. C'est fatigant de courir les magasins !

Il l'embrassa dans le cou. Un petit baiser, léger, très doux. Il n'en fallut pas davantage pour que le cœur d'Emma batte la chamade.

— Tu me distrais ! dit-elle pourtant.

— C'est bien mon intention. Si tu laissais ce plat mijoter tranquillement à feu doux un instant ?

Aussitôt, elle baissa la température de la plaque et se tourna vers lui.

Daniel glissa sa main dans ses cheveux et l'embrassa avec passion.

Ils s'embrassèrent une fois, deux fois, trois fois, et puis Daniel s'écarta d'elle.

— C'était une bien agréable distraction, déclara-t-elle d'une voix qui tremblait un peu.

Daniel allait dire quelque chose quand ils entendirent une voiture se garer devant la maison. Il s'éloigna d'elle. Mais elle remarqua qu'il s'était éloigné d'elle comme s'ils étaient en train de faire quelque chose de mal.

Elle n'eut toutefois pas le temps de s'appesantir sur cette désagréable sensation car Lydia et les filles entrèrent dans la cuisine et déposèrent plusieurs sacs sur la table.

— Vous me montrez vos achats, les filles ? demanda Emma, pensant que Lydia apprécierait ce déballage.

Paris se rapprocha d'Emma à qui elle avoua à voix basse :

— Non, papa n'aimerait pas tellement ce que j'ai choisi. On voit mon ventre !

Penny, elle, fronça le nez.

— Pas la peine ! J'ai juste acheté des shorts, papa sait très bien à quoi ça ressemble.

— Même pas une seule robe ? demanda Daniel sur un ton taquin.

— Bien sûr que non ! À quoi ça me servirait ?

Quant à Pippa, elle demeura silencieuse.

Comme ses sœurs s'éclipsaient, la petite fille se rapprocha d'Emma qui lui passa un bras autour des épaules.

— Tu ne veux vraiment pas me montrer tes achats, ma puce ?

Pour toute réponse, Pippa jeta un coup d'œil à sa mère avant de s'enfuir en courant.

Daniel fit signe qu'il s'en occupait et quitta la cuisine derrière sa fille.

Emma se tourna vers Lydia qui cherchait quelque chose dans les divers sacs.

— Je vais vous montrer ce que j'ai acheté pour elle, dit-elle. C'est un joli tour de cou avec un petit chien en guise de breloque. Je n'ai pas compris pourquoi elle ne le voulait pas. D'ailleurs, elle n'a pratiquement rien dit depuis que je suis allée les chercher à leurs ateliers. Est-ce qu'elle est sujette à des sautes d'humeur ?

— Daniel m'a dit que Pippa avait fait beaucoup de cauchemars après votre départ, expliqua Emma. Elle a sans doute peur que vous les quittiez à nouveau.

— Franchement, je ne sais pas ce que je vais faire, avoua Lydia.

À ce moment-là, elles entendirent la voix de Daniel.

— Emma, tu peux venir un instant ? J'ai besoin de toi dans mon bureau.

Comme Emma jetait un coup d'œil aux légumes qui mijotaient sur la plaque, Lydia s'avança.

— Allez-y, je m'en occupe.

Bien que sceptique quant aux compétences culinaires de Lydia, Emma alla rejoindre Daniel. Elle le trouva assis, Pippa en sanglots sur les genoux.

Ne comprenant pas ce qui se passait, Emma referma la porte derrière elle.

Daniel souleva le menton de sa fille.

— Pippa, raconte à Emma ce que tu viens de me dire. Tu sais qu'il le faut.

Après une longue hésitation et tout en hoquetant, Pippa murmura :

— C'est moi qui ai pris ton pendentif, Emma. Je l'ai caché dans mon tiroir à chaussettes.

Puis elle se mit à pleurer si fort qu'Emma en fut profondément malheureuse.

— Tu peux m'expliquer pourquoi tu as fait ça ? demanda-t-elle d'une voix douce.

— Parce que j'ai pensé que tu ne partirais pas avant de l'avoir retrouvé. J'ai entendu papa dire que tu risquais de partir et je ne veux pas que tu nous quittes.

Très émue et ne sachant que dire, Emma prit les mains de la petite fille dans les siennes.

— Pippa, il faut que tu profites de la visite de ta maman pour apprendre à la connaître, expliqua Daniel d'une voix douce. Je ne sais pas si elle va rester et je pense qu'elle-même ne le sait pas. Quant à Emma, elle ne peut pas faire de promesses qu'elle n'est pas sûre de pouvoir tenir, tu comprends ?

Pareille explication troubla fortement Emma. Est-ce que cela signifiait qu'il pensait que comme Lydia elle était susceptible de ne pas respecter un engagement qu'elle aurait pris ?

La situation se compliquait de jour en jour alors que son plus cher désir était de ne pas faire de peine à ces trois petites filles.

— Viens me faire un câlin, Pippa, dit-elle.

En larmes, Pippa se tourna vers elle.

— Tu m'aimes encore ?

— Bien sûr que je t'aime encore, ma chérie ! Je t'aime de tout mon cœur.

— Si tu emmenais Emma dans ta chambre pour lui rendre son pendentif ? suggéra Daniel.

Pippa sécha ses larmes, descendit des genoux de son père et prit Emma par la main.

Tout en accompagnant la petite fille, Emma sentit la tristesse et le découragement s'abattre sur elle. Pourquoi sa vie était-elle devenue un tel imbroglio ?

Alors qu'il se dirigeait vers Raleigh où il avait prévu d'emmener Emma pour la journée, Daniel espérait qu'elle serait heureuse de cette surprise et que la distance qui s'était installée entre eux ces derniers temps disparaîtrait complètement. Il avait certainement accordé trop d'attention à Lydia, mais il avait du mal à déterminer quel était le meilleur comportement à adopter. Son amour pour Lydia était mort depuis longtemps. Pourtant, ses filles avaient besoin de leur mère. La situation lui paraissait inextricable.

— Lydia ne m'a pas paru très enthousiaste à l'idée de passer la journée avec les filles, déclara Emma. C'est peut-être trop pour elle.

— Elle est leur mère, Emma, point final. Cette journée nous appartient à tous les deux, oublions tout le reste.

Emma lui adressa alors un de ces sourires qui le comblaient de bonheur.

Lorsqu'il se gara sur le parking de l'hôtel, Emma parut fort surprise.

— Nous n'allons pas découvrir la région ?

— Pas exactement. Nous allons partir à la découverte de nous-mêmes. Au programme, baisers, câlins et caresses en tout genre. Nous avons toute la journée devant nous. Est-ce que cela te convient ?

Visiblement très émue, Emma se contenta de hocher la tête.

L'hôtel qu'il avait choisi était très élégant. Un énorme bouquet de fleurs fraîches éclatantes de couleurs trônait dans l'entrée. Au moment de l'enregistrement, Emma rougit, sans doute gênée de ne pas avoir de bagages à faire monter dans la chambre. Mais le personnel fut parfait de discrétion.

Un lit king-size occupait une partie de la grande chambre qui disposait d'un coin salon et d'une vaste salle de bains équipée de plusieurs jets.

Lorsqu'on frappa à la porte, Daniel alla ouvrir.

— On nous apporte le repas de midi, expliqua-t-il. Ce sera plus agréable de le prendre ici que de sortir dans un restaurant.

— Tu avais tout organisé à l'avance ?

— Oui, bien sûr.

Un employé de l'hôtel entra, poussant une table roulante d'où s'échappaient d'appétissantes odeurs. Lorsqu'il souleva les différentes cloches, ils découvrirent une crème de brocolis, une salade Caesar et tout un choix de petits sandwichs variés, plus appétissants les uns que les autres. Les deux dernières cloches cachaient une énorme portion de cheese-cake et une de gâteau au chocolat décoré de fraises fraîches.

Après le départ de l'employé, Daniel prit Emma dans ses bras et lui proposa de croquer une fraise. Ils la partagèrent en riant, et le baiser qui suivit eut un goût de printemps.

Il garda longtemps Emma dans ses bras, tout heureux d'avoir eu l'idée de cette escapade.

Cette petite parenthèse enchanta Emma. Daniel avait fait preuve d'originalité. Et peut-être cette journée allait-elle se terminer sur une promesse d'avenir, pour eux…

Au cours du repas, Daniel et lui se racontèrent leurs enfances respectives, ravis de cette rupture avec leur quotidien. Mais rapidement, ils repoussèrent leurs assiettes.

— On garde le dessert pour plus tard ? proposa Daniel.

Pour toute réponse, Emma se leva et se jeta dans ses bras. Ils avaient été assez raisonnables jusqu'à maintenant !

Ils s'embrassèrent si passionnément qu'Emma en eut le

vertige. Tout tournait autour d'elle, rien d'autre n'existait, que les mains de Daniel sur son corps, sa bouche contre la sienne et leur désir brûlant.

Daniel inventa pour elle des caresses nouvelles, grisantes, parfaites. Lorsqu'il la pénétra, elle s'appliqua à garder les yeux ouverts pour plonger dans le regard vert sombre de son amant et y lire le désir qu'il avait d'elle.

Au moment où elle sentit leur orgasme approcher, des mots jaillirent de ses lèvres :

— Daniel, je t'aime !

L'explosion de plaisir qui les terrassa tous les deux les laissa tous deux pantelants.

Hélas, Emma constata qu'à aucun moment Daniel ne lui avait dit qu'il l'aimait, lui aussi.

- 14 -

Emma passa dans cet hôtel le plus bel après-midi de sa vie. Le bonheur qu'elle y avait connu avec Daniel l'accompagnerait longtemps, jusqu'à ce qu'ils puissent à nouveau se retrouver en tête à tête. Ils réussirent à garder loin d'eux toute préoccupation étrangère à leur passion jusqu'au moment où la voiture s'engagea dans l'allée de la maison.

Daniel l'embrassa une nouvelle fois, ce qui apaisa la crainte d'Emma de voir sa tendresse disparaître en rentrant sous le toit familial.

Ils arrivaient à peine devant la porte d'entrée que les trois filles se jetaient à leur rencontre.

Pippa sanglotait en hurlant :

— Je veux mes cheveux ! Je veux mes cheveux !

Emma réalisa alors que ses couettes avaient disparu au profit d'une coupe à la garçonne.

Lydia arriva à son tour sur le seuil.

— Je les ai emmenées chez le coiffeur parce que j'avais un rendez-vous que je ne voulais pas annuler. Vous ne trouvez pas qu'elle est adorable, comme ça ?

Pippa sanglota de plus belle, secouant son petit visage autour duquel les boucles ne dansaient plus.

— Je me déteste, comme ça !

— Tu ne lui as pas demandé son avis avant de lui faire couper les cheveux ? demanda Daniel, contenant mal sa colère.

— Quelle idée ! s'exclama Lydia. Pippa n'a que sept

ans. Je sais mieux qu'elle ce qui lui va bien. Et ce sera bien plus facile à entretenir.

Emma était très fâchée contre Lydia et très triste pour Pippa. Elle adorait faire des couettes à la petite fille et choisir des nœuds assortis à sa tenue du jour.

Elle s'accroupit devant elle.

— Ne t'inquiète pas, Pippa, tes cheveux vont repousser très vite !

— Demain ?

— Non, pas demain, mais en attendant, nous irons acheter un joli serre-tête avec des papillons ou des fleurs. Tu choisiras celui qui te plaira le plus.

Paris, qui jusque-là avait gardé les lèvres serrées comme pour contenir les mots qui menaçaient de jaillir de sa bouche, désigna Lydia d'un signe du menton.

— Elle ne sait pas s'occuper des chatons ! lança-t-elle.

— Ils ne sont pas propres ! répliqua Lydia. Et la chatte m'a griffée !

— C'est parce que tu as laissé tomber un de ses petits ! s'exclama Penny, outrée. Fiesta voulait le protéger.

Lydia leva les bras au ciel.

— Je comprends que je fais tout de travers. Personne n'a envie que je reste ici. Puisque c'est comme ça, je retourne en Virginie !

Elle entra dans la maison, Daniel sur ses talons.

Emma savait exactement ce qu'il lui restait à faire. Personne n'avait le droit de séparer une mère de ses enfants, c'était trop douloureux pour eux de grandir sans elle, elle ne le savait que trop. C'était sa présence qui causait tous ces problèmes. Lydia commettait erreur sur erreur parce qu'elle se sentait menacée et que ses filles se tournaient toujours vers leur baby-sitter pour y chercher du réconfort. Si elle restait, Lydia allait de nouveau partir et abandonner ses filles.

C'était donc à elle de partir. Bien sûr, elle pouvait rester et se battre pour garder Daniel, mais qui perdrait le plus dans cette histoire ? Paris, Penny et Pippa.

C'était hors de question. Il n'y avait plus à hésiter.
Elle se rendit dans sa chambre faire ses bagages.

Daniel ne savait plus à quel saint se vouer. Il voulait rester avec Emma mais il ne pouvait laisser ses filles perdre leur mère. Il alla donc rejoindre Lydia qu'il trouva dans sa chambre, en train d'entasser ses affaires dans une valise qu'elle avait posée sur le lit.

— Lydia, il faut que tu fasses preuve de davantage de patience avec Paris, Pippa et Penny. Elles seront mieux disposées envers toi si tu leur demandes leur avis sur ce qui les concerne.

Lydia le foudroya du regard.

— Inutile de me donner des conseils ! J'ai déjà pris ma décision.

— Ne pars pas sur un coup de tête, s'il te plaît !

— Il ne s'agit pas d'un coup de tête. Depuis que je suis arrivée ici, je me pose la même question. Tu crois que je ne vois pas quel genre de relation Emma a noué avec nos filles ?

Daniel se garda bien de lui dire que c'était le genre de relation qu'une mère devait nouer avec ses enfants. Mais Emma était Emma…

Quand elle avait murmuré qu'elle l'aimait, il ne s'était pas senti capable de lui répondre la même chose. Sa vie était trop compliquée, en ce moment. Emma et lui ne se connaissaient pas depuis suffisamment de temps et surtout, il avait peur de se tromper et de rendre ses filles malheureuses.

— Emma est simplement une personne chaleureuse, déclara-t-il aussi calmement que possible.

— Dans le fond, tu es en train de dire que moi, je ne le suis pas, c'est ça ?

— Lydia, tu interprètes mal ce que je viens de dire.

— Je t'en prie, Daniel, arrête de te comporter comme si nous étions toujours mariés. Nous ne le sommes plus !

Quand je suis arrivée ici, j'avais vaguement l'idée que peut-être, nous avions encore une chance tous les deux, mais j'ai compris trop de choses ces derniers jours pour le croire encore.

— Lydia, notre mariage est mort depuis longtemps. Il était mort avant même notre divorce.

— Je suis d'accord. C'est pour cette raison que je me suis tournée vers Allen avec qui j'avais davantage en commun. J'ai longuement parlé avec lui, hier soir. Il m'a aidée à comprendre que ma présence ici n'arrangeait rien. Pourtant, j'aime mes filles. Mais… le fait est que je suis incapable de m'occuper d'elles vingt-quatre heures sur vingt-quatre.

Sa voix se brisa sur cette dernière phrase. Elle paraissait sincèrement désolée.

— Je ne suis pas faite pour la maternité, Daniel. Ni autrefois ni maintenant. J'aime Allen. Et même si je l'ai quitté pour venir ici dans l'espoir de trouver une solution, il est toujours amoureux de moi.

Daniel reconnut que l'image qu'il avait d'Allen avait été déformée quand il avait appris la liaison de ce dernier avec Lydia. En plus de leur collaboration professionnelle, Allen et lui avaient été de vrais amis. Pour aller de l'avant, il fallait qu'il lui pardonne comme il avait pardonné à Lydia.

Restait en jeu le bonheur des trois petites filles.

— Si j'ai bien compris, tu as décidé de retourner à Alexandria et d'oublier les filles ?

La réponse de Lydia fut immédiate.

— Non. Je sais que j'ai eu tort de ne pas venir les voir au cours de ces deux dernières années. Je suis décidée à remettre en question cette façon de faire et à leur accorder une place dans ma vie.

— De quelle manière ?

Lydia soupira.

— Tu as sans doute remarqué que je suis différente d'Emma. J'aime la mode, les vêtements, les coiffeurs et les manucures… En revanche, le foot, le base-ball, les promenades dans les bois et les compétitions de natation m'ennuient à mourir. Je sais que je dois tout de même y accorder un peu d'attention pour établir une relation avec les filles, mais je crois que nous nous entendrons mieux si elles me voient dans mon propre environnement.

Elle regarda Daniel, soudain soucieuse.

— Est-ce que tu accepterais de les amener me voir de temps en temps ? Je ne te demande pas de rencontrer Allen, mais…

— Si Allen fait partie de ta vie et si les filles viennent te voir chez vous, il fera aussi partie de leur vie, qu'il soit physiquement présent ou pas, nous sommes bien d'accord ?

— Oui, c'est vrai. Tu as toujours su voir le côté pratique des choses. Dans le fond, tu pourrais venir avec Emma… Qu'est-ce que tu en penses ?

— Il faudra que je lui demande son avis.

Lydia secoua la tête.

— Non. Sa décision dépend de toi, Daniel.

— Je ne comprends pas.

— Réfléchis un peu ! Tout dépend si elle t'accompagne en tant que baby-sitter ou en tant que fiancée. Tu saisis la différence ?

La gorge de Daniel se serra.

— C'est… C'est trop difficile, de décider…

— Eh bien, à mon avis, tu ferais bien de réfléchir vite parce que j'ai l'intuition qu'Emma est dans sa chambre en train de faire ses valises.

— Quoi ?

— Comme tu l'as si bien dit toi-même, Emma est fine et pleine de compassion. Elle a bien vu ma déception de constater que les filles se tournaient vers elle plutôt que vers moi quand elles avaient besoin d'être rassurées. Je suis persuadée qu'elle s'en va pour nous laisser une chance de reformer notre famille alors que c'est d'elle que nos filles ont besoin au quotidien.

— Je ne veux pas qu'elle parte !

— Tu peux expliquer pourquoi ?

Il ne sut que répondre. Et tout à coup, les pièces du puzzle compliqué qu'était devenue sa vie se mirent en place comme par miracle. Emma ne devait pas partir ! Non pas parce qu'il avait besoin d'elle comme baby-sitter ou comme secrétaire, mais parce qu'il voulait qu'elle devienne la compagne de sa vie.

Il l'aimait.

— Dépêche-toi d'aller lui parler, lui conseilla Lydia. Sinon, tu te retrouveras avec un grand vide dans ta vie.

— Lydia, tu crois que toi et moi pouvons devenir amis ?

— Oui, j'en suis persuadée.

— Tu t'en vas dès ce soir ?

— Je préfère rester jusqu'à demain. Je profiterai de la soirée pour expliquer tout cela aux filles, les inviter à Alexandria, leur montrer des photos sur ton ordinateur et programmer une visite.

— Génial ! Je vais vite voir Emma.

Le cœur battant et la gorge sèche, il se précipita dans l'escalier. Pourvu qu'il ne soit pas trop tard !

La porte de la chambre d'Emma n'était pas fermée, ses vêtements étaient étalés sur le lit.

— Emma, il ne faut pas que tu partes !

Elle tourna vers lui son visage baigné de larmes.

— Désolée, Daniel. Paris, Penny et Pippa ont le droit de faire connaissance avec leur mère et l'inverse est tout aussi vrai. Si je reste ici, je fausse le jeu.

— Pas du tout ! Mes filles ont besoin de toi.

Emma secoua la tête.

— Je refuse de rester ici pour des raisons purement pratiques.

Daniel la prit par le bras et la conduisit vers le lit où ils s'assirent tous les deux.

— Il faut que je te mette au courant de la conversation que je viens d'avoir avec Lydia, dit-il. Elle a décidé de rentrer à Alexandria retrouver Allen qu'elle aime toujours dès qu'elle aura expliqué aux filles que ce n'est pas à cause d'elles qu'elle s'en va.

— Bien sûr que non. C'est à cause de moi !

— Non, tu te trompes. Elle a compris que tu étais une femme affectueuse, capable de donner aux filles l'amour et l'attention dont elles ont besoin. Elle, elle ne s'en sent pas capable, mais elle pense qu'il sera bon pour elles de venir découvrir son environnement à Alexandria, et elle nous invite tous à lui rendre visite.

— Tous ?

— Oui, tous. Elle sait ce que j'éprouve pour toi et j'ai commis une erreur impardonnable en ne te le disant pas cet après-midi à l'hôtel.

Il prit les deux mains d'Emma dans les siennes.

— Je t'aime, Emma. Je souhaite que tu deviennes ma compagne, ma confidente, ma maîtresse. Mais plus que tout, je veux que tu deviennes ma femme. Emma, acceptes-tu de m'épouser ?

Emma se sentait emportée sur des montagnes russes prises de folie.

Cet après-midi, elle avait été follement heureuse avec Daniel. Ensuite, à leur retour à la maison, désespérée, elle avait cru bon de le quitter. Et maintenant, voilà qu'il lui demandait de l'épouser !

Son cœur était prêt à éclater de joie.

— Je t'aime, Daniel. Je serai heureuse de t'épouser.

Fou de bonheur, Daniel la souleva dans ses bras, la couvrit de baisers, bien décidé à l'aimer jusqu'à la fin de ses jours.

Au bout d'un moment, il comprit que les seules personnes à ne pas être informées de ces bonnes nouvelles étaient Paris, Penny et Pippa.

— Vite, allons annoncer aux filles qu'à partir d'aujourd'hui, elles ont deux mères au lieu d'une !

— Je promets de ne jamais interférer dans leur relation avec Lydia.

— Je le sais, mon amour. De mon côté, je vais accepter qu'Allen fasse aussi partie de leur vie. Nous n'allons rien brusquer, ces liens se tisseront lentement, au rythme que chacun leur donnera. Ce dont je suis sûr et qui me rend très heureux, c'est qu'au quotidien, tu seras là pour mes filles qui t'adorent.

Dans les yeux d'Emma, il lut le même bonheur que celui que lui-même ressentait. Un bonheur tout nouveau, intense et si fort que ce qu'ils éprouvaient l'un pour l'autre ne faiblirait jamais.

Épilogue

Une semaine plus tard, Emma, Daniel et les trois fillettes arrivaient pour leur séance de bénévolat à Furever Paws. Lydia était partie en promettant d'appeler ses filles une fois par semaine. Une visite à Alexandria était prévue pour la fin août, avant la reprise des cours.

La première personne qu'ils rencontrèrent fut Rebekah qui leur tendit la feuille sur laquelle étaient inscrites les tâches prévues pour eux. Elle remarqua tout de suite la bague qui brillait au doigt d'Emma, dont Daniel lui avait fait la surprise la veille au soir.

— Nos fiançailles sont officielles, annonça Emma.

Pippa entoura les jambes d'Emma.

— Emma va rester avec nous tout le temps.

— Tous mes vœux de bonheur ! déclara Rebekah.

Puis, prenant Emma par le bras, elle ajouta :

— Venez voir la nouvelle aile prévue pour les chats !

Penny se rapprocha alors d'Emma.

— Tu as parlé des chatons à papa ?

— Si tu le faisais toi-même ?

Après une conversation de quelques minutes avec sa fille, Daniel revint vers Emma.

— J'ai déjà passé quelques coups de fil à des clients à propos de la progéniture de Fiesta. Deux d'entre eux qui ont des enfants de l'âge de Penny vont en adopter chacun un.

— Et les deux autres ?

— Si nous ne leur trouvons pas de famille d'adoption, nous les garderons avec Fiesta.

Bien qu'ils soient en ce moment à Furever Paws, au milieu de nombreuses personnes, Emma jeta ses bras autour du cou de Daniel et l'embrassa sur la bouche. Ce fut un baiser bref mais délicieux.

— Nous continuerons plus tard…, murmura Daniel.

— Plus tard ?

— Oui, mais sans attendre la fin du mois de juillet où tu deviendras ma femme aux yeux de tout le monde.

— Si tu savais comme je suis impatiente !

— Moi aussi. D'autant plus que ton père, à qui j'ai parlé hier soir au téléphone, m'a assuré que l'idée de jouer le rôle de grand-père auprès de Paris, Penny et Pippa lui plaisait beaucoup.

Daniel lui adressa un sourire malicieux.

— Je me suis même permis d'ajouter quelque chose…

— Je peux savoir quoi ?

— Oui ma chérie. Je lui ai promis que nous nous appliquerions à lui offrir un nouveau petit-enfant à gâter. Que penses-tu de cette idée ?

— Le plus grand bien !

Bien sûr, ils auraient des soucis, ils rencontreraient des difficultés, mais ils affronteraient tout cela ensemble.

À nouveau, elle se jeta dans les bras de Daniel, ignorant les regards ébahis que lui jetaient les visiteurs.

Daniel plongea à nouveau son regard dans le sien, lui murmurant qu'elle était l'amour de sa vie et qu'il ne pouvait imaginer plus grand bonheur au monde.

Retrouvez en avril 2020,
dans votre collection

Passions

Un bébé en héritage, de Janice Maynard - N°857

Infâme goujat. Jonathan Tarleton, le directeur de l'entreprise où Lisette exerce, celui qui l'a suppliée de devenir sa femme au moment où il a découvert qu'il était malade vient de la repousser en apprenant sa guérison. Comment peut-il se montrer si cruel, après avoir dérobé son cœur et lui avoir offert le plus beau des cadeaux ?

Le désir pour guide, de Christy Jeffries

Durant un bref instant – le temps d'un baiser avec Ethan Regnault entre les rayons de sa bibliothèque –, Monica a fait taire ses problèmes pour se laisser porter par la passion. Pourtant, elle n'aurait jamais dû céder à son désir et mettre ainsi en péril la seule relation qui apportait un peu d'équilibre dans sa vie chaotique...

Une romance avec toi, de Marie Ferrarella - N°858

En rencontrant Daniel, le frère et tuteur d'Elena, Shania pensait juste venir en aide à son élève en pleine crise d'adolescence. Sans présumer un seul instant qu'elle se confronterait à un mur, froid, insensible et aussi déstabilisant que son métier de shérif le requiert...

L'amour en chantier, de Sara Orwig

Un million de dollars et un sourire d'ange. Jake Ralston sait négocier, Emily l'admet volontiers. Malgré cela, elle ne peut consentir à remettre en état le ranch qui appartient à l'ennemi de sa famille, comme il le lui demande. Au risque que les siens lui tournent le dos à jamais...

Insolent patron, de Katy Evans - N°859

Désormais, c'est moi qui fixe les règles. Face au discours si plein d'assurance de son nouveau patron, un tentateur au regard céruléen, Alexandra perd son sang-froid. Pour qui se prend-il à vouloir tout révolutionner dès son arrivée ici ? Alexandra est déterminée à le remettre à sa place.

Un mariage pour un bonheur, de Teri Wilson

Épouser Ryan Carter pour lui permettre de conserver la garde de son fils ? Cela est insensé pour Amanda. Elle a beau tenir à Ryan et son bambin, elle n'est rien pour eux si ce n'est celle qui leur a permis d'adopter un chien dans le refuge où elle exerce. Sans compter qu'elle doit se focaliser sur sa carrière si elle veut se faire un nom dans le milieu fermé de la gastronomie.

L'enfant du scandale, de Dani Wade - N°860

Une danse lascive et un baiser voluptueux durant le bal masqué… Il n'en fallait pas plus pour qu'Ivy obéisse à son désir. Mais cette parenthèse brûlante entre les bras de son patron devait rester sans lendemain. Pourtant, à présent, le silence est impossible. Ivy va devoir se confronter à cet homme pour lui annoncer qu'elle attend un enfant de lui…

Une folle escapade, de Allison Leigh

Des vacances à Paseo et un mariage ! Georgia ne manquait pas d'enthousiasme à l'idée de fuir sa routine de riche héritière. Mais, passé le choc d'un accident sur la route et de sa rencontre déstabilisante avec le séduisant Paxton Price – le shérif qui l'a recueillie dans sa voiture –, elle n'aspire plus qu'à retrouver sa tranquillité, loin du trouble que cet homme provoque en elle.

Hors-limites, de Reese Ryan - N°861

SÉRIE : PASSIONS AU BUREAU 3/4

Retrouver lors d'un concert Gideon Johns, l'homme qui l'a repoussée alors qu'elle lui déclarait sa flamme – ce qui lui a inspiré sa première chanson à succès quelques années plus tôt –, Jessie ne s'y attendait guère. Et, malgré le temps envolé, ni sa blessure ni son amour pour lui ne semblent s'être taris, bien au contraire...

Secourue par un milliardaire, de Joss Wood

SÉRIE : PASSIONS AU BUREAU 4/4

Teresa est au bord de la crise : son agence événementielle risque de mettre la clé sous la porte à cause d'un scandale impliquant son jeune frère, menacé par un puissant réseau criminel. Elle a terriblement besoin d'aide, mais ne peut accepter celle de Liam, son ex-petit ami milliardaire, qui insiste pour la secourir en remboursant les dettes contractées...

Sur la route de Paradise, de Michelle Celmer - N°862

Paradise, 1 632 habitants. Jamais Reily, en route pour vivre son rêve à Nashville, ne se serait arrêtée dans ce village si elle n'avait pas perdu sa voiture et toutes ses économies. Résolue à repartir dès que ses finances le lui permettront, elle trouve un travail auprès de Joe Miller, un homme ténébreux et père dévoué. Désemparée par les sentiments inédits qu'il provoque en elle, Reily n'a bientôt plus qu'une crainte : quitter ce lieu et cet homme...

Un sentiment inoubliable, de Heidi Betts

Lorsqu'elle découvre que l'homme d'affaires censé sauver son entreprise de la faillite n'est autre que Marcus Keller, son ex-mari, Vanessa sent la panique l'envahir. Jamais, même dans ses pires cauchemars, elle n'aurait imaginé le revoir. Mais ce qu'elle craint le plus, en réalité, ce n'est pas tant de se retrouver face à cet homme qui n'a pas hésité à lui briser le cœur, mais qu'il découvre le secret qu'elle a emporté avec elle lorsqu'ils se sont séparés près de deux ans plus tôt...

Composé et édité par HarperCollins France.

Achevé d'imprimer en février 2020.

CPI
BLACK PRINT

Barcelone

Dépôt légal : mars 2020.

MIXTE
Papier issu de sources responsables
FSC® C108412
FSC www.fsc.org

Pour limiter l'empreinte environnementale de ses livres, HarperCollins France s'engage à n'utiliser que du papier fabriqué à partir de bois provenant de forêts gérées durablement et de manière responsable.

Imprimé en Espagne.